Carl Frode Tiller • Der Beginn

Carl Frode Tiller

Der Beginn

Roman

Aus dem Norwegischen
von Ina Kronenberger und Nora Pröfrock

btb

»Das Fremde aber beobachtet uns aus dem Schatten heraus.«
Fragment 233 aus *Das Buch der Unruhe* von F. Pessoa

Ich öffnete die Augen, schloss sie, öffnete sie wieder. Es schneite immer noch, schwere nasse Flocken trafen das Fenster, die kleineren schmolzen sofort, die größeren rutschten langsam auf die Fensterbank, wo sich ein schmaler, hoher Schneestreifen gebildet hatte, der aussah, als würde er sich gleich von der Scheibe lösen und nach unten kippen.

»Hast du sie angeschnitten?«, fragte Mama, ohne den Blick von ihrem Strickzeug zu nehmen.

»Was angeschnitten?«, fragte Anita.

»Na, was glaubst du denn?«, erwiderte Mama.

Anita stand da und sah sie einfach an. Sie verstand nicht, wovon Mama redete, das sah ich ihr an, sie wusste ganz offensichtlich nicht, dass man den unteren Teil der Stiele abschneiden musste, bevor man die Blumen ins Wasser stellte.

»Mein Gott«, sagte Mama, sie legte das Strickzeug und die Strickanleitung auf das leere Bett gegenüber und stand auf. »Du bist fast fünfzig«, sagte sie. Kopfschüttelnd ging sie auf Anita zu.

»Sag mir einfach nur, was ich machen soll, dann mach ich es«, sagte Anita.

»Ich mache es selbst«, sagte Mama. Sie blinzelte, dabei streckte sie eine Hand aus und wollte die Rosen an sich nehmen.

»Selbst?«, sagte Anita, sie gab die Rosen nicht her.

»Was?«, fragte Mama.

»Du machst es selbst? Als hättest *du* die Blumen bezahlt.«

»Herrgott noch mal«, sagte Mama. Sie legte den Kopf schief und sah Anita mit halb offenem Mund an. »Wie empfindlich kann man nur sein. Gib mir die Blumen, dann zeig ich dir, wie man es macht.«

Mit einem Schnauben reichte Anita Mama den Strauß, und Mama ging mit den Blumen zurück zu ihrem Stuhl, sie hob die Plastiktüte mit der Wolle vom Boden auf und griff hinein, wühlte einen Moment lang darin herum, zog eine Schere heraus und ging zum Mülleimer unter dem Waschbecken. Im selben Moment ging die Tür auf, und ein nicht mehr ganz junger Arzt mit auffallend arrogantem Gesichtsausdruck steckte den Kopf herein, Mama sah aus, als wollte sie etwas sagen, aber er hatte vermutlich das falsche Zimmer erwischt, denn bevor sie auch nur ein Wort herausbekam, war er wieder verschwunden, Gelächter aus dem Pausenraum und das Klappern eines vorbeirollenden Essenswagens waren zu hören, dann schloss sich die Tür, und es war ganz still.

Mama drehte sich zu Anita um.

»Jetzt sieh genau hin«, sagte sie und hielt die Rosen über den Abfalleimer, um von jedem Stiel den unteren Teil abzuschneiden. »So lernst du es fürs nächste Mal.«

Aber Anita sah nicht hin, sie hatte sich in den Sessel gesetzt und versteckte sich hinter einer Klatschzeitschrift, sie hörte natürlich alles, tat aber so, als bekäme sie nichts mit.

»Anita!«, sagte Mama.

»Hm«, brummte Anita.

»Jetzt sieh mir zu!«

»Wobei?«, fragte Anita.

»Beim Sch…«, sagte Mama, dann hielt sie inne. Sie schaute Anita ein paar Sekunden lang an, schüttelte schließlich den Kopf. »Ach, vergiss es einfach.«

»Okay«, sagte Anita mit ungewohnt freundlicher Stimme. Sie sah wieder in die Zeitschrift.

Mama begann die Stiele abzuschneiden.

»Kein Wunder, dass du so geworden bist«, sagte sie. »Wenn du alles, was du nicht weißt oder kannst, als Zeichen dafür auffasst, dass du nicht gut genug bist, anstatt dich darüber zu freuen, dass du was Neues lernen kannst.«

»Entschuldigung«, sagte Anita, ohne die Zeitschrift zu senken.

»Entschuldigung wofür?«

»Dass ich so bin, wie ich bin.«

»Jetzt hör auf, verdammt noch mal«, sagte Mama. »Ich kann es nicht mehr hören.«

Anita starrte in die Zeitschrift, und Mama schnitt weiter an den Blumen herum. Sobald ein Stück Stiel auf die Plastiktüte im Abfalleimer fiel, raschelte es leise, ich schloss die Augen, öffnete sie, schloss sie wieder. Hoffentlich hören sie bald auf, dachte ich, ich ertrage sie nicht, wenn sie sich streiten. Ich öffnete die Augen.

»Wo hast du die Vase hingestellt?«, fragte Mama.

»Hm?«, brummte Anita, ohne die Zeitschrift herunterzunehmen.

Mama sah sie an, ihr war natürlich klar, dass Anita nur so tat, als hätte sie es nicht gehört, zumindest wiederholte sie die Frage nicht, sie drehte sich einfach weg und sah sich nach der Vase um, entdeckte sie auf dem Fensterbrett an der gegenüberliegenden Wand, ging hinüber, murmelte etwas über das fürchterliche Schneewetter, stellte den Strauß in die Vase, füllte sie mit Wasser und kam auf mein Bett zu. Ich sah sie an und lächelte, aber sie lächelte nicht zurück, ihr Gesicht zeigte überhaupt keine Mimik, als sie sich vorbeugte und die Vase vorsichtig auf den Nachttisch stellte. Sie sieht mich nicht einmal an, dachte ich. Warum nicht, warum sucht sie meinen Blick nicht, sieht sie nicht, dass ich wach bin? Sie arrangierte die Blumen in der Vase, dann setzte sie sich hin und begann wieder zu stricken, ein leises Klimpern war zu hören, sobald sich die Stricknadeln berührten, ansonsten war alles still.

Nach einer Weile legte Anita die Zeitschrift weg, drehte sich zur Seite und kramte in ihrer Handtasche, die über dem Stuhlrücken hing. Sie suchte ein wenig, dann holte sie die Zigaretten und das Feuerzeug heraus, nahm den Mantel vom Geländer des anderen Bettes und stand auf.

»Wo willst du hin?«, fragte Mama.

»Wonach sieht es denn aus?«, antwortete Anita.

»Du warst doch erst vor zwanzig Minuten eine rauchen«, sagte Mama.

»Das sagt die Richtige.«

»Was soll das?«

»Wenn es einen Menschen gibt, von dem ich keine Ratschläge zu meiner Gesundheit brauche, dann bist du es«, sagte Anita.

»Das war doch kein Ratschlag zu deiner Gesundheit«, sagte Mama.

»Mir ist egal, was es war«, sagte Anita und ging zur Tür.

Mama folgte ihr mit dem Blick.

»Warte kurz, Anita«, sagte sie, als Anita die Hand auf die Klinke legte. Ihre Stimme klang plötzlich ganz anders, sie klang traurig. Mama sah auch traurig aus, sie schloss die Augen und holte tief Luft, stieß die Luft in einem Seufzer aus. Dann wartete sie kurz, öffnete die Augen wieder und sah Anita an.

»Entschuldigung«, sagte sie, legte die Hand auf die Stirn und wandte sich ab. Einen Moment lang starrte sie die Wand an, dann nahm sie die Hand herunter und drehte sich wieder zu

Anita um. »Ich … ich«, sagte sie, mehr brachte sie nicht heraus. Sie schüttelte leise den Kopf und starrte dabei auf ihre Hände.

Anita sah sie an, sagte kein Wort. Sie wartete kurz, dann löste sie die Hand von der Klinke, sie steckte die Zigarettenschachtel in die Manteltasche, ging zurück zu ihrem Stuhl und setzte sich. Sie sah Mama an und schluckte.

»*Ich* muss mich entschuldigen«, sagte sie.

Mama sah sie an. Sie lächelte kurz, starrte wieder auf ihre Hände, so blieb sie einen Augenblick sitzen, dann schloss sie die Augen. Sie kniff sie ganz fest zu, das konnte ich an der Muskulatur um ihre Augenwinkel erkennen, daran, dass sie leise zitterte.

»Ich habe solche Angst, Anita«, sagte sie.

Anita nickte.

»Ja«, sagte sie leise. »Ich auch.«

Mama öffnete die Augen. Sie sog die Luft tief in die Lungen und stieß sie wieder aus, erst einmal, dann noch einmal und ein weiteres Mal, sie atmete wie jemand, der versucht, nach einem Schock oder einem Panikanfall oder so etwas in der Art wieder zu sich zu kommen.

Sie gab einen Laut von sich, der fast klang wie ein Wimmern.

Anita stand auf und ging zu ihr, sie legte ihr die Hand auf die Schulter und drückte Mamas Kopf an ihren Bauch. Sie drehte sich langsam zu mir um und strich Mama dabei vorsichtig über die Haare. Auch sie sieht mich nicht, dachte ich, sie starrt mich direkt an, trotzdem sieht sie mich nicht, ich nahm den Blick nicht von ihr, ich lächelte, aber sie zeigte keine Reaktion, sie sah durch mich hindurch. Sieht so Sterben aus, dachte ich, sterbe ich jetzt?

»Wo bleiben bloß Marit und Turid?«, fragte Anita. Sie hielt sich die Hand vor den Mund und hustete.

»Es ist Berufsverkehr«, sagte Mama.

»Ja«, sagte Anita. »Und bei diesem Schneewetter herrscht sicher Chaos auf den Straßen«, fügte sie hinzu. Sie wartete kurz, dann steckte sie die Hand in die Manteltasche und holte die Zigarettenschachtel heraus. Sie wollte gerade los, blieb aber stehen. »Willst du zuerst gehen?«, fragte sie.

Mama lächelte wieder kurz.

»Geh du nur«, sagte sie.

»Aber ich war ja als Letzte draußen«, sagte Anita.

»Das macht nichts«, sagte Mama.

»Sicher? Ich kann gerne warten.«

»Ganz sicher«, sagte Mama.

Anita nickte und lächelte. Sie ging zur Tür. Als sie die Hand auf die Klinke legte, drehte sie sich zu mir um. Ich blickte sie direkt an, aber auch jetzt sah sie mich nicht, sie sah durch mich hindurch. Jetzt sterbe ich tatsächlich, dachte ich, so ist es, wenn man stirbt.

Zwei Tage vorher

»Wie heftig es schneit«, sagte Mama.

Ich drehte mich um, sie saß da und starrte aus dem Küchenfenster. Sie hatte Spiegeleier gegessen, und auf dem Teller vor ihr waren noch Reste von Eigelb und Ketchup zu sehen, ich sagte nichts.

»Kann die Garage fast nicht sehen, so wie es runterkommt«, sagte sie.

Ich stellte den Ton am Fernseher lauter. Genug, damit es glaubwürdig wirkte, wenn ich sagte, ich hätte sie nicht gehört, aber nicht so laut, dass sie mir vorwerfen konnte, ich wolle sie übertönen.

»Sieht auch nicht so aus, als würde es so schnell wieder aufhören«, sagte sie.

Ich schloss langsam die Augen.

»Ich will mich erst mal ein bisschen ausruhen«, sagte ich.

»Was?«, sagte sie.

»Ich schippe noch Schnee «, sagte ich. »Aber ich habe heute Nacht nur wenig geschlafen. Außerdem bin ich gerade von der Arbeit gekommen, ich habe den ganzen Tag Forschungsberichte gelesen, ich bin müde.«

»Hauptsache, es wird gemacht«, sagte sie.

Ich stellte den Ton noch etwas lauter, gerade rechtzeitig, denn gleich darauf sagte sie noch etwas. Ich nahm den Blick nicht vom Bildschirm. Sie wiederholte nicht, was sie gesagt hatte, sie stand auf, nahm Teller und Glas und ging zur Spüle, ich hörte, wie sie das Wasser aufdrehte und den Teller abwusch. Ich wartete, bis sie wieder ins Wohnzimmer kam, dann stand ich auf und ging in die Küche. Ich hatte Hunger und nahm die Eierschachtel und die Butter aus dem Kühlschrank. Ich ging zum Herd, gab ein Stückchen Butter in die Pfanne, drehte die Platte auf und klappte den Deckel der Eierschachtel hoch.

»Könntest du bitte ein paar Eier übrig lassen?«, fragte Mama. Sie kam wieder in die Küche. Sie griff nach der Thermoskanne und schenkte Kaffee in den grünen Becher. »Ich habe vor, später Waffeln zu backen, wenn Reidar kommt«, fügte sie hinzu. Ihre Stimme war auffallend freundlich, vermutlich wusste sie, dass nur noch zwei Eier in der Schachtel waren. Ich sagte nichts, ich stellte die Platte aus, klappte die Eierschachtel zu, nahm das Butterpäckchen und räumte beides wieder in den Kühlschrank.

»Kannst du dir nicht einfach ein Käsebrot machen?«, fragte sie.

»Ist nicht so wichtig«, sagte ich. Die Marmeladengläser klirrten leise, als ich die Kühlschranktür schloss. Ich ging in den Flur.

»Na, dann nimm dir halt die Eier«, sagte sie.

Ich drehte mich zu ihr um.

»Sicher?«, fragte ich.

Sie hatte anscheinend nicht damit gerechnet, dass ich sie beim Wort nehmen würde, sie sah ziemlich verwirrt aus.

»Dann kann ich halt keine Waffeln backen«, sagte sie. Sie führte den Kaffeebecher zum Mund.

»Also soll ich sie nicht nehmen?«, sagte ich.

Sie seufzte, während sie den Kaffeebecher wieder sinken ließ, ohne daraus getrunken zu haben.

»Mein Gott, nimm die Eier«, sagte sie. »Ich sage ja nur, dass ich dann nichts zum Kaffee servieren kann.«

Ich lachte und schüttelte den Kopf.

»Was ist daran so lustig?«, fragte sie.

»Back du nur deine Waffeln, Mama«, sagte ich.

»Ich verstehe nicht, was du hast«, sagte sie. »Wir sind einfach nur gute Freunde.«

Ich verstand nicht sofort, was sie meinte, aber dann begriff ich. Ich fing an zu lachen, es klang aber nicht so echt, wie ich gewollt hatte.

»Sorry, aber ich bin nicht eifersüchtig, Mama«, sagte ich.

Das war ihr wohl etwas zu direkt, jedenfalls starrte sie mich zornig an. Ihre Augen erinnerten mich an die eines kleinen Mädchens, das ich einmal auf dem Cover eines Horrorfilms gesehen hatte, ich war richtig beeindruckt, sie sagte nichts, drehte sich nur um und ging ins Wohnzimmer. Ich ging in die Küche und nahm eine Banane aus der Schale, die auf der Arbeitsplatte stand. Ich brach die Spitze ab, riss die Schale in drei breite Streifen und biss hinein. Nach einer Weile hörte ich Mama heulen. Erst ein Schluchzer, dann noch einer. Ich versuchte zu grinsen und den Kopf zu schütteln, aber es half nichts, sie tat mir trotzdem leid. Ich schluckte den letzten Bissen hinunter, öffnete den Schrank unter der Spüle und warf die Schale in den Müll. Ich war schon auf dem Weg ins Wohnzimmer, blieb aber wieder stehen. Ich brachte es nicht über mich, zu ihr hineinzugehen, wusste nicht, was ich sagen sollte, wenn ich ihr von Angesicht zu Angesicht gegenüberstünde und sie heulte, es war besser, so zu tun, als hätte ich es nicht mitbekommen, zumindest war es leichter.

»Tja«, sagte ich. »Dann will ich mal rausgehen und Schnee schippen.«

Ich wartete noch einen Moment, aber sie sagte nichts. Ich ging in den Flur, zog Jacke und Schuhe an, schnappte mir die neuen Lederhandschuhe, die auf der Hutablage lagen, und ging nach draußen. Ich zog die Handschuhe an, die Kapuze über den Kopf, holte die Schneeschaufel aus dem Schuppen und begann zu schippen. Wegen des Räumfahrzeugs war die Einfahrt wieder völlig vereist, und obwohl der Schnee auf dem Hof leicht und trocken war, brauchte ich länger als sonst. Als ich fertig war und die Schneeschaufel an der Garagenwand abstellte, klingelte mein Handy. Ich ging nicht gern ans Telefon, wenn ich die Nummer nicht kannte, aber es kam vor, dass Marit vom Handy einer ihrer Freundinnen anrief, darum nahm ich ab. Es war nicht Marit, es war ein erwachsener Mann. Er stellte sich nicht vor, und ich erkannte auch die Stimme nicht, aber sein Anruf hatte mit meiner Arbeit zu tun, so viel war klar, und er war wütend.

»Haben Sie heute Nacht auch nur ein Auge zugetan?«, fragte er.

»Wer ist da?«, fragte ich.

»Sie können stolz auf sich sein«, sagte er. »Letztes Jahr hat der letzte Schafbauer aufgegeben. Und vor vier Monaten wurde der Laden dichtgemacht.«

Ich wartete ab. Ich wusste immer noch nicht, wer dran war, aber dann fiel es mir ein, es war der alte Bürgermeister aus Dovre, der mich beim Schlichtungsgespräch vor ein paar Jahren angebrüllt hatte. Er hat den Bericht über das Naturschutzgebiet gelesen, dachte ich, er weiß, dass das Südskandinavische Felsenblümchen verschwunden ist.

»Ich habe jetzt frei«, sagte ich. »Rufen Sie mich während der Arbeitszeit an.«

Ich legte auf, schaltete das Handy aus und steckte es zurück in die Tasche. Eigentlich wollte ich schon reingehen, aber dann streifte ich wieder die Handschuhe über, schnappte mir die Spitzhacke und fing stattdessen an, das Eis vor der Mülltonne aufzuhacken. Ich hatte schon gestreut, es war also nicht nötig, aber ich tat es trotzdem, es war mir ein inneres Bedürfnis. Als ich wieder ins Haus kam, hatte Mama Waffeln gebacken, sie lagen auf dem Backofenrost, der auf dem Küchentisch stand, und waren mit einem rot karierten Geschirrhandtuch abgedeckt, Mama wischte gerade ein paar Teigflecken vom Tisch. Sie lächelte mich an, wollte mir wohl zu verstehen geben, dass sie mir verziehen hatte.

»Bist du schon fertig?«, fragte sie.

»Ja«, sagte ich, zog einen Handschuh aus.

»Jesses«, sagte sie.

Mir war schon klar, dass sie nicht so beeindruckt war, wie sie tat, ich freute mich aber trotzdem. Ich schenkte ihr ein Lächeln, als ich den anderen Handschuh abstreifte, dann ging ich zur Garderobe und hängte meine Jacke auf.

»Hast du auch das Eis in der Einfahrt weggemacht?«, fragte sie.

»Na klar«, sagte ich.

»Sehr schön«, sagte sie. »Bald kommt bestimmt wieder der Schneepflug vorbei, dann kann man nicht mehr am Straßenrand parken.«

Sofort bereute ich es, den Hof geräumt zu haben. Mir war nicht klar gewesen, dass ich mich wegen Reidar so beeilen sollte, aber jetzt kapierte ich es. Ich fühlte mich benutzt, und die leise Freude, die ich gerade verspürt hatte, war verschwunden. Ich zog die Schuhe aus und stellte sie ins Schuhregal.

»Wie spät ist es?«, fragte sie.

»Am Herd ist eine Uhr«, sagte ich.

Sie bemerkte meinen aggressiven Ton nicht. Sie warf einen Blick auf den Herd und wrang den Lappen aus.

»Was, so spät schon?«, sagte sie.

»Kein Stress, ich geh gleich nach unten«, sagte ich.

»Warum denn?«, fragte sie.

»Ich kann also bleiben?«, fragte ich.

Sie zögerte.

»Ja, natürlich«, sagte sie, lächelte nervös. »Aber wenn du dich hinlegen willst, gehst du wahrscheinlich besser in dein Zimmer. Dort hast du deine Ruhe.«

»Und wenn ich mich nicht hinlegen will?«, fragte ich.

Sie hielt meinem Blick einen Moment lang stand, dann drehte sie sich wortlos um. Ging zur Kaffeemaschine. Sie hatte schon Wasser in den Behälter gefüllt und Kaffeepulver in den Filter gegeben. Sie drückte auf den Knopf und ging ins Wohnzimmer. Ich folgte ihr. Ich wollte gar nicht hier sein, wenn Reidar kam, aber Mama sollte das Gegenteil glauben, darum machte ich den Fernseher aus, legte mich aufs Sofa und schloss die Augen. Wenig später schaltete Mama das Radio ein. Als Reaktion darauf gab ich vor zu schlafen. Ich atmete schwer und gab das ein oder andere Schnarchen von mir, aber nach einer Weile merkte ich, dass ich tatsächlich kurz vorm Einschlafen war, darum machte ich die Augen auf und legte den Ellbogen unter den Kopf. Mama kam mit zwei Tassen, zwei Tellern und einem Bastkörbchen voll Waffeln herein. Sie stellte alles auf den Wohnzimmertisch.

Ich sah sie an und grinste.

»Und wer bekommt nichts?«, fragte ich.

Sie starrte mich wütend an und sog die Luft durch die Nase ein. Sie sagte nichts. Drehte sich um, ging in die Küche und kam mit einer weiteren Tasse und einem Teller zurück. Sie bewegte sich schneller, als ich es seit Jahren gesehen hatte.

»Entspann dich«, sagte ich. »Ich will gar nicht mitessen.«

Sie stellte Teller und Tasse vor mir auf den Tisch.

»Natürlich sollst du auch was haben«, sagte sie. Sie drehte sich um und ging wieder in die Küche.

»Er ist verheiratet, Mama«, sagte ich. »Er wird seine Frau nicht verlassen. Da kannst du warten, bis du schwarz wirst.«

Sie blieb mitten im Zimmer stehen und drehte sich zu mir um. Ich konnte mich nicht erinnern, wann sie mich seit meiner Jugend das letzte Mal angeschrien hatte, und erst recht nicht, dass sie jemals mit dem Fuß aufgestampft hätte, aber jetzt tat sie beides. Gleichzeitig sogar.

»Wir sind einfach nur gute Freunde!«, schrie sie. »Wir sind einfach nur gute Freunde! Darf ich denn nicht mal mehr Freunde haben?«

Ich fing an zu lachen. Das war natürlich nicht nett von mir, aber ihr heftiger Gefühlsausbruch hatte mir Angst eingejagt, und mein Lachen war wohl vor allem der spontane Versuch, sie zu beruhigen, indem ich so tat, als wäre ihr Benehmen lächerlich. Mein Vorhaben misslang. Sie schnappte sich das kleinste der drei Glaskamele, die mit all dem anderen Kram zusammenstanden, und schleuderte es mit aller Kraft nach mir. Das Erste, was ich dachte, als das Kamel über meinen Kopf sauste und an der Wand hinter mir zerbrach, war, schade, dass sie ihr Ziel verfehlt hat. Sie hätte es sich bestimmt nie verziehen, wenn sie mein Gesicht oder meine Stirn getroffen hätte. Ruhig setzte ich mich auf und nahm die Tasse und den Teller, die vor mir auf dem Tisch standen.

»Einfach nur gute Freunde«, sagte ich. »Das merkt man.«

Ich stand auf, ging ganz dicht an ihr vorbei in die Küche, wo ich Tasse und Teller in den Schrank über der Spüle räumte. Anschließend ging ich in den Flur, zog Schuhe, Jacke und Handschuhe an und trat in den Eingang. Ich wollte herausfinden, ob sie wieder heulte, darum blieb ich stehen, ohne die Tür hinter mir zu schließen. Ich zog das Futter aus einem der Handschuhe, damit ich als Vorwand daran herumfummeln konnte, wenn sie plötzlich auftauchte und wissen wollte, was ich hier machte. Ich ließ mir viel Zeit, das flauschige Futter einzeln in die Finger zurückzuschieben, aber ich hörte nicht das Geringste. Ich war enttäuscht und erleichtert zugleich. Enttäuscht, weil ich fand, es könnte ihr schon mies gehen nach dem, was sie gerade getan hatte, und erleichtert, weil ich wusste, dass ich ein schlechtes Gewissen hätte, wenn ich sie weinend zurücklassen würde. Es ist nicht mal gesagt, dass ich es dann über mich gebracht hätte wegzugehen. Aber jetzt verließ ich sie ohne nennenswerte Gewissensbisse.

Ich ging in die Garage, stieg ins Auto und setzte zurück auf die Straße. Mit den Handschuhen hatte ich keinen guten Halt am Lenkrad, darum zog ich sie aus und legte sie auf den Beifahrersitz. Ich fuhr durch die Straßen im Zentrum. Ich musste an den Anruf des Bürgermeisters denken, wie wütend er gewesen war. Dann dachte ich wieder an den Bericht über das Naturschutzgebiet, dass das Südskandinavische Felsenblümchen dort verschwunden war und höchstwahrscheinlich auch überall sonst in Dovre verschwinden würde, es war nur eine Frage der Zeit. Plötzlich erkannte ich die Ironie darin, dass ich hier voller Wehmut saß, weil aufgrund des Klimawandels eine Pflanze zu verschwinden drohte, während ich gleichzeitig ohne Sinn und Verstand Abgase in die Atmosphäre blies. Ich versuchte zu lachen, aber ohne Erfolg.

Ich drehte ein paar Runden um das Einkaufszentrum, dann setzte ich mir in den Kopf, zu Reidars Frau zu fahren und ihr zu erzählen, was ihr Mann so trieb. Ich verließ das Zentrum und fuhr hinauf nach Persaunet, wo sie wohnten. Ich beschloss, es schnell hinter mich zu bringen, bevor ich es mir anders überlegte. Ich hielt an dem Schneewall vor ihrer Einfahrt, blieb sitzen und sah aus dem Fenster, während der Motor im Leerlauf lief. Das Haus war alt, aber gut in Schuss, und sowohl das Haus als auch Hof und Garten vermittelten den Eindruck, ordentliche, fast schon pedantische Besitzer zu haben. Die Sträucher im Garten waren in Säcke eingepackt, die sie vor der Kälte schützen sollten, das Feuerholz war ordentlich gestapelt, und auf dem Hof war der Schnee nach einem festen System geräumt worden, das sah ich an den Abdrücken, die die Schaufel hinterlassen hatte.

»Alles Fassade«, murmelte ich.

Ich drückte auf den roten Knopf, der den Gurt festhielt, und wollte gerade aussteigen, da hörte ich das vertraute Geräusch eines Schneepflugs. Ich schaute in den Rückspiegel. Das Fahrzeug war hundert, vielleicht auch fünfundsiebzig Meter hinter mir, das Blinklicht erhellte die Nachbarschaft in regelmäßigen Stößen, und ein Funkenregen stob über den Boden, sobald der Pflug den Asphalt erwischte. Mir war natürlich klar, dass ich mit dem Auto hier wegmusste, aber ich entdeckte nirgendwo einen geeigneten Parkplatz, also beschloss ich, einmal ums Karree zu fahren und wieder zurückzukommen. Als ich eine Runde gedreht hatte und mich wieder dem Haus näherte, änderte ich meine Meinung und fuhr einfach weiter. Heimwärts, aber anstatt am Kreisel bei der Skovgård-Kreuzung geradeaus zu fahren, bog ich auf die E6, Richtung Norden. Ich wusste nicht, wohin ich fahren sollte, ich wusste nur, dass ich nicht nach Hause wollte. Ich schaltete das Radio an. Dort sagten sie, Donald Trump sei nun offiziell zum Präsidenten gewählt worden, nur die Wahlmänner, die zu Sanders gehalten hatten und nicht zu Clinton, hätten nicht für ihn gestimmt. Als Trump selbst das Wort ergriff, schaltete ich das Radio aus. Ich hatte nicht den nötigen Humor, um seinen Sermon zu ertragen, nicht jetzt.

Als ich ein paar Stunden später durch Namdalseid fuhr, wurde mir bewusst, dass ich mich nicht erinnern konnte, durch Stjørdal, Levanger, Verdal oder Steinkjer gefahren zu sein. Auch erinnerte ich mich an nichts mehr, woran ich auf der Fahrt gedacht hatte. Das heißt, eins wusste ich noch: Mehrmals hatte ich aus irgendeinem Grund an weißes Rauschen gedacht, genauer gesagt an das Nebengeräusch auf den Kassetten, die ich als Jugendlicher aufgenommen hatte. Manchmal war es so laut, dass man die Musik kaum hören konnte. Und das war vielleicht auch besser, murmelte ich, als ich das beleuchtete Areal an der Shell-Tankstelle und dem Genossenschaftsladen verließ und in die dunklen Wälder rund um Namdalen fuhr.

Es herrschte fast kein Verkehr, nur hin und wieder donnerte ein Lastzug auf mich zu und gab mir das Gefühl, mein Auto würde gleich in den Straßengraben gepustet. Angesichts der schmalen glatten Straße fuhr ich viel zu schnell, aber nicht schnell genug, um den Führerschein zu verlieren, wenn sie mich anhielten. Den Führerschein zu verlieren wäre für mich fast so, als würde ich einen guten Freund verlieren, nur schlimmer, murmelte ich. Ich lachte laut auf, hielt aber sofort inne, als mir aufging, dass ich es ernst meinte. Ich blickte starr durch die Windschutzscheibe. Ich merkte, wie ich mich nach einem Zusammenbruch sehnte, aber ich wusste, dass ich darauf nicht zu hoffen brauchte, es war mir nicht vergönnt zusammenzubrechen. Nach einer Weile merkte ich, dass ich vergessen hatte, mich anzuschnallen. Ich wollte es gerade nachholen, da sah ich den Lastzug, der ein paar Hundert Meter vor mir über die Kuppe kam, und ließ es bleiben. Ich wartete noch einen Moment, dann zog ich den Wagen auf die Gegenfahrbahn. Wenn ich früher darüber fantasiert hatte, meinem Leben ein Ende zu setzen, hatte ich eine feierliche, fast rituelle Handlung vor mir gesehen, mit Abschiedsbrief, Anzug und einem Ort, der mir viel bedeutete, und mein letzter Gedanke, bevor plötzlich Panik in mir hochstieg und ich versuchte auszuweichen, war: Ich hätte etwas mehr daraus machen sollen.

Einen Monat vorher

Ich war fertig auf der Toilette, blieb aber noch sitzen. Per, Hilde und ein paar andere standen draußen im Flur und verabredeten sich gerade zum Feierabendbier, und um nicht gefragt zu werden, ob ich auch dabei sei, wollte ich abwarten, bis sie weg waren. Ich hatte schon so oft »Vielleicht« gesagt, dass es inzwischen zum Witz geworden war, es war fast so was wie ein Ritual. »Dann *vielleicht* bis später im Neun Musen, Terje«, sagten sie immer und lachten. Nicht dass mir das was ausgemacht hätte, aber es ging mir auf die Nerven. Nach einer Weile fiel mir plötzlich ein, dass ich dieses Mal sogar eine gute Ausrede hatte. Ich hatte ausnahmsweise mal gut geschlafen, war also de facto nicht müde, aber da ich heute Morgen nach drei Tagen Fortbildung in Stavanger vom Flughafen direkt zur Arbeit gekommen war, hätten sicher alle Verständnis, wenn ich es einfach behauptete. Ich griff zum Klopapier, zog die Spülung und wusch mir die Hände, aber als ich in den Flur kam, waren die anderen verschwunden, meine Erklärung konnte ich mir also sparen.

Ich ging zurück an meinen Schreibtisch, telefonierte mit der Straßenbehörde und dem Vertreter der Gemeinde Meldal und vereinbarte einen Termin zur Besichtigung des Gebiets, durch das die geplante Straße führen sollte. Dann suchte ich den Forschungsbericht über die Flussuferwolfsspinne und den Bericht über das Naturschutzgebiet in Dovre raus, druckte beides aus und steckte die Unterlagen in die Tasche.

Ich wollte mich nicht hier damit befassen, zum einen konnte ich mich zu Hause besser konzentrieren, und zum anderen wollte ich lieber etwas früher aufbrechen, um den Freitagsverkehr zu umgehen. Ich holte meine Jacke und den Schal und ging zum Auto.

Auf der Straße war es voller geworden. Stockend ging es durchs Zentrum, aber sobald ich im Strindheimtunnel war, lief es wieder. Als ich den Blinker setzte und gerade Richtung Lade abbiegen wollte, fiel mir ein, dass Marit seit ein paar Minuten Schulschluss hatte, und bevor ich genauer darüber nachdenken konnte, schaltete ich den Blinker wieder aus und fuhr weiter geradeaus. Ich hatte solche Lust, sie zu sehen. Die Fahrt von der Schule nach Hause würde zwar nur fünf Minuten dauern, aber besser als gar nichts.

In Skovgård war ich schon fast auf dem Weg hoch zur Schule, aber dann überlegte ich es mir anders und hielt stattdessen an der Tankstelle. Ich wollte es so aussehen lassen, als wäre ich rein zufällig in der Gegend. Wenn sie merkte, dass ich extra einen Umweg gefahren war, nur um sie von der Schule abzuholen, dann wäre ihr auch klar, wie sehr sie mir fehlte, und das wollte ich nicht. Sie sollte tun und lassen können, was sie wollte, ohne meinetwegen ein schlechtes Gewissen zu haben.

Der Tank war noch mehr als halb voll, trotzdem hielt ich an einer Zapfsäule und füllte nach. Mein Blick war unablässig auf den Bürgersteig gerichtet, über den ihr Heimweg führte, aber sie kam nicht. Als ich fertig war, fuhr ich rüber zum Reifendruckgerät. Ich hatte nicht vor, den Druck zu überprüfen, stieg aber trotzdem aus, nahm mir den Schlauch und hockte mich vor den Hinterreifen, um es so aussehen zu lassen. Ich ließ den Bürgersteig nicht aus den Augen, doch sie war nirgendwo zu sehen. Nach einer Weile stieg ich ins Auto und fuhr doch hoch zur Schule. An der Sporthalle drehte ich um und fuhr zurück. Ich fuhr ihren gesamten Schulweg ab, bis zum Haus, dann gab ich auf und machte mich auf den Heimweg.

Ich parkte an den Briefkästen, nahm meine Tasche und den Koffer und ging hinein. Im Flur rief ich Hallo, aber Mama antwortete nicht. Ich zog Schal und Jacke aus, hängte beides an die Garderobe und stellte die Schuhe ins Schuhregal. Erneut rief ich Hallo, aber auch dieses Mal bekam ich keine Antwort. Sie ist bestimmt einkaufen, dachte ich. Ich ging in die Küche und öffnete den Kühlschrank. Er war so gut wie leer. Ja, sie ist einkaufen, dachte ich. Ich machte den Kühlschrank zu, nahm mir ein Glas Wasser, das ich in einem Zug leer trank, und dann setzte ich mich mit der neuen Ausgabe der *Science* ins Wohnzimmer. Als ich die Zeitschrift gerade aufgeschlagen hatte, überkam mich das Gefühl, dass außer mir noch jemand im Raum war. Ich stand auf und blickte mich um, konnte Mama aber nirgendwo sehen. Auch sonst war natürlich niemand da, wer schon? Ich setzte mich wieder.

Ich las von einem Forschungsprojekt, bei dem deutsche Wissenschaftler aus Ulm Ameisen auf der Nahrungssuche eingesammelt und in zwei Gruppen eingeteilt hatten. Den Ameisen der ersten Gruppe hatte man die Beine zur Hälfte gestutzt, die Ameisen der zweiten Gruppe hatten Stelzen aus Schweineborsten bekommen, die ihre Beinlänge verdoppelten. Als die Wissenschaftler die Tiere genau dort aussetzten, wo sie zuvor eingesammelt worden waren, zeigte sich, dass die Ameisen aus der ersten Gruppe auf halbem Weg zum Ameisenhaufen stehen blieben und offenbar dachten, sie wären am Ziel, während die Ameisen aus der zweiten Gruppe erst nach der doppelten Strecke stehen blieben. Ameisen konnten also ihre Schritte zählen, sie verfügten über eine Art inneren Schrittzähler, durch den sie ihre Wege finden.

Als ich zu Ende gelesen hatte, merkte ich, dass ich mit einem Lächeln dasaß, ich war richtig gut gelaunt.

Kurz darauf kam Mama nach Hause.

»Hallo«, sagte sie mit einem Strahlen im Gesicht.

Ich sah sie an. Sie war nicht einkaufen gewesen, zumindest hatte sie keine Tüten dabei.

»Wo warst du?«, fragte ich.

»Spazieren«, antwortete sie.

»Donnerwetter«, sagte ich. Sie versuchte den Anschein zu erwecken, als verstünde sie meine Verwunderung nicht. Das hatte eine gewisse Komik. Ich lachte, aber freundlich.

»Na, wie … schön«, sagte ich. »Dass du spazieren gehst.«

»Meine Güte«, sagte sie. Aus ihrem Gesicht sprach immer noch Unverständnis, aber sie lächelte, als sie den Kopf schüttelte. »Das ist doch nichts Ungewöhnliches.«

»Nein, nein«, sagte ich. »Ist es auch nicht.«

Ich hob die Zeitschrift und las weiter. Im nächsten Moment nahm ich sie wieder herunter.

»Wir müssen wohl noch was zu essen für heute Abend besorgen«, sagte ich. Ich wollte gerade fragen, ob sie Lust auf Pizza hätte, aber so weit kam ich nicht.

»Ich esse heute auswärts«, sagte sie.

Das kam so schnell und unerwartet, dass ich meine Verblüffung nicht überspielen konnte.

»Auswärts?«, fragte ich. »Wo denn?«

Sie amüsierte sich, das sah ich an ihrem Lächeln.

»Weiß ich noch nicht genau«, sagte sie und klang dabei, als würde sie ständig ausgehen.

»Und mit wem?«, fragte ich. Es sollte sich so anhören, als würde mich die Antwort nicht weiter interessieren, aber Mama durchschaute mich. Das sah ich an dem selbstzufriedenen Gesichtsausdruck, den sie nicht verbergen konnte.

»Mit jemandem, den ich kenne«, sagte sie.

Schweigend sah ich sie an.

»Sollte das ein Problem sein?«, fragte sie.

»Nein, natürlich nicht«, antwortete ich.

Ich hob die Zeitschrift wieder. Ich fragte mich, wer dieser jemand wohl war. Außer zum Bingo verließ sie so gut wie nie das Haus, also musste sie ihre Verabredung entweder dort kennengelernt haben, oder es war jemand aus ihrem alten Bekanntenkreis. Ich wollte mir nicht die Blöße geben, noch weiter nachzubohren, konnte es aber auch nicht lassen.

»Wer ist es denn?«, fragte ich und versuchte, dabei zu gähnen, die Zeitschrift nahm ich natürlich nicht herunter.

»Du kennst ihn nicht«, sagte sie.

Also ein »Er«, dachte ich.

»Er heißt Reidar«, sagte sie.

»Und wie weiter?«, fragte ich.

»Warum willst du das wissen?«, fragte sie.

Ich ließ die Zeitschrift sinken und sah sie an. Dass ich vorhatte, ihn zu googeln, wollte ich nicht zugeben, also sagte ich einfach gar nichts. Zuckte nur mit den Schultern und tat so, als hätte meine Frage keinen besonderen Grund. Ich hob die Zeitschrift und versuchte weiterzulesen. Ich ging nicht davon aus, dass sie mir den Nachnamen verraten würde, aber dann tat sie es doch, wahrscheinlich wollte sie mir beweisen, dass es sich um einen echten Menschen handelte und nicht um jemanden, den sie sich nur ausgedacht hatte, um mich zu verunsichern.

»Reidar Austbø«, sagte sie.

Ich nahm die Zeitschrift wieder herunter.

»Hm?«, machte ich und tat so, als wäre ich zu sehr ins Lesen vertieft gewesen, um ihre Antwort mitzubekommen. Das durchschaute sie, zumindest sah sie mich an und grinste. Ich spürte, wie Irritation in mir aufkam.

»Was ist?«, fragte ich.

Sie grinste einfach weiter.

»Nichts«, sagte sie.

Ich hob die Zeitschrift wieder.

»Ich sagte nur, dass er Reidar Austbø heißt«, fuhr sie fort.

»Aha«, antwortete ich.

Eine Weile war es still.

»Du solltest auch mal vor die Tür gehen«, sagte sie, es sollte aufrichtig klingen, aber so ganz gelang es ihr nicht, diesen Eindruck zu vermitteln, dazu sprach sie zu schnell. »Anstatt nur jeden Abend hier bei mir rumzusitzen.«

Ich ließ die Zeitschrift sinken und sah sie an. Zuerst blieb mir einfach der Mund offen stehen, dann musste ich lachen. Ihr war natürlich klar, warum ich lachte, aber sie versuchte, mir das Gegenteil weiszumachen.

»Was ist daran so lustig?«, fragte sie.

»Alles«, sagte ich.

Sie sah mich zornig an. Mit einem Schnauben ging sie in die Küche. Kurz darauf kam sie mit einem Dünge-Stick zurück, den sie in einen Blumentopf auf der Fensterbank steckte, aber nicht der Pflanze zuliebe, sondern nur als Vorwand, um noch mal herzukommen und weiter zu sticheln, das lag auf der Hand.

»Ich verstehe immer noch nicht, warum du dich von Turid getrennt hast«, sagte sie. »Ihr hattet es doch so gut miteinander.«

Ich spürte das unmittelbare Bedürfnis, sie zu bestrafen, doch anstatt etwas zu erwidern, begnügte ich mich mit einem Grinsen und schüttelte den Kopf. Sie ging zurück in die Küche. Ich wartete kurz, dann legte ich die Zeitschrift weg, stand auf und ging ins Bad. Ich zog mich aus und legte meine Kleidung auf die Bank, gleich neben eine leere Baumarkttüte und die aufgerissene Verpackung eines Badezimmerlüfters. Ich drehte mich um und sah zur Wand über der Dusche. Der defekte Abzugsventilator war durch einen neuen ersetzt. Elektriker kaufen ihre Ersatzteile nicht im Baumarkt, dachte ich, das muss also dieser Reidar gewesen sein. Ich öffnete die Badezimmertür einen Spalt breit, streckte die Hand hinaus und schaltete den Lüfter ein. Er funktionierte leider. Ich zog die Tür zu, schloss ab und ging in die Dusche. Beim Einseifen betrachtete ich den Lüfter genauer. Ich hoffte, irgendeinen Fehler zu entdecken, aber soweit ich sah, war alles in Ordnung. Ich duschte und zog mich an. Auf meinem Pullover war ein Fleck, also zog ich ihn wieder aus und warf ihn in den Wäschekorb. Als ich aus dem Bad kam, stand Mama vor einem geöffneten Küchenschrank. Sie bemerkte mich nicht sofort.

»Scheiße!«, sagte sie.

»Was ist?«, fragte ich.

Sie schloss den Schrank.

»Ich habe keine Zigaretten mehr.«

Ich sagte nichts. Ich griff nach der Thermoskanne auf der Küchenzeile und schüttelte sie vorsichtig. Sie war leer. Ich wollte schon neuen Kaffee aufsetzen, tat es aber doch nicht, zuerst wollte ich einkaufen. Ich stellte die Kanne wieder hin.

»Ich sehe, du hast einen neuen Lüfter im Bad«, sagte ich.

»Ja«, sagte sie.

Ich nickte und versuchte, eine ernste Miene zu machen, aber sie fragte nicht, ob etwas nicht stimme, wahrscheinlich wollte sie die Kritik nicht hören, mit der sie ganz sicher rechnete.

»Welche Firma hast du denn beauftragt?«, fragte ich.

»Warum willst du das wissen?«, sagte sie.

»Na ja, als der alte Lüfter kaputtgegangen ist, habe ich ein bisschen im Netz recherchiert«, sagte ich. »Und von so einem Billigding da rät dir jeder Feuchtraumexperte ab. Ist doch komisch, dass ein Elektriker dir so was einbaut. Eigentlich ein Grund, sich zu beschweren, finde ich.«

Mama hob leicht das Kinn, ihr Mund war stramm und schmal.

»Für mich ist der Lüfter gut genug«, sagte sie.

»Er sollte schon zuverlässig die Feuchtigkeit aus dem Bad abziehen«, sagte ich. Ich lächelte und versuchte den Eindruck zu machen, als hätte ich nur die besten Absichten. »Und nicht nach ein, zwei Jahren wieder kaputtgehen.«

»Seit wann bist du so ein Experte für Badezimmerlüfter?«, fragte sie.

»Bin ich nicht«, entgegnete ich.

»Genau«, sagte sie.

Ich hob die Augenbrauen und tat so, als wüsste ich nicht, warum sie auf einmal so sauer war.

»Mein Gott«, sagte ich und lachte. »Ich habe doch nur gesagt, dass ich mich ein bisschen im Netz informiert habe, als der Lüfter kaputtgegangen ist.«

»Davon allein bleibt das Bad aber nicht trocken«, sagte sie. »Man muss schon auch einen neuen installieren.«

Kopfschüttelnd sah ich sie an.

»Hast du Entzugserscheinungen?«, fragte ich.

»Was?«, sagte sie.

»Was ist eigentlich los mit dir?«, fragte ich.

»Gar nichts«, sagte sie.

»Das sehe ich«, entgegnete ich. Ich wartete einen Moment, dann schüttelte ich erneut den Kopf. »Ich habe nur gesagt, dass du dich wegen des Lüfters beschweren solltest. Das ist doch kein Grund, sich gleich persönlich angegriffen zu fühlen.«

»Persönlich angegriffen!«, sagte sie mit einem Schnauben.

»Dann halt beleidigt«, sagte ich.

»Ich bin nicht beleidigt«, gab sie zurück.

»Aha«, sagte ich.

»Außerdem kann ich in meinem Haus tun und lassen, was ich will«, sagte sie.

»Ich wollte ja nur helfen«, sagte ich. »Tut mir leid, wird nicht wieder vorkommen.«

Sie grinste.

»Wer ist jetzt hier beleidigt?«, sagte sie.

Es war mir zu blöd, noch weiter darüber zu reden. Ich ging in den Flur und zog Jacke und Schal an.

Mama schaute mich an. Sie sah aus, als wollte sie etwas sagen, führte aber stattdessen nur die Hand zum Mund und stieß zweimal hintereinander ein trockenes Husten aus. Sie will, dass ich ihr Zigaretten mitbringe, aber so, wie die Stimmung jetzt ist, kriegt sie es nicht hin, mich um einen Gefallen zu bitten, dachte ich, sie will mir beweisen, dass sie ausgezeichnet ohne meine Hilfe zurechtkommt.

Ich trat in den Eingang und zog mir die Schuhe an. Ich rechnete damit, dass sie mich im letzten Moment doch noch bitten würde, ihr eine Zwanzigerpackung Prince mitzubringen, aber das tat sie nicht, sie blieb standhaft, ich ging hinaus und setzte mich ins Auto. Als ich das Radio einschaltete, war von amerikanischen und kanadischen Klimaforschern die Rede, die gerade eifrig Forschungsdaten kopierten und im Internet teilten, weil sie die Vernichtung ihrer Ergebnisse durch eine eventuelle Trump-Regierung befürchteten. Ich musste an Viren denken, nicht an Computerviren, sondern an Mikroorganismen, die Infektionen verursachen, man merkt nicht, wie man angesteckt wird, aber sobald es einen erwischt hat, weiß man Bescheid. Ich startete den Motor und fuhr zum Supermarkt. Mit einem Lendensteak, einem Brokkoli, einer Tüte leicht gesalzener Kartoffelchips und einer Flasche Ginger Beer im Einkaufskorb ging ich zur Kasse und legte alles aufs Band.

»Tüte?«, fragte die Kassiererin.

»Nein, nein, ich steck's in die Tasche«, sagte ich.

Sie sah zu den Lebensmitteln und wieder zu mir. Ihr Blick war vollkommen ernst.

»Das glaube ich nicht«, sagte sie.

Ich seufzte.

»Das war ein Witz«, sagte ich.

Sie antwortete nicht sofort, sah mich nur mit unverändert ernster Miene an.

»Ich dachte, ich hätte auch einen gemacht«, sagte sie.

Es dauerte eine Weile, bis ich verstand, was sie meinte. Ich hatte schon lange nicht mehr vor fremden Leuten gelacht, aber jetzt tat ich es. Die muss entweder intelligent sein oder aus Finnland kommen, dachte ich. Aus einem Pappkarton unter der Kasse zupfte sie eine Tüte und legte sie auf meine Einkäufe, dann sah sie mich an und lächelte. Der Rest des Tages wird gut, dachte ich, mehr brauche ich gar nicht.

Ich bezahlte, packte zusammen und ging. Als ich nach Hause kam, saß Mama mit einem Kreuzworträtsel im Wohnzimmer. Ich hängte Jacke und Schal an die Geraderobe im Flur, ging in die Küche und begann, die Einkaufstüte auszuräumen. Die Chips kamen in den Küchenschrank, das Steak, der Brokkoli und das Ginger Beer in den Kühlschrank und die Zigaretten auf die Küchenzeile. Ich öffnete die Schublade mit den Tüten und wollte die Einkaufstüte dort verstauen, aber dann hielt ich mit einem Mal inne und starrte auf die Zigarettenschachtel. Ich konnte mich nicht daran erinnern, ihr Zigaretten gekauft zu haben. Ich hatte es offensichtlich getan, die Schachtel lag ja da, aber es war mir wie aus dem Gedächtnis radiert. Ich räumte die Plastiktüte weg, schloss die Schublade und nahm die Schachtel in die Hand.

»Ich habe dir übrigens Zigaretten mitgebracht«, sagte ich.

Mama antwortete nicht sofort, wahrscheinlich wusste sie nicht genau, wie viel Dankbarkeit sie sich zugestehen beziehungsweise wie sauer sie jetzt noch sein konnte. Ich ging ins Wohnzimmer und reichte ihr die Zigaretten.

»Oh«, sagte sie, als hätte sie meine Bemerkung nicht gehört. »Danke.«

»Bitte«, sagte ich lächelnd.

Ich ging zurück in die Küche. Im Wohnzimmer knisterte es, als sie die Schachtel aus der Plastikhülle nahm.

»Das Geld kriegst du wieder, sobald ich welches abgehoben habe«, sagte sie.

»Nein, nein«, erwiderte ich.

»Aber selbstverständlich«, sagte sie.

»Lass gut sein«, sagte ich. »Ich will nicht eine Krone.«

Sie wartete einen Moment.

»Genauso stur wie immer«, sagte sie in quasi resigniertem Tonfall. Ich musste lächeln. Dann hörte ich, wie sie aufstand und auf den Balkon ging. Ich setzte Kaffee auf, ging ins Wohnzimmer und ließ mich in den Sessel fallen. Griff zur Fernbedienung. Im Ersten lief gerade eine Reportage über El Niño. Sofort schaltete ich den Fernseher wieder aus, das konnte ich mir nicht angucken, nicht jetzt. Ich lehnte mich im Sessel zurück und schloss die Augen. Kurz darauf kam Mama wieder herein, fröstelnd legte sie die Arme um den Oberkörper.

»Ganz schön ungemütlich draußen«, sagte ich.

Sie sah mich an und nickte.

»Ja«, sagte sie, und nach einer kurzen Pause: »Ich fühle mich aber auch nicht so wohl heute.«

Mir war sofort klar, was jetzt kam, aber ich stellte mich dumm.

»Ach ja?«, sagte ich. »Brütest du was aus?«

»Fühlt sich fast so an«, sagte sie. »Aber ich bin mir nicht

sicher, es können auch die üblichen Muskelschmerzen sein. Wie immer, wenn das Wetter umschlägt.«

»Oje«, sagte ich.

Sie verzog leicht das Gesicht. Dann ging sie in die Küche, füllte den Kaffee in die Thermoskanne, holte zwei Tassen aus dem Schrank und kam zurück ins Wohnzimmer.

»Vielleicht bleibe ich heute besser zu Hause«, sagte sie.

Ich sah sie an und versuchte, ein überraschtes Gesicht zu machen.

»Ach nein«, sagte ich.

»Muss ich wohl, wenn es nicht besser wird«, sagte sie.

»Wie schade«, sagte ich, es klang sogar aufrichtig, ich war echt beeindruckt von mir.

Sie stellte die Kaffeekanne und die Tassen auf den Tisch.

»Na, mal sehen«, sagte sie. »Ich weiß auch gar nicht, ob ich das schon kann.«

»Ob du was schon kannst?«, fragte ich.

»Unter Leuten sein, die trinken«, sagte sie.

»Trinkt er etwa?«, fragte ich, es kam so schnell, dass meine Sorge nicht zu überhören war. Ich führte die Hand zum Mund und hustete, um darüber hinwegzutäuschen, aber sie hatte es natürlich mitbekommen. Sie konnte ein Lächeln nicht verbergen.

»Nicht mehr als andere, glaube ich«, sagte sie. »Aber heute ist Freitag, da sind die Leute in Ausgehstimmung … Du weißt ja, wie das ist.«

Ich nickte wortlos.

»Ich muss mal zur Toilette«, sagte sie.

Sie drehte sich um und ging. Ich griff nach der Kanne und schenkte mir Kaffee ein. Die Unruhe in mir wuchs. Das ist ihr Leben, sagte ich mir, ich kann keine Verantwortung für ihre Entscheidungen übernehmen. Darauf ließ ich noch weitere

Feststellungen folgen, die kein vernünftiger Mensch in Zweifel ziehen konnte, aber beruhigter war ich dadurch nicht, zumindest nicht viel. Kurz darauf kam Mama zurück. Sie verzog erneut das Gesicht und ließ sich langsam auf dem Sofa nieder.

»Nein«, sagte sie und griff sich zuerst an die eine, dann an die andere Schulter. »Fühlt sich mehr und mehr so an, als müsste ich zu Hause bleiben.«

Ich spürte augenblicklich Erleichterung in mir aufkommen, fast schon Freude. Schnell trank ich einen Schluck Kaffee, um das Lächeln zu verbergen, das um meine Mundwinkel zuckte.

»Dann muss ich aber gleich noch mal los und noch was zu essen einkaufen«, sagte ich.

»Ja, vielleicht machst du das besser«, sagte sie. »Sicherheitshalber.«

Ihr nachgeschobenes »Sicherheitshalber« gefiel mir zwar nicht, aber ich beschloss, darüber hinwegzuhören, es schien mir jetzt ziemlich sicher, dass sie zu Hause bleiben würde.

»Was hältst du von Steak, ist das in Ordnung?«, fragte ich.

»Ob das in Ordnung ist?«, sagte sie mit einem Kopfschütteln und lachte kurz auf. »Du verwöhnst mich ja richtig.«

»Ach, na ja«, sagte ich.

»O doch«, sagte sie. »Du hättest mal sehen sollen, was es hier zu essen gab, bevor du eingezogen bist. Ein Brot nach dem anderen, mehr war da nicht. Und wenn ich mal gekocht habe, dann immer nur Fertiggerichte, meistens was aus der Dose. Mein Arzt hat das auch schon gesagt, Sie bekommen nicht genug Nährstoffe, hat er gesagt, Sie müssen Ihre Ernährung umstellen, sonst geht das noch schief.«

Ich sah sie an und lächelte. Eine Weile saßen wir da und unterhielten uns über Fertiggerichte versus frisch zubereitete Mahlzeiten. Ich erzählte ihr von Separatorenfleisch und Natriumglutamat und vom Salz- und Fettgehalt einiger Fertiggerichte, die sie früher hin und wieder gekauft hatte, und Mama war regelrecht schockiert, zumindest wollte sie den Eindruck vermitteln.

»Nie wieder«, sagte sie. »So ein Dreck!«

Ich trank meine Tasse leer und stellte sie auf die Untertasse. Beim Aufstehen fiel mir etwas auf dem Teppichboden auf. Ich beugte mich hinunter und hob es auf. Es waren ein paar Stücke Nussschale.

»Ich wollte eigentlich am Wochenende staubsaugen und putzen«, sagte Mama. »Aber … na, mal sehen, wenn es mir besser geht, mache ich das vielleicht noch.«

»Aber das kann ich doch auch machen«, sagte ich.

»Meinst du wirklich?«, sagte sie.

»Klar«, sagte ich. »Wird gleich morgen erledigt.«

Sie lächelte.

»Was würde ich nur ohne dich machen«, sagte sie.

Ich sah sie an und lächelte.

»Ich fahre gleich einkaufen«, sagte ich. »Muss nur zuerst ein paar Berichte lesen. Falls wir sonst noch was brauchen, schreib es am besten auf.«

Sie nickte und lächelte. Ich nahm die Tasche und den Koffer und ging nach unten in mein Zimmer. Ich setzte mich an den Schreibtisch, schaltete die Lampe ein und holte die Unterlagen hervor. Als Erstes wollte ich mir den Bericht über das Naturschutzgebiet in Dovre durchlesen, der interessierte mich am meisten.

Drei Tage vorher

Nach dem Auftritt von Marits Klasse gab es Kaffee und Kuchen in der Schulkantine. Zwei der anderen Eltern waren gerade in Paris gewesen, und während sie sich darüber unterhielten, wie praktisch und effektiv doch das Metrosystem sei, musste ich an Schleimpilze denken, von denen es rund sechshundert verschiedene Arten gab, die bekanntesten hierzulande hießen Schaumpilz, Hexenbutter und Blutmilch.

Schleimpilze waren eigentümliche Lebewesen. Trotz ihres Namens waren es keine Pilze, trotz ihrer Auswüchse, die an Blüten, Knospen oder kleine Beeren erinnerten, waren es keine Pflanzen, und trotz ihrer langen, hauchfeinen Fäden, die auf der Suche nach Nahrung – vorzugsweise Bakterien oder abgestorbenes organisches Material – Baumstümpfe hinunter und über Waldböden krochen, waren es keine Tiere, sondern etwas ganz anderes, nämlich sogenannte Protisten.

Vor einiger Zeit hatten japanische Wissenschaftler einen Schleimpilz in der Mitte eines Labyrinths positioniert und dann vor den einzigen Ausgang Nahrung, genauer gesagt eine Haferflocke gelegt. Bei diesem Experiment war zu beobachten gewesen, dass sich die Schleimpilzfäden, die in die Blindwege vorgedrungen waren, nach kürzester Zeit zurückzogen, während die Fäden, die auf dem richtigen Weg waren, immer weiterkrochen, bis sie vier Stunden später den Ausgang gefunden hatten.

Anschließend wiederholten die Wissenschaftler das Ganze

mit einem Miniaturmodell von Japan. Der Schleimpilz wurde auf Tokyo platziert, auf jede japanische Großstadt kam eine Haferflocke, und einen Tag später hatte der Schleimpilz ein Netz aus Fäden gebildet, das aufsehenerregend große Ähnlichkeit mit dem effektiven Zugnetz von Japan hatte. Dieses einfache Lebewesen ohne Gehirn benötigte also nicht einmal vierundzwanzig Stunden für eine Aufgabe, die hoch ausgebildeten Ingenieuren jahrelange Arbeit beschert hatte.

Von all dem sagte ich nichts, während die anderen Eltern über das französische Metrosystem sprachen, ich sagte überhaupt nichts, auch nicht danach, ich saß einfach da und nippte an meinem Kaffee. Wann bin ich eigentlich so geworden?, dachte ich, als die Veranstaltung endlich vorbei und ich mit Marit auf dem Weg zum Auto war. Und wie um alles in der Welt hatte ich das zulassen können? Ich öffnete die Autotür und stieg ein. Ich war niedergeschlagen, fast schon traurig, als ich mir den Sicherheitsgurt über die Brust zog und mit einem Klicken in der Halterung befestigte.

Drei Monate vorher

Die Scheinwerfer erhellten die ganze Garage, als ich mit dem Wagen hineinfuhr. Hier muss ich mal aufräumen, dachte ich. Es war dunkel und still. Ich stieg aus und schloss vorsichtig die Fahrertür. Ein schwacher Benzindunst mischte sich mit dem Geruch der aufgestapelten Holzscheite hinten in der Garage, und ein Stück Birkenrinde auf dem Betonboden knackste, als ich darauftrat. Ich öffnete den Kofferraum und holte die Plastiktüte mit dem Fisch heraus. Angel, Angeltasche und Mückenhut ließ ich liegen. Wahrscheinlich zog ich morgen Abend auch wieder los. Dann würde ich aber auf der anderen Seite des Flusses mein Glück versuchen, am Fuß des Wasserfalls. Ich drückte die Heckklappe zu, richtete den Schlüssel auf den Wagen und schloss ab. Das kurze gelbe Aufflackern der Blinklichter wirkte in der Dunkelheit grell, das Klicken der Zentralverriegelung in der Stille laut. Ich ging los, doch plötzlich hatte ich das deutliche Gefühl, nicht allein im Raum zu sein, und blieb abrupt stehen. Regungslos stand ich da und horchte, es war niemand zu hören. Meine Augen gewöhnten sich allmählich an die Dunkelheit, aber ich konnte auch niemanden sehen. Ich wartete einen Moment, dann ging ich aus der Garage, legte die Plastiktüte auf dem Schotter ab und zog das Garagentor herunter. Ein helles, schrilles Quietschen ertönte, als sich das Metallrad durch die zerbeulte Stelle an der Schiene drückte. Ich muss die Schiene mal auswechseln, dachte ich. Kaum war mir der Gedanke gekommen, schüttelte ich den Kopf. Wenn ich bis jetzt nicht aufgeräumt oder die Schiene ausgewechselt hatte, würde ich es auch in näherer Zukunft nicht machen. Ich nahm die Plastiktüte und ging über den Hof. Plötzlich hörte ich ein Summen, wie ich es schon lange nicht mehr gehört hatte. Es war das Geräusch eines alten Dynamos an einem rotierenden Fahrradreifen. Ich drehte mich um. Ein Lichtkegel kam langsam die Straße herauf. Ich sah nicht, wer auf dem Rad saß, nur das Licht, das je nach Trittkraft mal stärker, mal schwächer war. Es ist, als würde nicht der Mensch auf dem Fahrrad atmen, sondern das Licht, dachte ich, als würde das Licht Luft holen. Ich wartete, bis das Rad hinter der Kurve verschwunden war, dann drehte ich mich um und ging ins Haus.

Im Eingang stand ein fremdes Paar Damenschuhe, und ich verfluchte mich dafür, dass ich so früh nach Hause gekommen war. Ich zog mir die Schuhe aus und öffnete vorsichtig die Tür. Sie saßen in der Küche und unterhielten sich mit gedämpften Stimmen. Ich konnte nicht hören, worüber sie redeten. Einerseits hätte ich gern gewusst, was sie sagten, andererseits auch nicht. Ich ging ein Stück weiter in den Flur, hörte aber immer noch nicht, worüber sie sprachen. Eine Weile stand ich regungslos da. Am liebsten wäre ich ins Bad und dann direkt ins Bett gegangen, aber ich wollte die Forellen am nächsten Tag zu Mittag essen, also musste ich in die Küche und sie in den Kühlschrank legen. Ich führte die Hand zum Mund und hustete kurz, damit sie hörten, dass ich nach Hause gekommen war. Sofort wurde es mucksmäuschenstill. Kurz darauf begannen sie wieder zu reden, und jetzt war es nicht mehr schwer, sie zu verstehen.

»So, ich muss morgen früh raus«, sagte Åsne. »Vielen Dank für den Wein.«

»Danke, dass du vorbeigekommen bist«, sagte Turid.

Einen Augenblick lang blieb es still. Ich hängte die Jacke an den Haken und ging ins Wohnzimmer. Im selben Moment kamen Turid und Åsne aus der Küche genau auf mich zu, zuerst Åsne, dahinter Turid.

»Hallo«, sagte ich.

»Hallo«, sagte Åsne.

Sie sah mir länger als normal in die Augen, und ich wusste sofort, dass Turid ihr viel mehr über mich erzählt hatte, als mir lieb war. Das kam zwar nicht unerwartet, aber der Gedanke war trotzdem unangenehm.

»Ah, du hast was gefangen«, sagte Åsne und deutete mit dem Kopf auf die Tüte.

Das unangenehme Gefühl, ausgeliefert zu sein, wurde stärker, und plötzlich spürte ich, dass ich rot wurde. Ich stieß ein Husten aus.

»Drei Forellen«, sagte ich. Ich hielt ihr die geöffnete Tüte hin, damit sie den Blick von mir abwandte und stattdessen die Fische betrachtete. Sie sah kurz in die Tüte und richtete den Blick dann wieder auf mich.

»Toll«, sagte sie.

Als wäre ich ein Achtjähriger, der gerade seinen ersten Fisch gefangen hat, dachte ich. Ich spürte Irritation in mir aufkommen.

»Und ihr hattet einen schönen Abend?«, fragte ich.

»Aber sicher«, antwortete Åsne.

Ich sah sie unverwandt an.

»Mit jeder Menge vertraulicher Gespräche«, sagte ich.

Jetzt war sie diejenige, die rot wurde.

»Terje!«, sagte Turid.

Ich wandte den Blick nicht von Åsne ab. Ich lächelte.

»Keine Sorge, Åsne«, sagte ich. »Das macht nichts. Im Laufe der Jahre habe ich ja auch so einiges über dich erfahren.«

»Ich fasse es nicht«, sagte Turid, als ich an ihr vorbeiging, sie schüttelte den Kopf. »Wie tief kann man eigentlich sinken?«

Mir fiel eine Kollegin von ihr ein, die sich mal an mich rangemacht hatte. Ich wünschte, es wäre Åsne gewesen, dachte ich, dann könnte ich das jetzt erzählen. Ich ging in die Küche. Auf dem Tisch standen eine Box Weißwein und zwei halb volle Gläser. Neben der Box lagen zwei zusammengeknüllte Kosmetiktücher mit Lidschattenresten. Sie hat geweint, dachte ich und bereute sofort, was ich gerade gesagt hatte. Ich verstaute den Fisch im Kühlschrank und ließ die Kühlschranktür zufallen. Eine Weile stand ich da, den Kopf in den Nacken gelegt, und starrte an die Decke. Jetzt bloß nicht sentimental werden, Terje, murmelte ich. Ich schloss die Augen und seufzte, dann ging ich ins Bad. Ich wusch mich und putzte mir die Zähne.

Als ich wieder herauskam, saß Turid mit nachgefülltem Weinglas im Wohnzimmer. Sie sah nicht zu mir auf, sie saß am Tisch und schrieb in ihr Tagebuch. Mit Bleistift, das konnte ich hören. Dieses trockene Geräusch einer etwas zu stumpfen Bleistiftspitze, die übers Papier kratzt, erinnerte mich an die Grundschule, und für einen kurzen Augenblick sah ich meine krakelige Kinderhandschrift vor mir. Ich betrachtete Turid. Einmal vor langer Zeit hatte ich heimlich in ihrem Tagebuch gelesen. Ich hatte erwartet, Dinge darin zu finden, die sie an mir störten, aber das Schlimmste, was dort stand, war, dass ich manchmal etwas hart auf andere wirke. Dieses Mal würde ich wohl nicht ganz so gut wegkommen. Aber das ist mir scheißegal, sagte ich mir, sie kann schreiben, was sie will. Ich versuchte, mir das glaubhaft einzureden, ohne Erfolg. Ich wusste nicht so recht, was ich mit mir anfangen sollte, also ging ich in die Küche und füllte ein Glas mit Leitungswasser, das ich sofort wieder ausgoss. Dann wischte ich mir über den Mund und machte »Ah«, als hätte ich gerade getrunken. Anschließend ging ich durchs Wohnzimmer zur Kellertreppe. Ich wollte eigentlich gar nicht stehen bleiben, konnte es aber nicht lassen. Grinsend sah ich zu Turid hinüber.

»Akuter Anfall von Schreibwut?«, fragte ich.

Sie blickte auf. Antwortete nicht. Senkte nur den Blick und schrieb weiter.

»Pass bloß auf, dass du nichts vergisst«, fragte ich.

Ich dachte an Blut, als ich meine Stimme hörte.

Ich ging runter ins Gästezimmer und legte mich ins Bett. Kurz darauf machte Turid Musik an. R.E.M. natürlich, die hatte sie immer gehört, bevor wir zusammenkamen. Die Musik war nicht laut, und außerdem hatte ich die Tür geschlossen, es war also nicht weiter störend. Ich stand auf, öffnete vorsichtig die Tür und zog sie zu, etwas kräftiger als normal, damit Turid es hörte. Dann legte ich mich wieder ins Bett. Ich lag da und dachte darüber nach, wie es so weit kommen konnte, aber ich verstand es immer noch nicht, ich verstand ja kaum, *dass* es so weit gekommen war, dass ich tatsächlich Schluss gemacht hatte.

Ich ging davon aus, kein Auge zuzutun, aber dann schlief ich doch ein. Ich träumte, dass ich durch alle vergangenen Jahreszeiten fiel und im allerersten Frühling auf der Erde landete. Es war karg und öde, kein Baum weit und breit, auch keine Blumen, nicht einmal Gras. Doch dann zogen dünne Finger aus Sonnenlicht plötzlich Schachtelhalme und Bärlappgewächse und Urfarne aus der Erde, langsam und vorsichtig, so ähnlich wie Vögel, die Würmer aus der Erde ziehen, und bald war der Erdboden grün. Dass ich das erleben darf, dachte ich, während ich ganz allein umherging, dass ich den allerersten Frühling auf der Erde sehen darf.

Einen Tag vorher

»Schmeckt es?«, fragte ich.

Ich sah Turid an und lächelte. Sie warf mir einen gleichgültigen Blick zu, nur um sich erneut ihrem Teller zuzuwenden und weiterzuessen.

»Hallo?«, sagte ich.

»Redest du mit mir?«, fragte sie. Als wäre ihr das nicht klar.

»Ja«, sagte ich.

»Es schmeckt genau wie immer, wenn wir hier sind«, sagte sie.

Ich versuchte, mein Lächeln aufrechtzuerhalten. Das war ein Kraftakt, aber es gelang mir.

»Möchtest du noch eine Cola, Marit?«, fragte ich. Ich deutete mit dem Kopf auf ihr Glas. Sie hatte gerade den Mund voll und gab mir zu verstehen, dass sie erst runterschlucken musste, bevor sie antwortete. Ich schob mir eine Wasserkastanie auf die Gabel. Als ich sie in den Mund stecken wollte, sah ich, dass Turid mich anblickte. Offensichtlich war sie wegen irgendwas verärgert.

»Was ist?«, fragte ich.

Sie schüttelte den Kopf.

»Nichts!«, sagte sie und aß mit einem Grinsen weiter.

»Ich kann auch einfach Wasser trinken«, sagte Marit.

»Sicher?«, fragte ich.

Sie warf Turid einen flüchtigen Blick zu, bevor sie mich wieder ansah.

»Ja«, sagte sie.

»Von mir aus kannst du ruhig noch eine Cola trinken«, sagte Turid. »Ist ja dein Körper.«

Erst jetzt wurde mir klar, dass es hier um Marits Gewicht ging. Ich sah sie an. Sie versuchte den Anschein zu erwecken, als würde ihr das nichts ausmachen, aber ohne Erfolg. Wenn es eins gab, was die Sache für Marit noch schlimmer machen würde, dann ein offener Streit zwischen Turid und mir vor den anderen Gästen, und da mein Mitleid mit Marit größer war als meine Wut auf Turid, sagte ich lieber nicht, was ich davon hielt, dass eine Mutter so mit ihrer Tochter sprach. Ich schloss beide Augen und öffnete sie wieder. Seufzend sah ich Turid an.

»Können wir nicht einfach … Wir sind im Restaurant«, sagte ich. »Wir wollen es uns doch ein bisschen nett machen.«

»Ach, *das* wollen wir!«, sagte Turid.

»Turid, bitte«, sagte ich.

»Also schön, dann machen wir es uns jetzt nett«, sagte sie, sie lachte kurz auf. »Finde ich gut, das ist ja schon ein Weilchen her.«

Sie nahm sich Reis nach. Ich sah zu Marit und hob die Augenbrauen, um ihr zu signalisieren, dass das Verhalten ihrer Mutter nicht nur ihr auf den Geist ging, aber sie hatte den Blick auf ihren Teller gerichtet und bekam es nicht mit.

»Wann müssen wir eigentlich los, Marit?«, fragte ich nach einer Weile, ich versuchte zu lächeln.

»Du brauchst nicht zu fahren«, sagte sie. »Da sind genug Autos.«

»Aber ich will doch das Spiel sehen«, sagte ich. »Ich fahre gerne.«

Sie sagte nicht sofort etwas. Ihr schien keine passende Antwort einzufallen. Ich nahm an, dass sie Angst hatte, nicht gut genug zu spielen, wenn ich dabei war, und deshalb nach einem Vorwand suchte, warum ich doch nicht mitkommen sollte. Das weckte fast den Wunsch in mir, sie würde ein Eigentor schießen, damit ich ihr zeigen konnte, dass ich sie trotzdem lieb hatte, egal, wie es auf dem Spielfeld lief.

»Ich weiß gar nicht, ob ich Bock auf das Spiel habe«, sagte sie. »Ich will sowieso mit Fußball aufhören.«

»Ach, Marit«, sagte ich.

»Will ich aber«, sagte sie.

»Warum denn?«, wollte ich wissen.

»Weil es langweilig ist, was sonst«, sagte sie.

Erst vor ein paar Tagen hatte sie noch erzählt, wie viel Spaß ihr das Fußballspielen machte, ich wusste also, dass sie nicht die Wahrheit sagte. Vermutlich war es eher eine Reaktion auf die schlechte Stimmung am Tisch. Entweder das, oder sie wollte meine Erwartungen auf das Spiel runterschrauben. Wenn ich glaubte, dass ihr Fußball etwas bedeutete, war es natürlich schlimmer für sie, schlecht zu spielen, als wenn ich dachte, sie fände Fußball doof und würde sowieso bald aufhören.

»Das ist natürlich deine Entscheidung«, sagte ich. »Aber mit allem im Leben läuft es mal besser und mal schlechter, vielleicht wartest du einfach noch ein bisschen.«

»Wenn du aufhörst, hast du jedenfalls mehr Zeit, um vor dem Rechner zu hängen«, sagte Turid. »Und die brauchst du ja.«

Ich ließ Messer und Gabel sinken.

»Jetzt reicht es, Turid«, sagte ich. Mir fiel auf, dass ich gleich doppelt so ernst klang, wenn ich am Ende des Satzes ihren Namen sagte.

»Wie gut, dass du mir die Grenzen aufzeigst«, sagte sie. »Wo du ja nie welche überschreitest.«

Wir blickten uns eine Weile an, dann griff ich zur Sojasauce und träufelte sie über den Reis.

»Ich muss mal aufs Klo«, sagte Marit. Sie schob den Stuhl zurück und stand auf, dann ging sie in den Flur, wo die Toiletten waren.

Ich saß da und blickte Turid an.

»Musst du dich wirklich so benehmen?«, sagte ich. Ich sprach offenbar lauter, als ich dachte, der Gast am Einzeltisch neben mir drehte sich jedenfalls zu uns um.

»Ausgerechnet du musst von Benehmen reden«, sagte Turid.

Ich beugte mich ein Stück vor.

»Ist ja in Ordnung, dass du wütend bist, aber das brauchst du doch nicht an Marit auszulassen«, sagte ich. Ich musste mich bemühen, leiser als beim letzten Mal zu reden. »Siehst du nicht, wie weh ihr das tut?«

Sie antwortete nicht. Sie wandte sich ab und starrte an die Wand. Es dauerte eine Weile, bis ich begriff, dass sie weinte. Ich legte meine Hand auf ihre, aber sie zuckte sofort zurück.

»Lass das«, sagte sie leise, ohne den Blick von der Wand zu nehmen.

Ich spürte einen unmittelbaren Anflug von Scham über die Zurückweisung. Wie zufällig führte ich die Hand zur Serviette.

»Ist gut«, sagte ich, ich ließ den Blick durchs Lokal schweifen, während ich mir den Mund abwischte. Niemand der anderen Gäste schien von der Abfuhr etwas mitbekommen zu haben. Ich legte die Serviette ab und aß weiter.

Aus den Lautsprechern strömte leise Musik, und in der Küche hörte man es hin und wieder zischen.

Kurz darauf kam Marit zurück. Seit Neuestem schminkte sie sich, und ich hatte damit gerechnet, Reste von verwischtem Lidschatten auf ihren Wangen zu entdecken, aber nichts deutete darauf hin, dass sie geweint hatte. Vielleicht hatte sie ja die Wahrheit gesagt und musste wirklich nur aufs Klo. Ohne einen Blick zu mir oder Turid setzte sie sich wieder. Turid wandte sich zu ihr. Sie führte die Hand zum Mund und räusperte sich.

»Tut mir leid, Marit«, sagte sie.

»Was denn?«, fragte Marit.

Turid wusste natürlich, dass Marit klar war, wofür sie sich entschuldigte, denn sie ließ die Frage unbeantwortet. Sie versuchte zu lächeln.

»Ich bin im Moment nicht ich selbst«, sagte sie. »Aber ich werde mich zusammenreißen.«

Marit starrte auf den Tisch, sie sagte nichts. Turid legte die Hand auf ihre und drückte sie vorsichtig.

»Ich habe dich so lieb«, sagte sie.

Noch immer saß Marit regungslos da. Sie schien sich einen Punkt auf der Tischplatte gesucht zu haben, den sie nicht aus den Augen ließ. Turid wartete einen Moment, dann ließ sie Marits Hand los. Kurz darauf kam der Kellner. Er hatte offensichtlich nichts von dem mitbekommen, was an unserem Tisch vor sich gegangen war. Zumindest war er noch genauso fröhlich wie seit unserer Ankunft.

»Hatte geschmeckt?«, fragte er.

»Hatte gut geschmeckt«, rutschte es mir heraus.

Ich hätte es natürlich dabei belassen sollen, aber das tat ich nicht.

»Die Lechnung, bitte«, fügte ich hinzu.

»Die Lechnung, ja«, antwortete er.

Er verneigte sich leicht, lächelte und ging dann weiter. Nichts deutete darauf hin, dass er etwas von dem Witz mitbekommen hatte, der Gedanke, dass ich ihn gekränkt hatte, war also nicht der Grund für die Hitze, die mir in die Wangen stieg, noch bevor ich Turids und Marits Blicken begegnete. Ich hatte mich dazu herabgelassen, einen unschuldigen Dritten auf den Arm zu nehmen, nur um etwas zu haben, worüber ich mit Turid und Marit lachen konnte, das war der Grund, und nicht zuletzt die Tatsache, dass es für die anderen so offensichtlich war. Für den Bruchteil einer Sekunde dachte ich daran, einen Hustenanfall zu inszenieren, der als Erklärung für die plötzliche Röte in meinem Gesicht herhalten konnte, aber das ließ ich sein, ich wusste schon, dass man mir das nicht abnehmen würde.

»Tut mir leid«, sagte ich. »Das war blöd von mir.«

Ich fühlte mich augenblicklich besser, aber Turid wollte mich offenbar nicht so leicht davonkommen lassen.

»Entschuldige dich nicht bei uns«, sagte sie. »Sag das lieber dem Kellner.«

Sie schaute mich einen Moment an, dann wandte sie sich mit einem Schnauben ab. Als der Kellner wenig später mit der Rechnung kam, befürchtete ich, sie würde mich noch mehr demütigen und sagen, dass jetzt die Gelegenheit für eine Entschuldigung wäre, aber das tat sie zum Glück nicht. Dafür wollte sie mich partout nicht für ihr Essen bezahlen lassen.

»Ich verdiene mein eigenes Geld«, sagte sie und reichte dem Kellner zweihundertfünfzig Kronen. Der wirkte etwas verwirrt. Ich hatte ihm gerade achthundert Kronen gegeben, und er schien nicht zu verstehen, warum Turid ihre zweihundertfünfzig Kronen ihm und nicht mir gab. Vermutlich hätte er es nicht einmal verstanden, wenn er gewusst hätte, wie es zwischen uns stand, kam mir plötzlich in den Sinn, jedenfalls sah er überaus gutmütig aus. Lächelnd streckte ich ihm die Hand entgegen. Ich sagte nichts, doch das war auch nicht nötig. Er gab mir die 250 Kronen, sagte »Danke« und »Bis zum nächsten Mal«, dann ging er.

Wir zogen unsere Jacken an und verließen das Lokal. Die Stille war unerträglich, und ich war fast froh, als wir auf den

Parkplatz kamen und ich sah, dass ein Vogel mitten auf die Frontscheibe gekackt hatte, so ließ sich das Schweigen leichter brechen.

»Verdammte Möwen«, sagte ich.

Wir stiegen ins Auto und fuhren nach Hause.

»Also, wie sieht es aus, Marit?«, sagte ich. Ich betrachtete sie im Innenspiegel. Sie saß auf dem Rücksitz und hatte die Stirn ans Fenster gelehnt. »Spielst du nachher?«

Sie gab ein lautloses Seufzen von sich. Das sah ich an dem grauen Dunst, der sich unmittelbar auf der Fensterscheibe ausbreitete, genau vor ihrem Mund.

»Na gut«, sagte sie.

»He«, sagte ich. »Nicht ›Na gut.‹ Es ist deine Entscheidung, habe ich doch gesagt.«

»Mhm«, machte sie. Es klang genau, wie wenn Teenager »Ja klar« sagen, und dazu hatte sie auch allen Grund, nach dem, was Turid ihr im Restaurant an den Kopf geworfen hatte.

»Klar entscheidest du selbst«, sagte ich.

»Ja, ist gut«, sagte sie.

Turid schaute aus dem Seitenfenster, sie sagte nichts.

Zu Hause angekommen, ging jeder seiner Wege. Turid zog sich ein Paar grüne Gummihandschuhe an und zupfte Unkraut im Gemüsegarten, und Marit verbarrikadierte sich in ihrem Zimmer. Ich hatte die letzten Nächte schlecht geschlafen und wollte mich ein bisschen ausruhen, bevor wir losfuhren. Ich legte mich aufs Sofa und schloss die Augen. Kurz vor dem Einschlafen überkam mich das Gefühl, dass mich jemand anstarrte, und sofort schlug ich die Augen wieder auf. Da war niemand, ich hörte auch niemanden. Ich legte die Hände unter den Kopf und schloss die Augen wieder. Im nächsten Moment war ich eingeschlafen. Ich träumte, dass sich eine Drossel auf einer winzigen Jungtanne niederließ und dort regungslos sitzen blieb, bis der Baum ausgewachsen war. Dann begann der Vogel, Zweige und Halme zu sammeln, und baute sich daraus dicht am Stamm ein Nest. Als ich aufwachte, war mir etwas leichter zumute. Natürlich nicht, weil mir der Traum irgendwelche wichtigen Erkenntnisse geliefert hätte, gegen Traumdeutung und solchen Quatsch hatte ich eine regelrechte Aversion. Ich fand ihn einfach schön, das war alles. Ich sah auf die Uhr. Langsam wurde es Zeit. Ich ging ins Bad, wusch mir das Gesicht und ging wieder nach draußen. Marit hörte gerade ihren aktuellen Lieblingssong, »Heathens« von Twenty One Pilots, wenn ich es richtig im Kopf hatte. Ich klopfte bei ihr an und legte die Hand auf den Türgriff, ohne zu öffnen. Mit dem Anklopfen hatte ich schon vor einer ganzen Weile begonnen, aber dass ich auch ihre Antwort abwarten musste, bevor ich die Tür öffnete, hatte ich erst vor Kurzem gelernt. Sie drehte die ohnehin nicht sehr laute Musik leiser.

»Ja«, sagte sie.

Ich öffnete die Tür. Sie saß mit dem Laptop auf dem Schoß im Bett.

»Bist du fertig?«, fragte ich.

Sie seufzte.

»Ja«, sagte sie.

Sie klappte den Laptop zu, nahm ihre fertig gepackte Tasche und ging an mir vorbei in den Flur, wo sie anfing, sich die Schuhe zu binden. Ich schloss die Zimmertür und folgte ihr.

»Musst du unbedingt diese Jacke da anhaben?«, sagte sie.

»Die Jacke?«, fragte ich. »Was stimmt denn damit nicht?«

Sie seufzte und gab mir zu verstehen, dass die Frage ja wohl überflüssig sei. Ich sagte nicht sofort etwas. Ich konnte beim besten Willen nicht nachvollziehen, was sie gegen meine Jacke hatte, es war eine völlig nichtssagende braune Jacke, über die sie bisher kein Wort verloren hatte, genau wie über meine anderen Kleidungsstücke. Für Kleidung und Mode hatte sie schon immer auffallend wenig übrig gehabt.

»Ja, also … ich kann auch was anderes anziehen«, sagte ich.

»Ja, bitte«, sagte sie.

Diese Antwort war ungewöhnlich aggressiv für Marit, und mit gehobenen Augenbrauen sah ich ihr nach, als sie die Haustür öffnete und hinausging. Ich schüttelte den Kopf und seufzte leise. Dann hängte ich die Jacke weg, zog mir den blauen Fleece-Pullover an und ging aus dem Haus. Marit saß schon im Auto. Ich klopfte mir gleichzeitig auf beide Hosentaschen und hörte den Schlüsselbund in der rechten klimpern. Dann ging ich die Treppe hinunter. Unten auf dem Schotter sah ich zu Turid rüber, die auf Knien im Gemüsegarten hockte. Sie zog gerade eine Handvoll Unkraut samt Wurzeln aus der Erde und warf es in die Schubkarre neben ihr.

»Wir fahren jetzt«, sagte ich.

Sie drehte sich um und sah mich an, ohne ein Wort. Dann stand sie auf und kam auf mich zu. Sie hatte geweint, das sah ich an ihren Augen.

»Glaubst du etwa, ich weiß nicht, was du hier machst?«, sagte sie. Sie sprach schnell. Ich hatte den Eindruck, dass sie sich ihre Worte zurechtgelegt hatte und sie jetzt ohne große Umschweife loswerden wollte.

»Was meinst du?«, fragte ich.

»Je anständiger du bei all dem hier rüberkommst, desto gemeiner werde ich«, sagte sie.

»Aber, Turid«, sagte ich. »Lass dich doch nicht auf dieses Niveau runter, dazu bist du zu gut.«

»Und wenn ich sehe, dass du es schaffst, Marit auf deine Seite zu ziehen, werde ich wütend auf sie«, sagte sie. »Und dann bin ich auch gemein zu ihr.«

Sie begann wieder zu weinen.

»Du bist nicht gemein zu ihr«, sagte ich. »Du bist eine gute Mutter, das warst du immer schon.«

Sie erwiderte nichts. Sie schloss die Augen. Ich musste an das Auspressen von Zitronen denken, als ich sah, wie ihre Lider die Tränen förmlich aus ihr herausdrückten.

»Turid«, sagte ich.

Ich legte ihr die Hand auf den Oberarm und drückte ihn vorsichtig. Mit einer leichten Bewegung wand sie sich los.

»Nicht«, sagte sie.

»Tut mir leid«, sagte ich und nahm die Hand zurück. »Es tut nur so weh, dich so zu sehen.«

»Das hättest du dir ein bisschen früher überlegen sollen«, sagte sie, sie rollte den einen Gummihandschuh bis zum Handgelenk herunter und trocknete sich mit dem Unterarm die Tränen. Die dünnen, hellen Härchen auf ihrer Haut schimmerten. Seufzend fuhr ich mir mit der Hand durchs Haar. Im selben Moment drückte Marit auf die Hupe, erst einmal, dann noch einmal. Ich drehte mich um und signalisierte ihr mit erhobener Hand, dass ich gleich käme. Als ich mich wieder umwandte, war Turid auf dem Weg zurück zum Gemüsebeet.

»Also bis dann«, sagte ich.

Sie antwortete nicht. Sie ging zur Schubkarre, hob sie an und fuhr damit Richtung Komposthaufen. Ich öffnete die Fahrertür und setzte mich ins Auto. Ich versuchte, mir irgendetwas Nettes einfallen zu lassen, worüber ich mit Marit reden konnte, aber sie drückte sich die Ohrhörer rein und wollte offenbar Musik hören, somit hatte sich das erübrigt. Ich fuhr zum Vereinslokal und parkte auf der rechten Straßenseite, gleich hinter den anderen Autos. Da ich mir nicht ganz sicher war, wo der Fußballplatz lag, ließ ich das Fenster runter, um den Trainer zu fragen. Er stand gerade mit dem Rücken zu mir vor einem grauen Toyota Prius, öffnete den Kofferraum und warf einen Beutel mit vier, fünf Bällen hinein. Dann wandte er sich zwei Mädchen zu, die mit einer Tasche an der Schulter auf dem Weg standen. Beide hatten langes blondes Haar, trugen Adidas-Pullover und Sporthosen, die Turid mal als X-Tights bezeichnet hatte. Sie sehen genau gleich aus, dachte ich, man könnte es glatt für eine Uniform halten.

»Habt ihr nicht gehört, was ich gesagt habe?«, rief der Trainer. »Die anderen Autos sind voll.«

»Ja, aber … äh«, sagte das eine Mädchen.

»Nichts ja aber«, entgegnete er. »Los jetzt. Dafür haben wir keine Zeit.«

Ich wandte mich Marit zu. Sie hatte den Blick gesenkt und fummelte an ihrem Handy herum. Entweder hatte sie nicht mitbekommen, was draußen vor sich ging, oder sie wollte nur, dass ich das dachte. Letzteres war wahrscheinlicher, stellte ich fest, jedenfalls sah sie nicht besonders glücklich aus. Als ich wieder aufschaute, waren sowohl der Trainer als auch die beiden Mädchen auf dem Weg zu unserem Auto. Ich sah den Trainer an und grüßte, während ich hörte, wie die Mädchen hinten die Türen öffneten und sich auf die Rückbank setzten.

»Wie komme ich zum Fußballplatz?«, fragte ich.

»Wenn Sie an der Schule vorbeifahren, sehen Sie ein Schild mit der Aufschrift *Stadion*«, sagte er. »Einfach immer dem Pfeil nach, dann sind Sie in fünf Minuten da.«

»Alles klar«, sagte ich.

Er hob die Hand und ging zu seinem eigenen Wagen. Ich betrachtete die Mädchen im Spiegel. Sie saßen rechts und links auf der Rückbank und starrten aus dem Fenster.

»Hallo«, sagte ich.

»Hallo«, sagten sie, ohne aufzusehen.

Ich fuhr an Skovgård vorbei und auf die alte E6. Es war

mucksmäuschenstill im Wagen. Nach einer Weile wandte sich Marit zu den beiden anderen Mädchen um.

»Ist echt schön geworden, deine neue Frisur, Sara«, sagte sie.

Sie sprach schnell, und es klang, als hätte sie all ihren Mut zusammengenommen, um das Schweigen zu brechen. Ich warf einen Blick in den Innenspiegel. Das Mädchen namens Sara schaute Marit ohne ein Lächeln an und drehte sich sofort wieder weg.

»Danke«, sagte sie.

Marit drehte sich zurück nach vorn, sie legte die Hände in den Schoß und blickte starr geradeaus. Im Auto war es still. Kurz vor dem Einkaufszentrum City Syd hielt ich an, um ein wartendes Mädchen über die Straße zu lassen. Sie hatte ein rotes Fahrrad mit aufgedruckten gelben Blumen, das mich an die Mädchenräder aus meiner Kindheit erinnerte.

»Guckt mal, da ist Vibeke!«, sagte Marit. »Mann, ist die fett geworden.«

Das Mädchen namens Vibeke setzte einen Fuß aufs Pedal und schwang sich aufs Fahrrad. Es war dick, aber nicht sehr. Ich warf einen Blick in den Innenspiegel und sah, dass die beiden auf dem Rücksitz sich anschauten und grinsten. Aber nicht wegen Vibeke, das war mir sofort klar. Sie grinsten, weil Marit das Gewicht eines Mädchens kommentierte, das nicht viel mehr wog als sie selbst.

»Der platzen ja gleich die Reifen«, sagte Marit. Sie stieß ein kurzes Lachen aus, während sie sich zu den beiden auf dem Rücksitz umdrehte. Die lachten nicht mit, sondern lächelten nur betont mitleidig.

»Ich finde sie eigentlich ganz hübsch«, sagte Sara.

Marit antwortete nicht sofort, sie drehte sich nach vorn und schaute durch die Frontscheibe.

»Klar, sie ist ja trotzdem hübsch«, sagte sie leise.

Eine ganze Weile hielt sie den Blick aus dem Seitenfenster gerichtet. Sie will nicht, dass ich ihr Gesicht sehe, dachte ich, sie schämt sich. Sie tat mir so leid, dass ich Bauchschmerzen davon bekam. Dass ich immer wieder zu ihr hinüberblickte und dabei das kleine Ohrläppchen sah, das unter dem dünnen braunen Haar hervorguckte, machte es auch nicht besser. Auf eine Art unterstrich das ihre ganze Hilflosigkeit. Ich fühlte mich genauso hilflos. Das alles hatte ich überhaupt nicht kommen sehen, und mir fehlten schlicht und einfach die Worte.

»Mann, hab ich einen Durst«, murmelte Sara.

»Ich auch«, sagte das andere Mädchen.

»Wir sind doch gerade an einer Tankstelle vorbeigekommen«, sagte Marit. Erneut wandte sie sich zu den beiden um. »Wir können einfach da vorne im Kreisverkehr wenden.«

»So wichtig ist das nicht«, sagte Sara.

»Das dauert nur fünf Minuten«, sagte Marit. »Stimmt's, Papa?«

»Lass nur, wir warten, bis wir da sind«, sagte Sara.

Schnell warf ich Marit einen Blick zu. Sie sagte nichts, sah aber so aus, als würde sie »Bitte« sagen.

»Da vorne hinter der Kurve kommt eine Tankstelle, da können wir halten«, sagte ich. Es war meine Aufgabe, Marit zu vermitteln, dass man sich nicht beliebter, sondern im Gegenteil nur unbeliebter machte, wenn man solchen Leuten nach der Pfeife tanzte, und sofort bereute ich, was ich gesagt hatte. Ich bereute es umso mehr, als ich sah, wie Sara und das andere Mädchen Blicke wechselten und die Augen verdrehten. Als wir uns der Tankstelle näherten, wäre ich am liebsten einfach daran vorbeigefahren, aber mir fiel kein guter Vorwand ein, also bog ich in die Einfahrt und parkte vor dem Reifendruckgerät.

»So«, sagte ich.

Sara und das andere Mädchen stiegen wortlos aus. Ich wandte mich Marit zu. Sie versuchte so zu tun, als würde sie meinen Blick nicht bemerken, aber schließlich gab sie auf und drehte sich zu mir.

»Was ist?«, sagte sie.

»Deshalb wolltest du also nicht, dass ich fahre?«, fragte ich.

Sie tat so, als verstünde sie nicht, was ich meinte, doch das gelang ihr nicht. Ohne etwas zu erwidern, drehte sie sich in die andere Richtung. Ich löste den Gurt und stieg aus dem Auto. Dann öffnete ich die Hintertür, nahm die beiden Taschen vom Rücksitz und ließ sie auf den Asphalt fallen, gleich neben eine große Holzkiste voller Tüten mit hellblauem Scheibenwischwasser.

»Was machst du denn da?«, sagte Marit, sie klang panisch. Ich knallte die Hintertür zu und setzte mich wieder ins Auto. »Papa?«, sagte Marit laut. »Papa? Papa?«, sagte sie, mit jedem Mal ein bisschen lauter und hysterischer. Ich antwortete nicht. Ich sah sie auch nicht an. Ich setzte ein paar Meter zurück und begann, in die Richtung zu fahren, aus der wir gerade gekommen waren. Wir hatten gerade fünfzig, vielleicht fünfundsiebzig Meter zurückgelegt, da dämmerte mir, dass ich zu weit gegangen war. Ich fuhr an einer Bushaltestelle rechts ran und schaltete den Motor aus. Im linken Rückspiegel sah ich Sara und das andere Mädchen, sie standen an der Stelle, an der wir eben noch geparkt hatten, vollkommen still, und starrten uns hinterher. Ich schloss die Augen und öffnete sie wieder. Mit einem Seufzen wandte ich mich Marit zu, sie hatte den Blick aus dem Seitenfenster gerichtet.

»Tut mir leid«, sagte ich.

Sie sagte nichts.

»Ich drehe um«, sagte ich.

»Zum Umdrehen ist es jetzt zu spät«, sagte sie. Sie war den

Tränen nahe, klang aber auch wütend, und das machte die Situation ein wenig erträglicher.

»Nein, Marit, ist es nicht«, sagte ich. »Ich rede mit ihnen. Ich werde ihnen erklären, was passiert ist. Dass es meine Schuld war. Dass ich …«

»Kapierst du gar nichts?«, sagte sie.

Ich kapierte natürlich genauso viel wie sie. Sonst hätte ich wohl darauf bestanden, dass wir umdrehen.

»Dann fahr jetzt auch!«, sagte sie.

Ich schaute in den Rückspiegel und fuhr zurück auf die Straße. Als wir wenig später in den Kreisverkehr bogen, sahen die Mädchen offenbar ein, dass wir nicht mehr zurückkommen würden. Sie breiteten die Arme aus, und Sara trat gegen ihre Tasche, wandte sich heftig um und ging mit erhobenen Händen ein paar Meter in die entgegengesetzte Richtung. Auf dem Weg aus dem Kreisverkehr gab ich Gas. Es war vollkommen still im Auto.

Fünf Minuten später begann Marit plötzlich zu lachen. Zuerst dachte ich, sie wollte mich trösten, indem sie so tat, als würde sie das Ganze nicht so schwernehmen, aber das stimmte nicht, sie lachte aus Schadenfreude.

»Die dumme Bitch!«, sagte sie leise, sie hatte das Gesicht zum Seitenfenster gedreht, aber an ihrer Stimme hörte ich, dass sie dabei grinste.

Ich war froh, wollte es aber nicht zeigen, das hätte nur den Eindruck erweckt, dass mir der Ernst meines Handelns nicht bewusst war.

»Ich hoffe, die kriegen Krebs«, sagte sie. »Vor allem Sara.«

»Aber, Marit«, sagte ich. »So darfst du nicht reden.«

»Ich meine es aber so«, entgegnete sie. »Genau so.«

Ich sagte nichts, ich wusste nicht, was. Einerseits war ich erleichtert, weil ihre Reaktion mir zeigte, dass sie sich nicht zum

Opfer machen ließ, andererseits erschreckte mich diese unverhohlene Aggressivität, so hatte ich sie noch nie gesehen, sie erinnerte mich an mich selbst.

Kurz vor Kvål mussten wir anhalten, weil ein Traktor vor uns auf die Straße bog. Ich schaute zu Marit hinüber. Ihr Blick war nach wie vor aus dem Seitenfenster gerichtet. Plötzlich überkam mich eine immense Sehnsucht nach der Zeit, als ich noch mit ihr in den Wald, ins Wissenszentrum oder ins Wissenschaftsmuseum gehen konnte. Jetzt gab es nichts mehr, was ich mit ihr unternehmen konnte, zumindest fiel mir nichts ein. Ich wandte den Blick von ihr ab und sah wieder nach vorn. Ich gab Gas. Langsam ging es weiter. Wenig später bog der Traktor in eine Zufahrt ein. Ich wollte schneller fahren, tat es aber nicht, sondern fuhr einfach im selben Tempo weiter, mehr oder weniger zumindest. Nach einer Weile drehte Marit sich mir zu.

»Wir müssen nicht sofort nach Hause, wenn es das ist«, sagte sie.

Ich wusste, was sie meinte, ließ es mir aber nicht anmerken. Sie blickte nach vorn.

»Ich meine, wenn du Angst hast, dass Mama fragt, warum wir schon zurück sind«, fügte sie hinzu. In ihrer Stimme lag keine Verachtung. Auch keine Wut. Sie meinte es gut mit mir. Ich war gerührt und antwortete nicht sofort, ich hatte Angst, dass mir die Stimme versagen würde. Ich wartete einen Moment, dann sah ich zu ihr hinüber.

»Du bist so groß geworden«, sagte ich. Ich versuchte zu lächeln. »Und klug.«

Sie sagte nichts. Ich wartete kurz.

»Also, was sollen wir machen?«, fragte ich.

Sie zuckte mit den Schultern.

»Einfach ein bisschen rumfahren«, sagte sie.

Ich nickte.

Keiner von uns sprach. Als wir nach Kregnesodden kamen, fuhr ich rechts ran und schaute hinunter zum Flussufer.

»Was ist?«, fragte Marit.

»Ich will sehen, ob da irgendwo Lupinen sind«, sagte ich. »Aber da stehen zu viele Bäume.«

Sie sagte nichts, sah mich nur verständnislos an. Ich lächelte.

»Gleich da vorne lebt ein vom Aussterben bedrohter Käfer, der Küstensandlaufkäfer«, erklärte ich. »Und Lupinen gehören zu den Gründen, warum er mehr und mehr verschwindet, sie breiten sich furchtbar schnell aus, überall, und wuchern den Lebensraum des Küstensandlaufkäfers völlig zu. Daran denken die Leute nicht, wenn sie sich Lupinen in den Garten pflanzen. Und die Straßenbehörde hat auch nicht daran gedacht, als sie die Straßenränder vor ein paar Jahren aufhübschen wollte.«

»Warum darf man denn dann überhaupt Lupinen pflanzen?«, fragte Marit.

»Heute darf man das nicht mehr, seit ein paar Jahren ist es verboten«, antwortete ich. »Aber Lupinen wird man nicht so leicht los, das erfordert ziemlich viel Arbeit.«

Ich hob eine Hand vom Steuer und streckte den Finger aus. »Ein Stück weiter in diese Richtung liegt Kregnesteigen, das ist das Gebiet mit dem größten Küstensandlaufkäfer-Bestand am ganzen Flussufer, und da jäten die Schüler der Øya-Schule regelmäßig Lupinen für uns. Aber um das Gelände frei zu halten, müssen sie jedes Jahr kommen.«

Marit sagte nichts.

»Daran sieht man, wie sensibel so ein Ökosystem ist«, fuhr ich fort. »Und wie gefährlich es ist, fremde Arten zu verbreiten oder in der Natur auszusetzen, wie vorsichtig man damit sein muss. Du musst wissen, dass sich jede einzelne Art Generation für Generation ein bisschen besser an ihre Umgebung anpasst, so ist das schon seit Tausenden von Jahren, bis heute, und deshalb leben die Arten eines Ökosystems auch so gut zusammen, verstehst du, sie brauchen einander, um zu überleben. Und wenn wir Menschen dann neue Arten in das Ökosystem einführen, zerstören wir das Gleichgewicht. Alte Arten werden verdrängt, sie werden entweder gefressen oder sterben an Krankheiten, die die neuen Arten mitbringen. So war das zwar schon immer, aber trotzdem ist heute alles anders als früher. Wir reisen mehr ins Ausland, wir importieren und exportieren Waren in einem ganz anderen Maßstab, wir haben ganz einfach mehr Kontakt mit dem Rest der Welt. Und jedes Mal reisen blinde Passagiere mit. Ein Samenkorn hier, ein Virus da, ein paar fremde Fische im Ballastwasser eines Schiffes. Und obendrein noch der Klimawandel«, sagte ich. »Die globale Erwärmung führt dazu, dass verschiedene Arten immer weiter Richtung Norden abwandern, weil es im Süden viel zu warm wird. Die Menschen haben es noch nicht kapiert, aber wir leben mitten in einem riesigen Experiment und haben nicht die geringste Ahnung, wie es ausgehen wird.«

Ich wollte gerade zum Weiterreden ansetzen, als ich plötzlich einsah, dass mein Engagement mit mir durchging, also hielt ich lieber den Mund. Es war irgendwie nicht richtig, sich so mitreißen zu lassen, nicht nach dem, was ich getan hatte. Außerdem hatte Marit vermutlich sowieso längst genug. Sie war schnell gelangweilt von meinen »Vorträgen«, wie sie sie nannte.

»Na ja«, sagte ich und warf einen Blick in den Rückspiegel, um weiterzufahren.

»Können wir nicht runter zum Fluss gehen und nachsehen?«, fragte Marit. »Ob wir Lupinen finden, meine ich.«

Ich schaute sie an und lächelte.

»Mir zuliebe müssen wir das nicht machen«, sagte ich.

»Nicht dir zuliebe«, entgegnete sie. »Dem Küstensandlaufkäfer zuliebe.«

Ich lachte. Sie sah mich an und lächelte.

»Wirklich?«, fragte ich.

»Ja!«, sagte sie.

Ich führte die Hand zur Gurthalterung, drückte aber noch nicht auf den roten Knopf. Ich saß da und sah sie an.

»Ja!«, wiederholte sie. »Mein Gott!«

Ich lachte noch einmal.

»Okay, dann los!«

Wir folgten dem Pfad durch den Wald und erreichten den langen weißen Sandstrand. Marit wollte wissen, ob der Küstensandlaufkäfer nur hier lebte, und ich erzählte, dass er an fünf verschiedenen Stellen in Norwegen vorkäme, aber schon seit Längerem auf dem Rückzug sei und schließlich ganz verschwinden würde, wenn wir nichts unternähmen. Lupinen stellten nicht die einzige Bedrohung dar, noch schlimmer waren Straßenbau, Landwirtschaft und vor allem Wasserkraftanlagen. Der Küstensandlaufkäfer war nämlich auf natürliche Wasserläufe angewiesen, die Flussschlingen und Nebenarme bildeten und dabei Kies und Sand anhäuften, so wie hier, sagte ich und deutete mit dem Kopf auf den Strand vor uns, er gräbt Löcher für seine Larven und lebt an sandigen Stellen wie dieser hier. Ich ging in die Hocke. Hoffentlich rede ich nicht wieder zu viel, dachte ich. Ich nahm eine Handvoll Sand und ließ ihn durch die Finger rieseln. Das kitzelte.

»Wer hätte gedacht, dass *hier* ein vom Aussterben bedrohtes Tier lebt«, sagte sie. »So was gibt es doch sonst nur am Amazonas.«

Ich lächelte.

»Allein an diesem Fluss leben über neunzig bedrohte Insektenarten«, sagte ich.

Sie drehte sich zu mir um, ohne ein Wort, sie sah mich nur an und versuchte zu begreifen, was ich gerade gesagt hatte, so sah es jedenfalls aus. Nur mit Mühe konnte ich verbergen, wie froh mich das machte. So nahe waren wir uns schon lange nicht mehr gewesen, dachte ich.

Eine Woche vorher

Die Bezirksregierung Süd-Trøndelag hatte zur Umweltkonferenz geladen, und ich begann meinen Vortrag mit einer Frage an den Saal: »Wussten Sie eigentlich, dass es in Trøndelag einen Regenwald gibt?«, fragte ich, und nach einer Kunstpause, in der ich die schweigende Menge musterte, fuhr ich fort und erzählte vom borealen Regenwald oder Küstennadelwald, wie er auch genannt wird. Ich erzählte, dass es diesen Landschaftstyp nur in den Bezirken Nordland und Trøndelag gebe und dass dort neben mehreren seltenen, gefährdeten Pilzarten auch zehn verschiedene Regenwaldflechten existierten, allesamt Arten, die an nur wenigen anderen Orten auf der Erde nachgewiesen würden: die Norwegische Fleckflechte, die Fichtentuchflechte, Sampaios Tuchflechte, die Küstenkuchenflechte, Ahlners Strähnenflechte, die Goldpunktflechte, die Gelbe Birnenflechte, die Falsche Zinnoberflechte, die Vereinzelte Braunsporflechte und *Szczawinskia leucopoda*.

»Sie alle stehen auf der Roten Liste gefährdeter Arten«, sagte ich. »Und manche davon, zum Beispiel die Norwegische Fleckflechte, sind so selten und so spezifisch für die Regenwaldgebiete in Trøndelag, dass sie für immer verschwunden sein werden, wenn sie hier aussterben. Ein für alle Mal.«

Erneut legte ich eine Kunstpause ein, in der ich den Blick in die Menge richtete, und dann, nachdem ich kurz darauf eingegangen war, was den borealen Regenwald in Süd-Trøndelag von dem in Nord-Trøndelag unterscheide, kam ich zum

Hauptteil meines Vortrags; im Laufe der letzten fünfzig Jahre waren fünfzig bis achtzig Prozent des Küstennadelwalds aus Trøndelag verschwunden, erzählte ich, und die siebenundsechzig Regenwaldgebiete, von denen wir in Süd-Trøndelag wussten, umfassen heute nur noch eine Gesamtfläche von acht bis zehn Quadratkilometern. Ein ausgeprägtes Umweltbewusstsein und verstärkte Bemühungen um den Naturschutz hatten in den letzten fünfzehn Jahren dazu beigetragen, die negative Entwicklung etwas abzufangen, aber die Situation ist noch längst nicht zufriedenstellend. Erst kürzlich, zwischen 2008 und 2011, wurde beispielsweise das letzte Regenwaldgebiet in der Gemeinde Trondheim abgeholzt und für immer vernichtet, und in allen übrigen Regenwaldgemeinden des Bezirks – also Åfjord, Roan, Osen, Bjugn und Rissa – lägen konkrete Gefährdungen vor.

Dazu gehörten unter anderem der Ausbau von Straßen sowie Wasser- und Windkraftwerken. Gewöhnliche Verkehrswege stellten zwar inzwischen eine geringere Bedrohung dar, aber sowohl Wasser- als auch Windkraftanlagen benötigten Zufahrten, hinzu kämen die vielen Stromleitungen, und das alles würde große Waldflächen, auch Regenwaldflächen, vernichten – wenn wir nicht aufpassten. Eine weitere Bedrohung stellten die großen Elchbestände dar, erklärte ich, vor allem in Süd-Trøndelag, da hier die meisten gefährdeten Flechtenarten an Ebereschen und Salweiden wachsen, von denen Elche sich bekanntlich ernähren.

Die größte Gefahr ginge jedoch nach wie vor von der Forstwirtschaft aus. Der nährstoffreiche Boden, auf dem der Küstennadelwald wachse, machte ihn zu einem attraktiven Rodungsgebiet, und da die forstwirtschaftliche Nutzung den Waldboden austrockne, der boreale Nadelwald aber gerade auf ein kühles, feuchtes Klima angewiesen sei, richte das Abholzen hier großen Schaden an. Trotzdem war es in Süd-Trøndelag noch vergleichsweise leicht, entsprechende Schutzmaßnahmen durchzusetzen, denn die weiten Abstände zu potentiellen Rodungsgebieten und der hohe Anteil an Laubwald machten das Abholzen hier kostspielig, sodass eine Schonung des Waldes mit einer Kostenreduzierung einherging. Zwischen den einzelnen Gemeinden des Bezirks bestünden allerdings deutliche Unterschiede, und sowohl in Roan als auch in Åfjord, der größten Regenwaldgemeinde in Süd-Trøndelag, komme es immer wieder zu heftigen Konflikten zwischen der Forstwirtschaft und Naturschützern.

Nachdem ich etwa eine Dreiviertelstunde geredet hatte, mit zunehmendem Engagement und unter eifriger Hinzuziehung des Smartboards zur Darstellung von Zahlen und Statistiken sowie einiger Bilder vom Regenwald in Trøndelag vor und nach der Zerstörung, öffnete ich meinen Vortrag für Fragen und Kommentare aus dem Saal. Das Tagesprogramm neigte sich dem Ende entgegen, die Teilnehmenden waren müde und bereit für das Abendessen, und als ich – sicherlich etwas zu ausführlich – zwei Fragen beantwortet hatte, eine vom Gemeindedirektor von Bjugn und eine von einem Politiker aus Rissa, räusperte sich der Abteilungsleiter zweimal und warf einen vielsagenden Blick zur Wanduhr. Ich nickte und bereitete mich auf den Abschluss vor, doch als ich gerade zum Dank ansetzen wollte, hob eine Frau die Hand. Sie präsentierte sich als Gesundheitsberaterin der Gemeinde Malvik.

»Das klingt jetzt sicher dumm«, sagte sie und stieß ein kurzes Lachen aus.

Sofort spürte ich Freude in mir aufkommen. Ich hatte natürlich keine Ahnung, worauf ihre Frage abzielte, aber ich wusste, dass sie stellvertretend für viele andere fragte, die sich nur nicht trauten. So war es immer, wenn eine Frage so eingeleitet wurde.

»Aber was ist eigentlich so schlimm daran?«, sagte sie mit einem leichten Schulterzucken. »Wenn diese Flechte ausstirbt, meine ich.«

Es wurde mucksmäuschenstill im Saal. Einige Zuhörer sahen sich an und verdrehten die Augen, andere taten so, als müssten sie sich beherrschen, um nicht loszulachen. Augenblicklich machte sich Irritation, fast schon Wut in mir breit. Nicht auf die Frau natürlich, sondern auf die anderen, die so taten, als hätten sie sich eine solche Frage noch nie gestellt, eine Frage, deren Antwort so einleuchtend war, dass nur Kinder sie stellen würden.

»Das ist ganz und gar nicht dumm, im Gegenteil, eine sehr gute Frage«, sagte ich. »Dass Arten aussterben, ist ja ein vollkommen natürlicher Prozess, das passiert, seit es Leben gibt, und solange auf diesem Planeten Leben existiert, wird es auch weiterhin geschehen. Aber die Zeit, in der wir gerade leben, zeichnet sich durch zwei entscheidende Besonderheiten aus. Erstens vollzieht sich das Artensterben heutzutage hundertmal schneller, als es auf natürliche Art passieren würde. Seit der Entstehung der ersten Landsäuger vor vierhundertfünfzig Millionen Jahren gab es nur *fünf* Massensterben auf der Erde. Und momentan befinden wir uns mitten im sechsten. Es passiert, während wir hier sitzen und reden, direkt vor diesem Fenster, im Stadtwald, entlang dem Wanderweg und im Trondheimfjord, das ist nur niemandem klar. Die zweite Besonderheit ist die Ursache für das Sterben. Dass hier weder Supervulkane noch Meteoriten hinter der Katastrophe stecken, sondern eine der Arten selbst, nämlich wir, der Mensch. Und deshalb müssen wir uns natürlich die Frage stellen: Warum machen wir das, warum zerstören wir wissentlich etwas, worauf wir angewiesen sind? Und mit welchem Recht?«

Ich legte die Hände aufs Pult und sah die Beraterin aus Malvik an. »Ich glaube, die allermeisten denken genau wie Sie«, sagte ich. »Mit dieser Denkweise sind wir groß geworden. Wir sind in eine menschenzentrierte Welt hineingewachsen, in der der Wert anderer Arten danach beurteilt wird, wie gut wir Menschen sie uns zunutze machen oder uns mit ihnen identifizieren können. Tiere wie Hunde und Katzen, zu denen wir seit Tausenden von Jahren ein enges Verhältnis haben, gelten als wertiger als zum Beispiel Mäuse, und Tiere mit großen Augen, die uns an kleine, hilflose Kinder erinnern, gelten als mehr wert als beispielsweise Fische. Den wenigsten bereitet es Probleme, eine Forelle zu töten, aber einen süßen Seehund umzubringen ist schon schlimmer, denn da tötet man quasi etwas Menschliches. Mit anderen Worten: Uns ist alles untergeordnet. Die Natur ist nur für uns da, und alles, was wir nicht zu benötigen glauben – wie zum Beispiel die Norwegische Fleckflechte –, dürfen wir vernichten. Meiner Ansicht nach kann die ökologische Katastrophe, die wir im Laufe dieses Seminares immer wieder diskutiert haben, nur durch eine Abkehr von diesem Anthropozentrismus verhindert werden. Wir können vom globalen Kapitalismus reden, der stets Gewinnmaximierung und damit eine Verarmung der Natur erzwingt, wir können von der technologischen Entwicklung reden, die diese Verarmung überhaupt erst möglich macht und den Menschen außerdem immer weiter von der Natur entfernt, von der wir so abhängig sind, wir können von den Schwächen einer Regierungsform reden, bei der die Politiker vor allem dafür sorgen müssen, dass Alkohol und Sprit und Fleisch und Gott weiß was erschwinglich bleiben, damit man sie wiederwählt. Das alles ist natürlich wichtig, aber dieser ganzen Diskussion liegt die Frage nach unserem Platz in der Natur zugrunde. Erst wenn wir erkennen, dass die Natur einen Eigenwert hat und wir nicht das Recht haben, andere Arten auszurotten – auch nicht solche, die keine Ähnlichkeit mit uns haben oder die uns überflüssig erscheinen –, erst dann können wir die Katastrophe verhindern, die wir in den vergangenen Tagen hier rauf- und runterdiskutiert haben, und nur so können wir uns retten«, sagte ich.

Ich wollte gerade dazu übergehen, was wir im Hinblick auf den Respekt vor der Schöpfung von der Religion lernen könnten, aber so weit kam ich nicht, denn plötzlich räusperte sich der Abteilungsleiter erneut, und zwar nicht nur ein-, sondern dreimal und noch lauter als vorher. Ich schaute in seine Richtung. Er sah mich mit einem etwas zu freundlichen Blick an und lächelte, als täte ich ihm leid, und sofort war mir klar, dass mein Engagement mit mir durchgegangen war und mein Monolog die Form eines Appells angenommen hatte. Ich wollte mich wieder dem Publikum zuwenden, ließ es aber sein. Ich spürte, wie mir die Röte ins Gesicht stieg, also richtete ich den Blick aufs Pult und tat so, als wäre ich mit dem Zusammenlegen meiner Unterlagen beschäftigt.

»Danke für Ihre Aufmerksamkeit«, sagte ich, ohne noch einmal aufzusehen.

Als ich in mein Zimmer kam, legte ich die Unterlagen auf den Nachttisch und ließ mich aufs Bett fallen. Ich lag einfach da und starrte an die Decke. Mein Gesicht war immer noch warm, es glühte. Ich versuchte mir einzureden, dass niemand bemerkt hatte, was ich da gerade abgezogen hatte, dass ich übertrieb, aber ich konnte mich nicht wirklich davon überzeugen. Ich habe ja sogar gestikuliert, dachte ich, habe da vorne mit den Armen rumgefuchtelt wie so ein beknackter Italiener. Ich schloss die Augen. Kniff sie zu, bis es fast wehtat. Ich hatte überhaupt keine Lust auf das Abendessen, aber ich wusste, ich musste da runter, außerdem hatte ich fürchterlichen Hunger. Eine Weile blieb ich noch liegen, dann duschte ich, zog mich um und ging hinunter.

Das Essen war genauso schrecklich wie solche Essen zu sein pflegen, und nachdem ich ein paar Pflichtstunden hinter mich gebracht hatte, fing ich an zu gähnen, natürlich nicht aus Müdigkeit, sondern damit die anderen glaubten, ich sei müde. Ich hatte die Hoffnung, die Gesellschaft ohne Fragen und Kommentare von betrunkenen Kollegen und anderen Teilnehmenden verlassen zu können, aber das war mir nicht vergönnt.

»Ach, bleib doch noch, Terje«, sagte Astrid. »Ohne dich ist es so still am Tisch.«

Sie, Hilde und eine Juristin aus Rissa brachen sofort in Gelächter aus. Ich sah sie an und lächelte.

»Donnerwetter, du hast ja einen richtigen Sinn für Ironie«, sagte ich, aber das hörte natürlich niemand, sie lachten immer noch.

»Nein, nein«, sagte Astrid, als sie sich wieder eingekriegt hatte. »Geh nur.«

»Läuft sicher einiges im Fernsehen heute«, sagte Hilde.

»Wer will schon David Attenborough verpassen«, sagte Astrid. »Von dem läuft doch immer irgendeine Doku.«

Und dann lachten sie wieder.

»Du Armer, jetzt sind wir gemein«, sagte Hilde.

Dafür habt ihr doch gar nicht genug Fantasie, dachte ich und lächelte unbeirrt weiter. Ich wollte gerade aufstehen und gehen, aber da kam natürlich Per und setzte sich auf den freien Stuhl links neben mir. Er war so jemand, der offenbar glaubte, mit vollendetem sechzigstem Lebensjahr habe man plötzlich den Durchblick, und der kaum an jemandem vorbeigehen konnte, ohne als Lebensweisheiten getarnte Trivialitäten zum Besten zu geben. Bitte verschone mich, dachte ich, als er das Gesicht in ernste Falten legte, doch er verschonte mich selbstverständlich nicht. Ich solle nicht immer so streng mit mir sein, sagte er, und nachdem er mir erklärt hatte, was er damit meinte, nutzte er die Gelegenheit auch gleich noch, um über Aristoteles und dessen Gedanken über die Tugenden und den goldenen Mittelweg zu schwadronieren. Idiot, dachte ich, nickte aber und machte »Mhm«, wo es mir angemessen erschien.

»Ich respektiere ja, dass du keinen Alkohol trinkst, das ist es gar nicht«, sagte er. »Ich verstehe es nur nicht.«

»Wärst du jetzt nüchtern, würdest du es sicher verstehen«, entgegnete ich.

Er kapierte nicht, was ich meinte, zumindest sah es nicht so aus. Aber bei Vorträgen und Besprechungen saß er auch immer nur mit offenem Mund da, dieser dümmliche Gesichtsausdruck war also ganz normal für ihn.

»Du bist doch nicht etwa trockener Alkoholiker, oder?«, fuhr er fort.

»Nein, nein«, sagte ich.

Er hickste, trank von seinem Bier und hickste noch einmal.

»Weil wenn du einer wärst, würde ich das natürlich verstehen«, sagte er. »Kein Problem. Gar kein Problem.«

»Was hat Platon noch mal gesagt?«, fragte ich.

Er sah, wenn möglich, noch dümmlicher aus als eben.

»Hm?«, machte er.

»Über den goldenen Mittelweg?«, half ich ihm auf die Sprünge.

Er war betrunken, aber offensichtlich nicht zu betrunken, um mitzubekommen, wenn ihn jemand beleidigte, jedenfalls nahm er sein Bier und zog ohne ein weiteres Wort Leine. Ich stand auf, lächelte und sagte den anderen am Tisch Gute

Nacht, dann verließ ich das Restaurant, ging an der Rezeption vorbei und weiter den Korridor hinunter. Als ich vor meiner Zimmertür stand, hörte ich hinter mir jemanden meinen Namen sagen. Ich drehte mich um und erblickte Malene. Sie hatte wahrscheinlich getrunken, aber da sie auch sonst meistens gut drauf war, konnte ich nicht genau sagen, wie viel.

»O Gott, ich brauch mal ne Pause«, sagte sie und lachte.

»Ach so?«, sagte ich.

»Dieser Klimaforscher, der war mir jetzt doch ein bisschen zu … anstrengend, sagen wir mal so.«

Ich lächelte. Sie lachte wieder. Dann erzählte sie, wie er sich an sie rangemacht hatte. Sie stellte die Episode als unschuldig und leicht bizarr dar, und anders, als weniger sympathische Frauen es wohl getan hätten, gab sie nicht der Versuchung nach, sich über ihn lustig zu machen.

»Na ja, zumindest hat er einen guten Vortrag gehalten«, sagte ich, als sie fertig war.

Sie erwiderte nichts, sondern nickte nur.

»Findest du nicht?«

»Doch, doch«, sagte sie. »Der war sehr lehrreich. Aber gleichzeitig so … ich musste an *Melancholia* von Lars von Trier denken. Kennst du den? Dieser Film, wo sie feststellen, dass ein Planet auf Kollisionskurs mit der Erde ist … und es nur noch wenige Tage dauert, bis alles Leben ausgelöscht wird?«

»Ja, leider«, sagte ich. »Ein grässlich pompöser Film.«

Sie lachte.

»Ich wusste, dass du das sagen würdest«, sagte sie. »Jedenfalls war ich nach dem Vortrag ziemlich entmutigt. Ich hatte das Gefühl, dass unsere Arbeit im Prinzip sinnlos ist … als würden wir hier Möbel rücken, obwohl das Haus längst in Flammen steht.«

Sie versuchte, den letzten Satz spontan klingen zu lassen,

aber mir war klar, dass sie ihn nicht zum ersten Mal sagte. Ich reagierte nicht sofort. Normalerweise störte es mich, wenn jemand so affektiert daherredete, aber jetzt nicht, dazu mochte ich Malene einfach zu gern, und außerdem schien sie es tatsächlich so zu meinen. Sie wirkte aufrichtig entmutigt, und das überraschte mich, denn obwohl sie natürlich allen Grund dazu hatte, war ihr das bisher nie anzumerken gewesen. Im Gegenteil, wenn ich beruflich mit ihr zu tun hatte, war mir auffallend oft dieses alte Motto in den Sinn gekommen: »Es ist hoffnungslos, aber wir geben nicht auf.«

Wir standen noch eine Weile zusammen und sprachen darüber, warum die meisten nicht längst viel desillusionierter waren, und wie es möglich war, diesen herannahenden Planeten zu ignorieren, wie Malene sagte. Sie redete davon, dass uns der enorme Wirbel um die Klimakrise paradoxerweise immun mache, so dass wir einfach verdrängten, was gerade geschähe, und wie anpassungsfähig der Mensch sei, wie schnell wir uns an das neue Klima gewöhnten.

»Wenn wir den Leuten begreiflich machen wollen, wie ernst es ist, brauchen wir eine neue Sprache«, sagte sie. »Wir erreichen sie sonst einfach nicht.«

Ich nickte.

»Ja, wenn alle Tage Weltuntergang ist, dann wird der Weltuntergang zum Alltag«, sagte ich. Das klang wie ein Satz, der von irgendjemand Klügerem hätte stammen können, und ich war überrascht und ziemlich zufrieden, was mir auch offenbar anzusehen war, jedenfalls fing sie an zu lachen.

»Hm«, machte ich. »Den muss ich mir merken.«

Sie sagte nichts mehr, stand plötzlich nur da und sah mich mit einem Blick an, der nicht misszuverstehen war.

»Gehst du jetzt direkt schlafen?«, fragte sie und lächelte unsicher. Ich antwortete nicht sofort, das kam so überraschend, dass ich einen Moment brauchte, um zu verstehen, was hier gerade passierte.

Sie senkte den Blick und schluckte. Dann sah sie wieder zu mir auf.

»Sag nicht, dass du nicht auch schon daran gedacht hast«, sagte sie.

Das hatte ich natürlich. In meiner Fantasie hatte ich es schon auf verschiedenste Weise mit ihr getrieben, aber deshalb machte ich damit noch lange nicht ernst. Ich liebte Turid, und ich liebte Marit, und ich wollte nichts tun, was meine Familie zerstören könnte. Sie machte einen Schritt auf mich zu. Sie wollte etwas sagen, doch da kamen gerade die beiden Mitarbeiterinnen vom Naturforschungsinstitut den Korridor herunter, also ließ sie es. Sie drehte sich um und lächelte den vorbeigehenden Frauen zu. Mir war natürlich klar, wie das für die beiden aussah, und sofort spürte ich Irritation in mir aufkommen. Ich hatte nichts zu verheimlichen, und hätte ich Malene nicht so gerngehabt, dann hätte ich ihr vor den anderen eine Abfuhr erteilt.

»Das habe ich jedenfalls«, sagte sie, sobald die beiden Frauen außer Hörweite waren. »Also schon mal daran gedacht«, fügte sie hinzu. Sie lächelte flüchtig.

»Malene«, sagte ich.

Sie nickte.

»Ich weiß«, sagte sie und blickte zu Boden. »Du bist verheiratet.«

»Ja«, sagte ich. »Und Vater.«

Sie nickte. Ich zog die Schlüsselkarte aus der Tasche.

»Gute Nacht«, sagte ich.

»Gute Nacht«, sagte sie, ohne sich jedoch von der Stelle zu rühren, sie blieb einfach stehen und schaute auf den Boden. Sie wartet und hofft, dass ich doch nicht widerstehen kann, dachte ich. Ich steckte die Karte ins Schloss, öffnete und ging ins Zimmer. Während ich die Tür langsam zumachte, sah ich Malene noch einmal an und lächelte. Ich fragte mich, ob sie sofort gehen oder noch eine Weile warten würde, also trat ich dicht an die Tür und schaute durch den Spion. Sie war weg. Ich wusste nicht genau, ob ich erleichtert oder enttäuscht war, wahrscheinlich beides. Bei unserem nächsten Treffen wird sie wohl so tun, als wäre sie viel betrunkener gewesen, als sie war, dachte ich, in dem Fall werde ich so tun, als würde ich ihr glauben.

Nachdem ich mich ausgezogen und mir die Zähne geputzt hatte, rollte ich mich aufs Bett. Ich fasste mir in den Schritt und stellte mir Malene nackt vor. Sofort wurde ich steif und holte meinen Schwanz raus. Ich fing an, es mir zu besorgen, hörte aber auf, bevor ich kam. Ich wollte warten, bis ich mit Turid zusammen war. Ich kroch unter die Decke, griff nach der Fernbedienung und schaltete den Fernseher ein. Donnerstagabends lief normalerweise Boxen, nur nicht heute, wie es schien. Schnell zappte ich durch alle Programme, aber es lief auch gerade kein anderer Kampfsport. Ich schaltete den Fernseher aus, stellte den Wecker auf acht und löschte das Licht. Ich machte es noch mal an, griff zum Handy und stellte den Wecker doch besser auf halb sieben. Dann muss ich den anderen nicht beim Frühstück begegnen, dachte ich, danebenbenommen haben zwar die sich, aber auf ihre fieberhaften Versuche, mir aus dem Weg zu gehen, kann ich gut verzichten, das ist für mich genauso peinlich.

Ich schaltete das Licht wieder aus. Eine Weile lag ich da und dachte an Malene, aber nicht an Sex mit ihr, sondern an unsere gemeinsame Arbeit. Wir ergänzten uns so gut. Hin und wieder war es mir so vorgekommen, als hielte ich es nur noch ihretwegen auf der Arbeit aus, und ich hoffte inständig, dass der Vorfall von eben unser Verhältnis nicht beeinträchtigte. Ich schloss die Augen und schlief ein.

Ein paar Stunden später wurde ich plötzlich davon wach, dass das Fernsehsignal ausgefallen war und ein ohrenbetäubendes weißes Rauschen meinen Kopf fast zum Platzen brachte. Es war natürlich nur ein Traum, aber das merkte ich erst, als ich in Unterhose mitten im Zimmer stand und den längst ausgeschalteten Fernseher ausmachen wollte. Ich schüttelte den Kopf und legte mich wieder hin, jetzt konnte ich nicht mehr einschlafen. Aus irgendeinem Grund musste ich an die Gesundheitsberaterin von Malvik denken, an ihre Frage und die Reaktionen der anderen Zuhörer. Ich wusste, dass einige von denen, die die Augen verdreht hatten, für das Zustandekommen von Projekten verantwortlich waren, die in ihren Gemeinden zur Zerstörung von Regenwald und anderen schützenswerten Gebieten geführt hatten, und trotzdem hatten sie die Augen verdreht und die Frage als dumm hingestellt. Sie begreifen wirklich nicht, wie ernst es ist, Malene hat recht, wir brauchen eine neue Sprache, konnte ich gerade noch denken, bevor ich wieder einschlief. Ich träumte, dass ich Sätze aus dem Grenzland der Gedanken holte, wie ich es nannte. Dass ich Sätze wie Feuerholz nach Hause trug.

Ich wachte auf, bevor der Wecker klingelte, und nach einer schnellen Dusche packte ich den Koffer und ging hinunter in den Frühstückssaal. An den Tischen saßen drei, vier Leute, aber zum Glück niemand, den ich kannte. Ich nahm mir eine Zeitung aus dem Regal neben dem Saftautomaten, warf sie auf einen kleinen Tisch in der Ecke und holte mir ein Glas Milch, zwei Scheiben Brot mit Käse ohne Butter und ein paar Gurken-, Tomaten- und rote Paprikascheiben. Ich aß viel schneller, als ich eigentlich wollte, und jedes Mal, wenn ich jemanden in den Frühstückssaal kommen hörte, beugte ich mich über die Zeitung und tat so, als würde ich lesen. Das erhöhte die Hemmschwelle, mich anzusprechen, zumindest ein bisschen.

Als ich fertig war, checkte ich aus und setzte mich ins Auto. Mein Gott, bin ich froh, dass ich selbst gefahren bin, dachte ich, eine Busfahrt mit den anderen wäre jetzt nicht zum Aushalten gewesen. Ich startete den Motor. Plötzlich hatte ich das Gefühl, dass auf der Rückbank jemand saß, und obwohl ich wusste, dass das nicht sein konnte, war das Gefühl so stark, dass ich mich umdrehte und nachsah. Da war natürlich niemand, wer schon? Ich drehte mich wieder nach vorn. Fuhr vom Parkplatz und bog auf die Hauptstraße. Je weiter ich mich vom Hotel entfernte, desto besser ging es mir, aber richtig gut fühlte ich mich nicht und auf keinen Fall so frei, wie ich es vor mir gesehen hatte. Im Gegenteil, die Ereignisse und Gespräche vom Vorabend hatten ein diffuses Gefühl von Machtlosigkeit in mir hinterlassen, das immer schwerer wurde, und nach einem Kilometer, vielleicht auch zwei, fuhr ich rechts ran und schloss die Augen, während ich ein- und mit einem langen Seufzen wieder ausatmete. Eine Weile saß ich regungslos da, die Hände am Steuer. Aus irgendeinem Grund musste ich an Schlamm denken, vor allem an das Wort, ich sah es in dicker dunkelbrauner Handschrift vor mir. Ich wartete noch einen Moment, dann öffnete ich die Augen und nahm mein Handy in die Hand. Ich rief die Spotify-Playlist mit Colter Wall und John Moreland auf, drehte die Lautstärke hoch und fuhr weiter.

Zweieinhalb Stunden später war ich da. Ich parkte in der Garage, holte den Koffer aus dem Kofferraum und ging ins Haus. Marit war noch in der Schule, aber Turid feierte heute Überstunden ab, sie war im Supermarkt gewesen und packte gerade die Einkaufstüten aus, als ich reinkam. Nachdem wir uns begrüßt und auf den Mund geküsst hatten, erzählte ich ein bisschen von der Konferenz und Turid, wie es zu Hause gelaufen war. Gestern habe sie einen Streit mit Marit gehabt, sagte sie.

»Weswegen denn?«, fragte ich.

»Sie will immer noch nicht nach dem Sportunterricht duschen«, sagte sie.

»Ach so«, sagte ich.

»Also … äh«, sagte sie und stieß ein Seufzen aus, um mir klarzumachen, dass ich die Sache nicht ernst genug nahm. »Das ist ziemlich unhygienisch. Sie ist immerhin keine sechs mehr, sie schwitzt doch. Und den Rest des Tages sitzt sie dann in der Schule und stinkt!«

»Ja, ja«, sagte ich. »Stimmt schon, sie sollte besser duschen.«

»Kannst du nicht mal mit ihr reden?«, bat sie. »Auf dich hört sie eher.«

»Ist gut«, sagte ich.

Ich holte den Koffer, legte ihn auf den Tisch und zog den Reißverschluss auf. Fast hätte ich ihn auch aufgeklappt, aber dann überlegte ich es mir anders. Das mit dem Auspacken eilte nicht. Ich war müde nach der Autofahrt und setzte mich erst mal auf den Stuhl am Fenster. Ich gähnte.

»War es spät gestern?«, fragte Turid.

»Ich glaube, ich war um fünf vor elf im Bett«, antwortete ich.

»Na so was«, sagte sie.

Ich lächelte und gähnte noch einmal.

»Das heißt ja nicht, dass ich dann auch geschlafen habe«, sagte ich.

»Ach nein?«, sagte sie.

»Und auch nicht, dass ich alleine war«, sagte ich.

Sie lachte, aber spontaner und aufrichtiger, als mir lieb

war. Sie kann es sich nicht einmal vorstellen, dachte ich. Ich lächelte weiter, merkte aber, dass ich gekränkt war.

»Ja, du lachst«, sagte ich.

»Ja, das tue ich«, antwortete sie, sie nahm ein Töpfchen Sauerrahm und eine Flasche Johannisbeersaft aus der Tüte und stellte beides auf die Küchenzeile. Dann knüllte sie die Plastiktüte zusammen und verstaute sie in der untersten Schublade.

»Ich wollte heute Abend dieses russische Gericht machen«, sagte sie.

Lächelnd sah sie mich an. Ich versuchte zurückzulächeln, aber es gelang mir nicht.

»Ist gut«, sagte ich und stand auf.

»Das du so mochtest letztens«, sagte sie.

»Ich weiß schon, welches«, sagte ich. Ich ging an ihr vorbei in den Flur.

»Was ist los?«, fragte sie hinter mir.

Ich antwortete nicht.

»Terje?«, sagte sie, sie klang fast bestürzt.

»Nichts ist los«, sagte ich.

Ich ging ins Bad und schloss hinter mir ab. Ich hatte zwar im Hotel schon geduscht, aber um nicht erklären zu müssen, warum ich mich im Bad einschloss, zog ich mich aus und ging trotzdem unter die Dusche. Jetzt musst du aufhören, dachte ich, was ist nur mit dir los, das ist doch wirklich kein Grund, sauer zu sein. Ich stand lange unter der Dusche, zumindest für meine Verhältnisse. Auf dem Weg aus dem Bad dachte ich eigentlich, ich hätte mich wieder eingekriegt, aber sobald ich Turid sah, wusste ich, das war nicht so, aus irgendeinem Grund war ich wütend auf sie.

»Hallo«, sagte sie.

»Hallo«, antwortete ich.

Sie saß da und korrigierte Aufsätze. Sie trug ihre Lesebrille. Mit einem Blick über die Brillengläser musterte sie mich.

»Was ist da eben passiert?«, fragte sie.

Ich antwortete nicht sofort, ich wusste es ja selbst nicht.

»Ist was passiert?«, erwiderte ich.

»Terje«, bat sie.

»Ja«, sagte ich.

Eine Weile saß sie da und sah mich an, dann schüttelte sie den Kopf. Sie schrieb etwas in das aufgeschlagene Heft vor ihr, legte es auf den kleineren Stapel zu ihrer Rechten und nahm sich ein neues von dem größeren Stapel zu ihrer Linken. Ich ging zum Tisch. Ich wollte den Koffer aufklappen, aber auch dieses Mal tat ich es nicht. Ich zog den Reißverschluss zu und trug den Koffer ins Schlafzimmer. Dort stellte ich ihn neben den Kleiderschrank und ließ mich auf meine Seite des Bettes fallen. Der Wecker zeigte zehn vor zwölf. Ich schob die Hände unter den Kopf und schaute zur Decke. Nach gefühlten zwanzig, vielleicht fünfundzwanzig Minuten warf ich erneut einen Blick auf den Wecker, und da war es Viertel nach eins. Mir fiel auf, dass ich die ganze Zeit über an rein gar nichts gedacht hatte. Ich versuchte herauszufinden, worum es hier eigentlich ging, doch meine Gedanken rasten an mir vorbei, ohne dass ich auch nur einen davon festhalten konnte. Das ist, wie in einen Schacht zu fallen, dachte ich. Ich schloss die Augen und führte die Hand zur Stirn. So geht das nicht, dachte ich, ich muss mich zusammenreißen. Einen kurzen Moment fürchtete ich, nicht wieder aufstehen zu können, aber es ging. Ich setzte mich hin, schob die Beine über die Bettkante, stand auf und verließ das Schlafzimmer. Turid saß immer noch an ihren Aufsätzen. Sie war bald fertig. Das sah ich am Größenverhältnis der beiden Stapel, jetzt war der linke kleiner und der rechte größer.

»Ich gehe ein bisschen raus«, sagte ich und ließ es so klingen, als gäbe es für mich nichts Normaleres auf der Welt.

»Aha«, sagte sie, ohne mich anzusehen.

Ich ging nicht hinaus. Wohin auch? Ich ging in die Küche, schnappte mir die Zeitung auf der Arbeitsplatte und setzte mich an den Küchentisch. Nach einer Weile kam Turid, sie griff nach der Kaffeekanne und schenkte sich eine Tasse ein.

»Du bist ja noch da«, sagte sie.

Ihr war natürlich klar, dass ich nie vorgehabt hatte, irgendwohin zu gehen. Ich spürte eisige Wut in mir aufkommen, sagte aber nichts. Ich sah sie auch nicht an, ich starrte in die Zeitung.

»Du wolltest doch raus, dachte ich«, sie war schon wieder auf dem Weg aus der Küche. Ich ahnte, dass sie grinste. Ich stand auf und folgte ihr. Sie ging zum Sofa und setzte sich wieder an die Aufsätze. Mitten im Zimmer blieb ich stehen. Ich sah zu Boden. Dann wieder zu ihr.

»Ich glaube, ich brauche ein bisschen Zeit für mich«, sagte ich.

Ich hatte die unklare Erwartung gehabt, dabei so etwas wie Macht und vielleicht Schadenfreude zu spüren, und obwohl ich das auch tat, war ich fast genauso überrumpelt wie Turid, und vor allem hatte ich Angst. Ich sah sie an und schluckte. Sie sagte kein Wort, sie saß nur da, den Mund halb geöffnet.

»Es geht nicht mehr«, sagte ich.

Eine Weile starrte sie mich noch an, dann wandte sie sich ab.

»Das ist jetzt nicht wahr«, sagte sie leise, sie versuchte, ihr Gesicht mit einer Hand abzuschirmen, aber ich sah, dass sie den Tränen nahe war. »Das ist jetzt nicht wahr«, sagte sie noch einmal.

»Es hat nichts mit dir zu tun«, sagte ich.

»Nicht«, sagte sie.

»Es liegt an mir«, sagte ich.

»Hör auf!«, sagte sie, ihre Stimme war höher, aber sie sprach immer noch nicht laut, sie spreizte die Finger und machte eine kleine, ruckartige Bewegung mit der Hand vor ihrem Gesicht. »Hör einfach auf!«

Vierzehn Tage vorher

»Heute Abend spielt Liverpool«, sagte Turid.

Ich sah sie an. Sie hatte beide Ellbogen auf den Tisch gestützt und las Zeitung.

»Ich wusste gar nicht, dass du dich für Fußball interessierst«, sagte ich.

»Tu ich auch nicht. Aber du doch«, sagte sie.

Ich hob die Augenbrauen ein wenig.

»Was denn?«, sagte sie. »Ist doch so.«

Ich lächelte.

»Ja. Stimmt schon«, sagte ich.

Ich schmunzelte und schüttelte leicht den Kopf, dann steckte ich die letzte Batterie in den Rauchmelder und betätigte den Testknopf. Der schrille Piepton tat richtig weh in den Ohren, und ich spürte, wie sich meine Gesichtsmuskeln anspannten. Nach wenigen Sekunden war es zum Glück wieder still. Ich stieg auf die Leiter und befestigte den Rauchmelder an der Plastikhalterung.

»Oh!«, sagte Turid.

»Was denn?«, fragte ich.

»*The Lobster* läuft jetzt im Kino.«

Ich kam die Leiter wieder herunter.

»Ja, habe ich gesehen«, sagte ich.

»Der soll ganz gut sein, habe ich gehört.«

»Ja«, sagte ich.

Sie hielt kurz inne.

»Hat hier auch super abgeschnitten, wie es scheint«, sagte sie. »Noch besser als *Dogtooth*, steht da.«

Erst da kapierte ich, dass sie mich aus dem Haus haben wollte, bevor Åsne und Tove kamen. Ich sah sie an, während ich die Leiter zusammenklappte und an den Kamin stellte. Ich sagte nichts, aber mein Blick gab ihr zu verstehen, dass ich sie durchschaut hatte. Sie lächelte mich schief an.

»Aber hier sitzen und unserem Gerede zuhören ist doch auch nichts für dich«, sagte sie.

»Du verscheuchst mich also um meinetwegen, nicht um deinetwegen?«

Sie lachte.

»Sagen wir einfach um unseretwegen, okay?«, sagte sie.

Ich schmunzelte und schüttelte den Kopf. Ich sammelte die Batterieverpackung ein, ging damit in die Küche und warf sie in den Müll. Dann brachte ich die Leiter in den Keller und lehnte sie an die Wand, die ich streichen wollte. Ich sah auf die Uhr. Am liebsten hätte ich sofort mit dem Streichen angefangen, aber bis der Besuch kam, wäre ich nicht fertig, also verschob ich den Plan auf morgen. Als ich wieder nach oben kam, stand Turid vor dem Spiegel im Bad und legte Lippenstift auf.

»Frag doch mal Håkon«, sagte sie, ohne den Blick vom Spiegel abzuwenden. »Der kommt bestimmt mit ins Kino.«

»Ach«, sagte ich. »Mit dem hab ich seit einer Ewigkeit nicht mehr gesprochen, ist doch komisch, wenn ich dann plötzlich anrufe und frage, ob er mit ins Kino kommt.«

»Das ist doch nicht komisch«, entgegnete sie.

»Doch«, sagte ich. »Als wären wir auf einmal wieder Studenten.«

Sie schüttelte den Kopf. Nur ganz diskret und ohne mich anzuschauen, daran sah ich, dass ihre Resignation echt war.

»Und Einar?«, fragte sie, sie beugte sich übers Waschbecken und machte einen Kussmund.

»Lass nur, Turid«, sagte ich. »Du bist mich gleich los.«

Sie wandte sich zu mir um.

»Terje«, sagte sie. »Jetzt mach kein Ding daraus. Bitte.«

Ich wusste, was sie meinte, tat aber ahnungslos. Sie zuckte leicht mit den Schultern.

»Ich fand nur, du hast dich irgendwie… gekränkt angehört«, sagte sie.

»Das war aber keine Absicht«, sagte ich. »Ich bin nämlich nicht gekränkt«, fügte ich hinzu. Ich log ihr nichts vor, doch kaum hatte ich gehört, was ich gesagt hatte, stellte ich fest, dass es nicht stimmte, ich war gekränkt, auch wenn ich nicht genau wusste, wieso.

»Okay«, sagte Turid.

Sie schenkte mir ein Lächeln, dann schminkte sie sich weiter.

»Warum brezelst du dich eigentlich so auf?«, fragte ich. »Außer Åsne und Tove kommt doch niemand, oder?« Sofort bereute ich die Bemerkung. Ich wollte mich gar nicht streiten, aber meine Frage hatte etwas Spöttisches, damit legte ich es also auf Streit an, oder zumindest auf schlechte Stimmung.

»Terje, bitte!«, sagte sie.

»Ich frag ja nur«, entgegnete ich.

»Und das nicht zum ersten Mal«, sagte sie.

Sie sah mich an. Zunächst noch streng, aber dann lächelte sie plötzlich. Sie will, dass ich es mit Humor sehe, dachte ich, sie will mir die Möglichkeit geben, mich wieder einzukriegen, bevor ich ernsthaft sauer werde.

»Du bist nun mal ein Mann. Das wirst du nie verstehen«, sagte sie.

Ich zögerte einen Moment, doch dann beschloss ich, die Gelegenheit beim Schopf zu packen. Resigniert schüttelte ich den Kopf, aber nicht, wie ich es getan hätte, wenn meine Resignation echt gewesen wäre, dieses Kopfschütteln zeigte nur, dass ich hier den Mann spielte, der Frauen nicht verstand. Turid lachte. Sie ist erleichtert, dass ich ihre ausgestreckte Hand ergriffen habe, dachte ich. Ich selbst war auch erleichtert. Ich schmunzelte und schüttelte noch einmal den Kopf, dann ging ich in die Küche und holte mir zwei Haferkekse. Ich aß sie mit einem Glas Milch und ging wieder zu Turid ins Bad. Ich stellte mich hinter sie. Vergrub das Gesicht in ihrem Haar.

»Warum schminkst du dich eigentlich nicht so, wenn wir alleine sind?«, flüsterte ich.

»Möchtest du das?«, sagte sie.

»Mhm«, antwortete ich.

Ich presste den Unterleib an ihren Po.

»Wir haben jetzt keine Zeit«, sagte sie.

»Nur ganz schnell«, sagte ich.

Sie legte mir die Hand in den Schritt und drückte sanft zu. Sofort wurde ich steif.

»Warte bis heute Abend«, sagte sie und nahm die Hand weg.

»Versprochen?«, fragte ich.

»Mhm«, antwortete sie.

Ein letztes Mal drückte ich mich an ihren Po, dann ließ ich sie los und machte einen Schritt zur Seite.

»Okay«, sagte ich. Schon jetzt freute ich mich auf später, und das war mir auch anzusehen. Ich stand direkt vor dem Spiegel und sah es selbst. Turid offenbar auch. Jedenfalls lachte sie und schüttelte den Kopf.

»Ihr seid so was von simpel«, sagte sie.

Ich nahm an, dass sie mit »ihr« uns Männer meinte. Ich versuchte, wie einer auszusehen, der nicht verstand, wovon seine Frau redete, aber ohne Erfolg. Ich musste kurz schmunzeln.

Ich legte ihr eine Hand auf die Pobacke und drückte sie sanft. Erst einmal, dann noch einmal, dann verließ ich das Bad. Eine Weile stand ich einfach da und schaute aus dem Wohnzimmerfenster, doch schließlich ging ich in den Keller. Ich löste den Deckel vom Farbeimer, nahm den Pinsel aus der Plastiktüte, tauchte ihn in die Farbe, stellte mich vor die Wand und mit großen blauen Buchstaben malte ich quer über die Wand »Ich liebe dich, Turid«. Anschließend steckte ich den Pinsel zurück in die Tüte, verschloss den Farbeimer, ging nach oben und stellte mich wieder vors Fenster. Wo um alles in der Welt war diese Idee auf einmal hergekommen?, dachte ich, ich muss wohl irgendwo mal von einer ähnlichen Aktion gelesen oder gehört haben, so ein Einfall kommt doch nicht aus dem Blauen. Einen Moment grübelte ich noch nach, aber ich konnte mir beim besten Willen nicht erklären, wie ich darauf gekommen war. Jetzt muss ich aber los, dachte ich, sie muss allein sein, wenn sie es sieht, dann ist es umso effektvoller.

Ich ging in den Flur und begann, mir die Schuhe anzuziehen.

»Ich bin dann weg«, sagte ich.

Sie kam aus dem Bad.

»Wohin willst du denn?«, fragte sie.

»Zu Håkon, fragen, ob er *The Lobster* mit mir sehen will«, sagte ich.

Turid machte ein überraschtes und zugleich freudiges Gesicht.

»Ach, schön!«, sagte sie.

»Schön?«, sagte ich und versuchte, ein ebenso überraschtes Gesicht zu machen. Als wäre es völlig normal, dass ich mal eben bei einem Kumpel von früher vorbeischaute.

»Nein, ich … «, sagte sie, und dann schloss sie die Augen und schüttelte kurz den Kopf. »Viel Spaß.«

»Dir auch«, sagte ich.

Ich gab ihr einen Kuss und ging zum Auto. Auf dem Beifahrersitz lagen ein Harry-Potter-Buch und eine eingedrückte Getränkedose mit Strohhalm. Ich stieg aus und warf die Dose in die Mülltonne, dann setzte ich mich wieder ans Steuer. Ich startete den Motor und fuhr rückwärts auf die Straße. Am liebsten wäre ich ins Büro gefahren, aber ich arbeitete sowieso schon zu viel und hatte Turid und mir versprochen, nicht mehr jede freie Minute im Büro zu verbringen. Also fuhr ich Richtung Zentrum. In einem Anflug von Übermut nahm ich mir vor, ein paar Zeitungen oder vielleicht eine Zeitschrift zu kaufen und mich in ein Café zu setzen, doch schon im nächsten Moment verwarf ich die Idee wieder. Ich saß nicht gern alleine im Café. Es kam schon mal vor, dass ich mich mit Turid irgendwo zum Mittagessen verabredete, und wenn ich vor ihr da war, schaute ich die ganze Zeit auf die Uhr. Nicht aus Ungeduld, sondern damit die anderen Gäste sahen, dass ich auf jemanden wartete. Wenn ich mich jetzt in ein Café setzte, würde ich vermutlich genau dasselbe tun, nur dass am Ende natürlich niemand käme, und in so eine Situation wollte ich mich gar nicht erst bringen.

Die nächste Viertelstunde, vielleicht auch zwanzig Minuten, fuhr ich ein bisschen durchs Zentrum, aber dann gab ich der Versuchung nach und schlug doch den Weg Richtung Büro ein. Ich zog meine Mitarbeiterkarte durchs Lesegerät und öffnete die Tür. Es war ein gutes Gefühl, zur Arbeit zu kommen, wenn alle anderen nach Hause gegangen waren, den Lichtschalter zu betätigen und das leise Seufzen zu hören, mit dem die Deckenlampen ansprangen, eine nach der anderen, bis die ganze rechte Seite des Großraumbüros erleuchtet war, den Korridor entlangzugehen, ohne dass sich jemand umdrehte oder aufsah, die unbesetzten Schreibtische der anderen zu sehen, ihr Durcheinander, die Ringhefter, die Papierstapel, die Kaffeetassen, die Familienfotos, die gemalten Bilder und all die anderen persönlichen Gegenstände, die überall herumstanden. Das alles gab mir dasselbe Gefühl, wie wenn ich träumen würde, als letzter Mensch auf der Erde durch die vollkommen stille Innenstadt von Trondheim zu gehen.

Ich setzte mich an den Schreibtisch und machte mit dem Infotext über den Kammmolch weiter. Dieser Teil der Arbeit lag mir besonders, denn einerseits schrieb ich gern, und andererseits konnte ich so einer breiten Öffentlichkeit erklären, wie wichtig unsere Tätigkeit war. Ich arbeitete eineinhalb Stunden ohne Pause und las mir den Text anschließend noch mal durch. Er war informativ und gut formuliert, aber Sprache und Ton waren so stark von meinem persönlichen Engagement geprägt, dass das Ganze vielleicht etwas zu polemisch und kämpferisch wirkte, vor allem am Anfang und am Ende, wo ich – ohne es zu merken – mit Ausrufezeichen um mich geworfen hatte.

»Sie wussten es vielleicht noch nicht, aber der vom Aussterben bedrohte Kammmolch – eine der wenigen Amphibien hierzulande – ist an zwanzig verschiedenen Orten in der Gemeinde Trondheim und an dreißig weiteren Orten in Süd-Trøndelag nachgewiesen! Daher ist es unsere besondere Verantwortung, das Überleben dieser fantastischen Art zu sichern! Wir müssen aufhören, in fischlosen Tümpeln und Teichen, dem Lebensraum des Kammmolchs, Forellen auszusetzen, denn die fressen seine Larven. Auch mit dem Trockenlegen und Einebnen solcher Gewässer müssen wir aufhören, und alten Wald und abgestorbene Bäume in der Umgebung müssen wir stehen lassen – denn hier überwintert der Molch!«

Ich ersetzte die Ausrufezeichen durch Punkte und schrieb

statt »dieser fantastischen Art« nur »dieser Art«. Schließlich strich ich noch einen etwas zu weitschweifigen Abschnitt über die dünne Haut des Kammmolchs, wegen der er ganz besonders auf Feuchtigkeit und damit auf den Tümpel als Lebensraum angewiesen sei, und dann stellte ich den Text auf unsere Webseite.

Ich schaute auf die Uhr, es war erst fünf nach halb acht, viel zu früh also, um nach Hause zu fahren. Åsne und Tove würden noch eine ganze Weile bleiben. Ich öffnete die Datei mit der angefangenen Stellungnahme zum Kiesabbau in der Orkla, war aber so müde, dass wahrscheinlich nichts Gutes mehr dabei herauskommen würde, also machte ich das Dokument wieder zu. Ich schloss die Augen, legte die Hände in den Nacken und streckte den Oberkörper durch. Plötzlich hatte ich das deutliche Gefühl, dass jemand genau hinter mir stand, ich nahm die Hände herunter und drehte mich auf dem Bürosessel um. Da war niemand, nur die kahle Wand. Ich schmunzelte und schüttelte den Kopf über mich selbst. Dann wandte ich mich wieder um und schlug die neue Ausgabe der *Nature* auf. Nachdem ich ein bisschen hin- und hergeblättert hatte, vertiefte ich mich in einen Artikel über eine Art, die 2010 entdeckt worden war. Eine Frau in Frankreich war eines Nachts vom Kläffen ihres Hundes aufgewacht, und als sie in den Garten kam, sah sie, dass er dort ein großes Loch gebuddelt hatte, in dem sich lauter leuchtende Würmer befanden. Fluoreszierende Regenwürmer, wie sich herausstellte. Spätere Versuche hatten gezeigt, dass diese Wurmart ihr Leuchten gezielt einsetzt, und zwar höchstwahrscheinlich, um Laufkäfer und andere Feinde abzuschrecken. Ich hob den Blick von der Zeitschrift. Mir fiel ein, dass die Fäden bestimmter Pilze ebenfalls unter der Erde leuchten. Sie erzeugen ein intensives grünes Licht, aber nicht, um Feinde abzuschrecken, sondern um Insekten anzuziehen, die die Pilzsporen dann wiederum verbreiten. Ich musste schmunzeln. Endlich mal eine Techno-Party nach meinem Geschmack, dachte ich, ein unterirdischer Rave aus Pilzen und Würmern.

Als ich den Artikel zu Ende gelesen hatte, kam ich auf die Idee, mal bei Mama vorbeizufahren. Mein letzter Besuch war über einen Monat her, langsam wurde es also mal wieder Zeit, zumindest, wenn man sie fragte. Ich nahm den Aufzug in die Tiefgarage, setzte mich ins Auto und fuhr zu ihr nach Hause. Ich parkte in der Einfahrt und stieg aus. Auf dem Treppengeländer stand ein halb voller Aschenbecher und auf der zweiten Stufe von oben eine Plastiktüte voll Müll. Sie sah schwer aus, die Unterseite war feucht und fast durchsichtig. Ich klingelte zweimal, dann öffnete ich die Tür. Im Flur fielen mir sofort die Schuhe meiner Schwester auf. Warum kann sie nicht den Führerschein machen wie alle anderen auch, dachte ich, würde sie fahren, hätte draußen ihr Wagen gestanden, und dann wäre ich einfach weitergefahren. Ich zog mir die Schuhe aus und ging ins Wohnzimmer. Anita saß auf dem Sofa, und Mama war offenbar auf dem Weg zur Haustür, jedenfalls kam sie mir jetzt entgegen.

»Hallo«, sagte ich.

»Ach, hallo«, antwortete Mama.

»Hallo«, sagte Anita.

Selbst eine Begrüßung hört sich bei ihr wie die reinste Strapaze an, dachte ich.

»Komm rein und setz dich«, sagte Mama. »Ich hole dir eine Tasse.«

»Danke«, sagte ich. Ich setzte mich in den Sessel mit der gehäkelten Karodecke. Lächelnd sah ich Anita an.

»Mein Beileid«, sagte ich.

»Was?«, fragte sie.

»Ich sehe doch, dass dir irgendwas Schlimmes passiert ist«, sagte ich.

Es kam durchaus vor, dass sie über solche Witze lachte. Die verbreitete Vorstellung, nur intelligente Menschen hätten einen Sinn für schwarzen Humor, war also nicht ganz richtig. Aber jetzt lachte sie nicht. Im Gegenteil, sie nutzte die Gelegenheit, einen auf gekränkt zu machen. Wortlos saß sie da und starrte ein paar Sekunden auf den Tisch, dann trank sie einen Schluck Kaffee.

»Wie läuft's denn so?«, fragte ich.

»Ach ja«, sagte sie, sie wiegte den Kopf hin und her und stellte die Tasse ab. »Ganz gut eigentlich, mehr oder weniger.«

»Wie schön!«, sagte ich.

»Was?«, fragte sie.

»Na, dass es gut läuft«, sagte ich.

Ich grinste breit. Sie sah mich giftig an. Offenbar war sie beleidigt, weil ich ihr »mehr oder weniger« überhört hatte. Sie hatte sich noch nie gern die Gelegenheit nehmen lassen, über Trauriges und Schweres zu reden, vor allem, wenn es sie selbst betraf, und das tat es in der Regel.

»Ja«, sagte sie kurz angebunden und trank noch einen Schluck Kaffee. Kurz darauf kam Mama zurück. Sie stellte mir eine Tasse mit Untertasse hin, dann nahm sie die Thermoskanne und schenkte mir ebenfalls Kaffee ein.

»Wie geht es dir?«, fragte Mama.

»Bestens«, antwortete ich.

»Und Turid und Marit?«, fragte sie.

»Denen geht es auch gut«, sagte ich. »Wir können uns nicht beklagen.«

Während ich einen Schluck Kaffee trank, sah ich zu Anita rüber. Ihr war natürlich klar, dass meine positive Antwort gegen sie gerichtet war, und ihre Miene wurde zusehends mürrischer. Ich betrachtete Mama. Sie schien gerade eine trockene Phase zu haben, zumindest wirkte sie so fidel wie schon lange nicht mehr.

»Und bei dir?«, fragte ich.

»Bei mir ist alles gut«, antwortete sie.

»Ja, das sieht man dir an«, sagte ich.

Einen Moment lang befürchtete ich, sie könnte das als Kritik an ihrem üblichen Aussehen auffassen, aber das tat sie zum Glück nicht. Sie schien schlicht und einfach gut gelaunt zu sein. Sie war wohl froh und stolz, weil sie eine Weile nicht getrunken hat, dachte ich. Dann begann sie sogar, von Zukunftsplänen zu reden. Sie wolle sich vielleicht zu einem Fotokurs anmelden, erzählte sie, Fotografieren habe ihr schon immer Spaß gemacht. Und im Übrigen wolle sie mal hören, ob sie nicht wieder im Wollladen anfangen könne, die Arbeit dort habe ihr immer so gut gefallen. Jetzt mach aber mal einen Punkt, dachte ich, sonst kann ich nicht länger so tun, als würde ich dir glauben. Zum Glück klagte Anita über Rückenschmerzen, als sie aufstand, um eine rauchen zu gehen. Wahrscheinlich reine Einbildung, wie die meisten ihrer Beschwerden, aber zumindest lenkte sie damit von Mamas Fantasien ab. Mit schmerzverzerrtem Gesicht fasste sie sich ans Kreuz.

»Immer noch so schlimm?«, fragte Mama.

Anita nickte.

»Nimmst du denn jetzt was dagegen?«, fragte Mama.

Anita schüttelte den Kopf.

»Nicht?«, sagte ich. »Dabei siehst du so sediert aus.«

Es war treffender, als es gemeint war, und plötzlich bekam Anita feuchte Augen. Dass weder ich noch Mama ein Lachen unterdrücken konnten, machte die Sache nicht besser.

»Schön, dass ich offenbar für Erheiterung sorge«, sagte Anita, sie versuchte, ihre Tränen runterzuschlucken.

»Ach, komm«, sagte Mama. »Nimm das doch nicht so ernst.«

Anita sah mich an.

»Warum bist du immer so?«, fragte sie. »Was hast du eigentlich gegen mich?«

Darauf hätte ich ihr zwar in aller Ausführlichkeit antworten können, aber das vertagte ich lieber auf ein andermal.

»War doch nur Spaß«, sagte ich. »Meine Güte.«

Anita sagte nichts, sie ging nach draußen auf den Balkon.

»Ich werd mal rausgehen und mit ihr reden«, sagte Mama. Sie holte die Zigarettenmaschine, stopfte sich eine Kippe und ging zu Anita. Sie legte ihr eine Hand auf die Schulter und sagte irgendwas. Überschüttete sie nur so mit Verständnis und Mitleid, nahm ich an. Anita schien die Situation jedenfalls zu genießen, wie sie so dastand und einen auf Weltschmerz machte. Ich trank meine Tasse halb leer, dann stand ich auf und ging in die Küche. Ich sah in allen Schränken und Schubladen nach, aber nirgendwo fand ich Alkohol, auch keine leeren Flaschen. Einen kurzen Moment überkam mich diese Mischung aus Freude und Hoffnung, die ich noch aus meiner Jugend kannte. Sofort sagte ich mir, dass sie spätestens zum Wochenende hin einknicken würde, und das verhalf mir wieder zur Besinnung. Ich ging ins Wohnzimmer und setzte mich. Kurz darauf kamen Mama und Anita herein. Anita hatte aufgehört zu weinen, sah aber immer noch gekränkt aus. Ich überlegte, mich bei ihr zu entschuldigen, schob den Gedanken aber sofort beiseite. Ich wollte sie durch nichts in ihrer Vorstellung bestärken, sie hätte Mitleid verdient, das war mir schlicht und einfach zuwider. Stattdessen fragte ich Mama, ob sie schon Antwort vom Sozialamt hätte. Sowohl Mama als auch Anita schoben einen regelrechten Hass aufs Sozialamt, und solange ich schön den Empörten spielte, wenn sie ihre geliebten Schreckgeschichten erzählten, konnte ich mich darauf verlassen, dass sich die Stimmung innerhalb kürzester Zeit bessern würde.

Für eine ganze Weile ging der Plan auch auf. Ich sagte »Meine Güte« und »Ist doch nicht wahr«, und Mama und Anita schienen voll in ihrem Element zu sein. Dass sich andere so konsequent ihrer Verantwortung entziehen, kann man aber nicht unbegrenzt seelenruhig mit ansehen, und als mir die Bemerkung auf der Zunge lag, dass sie ja nicht nur Rechte, sondern auch ein paar Pflichten hätten, stand ich auf und flüchtete auf die Toilette. Als ich zurückkam, hatte Mama Schuhe und Jacke angezogen. Sie war kaum wiederzuerkennen. Zuerst überlegte ich, ob die Schuhe und die Jacke neu waren, aber als ich vor ihr stand, kam mir beides bekannt vor. Ich sehe sie einfach nie in Straßenkleidung, dachte ich, deshalb wirkt sie so fremd, sie geht so gut wie nie aus der Wohnung.

»Will nur mal schnell zum Laden«, sagte sie. »Ich habe keine Zigaretten mehr.«

»Sicher, dass ich nicht für dich gehen soll?«, fragte Anita.

»Ja, ja, ja«, sagte Mama. »Ein bisschen Bewegung tut mir gut.«

Als sie gegangen war, saß Anita nur da und schüttelte schweigend den Kopf. Mir war natürlich klar, dass sie darauf brannte, mir irgendwas Ernstes zu erzählen. Ich wollte es eigentlich nicht hören, beschloss aber, ein bisschen entgegenkommend zu sein.

»Was ist?«, fragte ich.

Sie blickte mich ernst an.

»Die ist auf Tabletten«, sagte sie.

»Hä?«, sagte ich.

»Sie ist doch high bis hier«, sagte sie und hielt sich die Hand über den Kopf. »Hast du das nicht gemerkt?«

Am liebsten hätte ich ihr gesagt, dass es durchaus Menschen gab, die auch ohne künstliche Stimuli gut gelaunt sein konnten, aber ich ließ es sein. Noch mehr Sticheleien würde sie heute vermutlich nicht ertragen.

»Ach, hör auf«, sagte ich. »Mama hat noch nie Tabletten genommen.«

»Entschuldige bitte, Terje«, entgegnete sie. »Aber darüber weiß ich zufällig mehr als du. Das gehört nämlich zu meinem Beruf.«

Letzteres war der Witz des Tages, und es war das reinste Kunststück, darauf nicht laut loszulachen. Drei Monate Praktikum in der Krankenpflege und eine Kurzzeitbeschäftigung als ungelernte Sozialarbeiterin in einer psychiatrischen Institution waren nicht gerade berufsqualifizierend. Schnell trank ich einen Schluck Kaffee.

»Also gut, lass uns nachsehen«, sagte ich.

»Nachsehen?«

»Ob sie Tabletten im Haus hat«, sagte ich.

Sie schien kurz nachzudenken.

»Okay«, sagte sie dann.

Wir gingen ins Bad. Ich durchsuchte den Medizinschrank und Anita die Schubladen unter dem Waschbecken und die Schränke rechts und links vom Spiegel. Sie wirkte eifrig. Ich hatte sie schon lange nicht mehr so putzmunter gesehen, und da konnte ich mich nicht mehr zügeln.

»Vergiss deine Rückenschmerzen nicht«, sagte ich.

»Nein, nein«, sagte sie, offenbar in dem Glauben, es handele sich um den wohlgemeinten Rat, sich nicht zu überanstrengen.

Im Bad fanden wir nichts. Wir gingen ins Schlafzimmer und sahen auch in den Nachttischschubladen nach, anschließend durchsuchten wir noch sämtliche Schränke und Schubladen in der Küche. Alles, was wir fanden, waren eine Packung Paracetamol und ein abgelaufenes Döschen Bierhefe. Schließlich kehrten wir ins Wohnzimmer zurück.

»Sie muss sie versteckt haben«, sagte Anita.

»Sie wohnt alleine«, erwiderte ich. »Vor wem sollte sie etwas verstecken?«

»Ich bin fast täglich hier«, sagte sie.

Langsam verlor ich die Geduld.

»Kannst du nicht einfach zugeben, dass ich recht habe?«, sagte ich. »Sie nimmt keine Tabletten.«

»Glaub, was du willst«, sagte sie.

Ich sah sie an und schüttelte den Kopf.

»Du erträgst es echt nicht, dass es möglicherweise mal besser läuft, als du dachtest, was?!«, fragte ich. Das fand ich wahnsinnig gut gesagt von mir, ja, es war fast der Höhepunkt des Tages, und jetzt konnte ich mir das Lachen nicht mehr verkneifen. Leider kapierte sie nicht, was ich meinte, deshalb währte der Spaß nicht allzu lange. Ein verbaler Seitenhieb ist schließlich längst nicht so witzig, wenn der anvisierte Empfänger nichts davon mitkriegt und dann nicht einmal Zeugen dabei sind.

»Was denn?«, fragte sie.

»Du wirkst fast enttäuscht«, sagte ich.

»Enttäuscht?«, sagte sie.

Ich grinste und schüttelte den Kopf.

»Weißt du, was ich glaube? Wenn Mama entgegen allen Erwartungen doch noch mit dem Trinken aufhört, dann fängst du damit an«, sagte ich.

»Wovon *redest* du eigentlich?«, sagte sie.

»Davon, wie schwer du es hättest, wenn du dir keine Sorgen um sie machen müsstest«, sagte ich.

»Hast du sie noch alle?«, fragte sie.

»Ich geb's auf«, sagte ich. »Willst du noch Kaffee?«

Sie nickte. Ich schenkte zuerst ihr und dann mir selbst nach. Dann stellte ich die Kanne ab und trank einen Schluck. Erst als sie über den Tisch langte und mir mit der flachen Hand ins Gesicht schlug, kapierte ich, dass sie mich genau verstanden hatte. Es tat nicht sehr weh, aber durch die Ohrfeige schwappte mir Kaffee auf Hand und Hemdsärmel.

»Und was ist mit dir? Du tust so, als würde die ganze Welt untergehen«, sagte sie. »Damit du jemanden hast, den du retten kannst.«

Ich stellte die Tasse ab und stand auf.

»Klar, die Klimakrise denke ich mir nur aus, das weiß ja jeder«, sagte ich und starrte sie an. »Ich gehe mir die Hände waschen. Wenn ich wiederkomme, bist du besser verschwunden.«

Als ich die Badezimmertür hinter mir zumachte, kam es mir plötzlich komisch vor, dass ich sie aus Mamas Wohnung jagen wollte. Sie schien hier fast genauso viel Zeit zu verbringen wie bei sich, schon seit sie und Mama nach Trondheim gezogen waren, es war also mehr oder weniger so, als wollte ich sie aus ihrer eigenen Wohnung vertreiben. Ich wusch und trocknete mir die Hände. Einen Moment lang stand ich unschlüssig da, dann ging ich zurück ins Wohnzimmer. Sie musste in etwa das Gleiche gedacht haben wie ich, zumindest hatte sie sich nicht vom Fleck gerührt. Sie saß auf dem Sofa und sah aus wie ein Häufchen Elend. Mit gebeugtem Oberkörper, die Hände im Schoß. Es kam mir nicht so vor, als hätte ich das Gesicht verloren, ich empfand einfach nur Ekel. Ich setzte mich.

Es war still.

»Du könntest wenigstens den Tisch sauber machen«, sagte ich.

Sie erwiderte nichts. Schließlich erhob sie sich, ging in die

Küche und kam mit einem Lappen zurück. Nachdem sie den Tisch abgewischt hatte, stand sie da und sah mich an.

»Alle reden davon, wie sehr du dich verändert hast«, sagte sie. »Aber eigentlich bist du genauso wie früher. Du bist nur … das kommt jetzt nur anders zum Ausdruck.«

»Ja, ja«, sagte ich.

Sie drehte sich um und ging in die Küche. Ich hörte, wie der Lappen gegen den Rand der Spüle klatschte, und als Nächstes, wie sie sich auf der Toilette einschloss. Ich trank meinen Kaffee aus, dann stand ich auf und ging in den Flur. Zu Anita sagte ich nichts mehr. Ich zog mir einfach die Schuhe an und ging.

Als ich die Autotür öffnete und mich gerade ans Steuer setzen wollte, kam Mama.

»Musst du schon los?«, fragte sie.

»Ja, leider«, sagte ich. »Ich hatte vergessen, dass ich noch eine Verabredung habe.«

Sie nickte und lächelte. Ich setzte mich ins Auto, aber ohne gleich die Tür zuzuziehen. Mein Blick war nach vorn gerichtet. Ein Volvo mit Shell-Anhänger kam die Straße entlang. Er fuhr etwas zu schnell über die Bremsschwelle, sodass der Anhänger kurz abhob und krachend auf dem Asphalt aufkam. Am Mund des Fahrers sah ich, dass er fluchte. Ich schaute hoch zu Mama.

»Anita meint, du würdest Tabletten nehmen«, sagte ich.

»Tabletten?«, fragte sie.

»Ja«, antwortete ich. »Um high zu werden.«

Sie öffnete den Mund und schloss ihn wieder. Sofort spürte ich Freude in mir aufkommen. Zum einen sah ich ihr an, dass der Verdacht nicht stimmte, zum anderen ahnte ich bereits, was passieren würde, sobald sie zu Anita hineinging.

»*Was*?«, sagte sie.

»Kümmere dich nicht darum, Mama«, sagte ich. »Du weißt doch, wie sie ist.«

»Ich fasse es nicht!«, sagte sie.

»Vielleicht hätte ich es lieber für mich behalten sollen«, sagte ich.

»Ich bin froh, dass du es mir gesagt hast«, entgegnete sie.

Ich wartete einen Moment.

»Ich muss jetzt los«, sagte ich. »Ich bin spät dran.«

Sie nickte.

»Sei nicht zu streng mit ihr«, sagte ich.

»Bin ich schon nicht, keine Sorge«, sagte sie.

Wir verabschiedeten uns, dann schloss ich die Tür und startete den Motor. Eine knappe Dreiviertelstunde fuhr ich einfach durch die Gegend, bis ich es schließlich drauf ankommen ließ und mich auf den Heimweg machte. Ich parkte in der Garage, schloss die Tür auf und ging in den Flur. Als ich gerade Hallo rufen wollte, kam Turid aus der Küche, sie kam direkt auf mich zu, schnell und mit ausgestreckten Armen. Zuerst dachte ich, es wäre etwas passiert, aber dann fiel mir ein, was ich an die Wand gemalt hatte, bevor ich gefahren war, und da verstand ich, dass sie nicht traurig, sondern gerührt war.

Drei Wochen vorher

Die Auenlandschaft Gammelelva in der Gemeinde Melhus existiert seit 1902, als der Gaula südlich von Granberget in Kvål eine Flussschlinge ausbildete, die schließlich zum abgetrennten Altwasser wurde. Das Gebiet ist im Norden durch die Zugstrecke und im Süden durch das Agrarland von Fornes abgegrenzt, und an zwei Stellen wird das Altwasser von der E6 gekreuzt.

An Vegetation sind hier vor allem Mandel-Weide und ein Mischbestand aus Grau-Erle und Traubenkirsche vertreten. Auf dem offenen Gewässer finden sich des Weiteren Schwimmblatt-Teppiche und Tauchblattzonen aus Laichkrautgewächsen, während an den seichteren Stellen Teich-Schachtelhalm, Spitzsegge, Schnabel-Segge und Blasen-Segge vorherrschen. Auf der größten Wasserfläche östlich der E6 haben sich kleine Kolonien von Tannenwedel, Froschlöffel und Sumpf-Schwertlilie angesiedelt, und auf der Südseite wächst an vereinzelten Stellen Manna-Schwaden. In den Sümpfen sind auch Kleine Wasserlinsen und Wald-Simse zu finden, außerdem Wasserpflanzen wie der Haken-Wasserstern, der Stumpfkantige Wasserstern, der Frühlings Wasserstern, die Zitzen-Sumpfbinse, Berchtolds Zwerg-Laichkraut, Durchwachsenes Laichkraut, Einfacher Igelkolben und Gewöhnlicher Wasserschlauch, und an der nördlichen Mündung wachsen meterhohe Gräser wie Purpur-Reitgras, Rohrglanzgras, Hunds-Quecke und Wald-Engelwurz.

An Vogelarten sind im Auwald unter anderem Wacholderdrosseln, Rotdrosseln, Birkenzeisige, Buchfinken, Gartengrasmücken, Mönchsgrasmücken, Weidenlaubsänger, Fitislaubsänger, Goldammern, Feldsperlinge und Schilfrohrsänger zu beobachten. Westlich der E6 findet man Singschwäne, Stockenten und Graureiher, und außerdem Tüpfelsumpfhühner, Raubwürger, Habichte, Samtenten, Kiebitze und Mauersegler, und auf den Schotterbänken, an denen der Gammelelva in die Gaula rinnt, leben Flussuferläufer, Flussregenpfeifer, Sturmmöwen und Singschwäne.

An Säugetieren sind hier unter anderem Biber, Otter, Elche und Rehe anzutreffen, und an Fischen wurden Stichlinge und Forellen beobachtet.

Es sind verschiedene Arten von Köcherfliegen, Käfern, Schnabelkerfen und Webspinnen nachgewiesen, und an Libellen und Segellibellen kommen unter anderem die Braune Mosaikjungfer, die Torf-Mosaikjungfer, die Hauben-Azurjungfer, die Speer-Azurjungfer, die Schwarze Heidelibelle und die Frühe Adonislibelle vor. Der regional seltene Wasserkäfer *Hydroporus incognitus* wurde ebenfalls registriert.

Die Bodenfauna besteht unter anderem aus Schlammschnecken, Spitzschlammschnecken, Wasserasseln, Gemeinen Schlammschnecken, Verbogenen Posthörnchen und Riementellerschnecken. An Gliederwürmern wurden Entenegel, Große Schneckenegel und Zweiäugige Plattegel registriert, und an tierischem Plankton sind hier acht Arten von Wasserflöhen (*Cladocera*) vertreten, darunter die selten vorkommenden Arten *Lathonura rectirostris*, *Simocephalus serrulatus*, *Pleurotus laevis* und *Simocephalus expinosus*. Weiterhin wurden vier Ruderfußkrebsarten registriert, unter anderem der seltene *Cyclops vicinus*.

Während ich all diese Arten in Kapitel vier des Verwaltungsplans aufführte, leicht vorgebeugt und den Geschmack von bitterem Filterkaffee im Mund, kam ich mir plötzlich wie eine Art Noah der Bürokratie vor.

»Ein Noah der Bürokratie«, murmelte ich. »Wenn das keinen Respekt verdient.«

Ich spürte eine tiefe Zufriedenheit, nicht nur in dem Moment, sondern noch mehrere Stunden danach. Ich nickte und lächelte Kollegen zu, denen ich normalerweise lieber aus dem Weg gehe, und auf dem Heimweg machte ich einen Zwischenstopp und kaufte Turid einen Strauß Blumen.

Ihre Freude war noch größer, als ich mir ausgemalt hatte.

»Ach Gooott, Terje, ist das lieb«, sagte sie.

»Die paar Stängel«, sagte ich, konnte aber nicht verbergen, dass ich mich über ihre Reaktion freute.

»Paar Stängel«, sagte sie. Lachend steckte sie die Nase in den Strauß und roch daran. »Hmmm«, machte sie, und dann küsste sie mich auf den Mund. »Vielen, vielen Dank.«

Das muss ich öfter machen, dachte ich, als ich die Jacke auf einen Kleiderbügel an der Garderobe hängte. Ich wollte gerade in die Küche gehen, tat es dann aber doch nicht. Ich blieb stehen und betrachtete Turid. Sie hatte den Blumenstrauß auf den Küchentisch gelegt. Jetzt zog sie ein rotes Haargummi aus der Hosentasche, legte den Kopf in den Nacken und band sich einen Pferdeschwanz, dann holte sie eine Schere, ging zur Spüle und begann, die Blumen ein Stück zu kürzen. Sie sagte irgendetwas über das schöne Wetter. Nicht zu mir, sondern zu Marit. Die hatte ich nicht sofort bemerkt, aber sie saß am Küchentisch, am Kopfende ganz hinten an der Wand. Die Zungenspitze zwischen den Lippen balancierte sie gerade einen viel zu vollen Teelöffel Kakaopulver zu einem Milchglas, das vor ihr auf dem Tisch stand.

Wie verdammt gut ich es habe, dachte ich, es gibt so vieles, wofür ich dankbar sein kann.

Normalerweise kam bei solchen Gedanken sofort eine leichte Unruhe in mir auf. Einerseits rief ich mir nämlich nur zu gern in Erinnerung, dass es auch eine Kehrseite der Medaille gab und ja nicht alles nur gut war, vor allem aber musste ich zum anderen unwillkürlich daran denken, dass nichts ewig währte, dass mir auch das hier eines Tages genommen würde. Das heißt, so dachte ich eigentlich nicht, nicht in dem konkreten Wortlaut, ich hatte nur plötzlich so eine dunkle Ahnung, die in mir aufstieg, sie fühlte sich an wie ein tiefes Grummeln oder vielleicht auch wie weißes Rauschen oder Tonbandgeräusche.

Aber nicht jetzt.

Ein Noah der Bürokratie, dachte ich, als ich in die Küche ging.

Zwei Jahre vorher

Wir waren auf der Beerdigung meines Vaters. Als der Pfarrer gerade »Von der Erde bist du genommen, zu Erde sollst du werden« sagte, spürte ich ein leichtes Klopfen auf der rechten Schulter. Ich drehte mich um, aber niemand schien etwas von mir zu wollen, also wandte ich mich wieder nach vorn. Erst als wir auf dem Weg zum Auto waren, wies Turid mich darauf hin, dass mir eine der Rauchschwalben auf den Anzug gemacht hatte. Ich zog das Sakko aus und hielt es hoch. Ich ärgerte mich, aber weniger über die Flecken auf der Schulter und am Ärmel, sondern eher über die Tatsache, dass Anita das Ganze als wahnsinnig komisch darstellen wollte. Sie hielt sich die Hand vor den Mund und lachte.

»Wir haben Feuchttücher im Handschuhfach«, sagte Turid. »Warte kurz.«

Ich legte das Sakko auf die Motorhaube. Anita konnte sich gar nicht mehr einkriegen, ihr war natürlich klar, wie sehr mich das auf die Palme brachte.

»Clown gefrühstückt?«, sagte ich.

»Tut mir leid«, sagte sie lachend.

»Du solltest öfter zu Beerdigungen gehen«, sagte ich. »Das hilft anscheinend gegen deine schlechte Laune.«

Endlich hörte sie auf zu lachen.

»Terje«, sagte Turid. Mit einem mahnenden Blick reichte sie mir die Packung Feuchttücher. Ich säuberte das Sakko und legte es auf die Motorhaube, dann ging ich zu den Mülleimern am anderen Ende des Parkplatzes und warf die benutzten Tücher dort weg. Vorhin hatte es geregnet, und auf dem Weg durch das feuchte Gras glänzten meine Schuhspitzen. Man könnte meinen, ich hätte sie poliert, dachte ich.

Turid und Anita warteten im Auto, als ich zurückkam. Ich zog das Sakko über, stieg ein und startete den Motor. Ich hatte nicht die geringste Lust, noch am anschließenden Essen teilzunehmen, aber Anita – die natürlich verrückt nach so was war – hatte vor allen engeren Verwandten zugesagt, und mir war auf die Schnelle keine gute Ausrede eingefallen. Ich fuhr vom Parkplatz auf die Straße. Der Asphalt war grau und trocken, bis auf die Stellen im Schatten, wo er immer noch schwarz war und glänzte. Ich hatte das Fenster halb heruntergelassen. Ich mochte den Geruch von feuchtem Birkenwald und das satte Geräusch der Reifen auf der regennassen Fahrbahn. Wir fuhren die wenigen Hundert Meter zum Gemeindehaus und parkten neben einem großen schwarzen Volvo. Als wir ausgestiegen waren, fing Anita plötzlich wieder an zu lachen. Zweimal an einem Tag, dachte ich, das muss ein neuer Rekord sein.

»Was ist?«, fragte Turid.

»Guck doch mal«, sagte Anita.

Turid drehte sich um und sah in dieselbe Richtung wie Anita.

»Was denn?«, fragte sie.

»Terjes kleiner, alter Golf neben so einem schicken Wagen sieht einfach zu komisch aus«, sagte Anita.

»Von mir aus kannst du gerne zu Fuß nach Hause gehen«, sagte ich. »Dann wird die Autofahrt vielleicht auch für uns ganz nett.«

»Mensch, Terje«, sagte Anita. »Das sollte doch keine Beleidigung sein.«

»Sorry, Anita, aber du kannst mich nicht beleidigen«, sagte ich.

»Das höre ich«, sagte sie.

Ich wollte gerade sagen, was ich von ihr hielt, aber Turids Gesichtsausdruck gab mir zu verstehen, dass das jetzt nicht angebracht war. Wir gingen über die graue Steintreppe ins Gemeindehaus. Die Episode mit der Vogelscheiße hatte uns aufgehalten, sodass der Rest der Gesellschaft schon am Tisch saß. Zum Glück, dachte ich, dann brauchte ich mich vor dem Essen wenigstens mit niemandem zu unterhalten. Wenn wir auch vor den anderen wieder aufbrächen, wäre das Ganze vielleicht halb so schlimm. Am Ende der Fensterreihe waren noch Plätze frei, also gingen wir dorthin, Turid als Erste, dann ich, dann Anita. Ich nickte den Leuten diskret zu und presste die Lippen aufeinander, wie es mir für so einen Anlass angemessen erschien, ich sagte nichts.

Sobald wir saßen, gab es Gemüsesuppe mit Fleischbällchen, Brot und Ginger Beer. Die Stimmung war besser und lockerer, als ich erwartet hatte, aber Elisabeth, die Frau meines Vaters, wirkte sehr mitgenommen. Sie sieht aus, als wäre sie seit unserer letzten Begegnung um Jahre gealtert, dachte ich, sie muss tagelang nicht richtig geschlafen haben. Appetit hatte sie offenbar auch nicht, jedenfalls schob sie schon nach kurzer Zeit den Teller von sich. Ihr Sohn strich ihr über den Rücken, während er sich vorbeugte und etwas zu ihr sagte, was sie zum Lächeln brachte. Mir fiel sofort auf, dass ich meine eigene Mutter nie so berührt hatte, zumindest nicht als Erwachsener. Ich würde es auch nie tun, allein der Gedanke daran erfüllte mich mit tiefem Unbehagen. Ich nahm mir ein Stück Brot, tauchte es in die Suppe und aß. Nach einer Weile kam Anita mit ihrem Tischnachbarn ins Gespräch. Er erzählte, dass er Kranführer sei, und Anita sagte, sie sei ausgebildete Krankenpflegehelferin. Ich merkte, wie sie dabei die Stimme dämpfte und sich noch ein Stück nach links drehte, weil sie natürlich vermeiden wollte, dass ich sie hörte und als Hochstaplerin enttarnte.

»Aber ich bin jetzt seit fast sechs Monaten krankgeschrieben«, sagte sie.

»Ach so«, sagte er.

»Wegen meines Rückens«, erklärte sie.

»Ach so«, sagte er.

»Aber ich rechne damit, dass ich bald wieder arbeiten kann«, sagte sie.

»Mal nicht gleich den Teufel an die Wand«, sagte ich.

»Ich spreche doch davon, dass ich bald wieder *arbeiten* kann«, sagte sie.

»Das habe ich schon verstanden«, sagte ich.

Erst da kapierte sie, was ich meinte, jedenfalls sah sie plötzlich ziemlich sauer aus. Der Kranführer gluckste in sich hinein, also hatte er es wohl auch kapiert, einen Faulpelz erkannte er wahrscheinlich, wenn er einen vor sich hatte. Anita wandte sich wieder zu ihm.

»Mein Bruder hat einen etwas seltsamen Humor«, sagte sie.

»Wer sagt denn, dass das ein Witz war?«, fragte ich.

Anita drehte sich um und starrte mich zornig an.

»Hör auf!«, befahl sie mir lautlos, sodass ich es von ihren Lippen ablesen musste.

Ich erwiderte nichts. Ich trank einen Schluck Ginger Beer und wandte mich zu Turid um. Eine Weile redeten wir über das Sofa, das wir uns kaufen wollten, wir hatten schon ein Modell gefunden, aber sie wollte es lieber in Blau und ich in Grau. Zwischendurch sah ich ein paarmal rüber zu Elisabeth, ihrem Sohn und ihrer Tochter. Die Tochter legte ihr eine Hand auf den Rücken, während sie sich vorbeugte und mit ihrem Bruder sprach. Er lächelte und nickte, dann schob er den Stuhl zurück und stand auf. Die Ruhe, die er ausstrahlte, passte genau zu einem Bauern, fand ich. Er legte Elisabeth eine Hand auf die Schulter, und ich sah, wie er sie ein paarmal sanft drückte, bevor er ging.

Einige Minuten später kam er zurück. Er hatte eine kleine grüne Plastiktüte dabei, die er seiner Schwester reichte. Sie sah ihn lächelnd an, und an ihren Lippen konnte ich die Worte »Danke, Gunnar« ablesen. Ist das normal?, dachte ich, allein die Tatsache, dass sie den Namen ihres Bruders sagt, wenn sie sich bei ihm bedankt. Plötzlich fiel mir auf, dass Anita die beiden ebenfalls betrachtete. Sie denkt dasselbe wie ich, dachte ich. Schnell wandte ich mich wieder Turid zu, aus irgendeinem Grund wollte ich Anitas Blick nicht begegnen. Nachdem wir noch ein wenig über das Sofa gesprochen hatten, sagte ich zu Turid, dass wir vielleicht besser aufbrechen sollten.

»Schon?«, fragte sie.

»Bitte, Turid«, sagte ich.

»Tut mir leid«, sagte sie. »Wir fahren natürlich, wenn du das möchtest.«

Ich legte meine Hand auf ihre. Ich sah sie an und gab ihr mit einem Lächeln zu verstehen, dass ich dankbar für ihr Verständnis war. Ich wartete noch einen Moment, dann drehte ich mich zu Anita um.

»Wir müssen langsam los«, sagte ich.

»Jetzt?«, fragte Anita. »Bleiben wir nicht bis zum Ende? Gleich gibt es noch Kaffee und Kuchen.«

»Ich kann unterwegs halten und dir ein Teilchen kaufen«, sagte ich.

Den Witz verstand sie nicht.

»Meine Güte, es geht mir doch nicht um den Kuchen«, sagte sie.

Ich sah sie an. Ich spürte Irritation in mir aufkommen, denn einerseits fiel mir kein Vorwand ein, warum wir uns schon auf den Weg machen mussten, und andererseits ärgerte es mich, dass sie meine Aufforderung nicht einfach akzeptierte. Immerhin war ich der Fahrer, und sie wollte mit.

»Wir müssen vor vier zu Hause sein«, sagte Turid. »Marit hat um fünf einen Chorauftritt, und wir haben versprochen, da zu sein.«

Anita schüttelte resigniert den Kopf.

»Na dann«, sagte sie.

Ich warf Turid einen dankbaren Blick zu. Es stimmte, dass Marits Chor ein Konzert hatte, aber erst um sechs, wir hätten also noch mehr als genug Zeit fürs Kaffeetrinken gehabt, wenn das infrage gekommen wäre. Ich stellte Turids Suppenteller auf meinen und Anitas obendrauf. Dann sah ich, dass Elisabeth aufgestanden und auf dem Weg nach draußen war, wahrscheinlich, um zu rauchen oder zur Toilette zu gehen. Ich wollte mich ungern vor allen anderen von ihr verabschieden, also stand ich schnell auf und folgte ihr. Ich versuchte, mich möglichst unauffällig zu beeilen. Zum Glück war sie nicht so gut zu Fuß, sodass ich bei ihr war, bevor sie die Toilettentür hinter sich schließen konnte. Sofern sie noch wütend war oder Groll gegen mich hegte, ließ sie es sich zumindest nicht anmerken. Mit einem schwachen Lächeln sah sie mich an. Ich bedankte mich und sagte, dass es eine schöne Beerdigung gewesen war, und sie bedankte sich für unser Kommen.

»Also dann, mach's gut«, sagte ich.

»Mach's gut, Terje«, sagte sie.

Als ich mich umdrehte, kamen Turid und Anita, um sich ebenfalls zu verabschieden. Ich wollte sie schon bitten, sich zu beeilen, aber das kam mir Elisabeth gegenüber dann doch etwas unhöflich vor, also sagte ich nur, dass ich mich schon mal ins Auto setzte, selbst Anita musste kapieren, dass sie sich nicht noch mit Hinz und Kunz unterhalten konnte, während ich im Auto wartete. Ich hatte allerdings vergessen, dass sie keine halbe Minute ohne Nikotin auskam, und sobald sie draußen auf der Treppe stand, holte sie natürlich die Zigaretten raus und steckte sich eine an. Turid war schon auf dem Weg zum Auto, drehte sich aber noch mal um und ging zurück. Wahrscheinlich hatte Anita sie gebeten, kurz auf sie zu warten. Ich fluchte in mich hinein. Nach und nach kamen immer mehr Trauergäste auf die Treppe und den Platz vor dem Gemeindehaus, zum Teil, um zu rauchen, zum Teil, um frische Luft zu schnappen. Mir war klar, dass es blöd aussah, wenn ich einfach im Auto sitzen blieb anstatt auszusteigen und mit den anderen zu reden, also holte ich die Fahrzeugpapiere aus dem Handschuhfach und gab vor zu lesen. Ich starrte in die Mappe, kratzte mich am Kopf und tat so, als würde ich irgendetwas nicht verstehen. Plötzlich kam eine SMS. Ich nahm mein Handy aus der Jackentasche und las. Die Nachricht war von Malene. Sie hatte gerade erfahren, dass die Bezirksleitung im Konflikt um das Südskandinavische Felsenblümchen in Dovre die Unterstützung des Ministeriums bekommen hatte. Sie könnte vor Glück weinen, schrieb sie. Ich las die Nachricht noch einmal und noch ein weiteres Mal, dann steckte ich das Handy wieder in die Tasche. Am liebsten hätte ich laut gejubelt, aber auf der Beerdigung des eigenen Vaters in Freudentaumel auszubrechen, würde vielleicht etwas unpassend erscheinen, also ließ ich es bleiben. Ich schloss die Augen, sagte dreimal hintereinander »Yes« und schlug dabei die Hände gegen das Lenkrad, dann öffnete ich die Augen wieder. Kurz darauf kamen Turid und Anita. Ich beschloss, die gute Nachricht für mich zu behalten, bis ich mit Turid allein war. Ich brannte zwar darauf, sie mit ihr zu teilen, sogar sehr, aber auf

Anitas Reaktion, die ich mir genau vorstellen konnte, hatte ich wirklich keine Lust. Sie hielt es keine fünf Minuten in Gegenwart eines glücklichen Menschen aus, ohne die Stimmung so tief in den Keller zu ziehen, wie sie es für richtig hielt.

Sobald die beiden eingestiegen waren, startete ich den Motor und fuhr los.

»He, ich bin noch nicht angeschnallt«, protestierte Anita.

»Oh, dann muss ich schnell einen Unfall bauen«, entgegnete ich.

»Was?«, sagte Anita.

Ich wollte meinen Kommentar gerade wiederholen, aber ich spürte Turids Blick, also riss ich mich zusammen.

»Nichts«, sagte ich. Ich sah kurz zu Turid und schmunzelte ein wenig. Sie schüttelte den Kopf, aber nicht ohne ein Lächeln.

Das Seltsame war, dass wir nur fünfundzwanzig Minuten später tatsächlich einen Unfall hatten. Wobei »Unfall« vielleicht etwas übertrieben ist. Wir fuhren einen jungen Fuchs an, der über die Straße lief. Ich hielt sofort am Straßenrand. Wir stiegen aus, alle drei. Zuerst ich, dann Anita und dann Turid. Sie schien einen ordentlichen Schreck gekriegt zu haben, jedenfalls hielt sie ihre Hände an die Wangen, wie die Figur in Munchs *Schrei*. Ihre Schritte wurden immer langsamer, und nach zehn, fünfzehn Metern blieb sie stehen. Ich und Anita näherten uns dem Fuchs. Sein Fell war feucht und glänzte, vor allem am Bauch und an den Beinen. Er lag regungslos da, mit geschlossenen Augen. Der eine Vorderlauf war oberhalb der Pfote gebrochen, sodass es aussah, als hätte er zwei Kniegelenke.

»Ist er tot?«, fragte Anita.

Ich schüttelte den Kopf.

»Er ruht sich nur ein bisschen aus«, sagte ich.

Sie sah mich an und grinste. Turid kam zögernd zu uns.

»Aber im Ernst«, sagte Anita. »Ist er tot?«

»Keine Ahnung«, sagte ich.

Ich streckte das Bein aus und stupste ihn mit dem Fuß an, erst einmal, dann noch einmal. Er rührte sich nicht.

»Was machen wir jetzt?«, fragte Turid.

»Du kannst es ja mal mit Mund-zu-Mund-Beatmung versuchen«, sagte ich.

Turid sah mich an, sie wirkte wütend und verzweifelt zugleich.

»Findest du das etwa lustig?«, sagte sie.

»Nein, nein«, sagte ich.

Ich konnte mein Lachen noch hinunterschlucken, aber Anita lachte laut los.

»Mund-zu-Mund-Beatmung bei einem Fuchs«, juchzte sie.

Turid schüttelte fassungslos den Kopf. Sie sah Anita an, sah mich an.

»Was ist eigentlich los mit euch?«, fragte sie.

Ich sagte nichts. Ich wandte mich um und betrachtete den Fuchs. Wir können ihn nicht einfach am Straßenrand liegen lassen, dachte ich, ich muss etwas suchen, womit ich ihn in den Graben befördern kann, einen dicken Stock oder so was. Ich machte einen Schritt über den Graben und ging ein paar Meter in den dichten Birkenwald. In einem unbedachten Moment stieß ich gegen einen Baumstamm, sodass sich das Regenwasser von den Blättern löste und mir in den Nacken, auf den Kopf und die Schultern rieselte, die schwere Baumkrone raschelte und mit einem dumpfen Prasseln trafen die Tropfen auf mein Sakko. »Verdammt«, murmelte ich. Mein Blick fiel auf einen Stock auf dem Boden, aber als ich ihn gerade aufheben wollte, rief Turid »O mein Gott«.

»Er lebt«, sagte sie. »Er atmet.«

Ich ging zurück und hockte mich vor den Fuchs. Sie hatte recht. Durch das dicke Fell war es nicht so leicht zu sehen, aber er atmete, die Bauchdecke hob und senkte sich.

»Wir können ihn hier nicht so liegen und leiden lassen«, sagte Turid. »Wir müssen irgendwen rufen.«

»Wen denn?«, fragte Anita.

»Keine Ahnung«, sagte Turid. »Das Wildamt vielleicht, schicken die nicht in solchen Fällen jemanden raus, um das Tier zu töten? Oder kommt da der Tierarzt?«

Anita zuckte mit den Schultern.

»Wenn wir jetzt Glück haben und jemanden erreichen, der für so was zuständig ist, wird es trotzdem noch eine Stunde dauern, bis er hier ist«, sagte ich. »Mindestens!«

Niemand sagte etwas. Wir dachten wohl alle dasselbe; wenn der Fuchs getötet werden sollte, mussten wir es selbst tun. Ich ging zum Auto. Im Kofferraum lag der Wagenheber. Er war so schwer, dass man das Tier problemlos mit einem Schlag umbringen konnte. Als ich mich umdrehte, um zu den anderen zurückzugehen, sah ich, dass Anita vor dem Fuchs kniete. In der rechten Hand hielt sie einen großen Stein. Den schlug sie dem Fuchs mit voller Wucht auf den Kopf. Sie hielt kurz inne, dann hob sie den Stein erneut und schlug noch drei weitere Male zu. Turid hatte die Hände vors Gesicht geschlagen. Am schwachen Beben ihrer Schultern sah ich, dass sie weinte. Ich legte den Wagenheber zurück ins Auto und ging zu ihnen. Der Kopf des Fuchses war deformiert, sein Gesicht wirkte wie verrutscht und erinnerte an eine schief sitzende Maske. Ich ließ den Stock Stock sein, schob meine Schuhspitze unter den Rumpf des Tieres und hob es in den Graben. Dann ging ich zu Turid. Ich wollte sie in den Arm nehmen, aber sie drehte sich weg und ging zum Auto. Ich wandte mich zu Anita um. Sie sah mich an und zuckte mit den Schultern. Wir setzten uns ins Auto. Auf dem Weg nach Hause wurde nicht groß geredet. Zwei-, dreimal fragte Anita irgendwas Alltägliches, und ich antwortete kurz und sachlich. Turid sagte kein Wort. Sie saß nur da und schaute aus dem Seitenfenster. Ich hatte mich darauf gefreut, ihr von der Unterstützung des Ministeriums für unseren Standpunkt im Felsenblümchen-Konflikt zu erzählen, aber als wir Anita abgesetzt und zu Hause angekommen waren, fing sie erneut an zu weinen, und da ließ ich es bleiben, es passte irgendwie nicht.

»Was ist nur los mit euch?«, schluchzte sie.

»Mit uns?«, fragte ich.

Sie sagte nichts. Sie drehte sich weg und wischte sich die Tränen aus dem Gesicht, konnte aber nicht aufhören zu weinen, das sah ich an ihren Schultern. Ich drehte sie zu mir und nahm sie in den Arm, und dieses Mal ließ sie es zu.

»Für das Tier war es das Beste, Turid«, sagte ich. »Anita hat nur getan, was getan werden musste.«

»Nein«, entgegnete sie. »Nicht nur!«

Fast hätte ich gesagt, sie habe leicht reden, sie selbst musste ja gar nichts machen. Es hätte zu nichts Gutem geführt, und außerdem hatte sie recht. Ich zog sie noch etwas enger an mich und begann, ihr über den Rücken zu streichen. Kurz darauf hörten wir, wie die Haustür aufging. Das war Marit. Noch bevor sie richtig reinkommen konnte, war Turid im Bad verschwunden, wahrscheinlich wollte sie ihre Schminke entfernen, damit man nicht sah, dass sie geweint hatte. Marit und ich sagten Hallo. Sie fragte, wie es auf der Beerdigung gewesen sei, und ich sagte, es sei schön und feierlich gewesen. Dann erzählte sie ein bisschen von ihrem Tag. Sie wirkte zufrieden, und das machte mich ebenfalls zufrieden.

»Bist du bereit fürs Konzert?«, fragte ich.

»Ja«, antwortete sie.

»Wir freuen uns schon«, sagte ich.

»Hoffentlich nicht zu sehr«, sagte sie. »Wir hätten etwas mehr üben können. Zumindest ein paar von den Stücken.«

Ich sah sie an und lächelte. Ich wusste, dass sie nur meine Erwartungen herunterschrauben wollte, damit der Druck nicht so hoch war, und sie wusste, dass ich es wusste, das sah ich an ihrem Lächeln. Sie wandte sich ab und öffnete den Kühlschrank, etwas zu schnell, sodass der Kühlschrankmagnet aus Teneriffa und zwei Zettel zu Boden fielen, ein Brief vom Zahnarzt und ein H&M-Gutschein. Sie hob alles auf und befestigte es wieder. Dann stand sie vor dem Kühlschrank und starrte hinein.

»Ja, ja«, sagte sie nach einer Weile. »Ich mach gleich wieder zu.«

Ich lachte.

»Sonst frieren mir noch die Zehen ab«, sagte sie. »Ich weiß.«

Ich lachte noch einmal.

»Woher weißt du, was ich denke?«, fragte ich.

Sie sah mich an und lächelte.

»Als ob das so ein Kunststück wäre«, sagte sie.

»Pah«, sagte ich. »Wer hat so was schon gehört!«

Wir lachten wieder. Eine Weile blieb sie noch vor dem geöffneten Kühlschrank stehen. Aus irgendeinem Grund fiel mir noch mal ein, dass Elisabeths Sohn seine Mutter auf eine Weise berührt hatte, wie ich Mama niemals berühren könnte. Mein Blick war weiter auf Marit gerichtet. Seltsamerweise war mir noch nie der Gedanke gekommen, dass sie sich eines Tages mal genauso weit von mir entfernen könnte, wie ich mich von meinen Eltern entfernt hatte, der kam mir erst jetzt.

»Was ist, Papa?«, fragte sie plötzlich. »Papa?«

Neun Tage vorher

Die Sonne ging langsam unter, und wir packten unsere Angelsachen zusammen. Marit stand hinter uns in der Heide und leerte das Marmeladenglas mit den Regenwürmern, und Turid und ich saßen jeweils auf einem Stein und blickten über den stillen schwarzen Bergsee.

»Guck mal, die Bäume auf der anderen Seite«, sagte ich. »Die sehen aus wie aufrecht stehende Flüsse.«

»Stimmt«, sagte Turid nach einer Weile. »Sie sehen wirklich so aus.«

Ich kratzte mir etwas Erde unter dem rechten Zeigefingernagel weg. Auf eine Art sind es auch aufrecht stehende Flüsse, dachte ich, mit den Wurzeln, die das Wasser aus der Erde saugen und es übers Splintholz zur Baumkrone transportieren, und der Bastzone zwischen Splintholz und Rinde, in der die Nährstoffe von der Krone wieder zu den Wurzeln fließen, ganz langsam und still. Ich wandte mich zu Turid um und erzählte ihr, was mir gerade durch den Kopf gegangen war. Dass die Bäume nicht nur wie aufrecht stehende Flüsse aussehen, sondern tatsächlich welche sind. Eine ganze Weile saß sie da, den Blick auf die Bäume gerichtet, dann sah sie mich an und lächelte. Sie wollte gerade etwas sagen, aber so weit kam sie nicht.

»Sollen wir fahren?«, fragte Marit.

Ich drehte mich zu ihr um. Sie war ganz müde, die Arme, gähnend schraubte sie den Deckel auf das Marmeladenglas und steckte es in den Rucksack.

»Ja«, sagte ich.

Wir packten die wenigen Dinge zusammen, die wir dabeihatten, und gingen langsam los. Die Vögel sangen aus Leibeskräften in der Abenddämmerung, und als wir wenig später vom Trampelpfad auf den halb zugewachsenen Waldweg kamen, der zum Parkplatz führte, wollte Marit wissen, ob Vögel das Singen von ihren Eltern lernen oder ob sie es von Geburt an können.

Ich freute mich über ihre Frage, wusste es aber selbst nicht genau. Ich wollte ihr nicht den Eindruck vermitteln, so etwas würden nur kleine Kinder fragen, sodass sie ihre Frage das nächste Mal womöglich zurückhielt.

»Beides spielt eine Rolle, Anlage und Umwelt«, sagte ich, und dann erzählte ich von einem norwegischen Forschungsprojekt, von dem ich vor einiger Zeit gelesen hatte, und bei dem man die Eier eines Trauerschnäppers in das Nest einer Blaumeise gelegt hatte. Als die Vogeljungen mit zwei, drei Monaten anfingen zu singen, stellte man fest, dass sie eine Mischung aus dem Trauerschnäpper- und dem Blaumeisengesang von sich gaben.

Ich erzählte auch von Beobachtungen, die man an Spatzenjungen gemacht hatte. Die interessierte der Gesang einzelner ausgewachsener Spatzen nämlich nicht besonders, wenn aber mehrere ausgewachsene Spatzen gemeinsam sangen, hörten sie genau zu, denn so lernten sie, wie sie mithilfe des Gesangs kommunizieren konnten – zum Beispiel, um männlichen Rivalen zu signalisieren, dass sie sich von einem bestimmten Gebiet fernhalten sollten, oder um Weibchen zu signalisieren, dass ein kräftiges, gesundes Männchen zum Paaren auf sie wartete, oder um sich gegenseitig vor Gefahren zu warnen. Und ich erzählte ihr von besonders cleveren Singvögeln, die gelernt hatten, solche Warnsignale zu ihrem eigenen Vorteil zu nutzen.

»Wenn eine Vogelschar von Menschen gefüttert wird, entsteht automatisch eine Rangordnung unter den Tieren«, erzählte ich, »das ist dir vielleicht auch schon aufgefallen, wenn du den Spatzen mal ein paar Brotkrumen hingeworfen hast. Die größten und stärksten holen sich fast alles, während die kleinsten so gut wie nichts abbekommen, selbst wenn du ihnen die Krumen direkt vor den Schnabel wirfst. Aber manche von ihnen sind klug und haben einen Trick drauf«, sagte ich. »Sobald du ihnen etwas hinwirfst, signalisieren sie durch Pieps- und Singlaute, dass eine Gefahr im Anmarsch ist. Ein Sperber zum Beispiel. Und dann, wenn alle anderen Vögel auf und davon geflogen sind, lassen sie es sich schmecken.«

Marit und Turid lachten.

»Daran sieht man, dass Vögel lernfähig sind«, sagte ich. »Und der da«, fügte ich hinzu, als wir auf den Parkplatz kamen und einen Sumpfrohrsänger hörten, der in einem staubigen Gebüsch aus Wiesenkerbel und Brennnesseln auf der anderen Straßenseite saß, »der ist so eine Art DJ des Waldes, denn er kopiert Gesangsschnipsel anderer Vögel und setzt sie zu einer eigenen Melodie zusammen. Bei dem hier höre ich zum Beispiel ein bisschen Kohlmeise, Blaumeise und Buchfink heraus«, sagte ich, bevor wir den Rucksack, die Angeln, die Köderbox und die Plastiktüte mit den beiden Forellen in den Kofferraum legten, ins Auto stiegen und losfuhren.

Als Marit mit offenem Mund eingeschlafen war, die Wange platt ans Seitenfenster gedrückt, sagte Turid, dass sie aus dem, was ich über die Vögel und ihren Gesang erzählt hatte, gerne eine Unterrichtsreihe machen würde.

»Vielleicht kannst du mir ja dabei helfen?«, sagte sie.

»Na klar«, antwortete ich.

Wir sahen uns an und lächelten.

Während der Fahrt dachte ich an ein paar Studienkollegen

von früher, die sich immer für besonders musikinteressiert gehalten hatten. Über Leute, die sagten, sie würden alles von Åge Aleksandersen bis Bruce Springsteen hören, hatten sie immer nur kopfschüttelnd oder leicht herablassend gelacht, aber wenn es um Vogelgesang ging, konnten sie vielleicht gerade mal Krähe, Möwe und Kuckuck auseinanderhalten. Die übrigen vierhundertsiebenundsiebzig in Norwegen registrierten Vogelarten klangen in ihren Ohren nicht anders als Free Jazz, Neue Musik oder experimenteller Rock für diejenigen, über die sie sich lustig machten, also vollkommen fremd.

Das erzählte ich Turid.

»Aber glaubst du, sie hätten sich dafür geschämt?«, fügte ich hinzu und schaltete vom vierten in den dritten Gang.

Turid schwieg.

Ich sah sie an und lächelte wieder.

»Ich meine, das zeigt ja nur, wie sehr wir uns von der Natur entfremdet haben«, sagte ich. »Und wie wichtig da deine Arbeit ist. Wenn wir unseren Kindern ein enges Verhältnis zur Natur mit auf den Weg geben können, werden sie es nicht zulassen, dass sie vor die Hunde geht, um es mal so auszudrücken, zumindest nicht so schnell. Lass uns das deshalb auf jeden Fall machen, ich möchte dir unbedingt dabei helfen. Vielleicht kann ich sogar einen Ausflug mit euch machen, damit die Schüler das Vogelleben aus nächster Nähe erleben, meine ich.«

»Ja!«, sagte Turid. »Das wäre großartig.«

Wir sprachen ein bisschen über mögliche Ausflugsziele. In den Feuchtgebieten auf Fosen, bei Stjørdal oder im Naturschutzgebiet Grønningsbukta, wo ein großer Vogelturm steht, könnte man sehr gut Vögel beobachten, erzählte ich, aber am einfachsten und besten wäre vielleicht ein Ausflug in den Stadtwald.

»Letztes Frühjahr habe ich auf dem Weg von Ferista nach

Baklidammen und zurück siebenundzwanzig verschiedene Arten gezählt«, sagte ich.

»Wow«, sagte Turid aufgeregt. »Siebenundzwanzig! Also, dann lass uns doch den Stadtwald nehmen, oder?«

»Ja«, sagte ich. »Unbedingt. Wir müssen nur einen Tag finden, an dem wir beide Zeit haben.«

Wir überlegten ein bisschen hin und her, welches Datum infrage kommen könnte, aber weil weder sie noch ich die Termine der nächsten Zeit genau im Kopf hatten, beschlossen wir, erst mal zu Hause in den Kalender zu gucken.

Wir wurden still. Turid griff in den Rucksack und holte eine Wasserflasche heraus. Sie trank einen Schluck und hielt mir die Flasche hin.

»Nein, danke«, sagte ich.

Sie schraubte den Verschluss zu und stellte die Flasche in den Getränkehalter.

»Hier ist übrigens achtzig«, sagte sie.

»Ja, aber Marit schläft mit dem Kopf am Fenster«, entgegnete ich. »Sie könnte sich stoßen, wenn ich schneller fahre. Die Straße ist hier ziemlich holprig.«

Ich sah zu ihr rüber. Sie sagte nichts. Mit einem Lächeln legte sie die linke Hand auf meine rechte. Das war schön, und als wir wenig später auf die Schnellstraße fuhren, hatte ich keine Lust, die Hand zu heben, um wieder vom dritten in den vierten Gang zu schalten, ich zögerte es so lange wie möglich hinaus.

»Ich muss gerade daran denken, was du über die Bäume gesagt hast. Dass sie aufrecht stehende Flüsse sind«, sagte sie. Ich warf ihr einen Blick zu. Sie saß mit geschlossenen Augen da und lächelte. »Ich finde es schön, dass du mir solche Sachen erzählst. Ich wäre nie darauf gekommen, einen Baum als Fluss zu betrachten, aber jetzt tue ich es.«

Einen Monat vorher

Als ich die Heckklappe öffnete, sah ich den Besitzer des Grundstücks an. Sein Gesichtsausdruck sprach Bände darüber, dass er Wichtigeres zu tun hatte und wir besser so schnell wie möglich anfangen sollten. Ich nahm die Fischerausrüstung und reichte sie Malene, dann beugte ich mich vor und holte die drei Aquaskope heraus. Eins davon gab ich dem Besitzer, eins dem Gemeindevertreter und das letzte behielt ich selbst.

»Was ist das denn eigentlich?«, fragte der Gemeindevertreter mit einem Blick zu Malene.

»Elektrofischfanggeräte«, sagte sie. »Damit verletzt man die Fische nicht, sondern betäubt sie nur. Wenn wir sie untersucht haben, wollen wir sie wieder freilassen.«

»Ich dachte, es geht hier um Muscheln«, sagte der Besitzer des Grundstücks. »Nicht um Fische.«

»Zur Fortpflanzung ist die Muschel auf bestimmte Fische angewiesen«, sagte Malene. »Ihre Larven verbringen die ersten Lebensmonate an Forellen oder Lachsen, dann lassen sie sich fallen und siedeln sich im Flussbett an. Wenn wir also Fische mit Larven finden, können wir uns freuen.«

»Ich bin schon ganz aus dem Häuschen«, entgegnete der Mann.

Malene erwiderte nichts, sie lächelte, aber ich merkte ihr die aufkommende Irritation an. Ich schloss den Kofferraum, setzte den Rucksack auf, und dann ging es über den Parkplatz in den Wald hinein. Der Gemeindevertreter trug eine neue

Fjällräven-Hose, jedenfalls war sie noch ganz steif, das hörte ich am Scheuern der Hosenbeine.

»Wussten Sie, dass die Flussmuschel eine der ersten Arten, wenn nicht sogar die erste Art überhaupt war, die hierzulande unter Naturschutz gestellt wurde?«, fragte ich.

Niemand sagte etwas.

»1733 war das«, fuhr ich fort. »Und sie ist wahrscheinlich die einzige Art der Welt, die umbenannt wurde, weil ihr ursprünglicher Name zu gefährlich für sie war. Sie hat ganz einfach eine neue Identität bekommen, so ähnlich wie Zeugen, die gegen die Mafia aussagen. Früher hieß sie nämlich Flussperlmuschel«, sagte ich. »Aber sie ist beinahe ausgestorben, weil auf ihre Perlen Jagd gemacht wurde, in weiten Teilen von Europa gibt es sie auch schon nicht mehr, und über die Hälfte aller Flussmuscheln lebt heute hier in Norwegen. Das müssen Sie sich mal vorstellen! Über die Hälfte! Deshalb handelt es sich hier um eine norwegische Besonderheit von Verantwortung, wie wir sagen.«

»Perlen also«, kam es betont nachdenklich vom Gemeindevertreter. »Vielleicht wird das zur Abwechslung mal ein erfreulicher Arbeitstag.«

Alle bis auf den Grundbesitzer lachten.

»Ich glaube, Sie sollten sich keine allzu großen Hoffnungen machen«, sagte ich. »Nur eine von tausend Muscheln produziert tatsächlich Perlen. Und von denen, die Perlen von nennenswerter Größe hervorbringen, sind kaum noch welche übrig.«

»Schande aber auch«, sagte der Gemeindevertreter.

»Das heißt aber nicht, dass sie keinen Wert hat«, sagte ich. »Flussmuscheln sind wahnsinnig wichtig für das Ökosystem im Fluss, und finnische Wissenschaftler schätzen, dass eine einzige Muschel Ressourcen im Wert von sechshundert Euro sichert. Das heißt, der Gesamtwert der norwegischen Flussmuscheln liegt bei etwa siebenhundert Milliarden Kronen. Falls Sie an Zahlen interessiert sind«, fügte ich hinzu.

»Donnerwetter«, sagte der Gemeindevertreter.

»Jede Muschel reinigt zum Beispiel fünfzig Liter Wasser am Tag«, erklärte ich. Ich wandte mich dem Besitzer des Grundstücks zu. »Sie funktioniert wie eine Art biologischer Filter, und wer Flussmuscheln in seinem Fluss oder Bach hat, kann sich freuen, denn das bedeutet gute Wasserqualität, wovon natürlich die Ferienhausbesitzer was haben, die das Wasser trinken, aber auch alle anderen Lebewesen in der Gegend. Forelle und Lachs zum Beispiel. Außerdem scheidet die Muschel Nahrung für eine ganze Reihe kleinerer Tiere aus. Die wiederum Nahrung für andere Tiere sind, aber das ist ja klar.«

Der Grundbesitzer schwieg.

Wir bogen vom Pfad ab und folgten einem der Bäche hinunter zum Fluss. Die Stiefel schmatzten im Schlick, hier und da hüpfte ein Taufrosch durchs Gras, und kleine Insektenschwärme schwirrten über das schwarze Wasser, vor allem dort, wo es stand. Fünf Minuten später waren wir am Fluss. Er war seicht. Der rostrote Boden war gut sichtbar, und an einigen Stellen ragten kleine und große Steine aus dem Wasser. Ich setzte den Rucksack ab und legte ihn ins Moos. Bevor es losging, wollte ich den anderen eigentlich eine Tasse Kaffee anbieten, verzichtete aber lieber darauf, der Grundbesitzer wirkte schon ungeduldig genug.

»Pass auf, hier ist es ziemlich rutschig«, sagte Malene, sie war schon ins Wasser gewatet. »Ich gehe ein Stück weiter hoch und versuche es da«, sagte sie.

»In Ordnung«, sagte ich.

Ich nahm das Aquaskop mit. An einer alten Tanne, die an der schmalsten Stelle quer über den Fluss lag, stützte ich mich ab, und watete ebenfalls hinein. Etwa auf halber Strecke blieb ich stehen und begann, das Wasser mit dem Aquaskop abzusuchen. Es war sauber und klar und die Sicht gut. Rote, weiße und schwarze Steine funkelten und leuchteten mir entgegen, und hier und da wiegten sich Seggen und Laichkraut sanft im Strom. Diesen Teil der Arbeit liebte ich, nicht nur, weil es guttat, mal aus dem Büro zu kommen, sondern auch, weil ich aufrichtige Begeisterung dafür empfand, in der Natur zu sein. Langsam bewegte ich mich aufs andere Ufer zu.

»Wie sah es denn an der Stelle aus, wo Sie gestern waren?«, wollte der Gemeindevertreter wissen.

»Wie befürchtet, leider«, sagte ich. »Vor zehn Jahren gab es da noch viele Muscheln, aber jetzt haben wir keine einzige mehr gefunden. Grund dafür sind höchstwahrscheinlich Abwässer aus der Landwirtschaft. Die Muschel benötigt eine gute Sauerstoffzufuhr, in zu nährstoffhaltigem Wasser erstickt sie.«

Er erwiderte nichts.

»Aber dieses Problem haben wir hier schon mal nicht«, sagte ich. »Das sieht alles sehr gut aus. Schwebstoffe sind auch kaum vorhanden. Im Gegensatz zu dem Fluss auf der anderen Hügelseite, da sorgt das neue Kraftwerk für so schlechte Durchströmung, dass fast das ganze Flussbett verschlammt ist.«

Wir suchten weiter.

»Hier! Ich glaube, hier sind Muscheln!«, sagte der Grundbesitzer nach einer Weile, er versuchte, gelangweilt zu klingen, aber eine gewisse Begeisterung konnte er nicht verbergen.

Ich richtete mich auf und drehte mich zu ihm um.

»Wirklich?«, sagte ich.

Anstatt zu antworten, schob er sich den Hemdsärmel bis zum Ellbogen hoch, steckte die Hand ins Wasser und hob zwei Muscheln auf.

Ich watete zu ihm.

»Das können nämlich auch Teichmuscheln sein«, sagte ich. »Darf ich mal sehen?«

Er reichte mir die blauschwarzen, tropfnassen Muscheln, und ich nahm sie entgegen.

»Das sind tatsächlich Flussperlmuscheln«, sagte ich. »Ach, wie gut. Jetzt bin ich aber froh! Malene«, rief ich. »Malene, wir haben welche!«

Sie streckte beide Arme in die Höhe.

»Toll!«, rief sie. »Juhuu!«

Ich sah den Grundbesitzer an und lächelte, während ich eine der Muscheln von Sand und Schlamm befreite.

»Wissen Sie was?«, sagte ich. »Rein theoretisch könnten das hier sogar zwei der Exemplare sein, die 1733 von der Königin in Kopenhagen unter Naturschutz gestellt wurden.«

»Diese zwei hier?«, fragte er.

Ich nickte.

»Ja, Flussperlmuscheln gehören zu den langlebigsten Tieren auf der ganzen Welt«, erklärte ich. »Sie können zweihundertfünfzig bis dreihundert Jahre alt werden.«

Ich gab ihm die Muscheln zurück, und er schaute sie sich genau an.

»Aber die hier sind nicht ganz so alt«, sagte ich.

»Woher wissen Sie das?«, fragte er.

»Sehen Sie hier«, sagte ich und ließ den Zeigefinger langsam über die Muschelschale gleiten. »Diese Ringe funktionieren genau wie die Jahresringe eines Baumes. Man braucht sie nur zu zählen, dann sieht man, wie alt die Muschel ist. Die hier scheint so um die fünfzig Jahre alt zu sein.«

Er sagte nichts, stand einfach da und starrte auf die Muscheln. Ich steckte das Aquaskop wieder ins Wasser und sah jetzt Muscheln in Hülle und Fülle.

»Das sieht sehr gut aus«, sagte ich. »Sehr gut!«

Nach einer Weile kam Malene mit einer kleinen Forelle zu uns herübergewatet. Sie lächelte.

»Schauen Sie mal!«, sagte sie, vorsichtig schob sie die Kiemen des Fisches mit dem Daumen auseinander. „Sehen Sie das Weiße da an den Kiemen?«

Der Grundbesitzer und der Gemeindevertreter beugten sich vor, um besser zu sehen.

»Das sind Muschellarven«, sagte Malene.

»Und das… das sind wirklich großartige Neuigkeiten«, sagte ich. Ich sah den Grundbesitzer an. »Denn das heißt, dass sich die Flussperlmuscheln in Ihrem Fluss vermehren. An etwa einem von drei Standorten in Norwegen findet nämlich gar keine Fortpflanzung mehr statt, da leben nur alte Exemplare.«

Der Grundbesitzer sah mich an, dann richtete er den Blick wieder auf den Fisch, der langsam zu sich kam und leicht zu zucken und zu zappeln begann.

»Wir müssen ihn wieder ins Wasser lassen«, sagte Malene. »Auch wenn das ein schöner Bratfisch wäre.«

Sie beugte sich hinunter und hielt den Fisch noch einen Moment unter Wasser fest, bevor sie ihn schließlich losließ. Dann gingen wir an Land und setzten uns zum Kaffeetrinken jeder auf einen Stein, dicht am Flussufer.

»Und was ist jetzt der nächste Schritt?«, fragte der Gemeindevertreter.

»Das Ziel ist natürlich, den Muschelbestand im Fluss zu bewahren«, sagte ich. »Wie wir das machen, müssen wir noch genauer diskutieren, aber ich könnte mir zum Beispiel vorstellen, dass mit der finanziellen Unterstützung der Bezirksleitung Wandersperren in den beiden nahe gelegenen Seen errichtet werden, sodass der Hechtbestand sich nicht bis hierher ausbreitet. Passierte das, würden Lachs und Forelle verdrängt, und damit würde dann, wie gesagt, auch die Flussperlmuschel verschwinden.«

Eine Zweigestreifte Quelljungfer flog brummend vorbei, direkt über unseren Köpfen.

Ich trank einen Schluck Kaffee und wandte mich an den Besitzer um.

»Und es ist natürlich sehr wichtig, dass die geplante Straße zu den neuen Ferienhütten nicht zur Bedrohung wird«, sagte ich. »Dass sie nicht am Fluss entlangführt und dass man über alle Bäche Brücken baut, anstatt das Wasser durch unterirdische Rohre zu leiten. Das ist teurer, aber Rohre sind für die Fische ein unüberwindbares Hindernis, wenn sie zum Laichen herkommen, und damit würde es für den Bestand am Ende schlecht aussehen. Außerdem sollten Schutt und Geröll von dem Gelände, auf dem die Ferienhäuser entstehen, so gelagert werden, dass es nicht zu Abflüssen kommt. In einer anderen Gemeinde hatten wir gerade erst den Fall, dass Nitrat von einer Gerölldeponie in den Fluss gesickert ist, und da waren die Flussperlmuscheln verschwunden.«

Der Grundbesitzer schwieg, er nickte nur zum Zeichen, dass er verstanden hatte.

»Aber all das werden wir natürlich genau besprechen und abwägen«, sagte ich. »Ich halte es nur für sinnvoll, dass Sie jetzt schon mal Bescheid wissen, für Ihre weitere Planung.«

»Das weiß ich zu schätzen«, sagte er.

Wir tranken unseren Kaffee aus, packten dann die Ausrüstung zusammen und gingen zurück zum Parkplatz. Als wir uns vom Grundbesitzer und Gemeindevertreter verabschiedet und ins Auto gesetzt hatten, sah Malene mich mit einem Kopfschütteln an und lächelte.

»Ich bin echt beeindruckt«, sagte sie.

Ich wusste, was sie meinte, tat aber so, als hätte ich keine Ahnung.

»Wie du den Grundbesitzer rumgekriegt hast«, erklärte sie. »Mannomann! Du warst wie eine Mischung aus Knut Jørgen Røed Ødegaard und einem dieser idealistischen Lehrer, die man in amerikanischen Filmen sieht. Du weißt schon, so einer, der eine Stelle im Ghetto bekommt und aggressive, kriminelle Jugendliche in Nullkommanichts zu Bücherwürmern mit Bestleistungen macht.«

Ich musste lachen, zum Teil, weil ich es lustig fand, aber vor allem, weil ich mich freute.

»In meinen ersten Jahren bei der Bezirksleitung wollte ich manchmal verheimlichen, wie spannend ich den Job fand«, sagte ich. Ich lächelte und schüttelte den Kopf darüber. »Irgendwie hatte ich so eine Vorstellung, die meisten würden mein Leben als ziemlich langweilig abstempeln, wenn ich das, was wir tun, spannend fände. Deshalb habe ich versucht, meine Begeisterung zu bremsen und so zu tun, als würde ich meine Arbeit aus reinem Pflichtbewusstsein machen, weil es nun mal mein Job war.«

»Damit hast du zum Glück aufgehört«, sagte Malene.

Ich sah sie an und lächelte. Sie lächelte zurück.

Der Berufsverkehr war vorbei, sodass es nicht mehr als eine Dreiviertelstunde dauerte, bis ich Malene in Byåsen abgesetzt hatte und weiter zum Büro gefahren war, wo ich nur schnell den Bericht vom Meeresschutzgebiet Rødberget holte und dann wieder zum Auto eilte. Im Fußraum vor dem Beifahrersitz lagen eine Eisverpackung und ein zertretener Styroporbehälter mit Ketchup-Flecken und gut sichtbaren Fußabdrücken. Igitt, dachte ich angewidert, ich habe ja den Müll gar nicht weggeräumt, bevor ich Malene ins Auto gelassen habe. Ich schüttelte den Kopf, startete den Motor und fuhr aus der Tiefgarage.

Als ich am Nidarosdom vorbei war und mich der alten Stadtbrücke näherte, musste ich anhalten, um eine Gruppe Studenten über die Straße zu lassen, wahrscheinlich Geisteswissenschaftler, zumindest trugen sie solche billigen, aber irgendwie auch schönen, handverlesenen Secondhandklamotten, wie sie Studenten geisteswissenschaftlicher Fächer oft tragen. Die Kleidung toter Männer und Frauen, dachte ich, von trauernden Söhnen und Töchtern zusammengepackt und zum nächsten Gebrauchtwarenladen gefahren. Ich ließ die Kupplung kommen, gab Gas und fuhr weiter. Eines Tages wird Marit meine Kleidung zusammenpacken, dachte ich, und als ich kurz darauf an der Stadtbücherei vorbeifuhr, spürte ich plötzlich, wie sehr mir dieses Leben, diese Zeit, diese Stadt und dieses Land am Herzen lagen.

Auch als ich eine Viertelstunde später in der Garage parkte und ins Haus ging, war ich noch ganz erfüllt. Sobald ich in den Flur kam, rief ich Hallo, und Turid erwiderte den Gruß. Sie war ebenfalls guter Laune, das hörte ich an ihrer Stimme. Im nächsten Moment sah ich zwei unbekannte Paar Schuhe auf dem Boden, ein Paar Herrenschuhe und ein Paar Damenschuhe. Ich seufzte. Ich hatte keine Lust auf Besuch, aber da ich mich jetzt schon bemerkbar gemacht hatte, konnte ich natürlich nicht einfach wieder umdrehen und zurück ins Büro fahren.

Ich zog mir die Schuhe aus und ging hinein. Auf dem Sofa im Wohnzimmer saß ein älteres Pärchen. Sie war klein und rundlich, er auffällig groß, aber so dünn, dass es aussah, als würde ihm die Haut direkt auf den Knochen kleben. Die Kleidung, die sie trugen, erinnerte mich an Gebrauchtwarenläden und Lagerverkäufe, und sofort war mir klar, dass sie von den Zeugen Jehovas kamen. Verdammt, dachte ich, dass Turid aber auch nie Nein sagen kann. Ich hängte meine Jacke auf und betrat das Wohnzimmer. Erst da erkannte ich, dass das mein Vater und seine Frau waren. Ich hatte die beiden seit Jahren nicht gesehen, er war viel dünner als früher, deshalb hatte ich ihn nicht sofort wiedererkannt. Abrupt blieb ich stehen. Ich gab mir die größte Mühe, meinen Unwillen zu überspielen, aber besonders erfolgreich war ich damit nicht, zumindest wirkten sie etwas betreten, als sie mich sahen, vor allem er. Er wollte aufstehen, um mir die Hand zu geben, aber als er sah, dass ich weder die Hand hob noch auf ihn zuging, versuchte er es so aussehen zu lassen, als wollte er nur die Sitzposition ändern, und nachdem wir die üblichen Begrüßungsphrasen ausgetauscht hatten, fing er sogar an, sich für sein Kommen zu entschuldigen.

»Wir waren gerade in der Nähe, weißt du«, sagte er. »Und da dachten wir, schauen wir mal vorbei und … sagen Hallo.«

Elisabeth sah ihn an. In ihrem Blick lag Mitleid, und ihr Lächeln machte nur zu deutlich, dass er nicht ganz die Wahrheit sagte.

»Hm?«, machte er.

Sie legte ihre Hand auf seine und drückte sie zweimal sanft.

»Wir sind doch hergekommen, um Terje und seine Familie zu besuchen«, sagte sie.

»Ja, ja«, sagte er. »Klar. Aber wir hatten auch noch andere Sachen zu erledigen.«

Elisabeth schloss die Augen und nickte lächelnd. Im selben Moment kam Turid aus der Küche. Sie hatte die Kaffeekanne in der einen Hand und ein Körbchen mit Brownies in der anderen.

»Ich dachte, du würdest früher kommen. Ich hatte vergessen, dass du heute draußen unterwegs warst«, sagte sie. Sie sah mich an und lächelte, aber ich erwiderte ihr Lächeln nicht.

»Gibt es was zu essen?«, fragte ich.

Sie antwortete nicht sofort. Sie schien etwas verwirrt.

»Ich habe Hunger, ich brauche irgendwas anderes als Brownies«, sagte ich.

»Lasst euch bloß nicht von uns stören«, sagte Elisabeth und sah uns mit großen, runden Augen an. »Esst ruhig erst mal zu Mittag.«

»Klar«, sagte ich.

Ich starrte sie an und lächelte. Sie versuchte zurückzulächeln, was ihr allerdings nicht besonders gut gelang, und um ihren Gesichtsausdruck zu verbergen, führte sie schnell die Hand zum Mund und tat so, als müsste sie husten. Ich drehte mich zu Turid um. Ihr Blick gab mir deutlich zu verstehen, dass ich mich zusammenreißen sollte. Eine, vielleicht zwei Sekunden lang schaute sie mich an, dann wandte sie sich wieder meinem Vater und Elisabeth zu.

»Sicher, dass ihr nicht mitessen wollt?«, fragte sie. Sie hatte es also schon angesprochen.

»Ganz sicher«, sagte Elisabeth.

Wieder an mich gerichtet sagte Turid: »Also, dann essen wir einfach später, oder?«

»Gut«, sagte ich. »Wenn du meinst.«

Ihr Blick war jetzt noch ein bisschen strenger und vor allem schockierter als vorhin, aber sie sagte nichts. Ich ging in die Küche und schmierte mir drei Scheiben Brot mit Salami, Gurke und Mayonnaise. Ich spürte, wie langsam das schlechte Gewissen in mir hochkroch, und kurz darauf war ich wütend auf mich, weil ich ein schlechtes Gewissen hatte. Ich drückte so fest auf die Tube, dass die Mayonnaise quer über das Brettchen spritzte. Ich riss ein Stück Küchenrolle ab und wischte die Sauerei mit heftigen, jähzornigen Bewegungen weg. Im selben Moment kam Turid in die Küche.

»Was ist denn los mit dir?«, flüsterte sie.

»Nichts«, sagte ich. Ich öffnete den Schrank unter der Spüle und warf das Küchenpapier in den Mülleimer. Dann sah ich sie an. Sie erwiderte meinen Blick und schüttelte mit geöffnetem Mund den Kopf.

»Das ist peinlich«, sagte sie.

»Aha«, entgegnete ich.

»Terje«, bat sie.

Mit einem Mal wirkte sie eher traurig und ängstlich als wütend. Ich beschloss, mich zusammenzureißen, zumindest versuchsweise. Nicht dem Besuch zuliebe, sondern ihr zuliebe. Mit einem leisen Seufzen schloss ich die Augen und nickte.

»Tut mir leid«, flüsterte ich. »Ich benehme mich jetzt.«

Sie strich mir über die Wange. Lächelnd sah ich sie an. Dann legte ich die Brote auf einen Teller und schenkte mir ein Glas Milch ein. Als ich gerade zurück ins Wohnzimmer wollte, kam mein Vater mir entgegen.

»Entschuldige, könnte ich vielleicht ein Glas Wasser haben?«, sagte er.

»Natürlich«, sagte ich. Ich stellte den Teller und das Milchglas ab und holte ein Glas aus dem Schrank. »Oder möchtest du lieber Milch oder einen Saft?«

»Wasser reicht völlig, ich muss nur die Tabletten runterspülen«, sagte er und öffnete eine Hand mit drei Tabletten in der Mitte, zwei weißen und einer roten.

Ich nickte, füllte das Glas mit Wasser und gab es ihm, dann nahm ich die Brote und die Milch und ging damit ins Wohnzimmer. Elisabeth hatte sich vom Sofa erhoben. Sie stand vor Turids und meinem Hochzeitsfoto. Lächelnd wandte sie sich zu mir um.

»Genau wie dein Vater, als er im selben Alter war«, sagte sie.

Ich spürte sofort das unbändige Bedürfnis, ihr zu zeigen, dass ich meinem Vater nicht im Geringsten ähneln wollte, und um einen weiteren unangenehmen Kommentar zu vermeiden, biss ich schnell in eine der Brotscheiben. Elisabeth wandte sich wieder dem Foto zu. Eine Weile blieb sie noch so stehen, dann ging sie zurück zum Sofa und setzte sich wieder. Kurz darauf kamen mein Vater und Turid aus der Küche, Turid mit Tassen und Tellern und mein Vater mit einer Schale Zucker.

»Bitte, bedient euch«, sagte Turid.

»Danke«, sagte mein Vater.

»Vielen Dank«, sagte Elisabeth. Sie sah mich an und lächelte. »Dein Vater hat übrigens ein paar Kleinigkeiten mitgebracht«, sagte sie. Sie beugte sich über die Sofaarmlehne und griff nach einer Plastiktüte, die sie mir reichte. »Vor allem für Marit eigentlich.«

»Danke«, sagte ich. Ich nahm die Tüte und legte sie neben mich aufs Sofa, ohne hineinzuschauen. Das ist nicht gerade höflich, dachte ich, ich sollte einen Blick reinwerfen und so tun, als würde mich der Inhalt zumindest ein bisschen interessieren. Ich hob die Hand und wollte die Tüte schon öffnen, brachte es aber nicht fertig, mein Körper widersetzte sich, also streckte ich den Arm aus und griff stattdessen zur Kaffeekanne. Ich kam mir vor wie ein Zombie, meine Bewegungen waren langsam und abgehackt. Ich öffnete den Verschluss der Kanne und begann, Kaffee auszuschenken. Zumindest war ich so höflich, zuerst die Gäste zu bedienen.

»Willst du nicht reingucken?«, fragte Turid.

»Ich dachte, ich warte noch auf Marit«, sagte ich. Diese Antwort war offenbar glaubwürdig, zumindest nickten und lächelten die anderen, sie wirkten beinahe erleichtert.

Eine Weile unterhielten wir uns darüber, wie es so lief, wobei hauptsächlich die Frauen redeten. Ich warf ein paar Kommentare ein, und mein Vater saß im Grunde nur da, lächelte und nickte. Mir fiel auf, dass Elisabeth ihn nie beim Namen nannte, sondern konsequent »Papa«, »der Papa« oder »dein Vater« sagte. Das war natürlich der Versuch, eine Art Gemeinschaftsgefühl zwischen uns herzustellen, was mich zwar irritierte, aber nicht so sehr, als dass ich mich vergaß.

»Wie geht es dir, Papa?«, fragte sie nach einer Weile und legte erneut ihre Hand auf seine. »Bist du müde?«

»Nein, nein«, sagte er.

Sie wandte sich Turid und mir zu und lächelte traurig.

»Papa ist krank«, sagte sie und drückte sanft seine Hand. »Aber das habt ihr euch vielleicht schon gedacht?«

»Nope«, antwortete ich. Meine Wortwahl überraschte mich. Ich war so jemand, den es aufregte, wenn andere Leute englische Wörter und Ausdrücke mit Norwegisch mischten, und ich selbst tat das normalerweise nie. Ich trank einen Schluck Kaffee. Elisabeth sagte, dass mein Vater Krebs mit Leber- und Skelettmetastasen habe und nur noch wenige Monate leben würde, vielleicht nur noch ein paar Wochen. Sie ließ sich viel Zeit, und auch wenn ich konzentriert genug zuhörte, um mitzubekommen, was sie sagte, verwendete ich den Großteil meiner Energie darauf, voller Widerwillen auf das Ende ihrer Rede zu warten, denn dann würde wahrscheinlich irgendein Zeichen von Trauer oder zumindest Mitgefühl von mir erwartet. Zum Glück konnte ich es aber bei einem ernsten Nicken hier und da und ein paar Fragen zu Chemotherapie und Übelkeit belassen, denn plötzlich kam Marit nach Hause, und da wollte man sich offenbar zusammennehmen und wieder fröhlich sein. Sowohl mein Vater als auch Elisabeth erstrahlten jedenfalls, als sie sie sahen.

»Hallo«, sagte sie.

»Hallo«, antworteten alle im Chor.

»Oh, darf ich auch?«, fragte Marit, als ihr Blick auf die Brownies fiel.

Alle mussten lachen, sogar ich.

»Klar«, sagte ich.

Sie bediente sich. Plötzlich befürchtete ich, dass ihr einer der anderen meinen Vater als Großvater oder Opa vorstellen würde, also erklärte ich schnell, dass mein biologischer Vater und seine Frau zu Besuch waren. Mit einem Blick zu Marit trank ich einen Schluck Kaffee. Ich weiß nicht, was für eine Reaktion ich von ihr erwartet hatte, aber es erleichterte mich, dass sie relativ desinteressiert wirkte.

»Aha«, sagte sie nur, lächelte die beiden an und richtete den Blick dann wieder auf mich. »Darf ich noch einen?«, fragte sie und deutete mit dem Kopf auf die Brownies.

Ich lächelte und nickte.

»Kinder sind in solchen Dingen so wunderbar«, sagte Elisabeth, was auch immer sie damit meinte.

»Hol dir einen Teller, und setz dich zu uns«, sagte Turid.

Marit folgte ihren Worten. Als sie zurückkam, sagte Turid, sie solle mal in die Tüte auf dem Sofa gucken, da sei etwas für sie drin.

»Oh«, sagte Marit erfreut und stellte den Teller ab. Ich reichte ihr die Tüte, und sie ging zum Sessel am Kopf des Tisches und setzte sich. Sie holte zwei Geschenke hervor und legte sie vor sich hin. Nachdem sie gelesen hatte, was auf den Schildchen stand, gab sie Turid das eine Geschenk und begann, das andere auszupacken.

»Für dich«, sagte Turid und hielt mir das Geschenk hin. Anstatt es zu nehmen, griff ich zur Kaffeetasse. Es sollte wie zufällig aussehen, doch dafür war die Bewegung vielleicht etwas zu schnell.

»Mach du es ruhig auf«, sagte ich. Ich trank einen Schluck Kaffee.

»Aber es ist doch für dich«, entgegnete Turid.

Ich starrte sie an.

»Mach es einfach auf«, sagte ich. Es klang etwas gereizter, als ich mir gewünscht hätte, aber nicht so gereizt, wie ich mich fühlte. Turid blickte mich an. Sie hatte große Mühe, ihr Lächeln weiter aufrechtzuerhalten, aber irgendwie schaffte sie es. »Was meins ist, ist auch deins«, fügte ich hinzu, um den Schaden etwas zu begrenzen. Ich zwang ein Lächeln hervor, wie um zu betonen, dass ich nur Spaß machte, aber niemand bemerkte es, alle sahen Turid beim Öffnen des Päckchens zu. Ein blaugelber Aufziehhund kam zum Vorschein. Die Spitze des Schwanzes war abgebrochen, und am Kopf und auf der einen Seite war die Farbe abgeblättert. Genau wie ich befürchtet hatte, dachte ich, vielleicht sogar noch schlimmer. Ich spürte, wie sich alles in mir verhärtete. Ich sah meinen Vater an und lächelte.

»Dafür bin ich wohl etwas zu alt«, sagte ich.

»Das war früher deiner«, sagte er.

»Habe ich schon verstanden«, erwiderte ich.

Er versuchte zu lächeln, aber ohne Erfolg. Er hustete kurz.

»Ich habe ihn mitgenommen, als ich ausgezogen bin«, sagte er. »Als Erinnerung an dich.«

Plötzlich bekam er glänzende Augen.

»Ah ja«, sagte ich.

Turid und Elisabeth hatten ebenfalls glänzende Augen.

»Ui«, sagte Marit mit einem Mal. In der Hand hielt sie einen Ring mit einem grünen Stein. »Der ist ja schön.«

»Der hat deiner Urgroßmutter gehört«, sagte mein Vater. Er schien die Tränen nur mit Mühe zurückhalten zu können, er schluckte erst einmal, dann noch einmal.

»Du meinst deiner Mutter«, sagte ich, weiterhin lächelnd. Er sah mich an. Er presste die Lippen fest zusammen und nickte. Zum dritten Mal legte Elisabeth ihre Hand auf seine.

Sie schloss beide Augen und öffnete sie wieder, wie um zu zeigen, dass er sich tapfer schlug oder so was in der Richtung. War ja klar, dachte ich, das war alles von vornherein geplant.

»Ein schöner Ring«, sagte ich.

Elisabeth drückte wieder seine Hand und blinzelte noch einmal langsam mit beiden Augen. Ich musste an Astrid auf der Arbeit denken. Die hatte auch so eine hilfsbereite Art, bei der man Lust bekam, ihr eine reinzuhauen. Aber mein Vater legte offenbar Wert auf dieses beklemmende Verhalten. Er drehte die Handfläche nach oben, sodass sie nun händchenhaltend dasaßen. Er räusperte sich.

»Ich bin nicht vor dir und Anita geflüchtet, Terje«, sagte er.

»Noch Kaffee?«, fragte ich. Ich griff nach der Kanne und sah ihn dabei lächelnd an. Er antwortete nicht. »Hm?«, machte ich.

Noch immer gab er keine Antwort, er schüttelte nur den Kopf.

»Du, Elisabeth?«, fragte ich.

Ich führte die Hand zum Mund und hustete leise.

»Nein, danke«, sagte sie, es war fast geflüstert.

»Turid?«, fragte ich weiter.

Turid schüttelte den Kopf, sie blickte auf den Tisch. Ihre Augen waren groß und konzentriert, sie wirkte bestürzt. Ich wollte mir selbst nachschenken, tat es aber nicht. Ich drehte den Verschluss zu und stellte die Kanne auf den Tisch. Eine Weile war es still. Mit einem leisen Klaps legte ich die Hände auf die Oberschenkel.

»Tut mir sehr leid«, sagte ich. »Aber ich muss noch mal ins Büro.«

Niemand sagte etwas. Ich lächelte angestrengt, während ich vom Sofa aufstand. Eigentlich wollte ich noch meinen Teller, das Glas und die Kaffeetasse mitnehmen, entschied mich aber, so schnell wie möglich nach draußen zu gehen.

»Aber war schön, euch zu sehen«, sagte ich,

Mein Vater nickte, Elisabeth auch. Beide versuchten zu lächeln, aber ohne Erfolg. Ich ging in den Flur, nahm die Jacke vom Kleiderbügel und zog sie mir über. Auf dem Weg vorbei an der offenen Wohnzimmertür hob ich die Hand und sagte »Tschüss«. Ich hörte nicht, ob sie antworteten. Ich ging zum Eingang, zog mir die Schuhe an und trat hinaus auf die Treppe. Als ich gerade die Tür hinter mir zumachen wollte, kam Turid mir nach. Sie schloss die Eingangstür hinter sich, damit uns niemand hörte. Mit ihren großen, konzentrierten Augen schaute sie mich an.

»Wie kannst du so was nur machen?«, sagte sie.

»Was?«, fragte ich.

Sie schloss beide Augen und schüttelte schnell den Kopf.

»Hör auf«, sagte sie.

»Womit?«, fragte ich.

»Nicht!«, sagte sie.

Ich blickte auf die Treppe und seufzte. Nach einer Weile sah ich wieder zu ihr auf.

»Er ist nur ein Fremder für mich, Turid«, sagte ich. »Ein Irgendwer!«

»Sei nicht dumm, Terje«, sagte sie. »Zu einem Fremden wärst du niemals so fies.«

»Ich will doch nur sagen, dass ich ihm rein gar nichts schulde«, erwiderte ich. »Er kann hier nicht einfach aufkreuzen und verlangen … dass ich ihm verzeihe … oder was auch immer er will.«

»Er ist todkrank«, sagte sie.

»Das macht es nur noch schlimmer«, entgegnete ich. »Wäre er vor fünf oder zehn Jahren gekommen, hätte ich vielleicht noch was für ihn übriggehabt. Aber jetzt habe ich das Gefühl … ich fühle mich manipuliert. Wer kann einem todkranken

Mann schon etwas ausschlagen. Und dann diese sentimentalen Geschenke. *Das* ist fies!«

»Mein Gott, Terje«, sagte sie. »Du … du tust so, als würde er ein Spiel spielen. Er hat doch nicht mit Absicht Krebs gekriegt!«

»Natürlich nicht«, sagte ich. »Aber er ist mit Absicht erst jetzt gekommen.«

»Das ist doch aber besser als gar nicht«, entgegnete sie.

»Ist es nicht«, sagte ich. »Dass er jetzt hier ankommt – wenn er mich braucht und nicht umgekehrt –, das zeigt doch nur, dass er noch genauso egoistisch ist, wie er es immer schon war.«

Ich schloss beide Augen und führte die Hand zur Stirn, sie wartete einen Moment.

»Also dann fährst du jetzt zurück ins Büro?«, sagte sie. »Und lässt mich und Marit hier mit deinem todkranken Vater und seiner Frau sitzen.«

Ich sah natürlich ein, dass ich das nicht bringen konnte, aber das fiel mir tatsächlich erst in dem Moment auf, als sie es sagte. Ich blickte wieder auf die Treppe, einen Augenblick lang stand ich da und schüttelte den Kopf.

»Gut, dann komme ich eben wieder rein«, sagte ich und ging zurück ins Haus. Mit schnellen, heftigen Bewegungen beugte ich mich runter und schnürte mir die Schuhe auf.

»Terje«, sagte Turid hinter mir.

Ich kickte mir die Schuhe von den Füßen.

»Wenn du dich nicht beherrschen kannst, dann fährst du besser«, sagte sie.

Ich erwiderte nichts.

»Terje«, sagte sie noch einmal.

»Ich kann mich immer beherrschen, niemand kann sich so gut beherrschen wie ich«, sagte ich, ohne mich umzudrehen.

Ich ging in den Flur und hängte die Jacke wieder auf. Dann wollte ich ins Wohnzimmer gehen, aber stattdessen drehte ich mich um und ging zur Toilette. Ich setzte mich auf den Klodeckel, griff nach der Klobürste und brach sie einfach entzwei. Dann öffnete ich den Schrank, in dem wir das Toilettenpapier aufbewahrten, und schleuderte die beiden Teile dort hinein. Ich sah mich nach anderen Gegenständen um, die ich kaputt machen konnte, fand aber nichts. Ich schloss die Augen und blieb einen Moment lang einfach regungslos sitzen, schließlich ging ich wieder hinaus. Mein Vater war vom Sofa aufgestanden. Ich dachte schon, sie würden jetzt aufbrechen, aber da hatte ich mich geirrt, er wollte nur sein Portemonnaie aus der hinteren Hosentasche holen.

»So dringend ist es doch nicht, ich kann auch etwas später fahren«, sagte ich.

Natürlich glaubte mir niemand, aber das war mir egal. Genauso hörte es sich auch an; als wäre mir egal, was sie dachten. Elisabeth sah mich an und lächelte.

»Wie schön«, sagte sie.

»Da haben wir es«, sagte mein Vater, er holte ein Foto aus dem Portemonnaie und reichte es Turid. »Da ist Terje ungefähr acht und ich in etwa so alt wie er jetzt«, sagte er. Mit einem Lächeln setzte er sich wieder. Turid und Marit rückten näher zusammen, sie starrten auf das Foto.

»Das bist du?«, fragte Marit, sie sah mich an und betrachtete dann wieder das Foto. »Wie lang deine Haare da sind, du siehst aus wie ein Mädchen.«

Mein Vater lachte.

»So war das damals in den Siebzigern«, sagte er.

»Aber guckt euch mal den Papa an«, sagte Elisabeth. »Sieht er nicht genauso aus wie Terje heute?«

Großartig, dachte ich, noch so ein billiger Versuch, irgendeine Verbindung zwischen uns herzustellen. Wann kapieren die endlich, dass ich nichts mit dem Typen zu tun haben will?

»Joa«, sagte Turid, aber zum Glück so zögernd, dass ihr Zweifel für alle zu hören war.

»Ein bisschen vielleicht«, sagte Marit.

»Ein *bisschen*?«, fragte Elisabeth.

»Guck doch mal selbst, Terje«, bat Turid und reichte mir das Foto.

Wären sich alle einig gewesen, dass mir mein Vater auf dem Bild ähnlich sah, hätte ich die Situation als ziemlich unangenehm empfunden, so aber spürte ich nichts als Freude. Sofern man Schadenfreude als eine Art Freude bezeichnen kann. Ich nahm das Foto und betrachtete es. Wir sahen uns ähnlich, sehr sogar.

»Ist er dir nicht wie aus dem Gesicht geschnitten?«, fragte Elisabeth.

Ich neigte den Kopf hin und her.

»Finde ich eigentlich nicht«, sagte ich und reichte ihr lächelnd das Foto, sodass sie es meinem Vater zurückgeben konnte. Sie wirkte enttäuscht, aber weniger, als ich gehofft hatte.

»Kann ich noch einen Brownie haben?«, fragte Marit.

»Jetzt ist gut, Marit«, sagte Turid. »Wir wollen gleich noch essen.«

»Okay«, sagte Marit und stand auf.

»Du kannst aber trotzdem noch ein bisschen bei uns bleiben«, sagte Turid.

»Ach, ich hab grad *gar* keine Zeit«, sagte Marit und setzte sich in Bewegung, sie klang wie die Teenager in diesen Comedy-Serien, die immer auf Disney Channel liefen. Mein Vater und Elisabeth lachten, wie um Turid zu zeigen, dass das vollkommen in Ordnung sei, und Turid schüttelte lächelnd den Kopf. Anschließend redeten wir über dies und das, erst über Bodenschutz, danach über den Hof, den die beiden betrieben hatten, bis Elisabeths Sohn ihn übernommen hatte, und schließlich über Turids Weiterbildung. Es sei nicht so leicht, neben einer Vollzeitstelle noch Prüfungen abzulegen, sagte sie, aber da Marit inzwischen so groß sei, funktioniere es irgendwie. Es läuft ja auf eine Art, dachte ich, zumindest scheinen sie so klug zu sein, nicht noch weiter über den Grund ihres Kommens zu reden. Aber damit lag ich natürlich falsch. Elisabeth sah mich plötzlich mit traurigem, flehendem Blick an. Genauso hatte mich auch immer meine Großmutter angesehen, wenn ich nichts mehr über Jesus hören wollte.

Sie führte die Hand zum Mund und hustete kurz.

»Ich weiß, wie schwierig das für dich ist, Terje«, sagte sie.

Sofort verhärtete sich alles in mir. Ich sah sie an und lächelte.

»So schwierig, wie ihr es haben wollt, ist es gar nicht«, erwiderte ich.

Es war still. Elisabeth wollte noch etwas sagen, aber mein Vater legte seine Hand auf ihre und bat sie mit dieser Geste, lieber zu schweigen. Es schien ihr zwar einiges abzuverlangen, aber sie folgte seiner Bitte.

Es blieb noch eine Weile still.

»Ich glaube, wir müssen langsam mal los«, sagte mein Vater.

»Ja, ihr hattet ja noch was zu erledigen«, sagte ich.

Mein Vater lächelte mich schwach an. Dann wandte er sich an Elisabeth.

»Was meinst du?«

Sie antwortete nicht, sondern nickte nur. Sie standen auf und gingen in den Flur. Auch Turid stand auf, um sie hinauszubegleiten. Mir war natürlich klar, dass ich zumindest den Anstand haben sollte, mitzugehen, aber ich tat es nicht, ich brachte es nicht fertig. Stattdessen begann ich, den Tisch abzuräumen. Ich stapelte die Teller zusammen und trug sie in die Küche. Ich hörte, wie Turid nach Marit rief und wie Marit in den Flur kam und sich verabschiedete. Sie bedankte sich noch einmal für den Ring. Von dem, was zwischen uns Erwachsenen vorging, hatte sie zum Glück nichts mitbekommen, sie klang fröhlich. Ich ging davon aus, dass die beiden sich auch von mir verabschieden würden, aber das geschah nicht. An der Haustür redeten sie noch kurz mit Turid, und dann verschwanden sie einfach, zumindest war es auf einmal still.

Ich brachte die Tassen und das leere Körbchen in die Küche. Nachdem ich den Wohnzimmertisch abgewischt und die Tischdecke wieder hingelegt hatte, holte ich die blaue Ikea-Tasche mit der frischen Wäsche aus dem Waschraum. Ich hängte alles auf und trug den Wäscheständer auf die Veranda. Ich ging nicht sofort wieder hinein, sondern stand noch einen Moment lang da und ließ den Blick über die Nachbarschaft schweifen. Plötzlich hatte ich das Gefühl, dass sich mir jemand von hinten näherte, und ich drehte mich um, ich rechnete mit Turid, die mit mir reden wollte, aber sie war es nicht, ich hatte mich geirrt, da war niemand. Ich ging wieder ins Haus. Turid war weder im Flur, im Eingang oder auf der Toilette noch in einem der Schlafzimmer. Ich rief zwei-, dreimal nach ihr, aber sie antwortete nicht. Marit saß in ihrem Zimmer und spielte Nintendo, ich hörte die SuperMario-Melodie durch die Tür. Ich öffnete die Tür einen Spaltbreit und fragte ohne einen Blick ins Zimmer nach Turid, aber Marit wusste auch nicht, wo sie steckte. Wenig später fand ich sie, sie hatte sich unten im Keller im Arbeitszimmer eingeschlossen.

»Machst du mal auf?«, bat ich und lehnte die Stirn gegen die Tür.

Sie antwortete nicht. Ich wartete einen Moment. Ich hörte

das trockene Geräusch, mit dem mein Haar an der Holztür rieb.

»Turid?«, sagte ich.

Sie antwortete immer noch nicht.

»Ich komme gleich«, sagte sie.

Ich spürte, wie Wut in mir aufstieg. Schluss jetzt, dachte ich, du hast kein Recht, sauer auf sie zu sein. Ich schloss die Augen und versuchte, mich zusammenzureißen. Ich dachte auch, das wäre mir gelungen, aber als ich den Mund aufmachte, klang ich immer noch wütend, zumindest hart.

»Gut«, sagte ich. »Bleib ruhig so lange da drinnen, wie du willst.«

Ich drehte mich um und ging. Mitten auf der Treppe hielt ich inne. Ich schloss beide Augen und schüttelte den Kopf. So kann ich nicht weggehen, dachte ich, das ist nicht richtig, sie kann überhaupt nichts dafür. Ich machte kehrt und ging wieder zurück. Erneut lehnte ich die Stirn gegen die Tür.

»Tut mir leid, Turid«, sagte ich. Ich wartete einen Moment. »Kannst du bitte aufmachen?«

Im nächsten Augenblick öffnete sie die Tür. Sie weinte nicht, aber ich sah, dass sie es getan hatte. Das sind meine Tränen, dachte ich. Wir nahmen uns in den Arm.

»Tut mir leid«, sagte ich noch einmal.

»Mir tut es auch leid«, sagte sie.

»Dir braucht nichts leidzutun«, sagte ich. »Überhaupt nichts.«

Vier Jahre vorher

Im Handout, das ich erstellt hatte und das jetzt vor mir auf dem Tisch lag, wurde das Südskandinavische Felsenblümchen als eine mehrjährige Gefäßpflanze aus der Familie der Kreuzblütler beschrieben, die zwei bis acht Zentimeter groß werden kann, sich durch weiße Blüten und tief am Stängel ansetzende Laubblätter auszeichnet und weltweit an insgesamt einundzwanzig Orten vorkommt, und zwar ausschließlich in Skandinavien, wo sie auf kalkreichen Berggipfeln und frischen Moränen wächst, oft in der Nähe von Gletschern.

Wir hatten lange und ausgiebig daran gearbeitet, den Bestand des Südskandinavischen Felsenblümchens in Dovre zu sichern, und jetzt saßen wir in einem Schlichtungsgespräch mit der Gemeinde. Der Bürgermeister, ein kleiner untersetzter Kerl, der stark nach Tabak roch und eine so schiefe Körperhaltung hatte, wie man sie nur nach jahrzehntelanger physischer Schwerstarbeit bekommt, trug eine Wut in sich, die einem Bürgermeister schlecht stand, und wenn er das Wort ergriff, fiel mir mehrfach die Verlegenheit der anderen Gemeindevertreter auf. Sie schluckten und wechselten nervöse Blicke oder starrten auf den Tisch, während sie an Kugelschreibern, Kaffeetassen oder Eheringen herumnestelten.

»Es wird ja wohl möglich sein, mal den Kopf einzuschalten, auch wenn man studiert hat«, sagte er. »Die Straße ist nicht nur für den Grundbesitzer wichtig. Es gibt noch zwei weitere Schafbauern, die einen Verbindungsweg zu ihrem

Weideland brauchen, und für die Gemeinde wäre es die reinste Katastrophe, wenn Sie Ihre Pläne durchsetzen … Ohne die Straße wird auch nichts aus den geplanten Ferienhäusern auf der anderen Seite, und damit entgehen uns mehr als willkommene Einnahmen. Von dem Lebensmittelladen ganz zu schweigen … der kann dann auch gleich dichtmachen.«

»Das haben Sie jetzt alles schon mehrmals erwähnt«, sagte ich. »Außerdem steht es im Gemeindeplan.«

»Und Sie haben es immer noch nicht begriffen?«, erwiderte er.

Der Gemeindevertreter auf der anderen Seite des Tisches sah mich an, als wollte er sich für seinen Vorgesetzten entschuldigen.

»Ich habe das alles sehr wohl begriffen«, sagte ich. »Und um den finanziellen Schaden tut es mir natürlich leid. Aber das Südskandinavische Felsenblümchen ist eine endemische, außerordentlich gefährdete Art, für deren Erhalt wir verantwortlich sind, und die Bezirksleitung legt in diesem Fall nun mal mehr Wert auf den Artenschutz. Und wenn Sie nicht …«

»Wenn hier irgendwer gefährdet ist, dann die Einwohner vor Ort!«, wetterte er.

Ich schloss die Augen und öffnete sie wieder, während ich versuchte, meinen angefangenen Satz zu Ende zu führen.

»Und wenn Sie unserem Schlichtungsvorschlag nicht zustimmen …«

»Die Straße *kann* nicht umgelegt werden«, sagte er laut. »Das wird viel zu teuer!«

»Und wenn Sie unserem Schlichtungsvorschlag nicht zustimmen«, wiederholte ich. »Dann muss eben das Ministerium eine endgültige Entscheidung treffen.«

Er starrte auf die Tischplatte.

»Verdammte Städter. Nichts als Romantiker, alle miteinander«, murmelte er. Er verschränkte die Arme, und mit einem Kopfschütteln brummte er noch irgendwas von wegen Latte Macchiato.

Ich legte die Akten zusammen und meinen Notizblock obendrauf.

»Ich glaube, wir kommen hier nicht weiter«, sagte ich. »Einigen wir uns darauf, dass wir uns nicht einig werden, und reichen den Fall weiter.«

Erst als ich im Anschluss an das Gespräch in den Autositz sank, spürte ich, wie erschöpft ich war. Ich schloss die Augen und saß einen Moment einfach nur da. Manchmal wünschte ich, die Natur könnte sich bedanken, dachte ich, nur ein kleiner Dank, das ist alles, was ich brauche. Mir fiel auf, dass dieser Wunsch im Prinzip Ausdruck für das gleiche Bedürfnis war, das religiöse Menschen in Zeiten des Zweifelns verspürten, dass er dem Wunsch nach einem Zeichen Gottes glich, dem Wunsch, Gottes Stimme zu hören. Ich öffnete die Augen, steckte den Schlüssel in die Zündung und startete den Motor. Auf dem Weg aus der Tiefgarage gähnte ich lange. Ich könnte jetzt auf der Stelle einschlafen, dachte ich. Ich ließ das Fenster runter, lehnte mich nach links und ließ mir eine Weile den Fahrtwind ins Gesicht wehen. Das half, aber weniger, als ich gehofft hatte. Als ich nach Hause kam, neigte Turid jedenfalls sofort den Kopf und sagte: »Du Ärmster.« Ich lächelte und sagte, es sei nicht so schlimm.

»Sprichst du schon im Schlaf?«, fragte sie.

Lachend stellte ich den Koffer ab. Sie saß gerade mit einem Stapel Mathematikarbeiten am Küchentisch. Nun legte sie den Stift weg, stand auf und gab mir einen Kuss, und dann sagte sie, ich solle mit raus auf die Terrasse kommen. Sie habe Kaffee in der Kanne und frisch gebackene Brötchen.

»Klingt gut«, sagte ich.

Wir gingen nach draußen und setzten uns. Die junge alleinerziehende Mutter von nebenan stand vor einem Buggy mit stramm gespanntem Mückennetz und bewegte ihn sanft hin und her, und auf der Wiese neben dem Spielplatz spielten ein paar Kinder mit Manchester-United- und Barcelona-Trikots Fußball. Sie schienen sich nicht einig zu sein, ob der letzte Schuss ein Tor war. Ich lächelte. Solche Diskussionen hatten wir früher auch geführt, es war nicht immer so leicht zu entscheiden, was nun ein Treffer war und was nicht, wenn das Tor nur mithilfe von T-Shirts und Pullis umrissen war. Turid sah mich an, während sie uns Kaffee einschenkte. Sie fragte, wie das Gespräch gelaufen sei, und ich erzählte ihr alles. Als es um den Bürgermeister ging, saß sie mit offenem Mund da.

»Meine Güte, was für ein widerlicher Typ«, sagte sie.

»Leute wie er sind mir eigentlich lieber als solche, die uns recht geben, aber dann trotzdem genau das Gegenteil machen«, sagte ich. »Und davon gibt es genug.«

»Was meinst du, wie es jetzt im Ministerium weitergeht?«, fragte sie.

»Schwer zu sagen«, antwortete ich. »Die Sozialistische Linke ist sicher auf der Seite der Bezirksleitung, aber der Grundbesitzer hat sehr viel Rückhalt in der lokalpolitischen Szene, deshalb wird die Bauernpartei wahrscheinlich mit der Gemeinde gehen. Es wird spannend.«

Sie nickte.

Als wir gegessen hatten und einfach noch etwas sitzen blieben und Kaffee tranken, fiel mir ein Traum ein, den ich in letzter Zeit öfter gehabt hatte. In diesem Traum war ich auf einem Black-Metal-Konzert, das plötzlich zu einer Art Zeremonie wurde, ganz ähnlich der Gedenkzeremonie nach den Angriffen auf die Twin Towers am 11. September, bei der die Namen aller 2973 Opfer vorgelesen wurden, langsam, mit einer kurzen Pause nach jedem Namen. Das Gleiche geschah in meinem Traum, nur dass darin die Namen ausgestorbener Arten von der aktuellen Roten Liste gefährdeter Arten in Norwegen vorgelesen wurden: Rhapontikrhabarber. Haubenlerche. Roter Sandkäfer. Ackertrespenbrand. Sanddungkäfer. Grauammer. Hornissenraubfliege. Hausratte. Rosskastanieneule. Und so weiter und so weiter.

Ich hörte andere nicht gerne über ihre Träume reden und erzählte auch nie von meinen, aber aus irgendeinem Grund tat ich es jetzt. Als ich fertig war, wartete ich einen Moment, schaute dann Turid an und lachte leise, aber nicht aus Belustigung, sondern weil ich ihr zuvorkommen wollte, für den Fall, dass sie mich lächerlich fand. Darauf deutete jedoch nichts hin. Sie lachte nicht, sie sah mich nur an, mit einem ernsten, fast traurigen Lächeln.

Ich wandte den Blick ab. Trank einen Schluck Kaffee.

»Ich finde Rosskastanieneule so schön«, sagte ich. »Also den Namen. Das klingt wie ein Gedicht.«

Wieder war es still.

»Ein Misanthrop bist du jedenfalls nicht«, sagte sie.

Ich war überrascht. Natürlich nicht darüber, dieses Wort in Verbindung mit mir zu hören. Solange ich zurückdenken konnte, war ich in unserem Bekanntenkreis als Misanthrop bezeichnet worden, halb im Spaß, halb im Ernst. Ich selbst hatte mich sogar auch schon öfter so bezeichnet. Der Kommentar kam nur so unerwartet, ich verstand den Zusammenhang nicht.

Fragend sah ich sie an.

»Wenn du einer wärst, würdest du nicht diese Arbeit tun … nicht so gründlich«, sagte sie. »Das Leben auf der Erde wird ja in irgendeiner Form weitergehen. Mit oder ohne uns Menschen. Darum geht es dir nicht. Im Grunde genommen geht es dir um das Leben, wie wir es kennen, mein und dein Leben, das Leben deiner Familie, das Menschenleben, darum machst du dir Sorgen, dass das alles mal verschwindet. Das glaube ich jedenfalls.«

Das sind große Worte, dachte ich, viel größere, als ich jemals in den Mund nehmen würde. Ich sah sie an. Schleichend meldete sich der Impuls, das Gesagte zu ironisieren, so ging es mir immer, das saß einfach tief in mir drin. Doch dieses Mal gab ich dem Bedürfnis nicht nach, ich wollte nicht. Ich war erfüllt von einer Freude, die mich an das Wort *Hochgefühl* denken ließ, und ich wollte, dass es anhielt. Zurück auf den Boden der Tatsachen kam ich schon früh genug.

Eineinhalb Jahre vorher

»Mama würde Marit übrigens gerne mit in die Kirche nehmen«, sagte Turid. »Das ist doch in Ordnung?«

Ich sah zu ihr auf. Sie wusste ganz genau, dass das nicht in Ordnung für mich war, aber sie versuchte, ahnungslos zu erscheinen. Ich antwortete nicht. Ich steckte den Stumpf des Baumstammes in den Christbaumständer und drehte die Schrauben fest.

»Steht er jetzt gerade?«, fragte ich.

Sie wartete einen Moment, bevor sie antwortete.

»Ja.«

Ich schraubte, bis das Holz leise knackte, aber nicht so fest, dass es splitterte. Ich stand auf und machte einen Schritt zurück.

»Na also«, sagte ich.

Turid ging in den Keller und ich in die Küche. Ich hatte nur wenig und ziemlich schlecht geschlafen in letzter Zeit und hätte mich am liebsten einfach hingelegt, aber das ging natürlich nicht, nicht heute. Ich füllte Wasser in einen Krug und ging zurück zum Weihnachtbaum. Ich beugte mich runter, füllte Wasser in den Christbaumständer und ging dann wieder in die Küche, um den Krug wegzustellen.

Kurz darauf kam Turid mit der Mäusefamilie hoch, die sie von irgendeiner strickverrückten Tante bekommen hatte und jedes Jahr zu Weihnachten auf die Treppe stellte. Anfangs hatte sie noch so getan, als würde sie das aus Ironie machen, inzwischen tat sie so, als fände sie die Mäuschen richtig schön.

Was sie in Wirklichkeit dachte, wusste ich nicht, ich wusste nur, dass ihr Umgang mit den Mäusen ziemlich viel über ihren Umgang mit mir aussagte.

Ich nahm den Topf mit den eingeweichten Erbsen, goss das Wasser ab, füllte neues nach und stellte ihn auf den Herd. Als ich mich umdrehte, sah ich den Wagen meiner Schwiegermutter in die Einfahrt biegen. Wie immer parkte sie genau vor der Garage, sodass niemand mehr rauskam. Heute wollte ich zwar nirgendwohin, aber ich hatte sie schon so oft darauf hingewiesen, dass ich mich am liebsten noch mal ins Auto gesetzt hätte, nur damit sie umparken müsste. Sie soll aber ruhig erst reinkommen und sich Schuhe und Jacke ausziehen, dachte ich. Das fand ich ziemlich witzig, und damit gab ich das erste Lachen des Tages von mir. Ich ging davon aus, dass Turid fragen würde, worüber ich lachte, aber das geschah nicht. Der Mäusevater hatte seine Mütze verloren, und sie tat so, als würde das Befestigen ihre ganze Aufmerksamkeit in Anspruch nehmen. Ich lachte noch einmal, um ihr zu zeigen, dass sie gerade etwas wirklich Witziges verpasste, aber sie wollte mich partout wie Luft behandeln.

»Ich brauche eine Sicherheitsnadel«, sagte sie wie zu sich selbst.

Sie ging wieder in den Keller. Ich hörte sie unter der Treppe hantieren, wo sie ihren Nähkasten und die Nähmaschine aufbewahrte. Kurz darauf kam meine Schwiegermutter herein. Sie gab sich die größte Mühe, fix und fertig zu erscheinen, aber ich weigerte mich, darauf einzugehen. Sie hat nicht mehr Stress, als sie haben will, dachte ich.

»Hallo«, begrüßte ich sie.

Sie stellte die Plastiktüten auf die Küchenzeile und blieb einen Moment schwer atmend stehen, aber noch immer sagte ich nicht, was sie gern hören wollte.

»Hallo«, antwortete sie schließlich. »Ich musste nur erst mal zu Atem kommen.«

»Ach so«, sagte ich.

Ich drehte mich um und ging zum Herd. Sie sagte nichts, aber ich wusste, dass sie sich ärgerte. Sie hatte schon immer zu der Sorte Mensch gehört, der sich betrogen fühlte, wenn er nicht Opfer spielen konnte. Zumindest darin ähnelte sie Anita, wenn die beiden auch sonst nicht viel gemeinsam hatten. Ich hob den Deckel vom Topf. Die Erbsen waren aufgekocht, und ich schaltete die Platte auf zwei herunter. Dann griff ich zur Kaffeekanne und schenkte mir eine Tasse ein. Natürlich hätte ich meiner Schwiegermutter auch einen Kaffee anbieten sollen, aber das tat ich nicht, ich wollte mir nicht schon wieder einen Vortrag über ihre Verdauung anhören. Ich trank einen Schluck. Im selben Moment hörte ich, wie Turid die Treppe hochkam. Nachdem die beiden sich begrüßt hatten, fragte Turid ihre Mutter, ob in der Stadt viel los gewesen sei, und jetzt gab es kein Halten mehr. Nicht genug mit den Menschenschlangen und dem Chaos überall, sie habe auch so schwer zu tragen gehabt, dass sie dachte, ihr würden die Arme abfallen, auf dem Fußweg und der Straße sei es glatt gewesen, und im Blumenladen sei sie von einer Schnepfe bedient worden, die man besser nie auf Kunden losgelassen hätte. Ich begann, vor mich hin zu summen. Das demonstrierte mein Desinteresse vielleicht etwas zu offensichtlich, aber mir fiel nichts anderes ein.

Nach einer Weile fing meine Schwiegermutter an, die Einkaufstüten auszupacken. Sie räumte die Sachen nie richtig ein, wenn sie bei uns war, also konnte ich ihr genauso gut helfen. Ich trank meinen Kaffee aus, nahm die Steckrübe und die Möhren und legte beides ins Gemüsefach. Meine Schwiegermutter fing an, über ein Putzmittel zu referieren, das sie besorgt hatte und das angeblich viel effektiver sei als jenes, das Turid und ich sonst zum Putzen verwendeten. Sie hielt Turid die Flasche hin.

»Jetzt könnt ihr mal gucken, wie sauber es hier wird«, sagte sie.

»Na endlich«, fügte ich hinzu.

Meine Schwiegermutter hatte noch nie offenkundige Anzeichen für Humor gezeigt, ich hätte es also besser wissen müssen. Sie machte ein Gesicht, als wollte sie mir sagen, wie verletzend sarkastische Bemerkungen waren, wenn man es doch nur gut meinte, aber ich konterte, indem ich sie anstrahlte. Sentimentale Menschen mussten mit unnachgiebiger Freude bezwungen werden, das war meine Erfahrung. Sie sah wieder zu Turid.

»Ich fange besser mal an«, sagte sie.

»Super«, sagte Turid. »Der Wischmopp steht hinter der Badezimmertür und alles andere im unteren Schrank am Fenster.«

Meine Schwiegermutter ging ins Bad und ich zur Stereoanlage. In Turids Familie was es so etwas wie eine Tradition, dass beim Weihnachtsputz Weihnachtsmusik aufgelegt wurde, und wenn ich mir nicht die ganze nächste Stunde irgendeinen angestaubten norwegischen Sänger anhören wollte, der auf Gedeih und Verderb für Weihnachtsstimmung sorgte, musste ich mich beeilen. Ich achtete darauf zu gähnen, während ich unauffällig das Weihnachtsoratorium aus dem CD-Regal nahm, das überspielte meinen Hintergedanken und ließ das Ganze etwas zufälliger wirken. Ich legte das Album auf und ging dann in den Keller, um Feuerholz zu holen. Als ich wieder hochkam, hatten sie die Musik leiser gedreht. Ich stapelte die Scheite in den Holzkorb, ging zur Stereoanlage und drehte wieder lauter. Weder meine Schwiegermutter noch Turid sagten etwas. Ich nahm mir das Haferbündel im Flur, zog die Schuhe an und ging hinaus.

Während ich die Weihnachtsgarbe für die Vögel an der Birke befestigte, hatte ich den Eindruck, jemand sei mir gefolgt. Ich dachte, Turid sei gekommen, um mit mir unter vier Augen zu sprechen, doch als ich mich umdrehte, war niemand zu sehen. Ich war überrascht, aber nur ein bisschen und auch nur im ersten Moment. Das war schon öfter vorgekommen, und außerdem hatte ich vor einiger Zeit in der *Current Biology* darüber gelesen. Dieses Phänomen hieß »feeling of presence« und war bei Menschen mit psychischen und neurologischen Erkrankungen sowie bei Menschen in extremen, oft lebensbedrohlichen Situationen verbreitet, aber auch bei Gesunden konnte es durchaus auftreten. Wenn man jemanden verloren hatte, mit dem man lange zusammengelebt hatte, den Ehepartner oder ein Kind zum Beispiel, kam es nicht selten vor, dass man die Anwesenheit desjenigen immer noch spürte.

Ich ging zurück ins Haus. Ich rechnete damit, dass sie die Musik wieder leiser gedreht hatten, aber das hatten sie nicht. Dafür hatte meine Schwiegermutter die Badezimmertür hinter sich geschlossen, damit sie beim Putzen nichts hörte. Zumindest wollte sie, dass ich das dachte. Nach einer Weile öffnete sie die Tür und steckte den Kopf heraus.

»Ich gehe mal duschen«, sagte sie. »Aber vielleicht müssen wir Marit bald reinholen, damit sie sich fertigmachen kann, bevor wir fahren. Wir müssen ja auch noch Papa abholen, er wollte so gerne mitkommen.«

Sie sah Turid an, aber Turid tat so, als hätte sie es nicht gehört. Sie murmelte irgendwas von wegen Trockner und machte sich auf den Weg die Treppe hinunter. Sie möchte nicht diejenige sein, die ihrer Mutter mitteilt, dass Marit nicht mit in die Kirche kann, dachte ich, sie will, dass ich es ihr sage. Ich schwieg. Ich ging in die Küche, füllte ein Glas mit Wasser und trank es in einem Zug leer. Anschließend nahm ich mir einen Bogen von Marits Malpapier aus dem Schrank. Ich schrieb, dass ich mit Marit bei Mama sei und sie die Erbsen im Auge behalten sollten, dann legte ich die Nachricht mitten auf den Esstisch, wo sie ganz sicher gesehen würde. Ich wollte nicht, dass Turid sie las, bevor ich weg war, also zog ich mich schnell an und ging aus dem Haus. Ich hatte nur den Wagen meiner Schwiegermutter vergessen, der vor der Garage stand. Ich ging zum Schneemann, den ich vor etwa einer Woche mit Marit gebaut hatte. Mit voller Kraft trat ich gegen die mittlere Kugel und stellte mir dabei vor, das wäre der Hintern meiner Schwiegermutter. Dann holte ich den Tretschlitten. Es lag genug Schnee. Auch wenn es mild war und wenn auf den Fußwegen nicht gestreut war, würde ich bis zu Mama nach Hause nicht allzu lange brauchen. Ich fuhr am Rodelberg vorbei, um Marit abzuholen. Sie saß auf einer großen, grünen Plastikplane und unterhielt sich mit drei anderen Mädchen. Ihre Wangen waren rot, die Mütze hatte sie weit die Stirn hochgeschoben, bestimmt weil ihr warm war. Ich rechnete mit Protest, als ich sagte, wir würden Oma besuchen, aber der blieb aus, wahrscheinlich weil wir mit dem Tretschlitten hinfuhren.

Als wir bei Mama ankamen, saß auf dem Sofa ein kahlköpfiger Mann mit Hörgerät.

»Er ist gerade auf dem Sprung«, sagte Mama, als sie mich und Marit ins Wohnzimmer führte. Sie sah den Typen an und lächelte.

»Ööh«, sagte der. Er brauchte offenbar einen Moment, bis ihm einfiel, dass er gerade auf dem Sprung war, doch schließlich rappelte er sich auf. »Ja, ich muss dann wohl mal langsam … nach Hause«, sagte er. Einen Moment blieb er stehen und sah mich an. Ich hielt es nicht für unwahrscheinlich, dass er gern von mir gehört hätte, unseretwegen brauche er nicht zu gehen, aber ich dachte nicht daran, etwas in dieser Richtung zu sagen. Ich behielt auch die Hand in der Hosentasche, als ich an ihm vorbeiging, obwohl ich sah, dass er Anstalten machte, mir seine zu geben. Ich stellte mich vor den runden Glastisch in der Ecke und betrachtete die Namensschilder an den vier Weihnachtsgeschenken, die dort lagen. Ich wartete, bis ich hörte, wie im Flur mit Schuhen hantiert wurde, und ging dann zur Schlafzimmertür. So vorsichtig wie ich konnte, öffnete ich sie. Das Bett war ungemacht. Da lag eine Decke mit und eine ohne Bezug, und auf beiden Kissen war ein runder Abdruck zu sehen, der Typ hatte also hier übernachtet.

»Kann ich dich anrufen?«, fragte er.

Mama antwortete, aber ich hörte nicht, was sie sagte.

»Wann kommst du zurück?«, fragte er weiter.

Er ist schwerhörig, dachte ich, deshalb spricht er so viel lauter als sie. Mama antwortete wieder irgendetwas.

»Okay. Dann versuch ich's einfach mal im neuen Jahr«, sagte er.

Nach einer Weile kam Mama wieder herein.

»Du fährst weg über Weihnachten?«, sagte ich.

Sie antwortete nicht darauf. Das war auch nicht nötig, denn ich wusste genau, dass sie nirgendwohin fuhr, und das war ihr natürlich klar.

»Du bist hoffentlich nicht gekommen, um mir Moralpredigten zu halten«, sagte sie.

Ich wollte gerade erwidern, so naiv sei ich nicht, aber da fiel mir Marit ein, die dasaß und zuhörte.

»Hast du Kaffee?«, fragte ich.

»Ich kann welchen aufsetzen«, sagte sie. »Muss nur erst aufs Klo.«

Sie ging zur Toilette und ich in die Küche. Auf der Fensterbank lief das kleine Reiseradio ganz leise. Gerade kamen die Nachrichten, also drehte ich ein bisschen lauter. Das hätte ich mir sparen können, es war von einem belanglosen Industrielandproblem nach dem anderen die Rede. Kopfschüttelnd drehte ich mich um. Auf dem alten Respatex-Tisch stand eine leere Kalinka-Flasche, und die ganze Küchenzeile war voller leerer Bierdosen. Ich nahm zwei Plastiktüten und sammelte die Bierdosen ein, dann ging ich in den Keller und stellte die Tüten dort ab, gleich neben der Waschmaschine. Als ich gerade wieder hochgehen wollte, fiel mein Blick auf einen kleinen Bücherstapel auf einem schlichten Regalbrett aus Holz, das schief an der Wand angebracht war. Das war die »Schatzkiste«, das vierbändige Lexikon, das früher immer bei uns im Wohnzimmerschrank gestanden hatte. Zwischen der *Nordischen Kriminalchronik*, dem Jahrbuch *Wer, was, wo?* und dem großen Straßenatlas, wie ich mich erinnerte. Ich nahm den obersten Band herunter, schlug ihn auf und begann zu blättern. Etwa in der Mitte lag eine gepresste Margerite. Sie war hauchdünn, ganz trocken und schon ein bisschen zerbröselt, und als mir nach einem Niesanfall der Gedanke kam, dass mich da der Blütenstaub zum Niesen gebracht hatte, den mein Vater eines Sommertags irgendwann in den Siebzigern mit ins Haus gebracht hatte, wurde ich plötzlich von einer Wehmut erfüllt, die ich nur mit Mühe verbergen konnte, als ich wieder die Treppe hochkam.

Vorsichtig schloss ich die Kellertür hinter mir. Marit hatte sich die Wasserfarben geholt, die sie vor einiger Zeit mal hier vergessen hatte, und Mama stand an der Küchenzeile und wartete auf den durchlaufenden Kaffee. Sie hatte sich die Zähne geputzt, aber ihr Atem roch immer noch nach Schnaps.

»Stellst du schon mal Tassen hin?«, fragte sie.

Ich nickte, öffnete den Schrank über der Spüle und holte zwei Tassen und Untertassen heraus.

»Hast du auch was für Marit?«, fragte ich.

»Was für Marit?«, fragte sie.

Ich antwortete nicht sofort. Der Gedanke, dass sie etwas Leckeres für ihre Enkelin einkaufen könnte, die vielleicht mal zu Besuch kam, lag ihr vollkommen fern. Mich packte das Bedürfnis, etwas Verletzendes zu sagen, aber ich tat es nicht.

»Saft? Limo? Irgendwas anderes als Wasser«, sagte ich.

Sie schüttelte den Kopf. Dann wandte sie sich um und füllte den Kaffee in die Thermoskanne.

»Es ist Weihnachten, Mama«, sagte ich.

»Was du nicht sagst«, entgegnete sie.

Ich schüttelte den Kopf und ging ins Wohnzimmer. Nachdem ich die Tassen dort abgestellt hatte, ging ich zurück in die Küche. Die Nachrichten waren zu Ende, und im Radio lief die Wettervorhersage. Für die letzten Tage des Jahres waren eisige Temperaturen gemeldet, fast zwanzig Grad minus.

»Von wegen Erderwärmung«, sagte Mama wie zu sich selbst. »Hm«, machte sie und schüttelte grinsend den Kopf.

Das war natürlich als Seitenhieb auf mich gemeint, aber ich hatte keine Lust, darauf etwas zu erwidern. Ich holte eine Tüte Eiswürfel aus dem Gefrierfach, drückte zwei davon in ein Glas, das ich mit Wasser füllte und für Marit mit ins Wohnzimmer nahm.

»Eiswasser«, sagte ich. »Genau wie im Restaurant.«

»Danke«, sagte sie.

Sie lächelte und versuchte ein Gesicht zu machen, als könnte sie sich gerade nichts Besseres vorstellen als Eiswasser.

Das macht sie nicht aus Höflichkeit, sondern aus Rücksicht, dachte ich. Ich spürte plötzlich das unbändige Bedürfnis, ihr zu sagen, wie lieb ich sie hatte, aber dazu kam ich nicht.

»Hast du Lust auf Schokolade, Marit?«, fragte Mama. In der einen Hand hielt sie die Kaffeekanne und in der anderen eine gelbe Schachtel mit brauner Aufschrift. Ich hoffte auf Vanillepralinen, aber es waren natürlich Mokkabohnen. Ich ging zur Balkontür. Der Aschenbecher auf dem weißen Plastiktisch war voller Wasser, und auf der Oberfläche schwammen drei aufgedunsene Zigarettenstummel. Alle Nachbarhäuser hatten leuchtende Weihnachtssterne in den Fenstern, und an einer Hauswand hing ein Rentier aus roten Glühbirnen, die in kurzen, regelmäßigen Abständen blinkten.

Ich ging zum Sofa und setzte mich. Schaute rüber zu Marit. Sie tauchte den Pinsel ins Wasser und hielt ihn über den Malkasten. Es schien, als könnte sie sich nicht so recht für eine Farbe entscheiden. Mir fiel ein, dass einige Insekten, Bienen zum Beispiel, Licht im ultravioletten Spektrum wahrnehmen konnten, daher war es nicht unwahrscheinlich, dass sie auch Farben sahen, die wir Menschen weder sehen noch auf andere Weise registrieren können. Das erzählte ich Marit, natürlich in einer Sprache, die sie verstehen konnte. Sie war beeindruckt, aber anders als erwartet, machte sie sich daraufhin nicht ans Farbenmischen, in dem unmöglichen Versuch, eine Blume oder einen Baum aus der Sicht einer Biene zu malen. Sie wollte nur wissen, ob diese Farben auch von der Erde verschwinden würden, wenn die Bienen verschwänden. Ich war gerührt. Ich sagte, das sei eine sehr gute Frage, die selbst großen Philosophen Kopfzerbrechen bereitete. Ich wollte es ihr erklären, aber meine Ausführungen waren zu weitschweifend, so dass sie schnell das Interesse verlor. Kurz darauf kam Mama mit der Thermoskanne. Sie schenkte uns Kaffee ein und setzte sich in den Schaukelstuhl auf der anderen Seite des Tisches.

»Das ist für dich, Oma«, sagte Marit. Sie schob Mama das fertige Bild über den Tisch.

»Danke schön«, sagte Mama. Sie betrachtete das Bild eine halbe Sekunde und legte es dann in den Zeitungskorb neben dem Stuhl. Marit wirkte verwirrt. Sie saß da und blickte Mama an, doch die hatte weder ein Lob noch eine Frage zu dem Bild übrig.

»Könntest du dir mal einen Brief angucken, den ich bekommen habe?«, fragte sie mich. »Der ist von irgendeiner Firma. Ich versteh kein einziges verdammtes Wort.«

Am liebsten hätte ich Nein gesagt, aber natürlich sagte ich Ja. Mama stand auf und ging zu dem alten Sekretär auf der anderen Seite des Zimmers. Ich sah Marit an und lächelte.

»Du brauchst die nicht zu essen, wenn du nicht magst«, flüsterte ich und deutete mit dem Kopf auf die Mokkabohnen.

»Nee, nee«, sagte sie. Mit einem Lächeln gab sie mir zu verstehen, dass wir einfach weiter so tun sollten, als wäre alles ganz normal. Ich würde mein Leben für sie geben, wenn es sein müsste, dachte ich, jederzeit. Ich schaute auf die Uhr. Wenn ich ganz sicher sein wollte, dass meine Schwiegermutter zur Kirche gefahren war, musste ich noch eine halbe Stunde warten. Ich schloss beide Augen und rieb mir gleichzeitig mit der Hand übers Gesicht. Mit einem Mal war ich hundemüde, und aus irgendeinem Grund musste ich an einen Strandtag denken, an dem Marit mich im Sand eingebuddelt hatte.

»Was ist mit dir?«, fragte Mama.

»Nichts«, sagte ich.

Mama reichte mir den Brief, den sie bekommen hatte, dann nahm sie sich den Tabakbeutel und setzte sich wieder. Das Schreiben war von einer Firma namens Sicheres Zuhause. In der Umgebung waren Radonwerte oberhalb des empfohlenen Schwellenwertes gemessen worden, und Sicheres Zuhause bot individuelle Messungen für jeden einzelnen Haushalt an. Ich erklärte ihr, was Radon ist und was es bewirken kann, und eigenartigerweise hörte Mama mir ganz genau zu. Anschließend saß sie da, rauchte und dachte nach.

»Ich gehe mal davon aus, dass ich ein Recht auf Schadensersatz habe«, sagte sie.

Aha, dachte ich, daher weht der Wind.

»Ich meine, wenn ich solche Symptome habe, wie du sie beschreibst«, fügte sie hinzu. Sie nahm einen Zug von der Zigarette und sah mich gespannt an. Ich schüttelte den Kopf.

»Das kann ich mir nicht vorstellen«, sagte ich.

»Ja aber – ich kann doch nichts dafür, dass hier jetzt Radon ist. Oder wie das Zeug heißt.«

»Dafür kann streng genommen niemand was, Mama«, entgegnete ich.

»Aber jetzt mal ehrlich«, sagte sie. Sie hob die Stimme. »Irgendwer muss doch dafür geradestehen. Und … und erst recht, wenn es so gefährlich ist, wie du sagst, wenn man sogar Krebs davon kriegen kann.«

»Sagte sie und zog an der Zigarette«, sagte ich.

»Hä?«, machte sie.

Ich hatte keine Lust, ihr den Witz zu erklären, und hob nur kopfschüttelnd die Hand.

»Keine Ahnung, Mama«, sagte ich. »Da musst du mit jemandem reden, der sich damit auskennt.«

»Darauf kannst du Gift nehmen«, sagte sie.

Als ich meinen Kaffee ausgetrunken hatte, war es spät genug, dass wir bedenkenlos nach Hause fahren konnten. Ich hatte eigentlich erwartet, dass Mama irgendwas sagen oder tun würde, um mir ein schlechtes Gewissen zu machen, weil ich sie an Heiligabend nicht zu uns einlud, doch das geschah nicht. Sie wirkte sogar froh oder zumindest erleichtert, als ich mir auf die Oberschenkel klopfte und sagte, wir müssten los. Sie wartet doch nur darauf, dass sie endlich in Ruhe weitertrinken kann, dachte ich, natürlich. Marit und ich standen auf, gingen zum Eingang und zogen uns die Jacken an.

»Frohe Weihnachten, Mama«, sagte ich. Ich wäre beinahe rot angelaufen, als ich mich am Ende des Satzes »Mama« sagen hörte. Das war mir etwas zu intim.

»Frohe Weihnachten«, sagte Marit.

»Frohe Weihnachten«, erwiderte Mama.

Wir gingen nach draußen. Dort war es inzwischen noch milder geworden. Es roch nach feuchtem Schnee, und von den Dachrinnen und Gartensträuchern tropfte Tauwasser. Marit setzte sich auf den Tretschlitten. Ich schob ihn zum Bürgersteig und nahm dort Fahrt auf. Gelbe Funken stoben um die Kufen, sobald wir über ein Stück schneefreien Asphalt schlitterten. Ich wollte Marit fragen, ob sie sich schon aufs Geschenkeauspacken freue, blieb aber stumm. Aus irgendeinem Grund dachte ich an Schlamm.

Zwei Tage vorher

Marit hatte in der Schule Schneekristalle gebastelt, und abends, als sie die Scherenschnitte ans Küchenfenster klebte, fiel mir auf, dass sie wie Korallen aussahen. Ich musste an die Riffe in den Fjorden und entlang der norwegischen Küste denken, für deren Schutz vor der Schleppnetzfischerei und den Unterwasserkabeln der Ölindustrie wir lange gearbeitet hatten. Und zwar nicht ohne Erfolg. Inzwischen sah es zum Beispiel ganz so aus, als würde Rødberget offiziell zum Meeresschutzgebiet erklärt, zuvor konnten wir schon die Bewahrung des Tautra-Riffs durchsetzen, und noch etwas früher war ein Verbot gegen das Fischen mit Grundschleppnetzen an allen bekannten Korallenriffstandorten eingeführt worden. Letzteres war ein großer Sieg. Bisher war es nämlich gang und gäbe gewesen, dass Unebenheiten auf dem Meeresboden zunächst mit dem Schleppnetzgeschirr beseitigt wurden, bevor man das Netz montierte und mit dem Fischen begann. Das Riff wurde also für den Fischfang zerschmettert, natürlich mit katastrophalen Folgen für die vielen Hundert Pflanzen- und Meerestierarten, die darin Unterschlupf und Nahrung fanden, Arten, die sich über Tausende von Jahren an das Leben im Riff angepasst hatten und ganz und gar abhängig davon waren. Schätzungsweise dreißig bis fünfzig Prozent des norwegischen Korallenbestands waren auf diese Weise zerstört worden.

Aber auch wenn damit jetzt mehr oder weniger Schluss war, gab es keinen Grund, die Hände in den Schoß zu legen, denn das war nicht die einzige Bedrohung. Daneben gab es zum Beispiel die Versauerung der Meere, die größte Bedrohung von allen, zumindest auf längere Sicht. Je mehr Kohlenstoffdioxid in die Atmosphäre gelangte, desto mehr nahm das Meerwasser davon auf und wurde so immer saurer. Und je saurer das Meerwasser, desto schwerer hatten es kalkbildende Organismen wie Korallen, Schalentiere und Muscheln. Die Korallen bekamen dann ganz einfach Probleme, ihr Skelett auszubilden. Und da kaltes Wasser mehr Kohlenstoffdioxid aufnimmt als warmes, war die Versauerung in unseren nördlichen Gewässern stärker und folgenschwerer als in südlichen. Die ersten Anzeichen dafür waren sogar schon zu beobachten. Beim Vergleich neuerer Korallen aus dem Trondheimfjord mit den Korallen, die Hjalmar Broch vor fast hundert Jahren gesammelt und dem Wissenschaftsmuseum zur Verfügung gestellt hatte, entdeckte die australische Doktorandin Kirrily Moore sowohl äußere Veränderungen als auch Anzeichen für ein verändertes Skelett.

Kalkbildende Tiere und Pflanzen konnten sich zwar zu einem gewissen Grad auf wechselnde Verhältnisse einstellen, weshalb die Korallen vielleicht über kurz oder lang eine erfolgreiche Anpassung durchmachen würden, doch das betraf nur die lebenden Teile des Riffs. Der Großteil eines Korallenriffs besteht aber aus einem abgestorbenen Kalkskelett, das keine Schutzschicht aus lebendem Gewebe aufweist, und dieser Teil würde sich immer mehr auflösen, so wie ein Zahn in einem Glas Cola, und am Ende würde das ganze Riff in sich zusammenbrechen. Mehrere Hundert Meter lange und bis zu fünfunddreißig Meter hohe Riffe könnten einstürzen, wie in einer spektakulären Szene aus einem Katastrophenfilm.

Also, was soll das Ganze?, dachte ich, während ich dastand und Marits Schneekristalle anstarrte, mit verschränkten

Armen und einem Lächeln, das Bewunderung zum Ausdruck bringen sollte. Wozu sich abarbeiten, um eine Art vor lokalen und regionalen Bedrohungen zu schützen, wenn sie am Ende sowieso von einer nicht aufzuhaltenden globalen Krise zerstört wird? Denn ich glaube ja nicht daran, dass diese Krise sich aufhalten lässt, ich will und sollte daran glauben, so ähnlich, wie ich auch manchmal den Wunsch und die Pflicht verspüre, an Gott zu glauben, aber deshalb ist der Glaube noch lange nicht da, nicht, wenn ich ehrlich bin, ich glaube nicht daran, dass der Mensch die bevorstehende ökologische Krise, von der wir genau wissen, dass sie existiert, abwenden kann. Biologisch gesehen sind wir noch dieselbe Art wie vor hunderttausend Jahren, als wir in kleinen Grüppchen in der afrikanischen Savanne lebten. Struktur und Funktionsweise unseres Gehirns haben sich seit damals nicht verändert, wir verhalten uns nach wie vor wie eine Schar Jäger und Sammler auf der ewigen Suche nach Nahrung und Sicherheit für uns und unsere Nächsten, und auch wenn kein Tag vergeht, ohne dass wir von der Klimakrise und all ihren Folgen lesen, sind wir nicht in der Lage, diese Krise anzuerkennen, nicht, bevor es zu spät ist, dachte ich.

Im selben Moment sah ich den Wagen meiner Schwiegereltern in die Einfahrt biegen.

»Das wird richtig schön, Marit«, sagte ich, während ich mich umdrehte, den Kühlschrank öffnete und die Trinkflasche herausnahm. Ich füllte sie mit Wasser und schraubte den Verschluss fest.

»Sie sind da, Turid«, sagte ich.

»Ich komme«, antwortete sie.

Wir sagten Marit Gute Nacht und Turids Eltern Hallo, und dann setzten wir uns ins Auto und fuhren zum Fitnesscenter. Der Gedanke an die Korallenriffe und den vergeblichen

Kampf für etwas, was sowieso vernichtet würde, ließ mir keine Ruhe, aber als Turid kurz darauf zum Spinning ging und ich mich auf die Rudermaschine setzte, versank das Ganze erst einmal wieder in meinem Unterbewusstsein. Sport ist die beste Medizin, dachte ich, das hilft gegen alles, ich muss mir viel öfter Zeit dafür nehmen.

Ich ruderte viertausend Meter, absolvierte drei Sätze am Kabelzug und war gerade mit der zweiten Runde Brustpresse durch, als mir ein paar Plätze weiter ein nicht mehr ganz junger Mann auffiel. Er sah sich kurz um und erhöhte dann von 76,5 auf 121,5 Kilogramm. Er schloss die Augen, atmete ein und wieder aus. Ich dachte natürlich, er würde sich für die nächste Runde bereit machen, aber das war nicht der Fall. Eine ganze Weile saß er einfach nur da, und als zwei junge Frauen zu den Brustpressen kamen, erhob er sich plötzlich.

»Ihr könnt die hier nehmen, ich bin fertig«, sagte er. Es war nicht zu überhören, dass er seine Stimme absichtlich etwas dunkler stellte.

Ich schmunzelte leise.

Als ich etwa eine Stunde später mit dem Training fertig war, ging ich runter ins Erdgeschoss. Der Spinningkurs war vorbei, und Turid wartete auf der Bank am Schuhregal, rot im Gesicht und verschwitzt. Sie lächelte und sagte Hallo, und ich sagte ebenfalls Hallo. Auf dem Weg zum Auto erzählte ich ihr von der Szene, die ich kurz vorher beobachtet hatte. Ich war amüsiert, aber Turid lachte nicht, sie lächelte nicht einmal.

»Ist ja widerlich!«, sagte sie.

Ich öffnete die Autotür und stieg ein, sie tat das Gleiche.

»Widerlich?«, fragte ich.

Sie antwortete nicht, sondern neigte nur den Kopf zur Seite und sah mich an, als wollte sie fragen, ob sie das wirklich erklären müsse.

»Er war noch nicht *so* alt«, sagte ich. »Um die fünfzig vielleicht.«

Sie hatte den Blick nach vorn gerichtet, aber ich sah, dass sie mit einem Lächeln die Augen verdrehte und den Kopf schüttelte. Noch immer sagte sie nichts. Ich spürte, wie Irritation in mir aufkam, aber hätte ich Turid den Grund dafür sagen sollen, hätte ich keine gute Antwort gewusst. Schweigend startete ich den Motor und fuhr vom Parkplatz. Sie schaute aus dem Seitenfenster und summte vor sich hin. Die Irritation in mir wuchs. Ich muss mich zusammenreißen, bevor sie etwas davon merkt, dachte ich, und bevor es noch schlimmer wird.

»Haben wir Hafer für die Vögel gekauft?«, fragte ich.

Sie sah mich an. Sie wirkte überrascht, und das konnte ich gut verstehen, ich hatte selbst keine Ahnung, wo diese Frage auf einmal herkam.

»Ja«, sagte sie.

Ich nickte.

»Gut«, sagte ich.

Sie lachte.

»Was ist?«, fragte ich.

»Ich finde das nur so süß«, sagte sie und legte mir die linke Hand in den Nacken.

»Was denn?«, fragte ich.

»Dass du Weihnachten an die Vögel denkst.«

Ich sah sie an, mit leicht gehobenen Augenbrauen.

»Also, das passt irgendwie gar nicht zu dir«, sagte sie. Sie begann, mit meinem Nackenhaar zu spielen.

Ich wollte gerade sagen, dass ich immer an die Vögel dachte, tat es aber nicht.

»Man ist ja nicht gleich schwul, nur weil man den Vögeln ein bisschen Hafer hinhängt«, sagte ich.

Sie lachte wieder.

»Nein, nicht schwul«, sagte sie. »Aber …«

»Aber?«, fragte ich.

»Ach, du weißt schon, was ich meine«, antwortete sie.

»Nein, weiß ich nicht«, sagte ich.

Wir warfen uns einen kurzen Blick zu und schmunzelten.

Sobald wir vom Hafer für die Vögel angefangen hatten, war meine Irritation verflogen, aber als ich in die Einfahrt bog und sah, dass das Auto meiner Schwiegereltern genau vor der Garage und nicht auf dem Einstellplatz ein Stück weiter stand, war sie wieder da. Den Kommentar, der mir auf der Zunge lag, konnte ich mir gerade noch verkneifen. Wir parkten auf dem Einstellplatz und gingen ins Haus. Marit war ins Bett gegangen, und meine Schwiegereltern saßen im Wohnzimmer und sahen einen Film, der eben erst angefangen hatte. Den wollten sie noch zu Ende gucken, bevor sie fuhren, sagten sie. Turid setzte sich zu ihnen, während ich unter die Dusche ging. Ich ließ mir Zeit, und als ich zurückkam, war es zu spät, um noch in den Film einzusteigen. Das machte nichts. Ich wusste zwar nicht, worum es ging, aber so gebannt, wie meine Schwiegereltern dasaßen, konnte ich mir schon denken, dass es kein Film für mich war.

Ich holte mir ein Glas Wasser und eine Banane und setzte mich zu Turid aufs Sofa. Auch sie war ganz vertieft. So sehr, dass sogar das Duschen warten konnte. Sofort spürte ich wieder eine leise Irritation. Natürlich nicht, weil sie nicht duschen ging, sondern weil sie mehr und mehr die gleichen Dinge mochte wie ihre Mutter. Wobei ich im Grunde den Verdacht hatte, dass sie schon immer den gleichen Geschmack gehabt hatte wie ihre Mutter. Im Gegensatz zu früher machte sie sich wohl nur nicht mehr die Mühe, das vor mir zu verbergen.

Ich ging in die Küche und warf die Bananenschale in den Mülleimer. Dann nahm ich mir die Zeitung und setzte mich wieder aufs Sofa. Nach einer Weile sah ich, dass mein Schwiegervater Tränen in den Augen hatte. Wahrscheinlich wurde gerade irgendjemand, der immer nur an andere und nie an sich selbst dachte, ungerecht behandelt, oder er lag im Sterben oder so was in der Art, so klang auch die Filmmusik. Ich ließ die Zeitung sinken und trank einen Schluck Wasser. Turid und ihre Mutter hatten ebenfalls Tränen in den Augen. Ich sagte nichts, aber wahrscheinlich war mir anzusehen, was ich dachte. Meine Schwiegermutter reagierte jedenfalls empfindlich, als sich unsere Blicke trafen.

»Es ist keine Schande, Gefühle zu zeigen«, sagte sie.

»Das habe ich auch nie behauptet«, entgegnete ich.

»Nicht mit Worten, nein«, sagte sie.

»Sondern?«, fragte ich.

Sie öffnete den Mund, schloss ihn aber wieder ohne ein Wort, vermutlich, weil Turid ihr einen entsprechenden Blick zugeworfen hatte.

»Nichts«, sagte sie und drehte sich wieder zum Fernseher. Ich wandte den Blick nicht von ihr ab.

»Man ist nicht gleich gefühlskalt, nur weil man nicht auf Knopfdruck losheulen kann«, sagte ich.

Sie sah mich an.

»Was meinst du damit?«, fragte sie.

Ich zuckte mit den Schultern und grinste.

»Hör dir doch nur mal die Filmmusik an«, sagte ich.

»Was ist damit?«

»Die funktioniert genau wie diese eingespielten Lachsalven in schlechten Comedy-Serien«, sagte ich. »Sie diktiert dir, was du zu fühlen hast.«

Sie erwiderte nichts. Sie zog nur die Augenbrauen hoch und schnaubte, dann schaute sie wieder zum Fernseher.

»Und die Bilder und Schauspieler sind auch alle überexplizit«, fuhr ich fort. »Im Grunde ist das ein Film für Leute, die gerade *nicht* in Kontakt mit ihren Gefühlen stehen und deshalb erzählt bekommen müssen, wann sie weinen und wann sie lachen sollen.«

»Das heißt mit anderen Worten, wir sind die Gefühlskalten?«, fragte meine Schwiegermutter.

»Ihr seid jedenfalls nicht weniger gefühlskalt als ich«, sagte ich.

Sie hob die Augenbrauen und sah mich einen Moment lang an. Dann stieß sie ein Lachen aus, als wollte sie fragen, ob ich wirklich glaubte, was ich da redete. Sie sagte kein Wort. Nach einer Weile blickte sie wieder zum Fernseher. Sie lachte immer noch vor sich hin, sie schien gar nicht aufhören zu können. Ich hielt die Zeitung hoch, sodass niemand mein Gesicht sehen konnte. In mir brannte der Zorn. Wieder und wieder las ich denselben Abschnitt, ohne auch nur ein Wort davon zu verstehen. Schließlich legte ich die Zeitung auf den Tisch und ging in die Küche. Mit einem langen Gähnen und so ungezwungenen Bewegungen wie nur möglich überspielte ich meine Wut. Nicht, weil sie mir vor den anderen unangenehm war, sondern um meiner Schwiegermutter zu zeigen, dass ich mich von jemandem wie ihr nicht provozieren ließ. Sobald ich außer Sichtweite war, hielt ich inne und blieb mitten im Raum stehen. Ich legte den Kopf in den Nacken und schloss die Augen. Aus irgendeinem Grund sah ich einen Hirschkadaver vor mir. Ich öffnete die Augen wieder, ging zum Küchenfenster und schaute hinaus. Draußen war niemand zu sehen, auch keine Autos auf der Straße. Es ging ein leichter Wind, und die Schaukeln auf dem Spielplatz bewegten sich langsam vor und zurück. Ich stand ganz still. Ich musste eigentlich nicht aufs Klo, aber weil ich nicht so lange dastehen wollte, bis Turid fragte, was ich in der Küche mache, ging ich trotzdem ins Bad. Ich stellte mich vor die Kloschüssel, knöpfte mir die Hose auf und holte meinen Schwanz raus. Vielleicht konnte ich ja ein paar Tropfen rauspressen. Eine ganze Weile stand ich so da, ohne dass etwas passierte. Wenn doch wenigstens der Keller chaotisch wäre, dachte ich, dann könnte ich mir mit Aufräumen die Zeit vertreiben, bis sie weg sind. Ich lachte leise in mich hinein. Schade, dass außer mir nie jemand mitbekommt, wie witzig ich sein kann, murmelte ich, und musste gleich noch einmal lachen, und noch ein weiteres Mal, und ehe ich michs versah, hatte ich auf die Klobrille gepinkelt.

»Scheiße«, fluchte ich.

Ich knöpfte mir die Hose zu, riss ein Stück Klopapier ab und beugte mich vor, um die drei, vier Tropfen wegzuwischen, aber dann überlegte ich es mir plötzlich anders und warf das Papier stattdessen ins Klo. Es konnte ja sein, dass meine Schwiegermutter noch mal zur Toilette musste, bevor sie nach Hause fuhren, man konnte zumindest hoffen. Mit einem zufriedenen Schmunzeln spülte ich, wusch mir die Hände und ging hinaus. Ich wusste nicht genau, wohin, und was ich machen sollte, wollte aber gern das Gegenteil vermitteln, also ging ich mit zielstrebigen Schritten und entschlossenem Gesichtsausdruck durchs Wohnzimmer und die Kellertreppe hinunter.

Unten im Flur lief ich ein paarmal hin und her und wollte mir gerade mein Buch vom Nachttisch holen, als Marit fragte, wer da sei. Die Tür zu ihrem Zimmer war nur angelehnt. Vorsichtig schob ich sie auf und ging zu ihr hinein.

»Hallo, Liebes«, sagte ich. »Schläfst du noch gar nicht?« Sie schüttelte den Kopf. Sie sah traurig aus. Ich setzte mich auf die Bettkante und nahm ihre Hand, die hatte sich im Laufe des Jahres sehr verändert, war aber immer noch mollig und weich. »Stimmt was nicht?«, fragte ich. Erneut schüttelte sie den Kopf. Ich hörte, wie ihr Haar am Kopfkissen rieb, und drückte ihre Hand noch etwas fester. Vor Kurzem war die Mutter einer Klassenkameradin ganz unerwartet gestorben, und in letzter Zeit lag Marit abends oft wach und dachte an den Tod. Vermutlich war es jetzt genauso. »Denkst du an das mit Malins Mama?«, fragte ich.

Sie nickte. Ich wollte gerade etwas sagen, kam aber nicht dazu.

»Malin sagt, Sterben ist wie Einschlafen«, sagte sie. »Nur, dass man nicht wieder aufwacht.«

Ich zögerte einen Moment. Ich wusste nicht genau, was ich darauf sagen sollte. Man braucht kein Psychologe zu sein, um zu begreifen, dass Kinder bei solchen Vorstellungen vom Tod Angst vorm Einschlafen bekommen, deshalb hätte ich wohl widersprechen sollen, aber gleichzeitig wollte ich nicht riskieren, dass Marit meinen Einwand Malin weitererzählte, nicht, wenn Malin Trost in dieser Erklärung fand.

»Niemand kann genau sagen, was passiert, wenn wir sterben«, sagte ich. »Aber denk mal ans Versteckenspielen mit deinen Freunden …«

Sie nickte.

»Ich glaube, Sterben ist ein bisschen wie Verstecken … wie wenn man sich versteckt und nicht gefunden wird, bevor der, der suchen muss, auch gestorben ist«, sagte ich.

Ich wollte erklären, wie ich das meinte, aber da drehte sie sich mit einem langen Gähnen auf die Seite und zog sich die Decke unters Kinn. Sie ist eigentlich nicht an meinen Erklärungen interessiert, dachte ich, sie will nur wissen, dass ich hier bin. »Du brauchst jedenfalls keine Angst zu haben«, sagte ich. Ich beugte mich vor und gab ihr einen Kuss auf die Wange. »Gute Nacht, Liebes. Ich habe dich sehr lieb.«

»Gute Nacht, Papa«, sagte sie.

Ich holte mein Buch und setzte mich damit ins Nebenzimmer. Ich ging eigentlich nicht davon aus, mich aufs Lesen konzentrieren zu können, aber dann gelang es mir doch, wahrscheinlich, weil das Buch so düster war, dass meine eigene Finsternis dagegen hell wirkte, oder zumindest heller. Ein Kapitel war aber alles andere als düster, ja, es war sogar fast schön, zumindest für einen populärwissenschaftlichen Text. Es handelte von Raumzeit. Wie Einstein in seiner Relativitätstheorie gezeigt hatte, war unsere Auffassung von Raum und Zeit als separate Größen falsch. Eigentlich stellten sie eine Einheit dar, eine Struktur im Universum, die als Raumzeit bezeichnet wurde. Der Gedanke dahinter war, dass sämtliche Augenblicke seit dem Beginn des Universums eine bestimmte Anordnung in Zeit und Raum hatten. Wenn wir abends von der Arbeit kamen, glaubten wir zum Beispiel, wir würden durch dieselbe Tür gehen wie am Vortag und am Tag davor und so weiter, aber das war eine Illusion, denn jedes Nachhausekommen stellte einen separaten Moment mit einer eigenen Anordnung innerhalb der Raumzeit dar. Wenn die Erde durch die Raumzeit flog und dabei um die Sonne kreiste, die ebenfalls ständig in Bewegung war, glich ihre Umlaufbahn einer Spirale, sie kehrte nie zur selben Stelle zurück, und somit hatte jeder einzelne Moment eine neue Position in der Struktur des Universums. Entsprechend stellte unser Leben eine Fülle von Einzelmomenten dar, zu denen wir – aufgrund der Geometrie der Raumzeit – niemals zurückkehren konnten, wir bewegten uns unweigerlich weiter in die Zukunft.

Das hieß aber nicht, dass frühere Ereignisse nicht mehr existierten, wie ich las, ein Moment in der Raumzeit war noch lange nicht verschwunden, nur weil wir ihn verließen. Irgendwo im Raum-Zeit-Kontinuum könnte also gerade der achtjährige Terje mit dem Küchensieb als Visier einen Fechtkampf austragen, dachte ich, irgendwo anders sucht der zehnjährige Terje vielleicht nach Kaulquappen für sein Aquarium, während der neunzehnjährige Terje – wieder woanders – im Børgefjell Fische angelt.

Ich schloss die Augen. Ich wusste nicht, wieso, aber der Gedanke, dass alles, was einmal existiert hatte, immer noch da war, nur an einem anderen Ort, erfüllte mich mit Trost. Ich öffnete die Augen und las weiter.

Ich wusste nicht, wie lange ich im Keller gesessen hatte, aber als ich eine Weile später das Buch weglegte und nach oben ging, waren meine Schwiegereltern gefahren, und Turid stand unter der Dusche. Ich hörte sie dort singen. Ich öffnete die Badezimmertür und steckte den Kopf hinein. Sie bemerkte mich nicht. Mit vornübergebeugtem Oberkörper stand sie da und rasierte sich die Beine. Ich konnte ihr genau in die Muschi sehen und spürte sofort, wie mich die Lust packte.

»Schöner Hintern«, sagte ich.

Abrupt drehte sie sich zu mir um.

»Mein Gott, hast du mich erschreckt«, sagte sie.

Ich lachte. Sie schüttelte den Kopf. Ebenfalls lachend. Ich schloss die Tür, ging ins Wohnzimmer und legte mich vor den Fernseher. Ich fasste mir in den Schritt und zappte ein bisschen hin und her, auf der Suche nach irgendwas Antörnendem. Es lief aber gerade nichts, nur Koch-, Sport- und Tiersendungen. Ich ging in die Küche, goss mir ein Glas Limo ein und kehrte ins Wohnzimmer zurück. Nachdem ich noch ein bisschen weitergezappt hatte, blieb ich bei einer Sendung über Frauen in amerikanischen Gefängnissen hängen. Die Häftlinge trugen orangenfarbene Overalls, die meisten von ihnen waren übergewichtig, und wer nicht Rotz und Wasser heulte, war voller Wut. Sie schlugen gegen die Gitterstäbe und brüllten Mitgefangenen und Angestellten Drohungen und Schimpfwörter zu. Es kam schon mal vor, dass ich mich bei dem Wunsch ertappte, selbst im Gefängnis zu sitzen. Nicht in so einem, sondern in einem typisch norwegischen, wo die Insassen eigene Zimmer mit Bett, Fernseher, Laptop und einer schweren, schalldichten Metalltür hatten. Wobei Gefängnis – ich war natürlich nicht so naiv, dass mir nicht klar war, was hinter diesem Wunsch steckte, nämlich die Sehnsucht, vor Erwartungen zu flüchten, sowohl meinen eigenen als auch denen, die andere an mich stellten.

Ich hob die Fernbedienung und schaltete zu einem Programm über Orang-Utans auf Borneo. Wenig später schweiften meine Gedanken ab und wanderten zu dem eben Gelesenen über die Raumzeit. Dass sämtliche Augenblicke immer noch existierten, nur irgendwo anders im Raum-Zeit-Kontinuum. Ich legte den Arm auf die Sofalehne und sah aus dem Fenster, hinauf in den Sternenhimmel natürlich, ins All, durch das wir mit Gott weiß wie vielen Stundenkilometern rasen. *Wir* können nicht durch die Raumzeit reisen und sämtliche Ereignisse aufsuchen, die jemals existiert haben, aber vielleicht die Toten, dachte ich. Ich war mir nicht sicher, aber mir schwante, dass dieser Gedanke von dem Gespräch über den Tod herrührte, das ich kurz vor meiner Raumzeitlektüre mit Marit gehabt hatte. Ich schmunzelte ein wenig. Dann sind diese Mystery-Fernsehserien vielleicht doch nicht so an den Haaren herbeigezogen, dachte ich, vielleicht werden ja tatsächlich Leute von den Toten kontaktiert, von verstorbenen Freunden und Verwandten, vielleicht sogar von sich selbst nach dem Tod. Ich wandte den Blick nicht vom Sternenhimmel ab. Mir fiel ein Satz von Pessoa ein, den ich vor vielen Jahren einmal gelesen hatte und der mir aus irgendeinem Grund nicht mehr aus dem Kopf ging: »Das Fremde aber beobachtet uns aus dem Schatten heraus.« An den Kontext konnte ich mich nicht erinnern, ich wusste nur noch, dass der Satz aus dem *Buch der Unruhe* stammte.

Ich ließ den Arm von der Sofalehne gleiten und drehte mich um. Falls gerade jemand Totes in der Nähe ist, hätte ich gern Kontakt, dachte ich, gib mir ein Zeichen, lass ein Bild von der Wand fallen oder lösch die Kerze auf dem Tisch oder so was in der Art. Ich saß regungslos da und wartete. Zuerst hielt ich den Gedanken für reine Ironie, aber ich war nicht ironisch, zumindest nicht nur. Ich spürte tatsächlich so etwas wie Erwartung, ja, eine leichte Spannung. Eine halbe, vielleicht auch eine ganze Minute wartete ich ab, aber natürlich passierte nichts.

Kurz darauf kam Turid aus dem Bad. Sie trug einen Bademantel, und bei jedem Schritt blitzten ihre glatten weißen Beine hervor. Ich sah sie an und lächelte. Sie lächelte zurück, aber nicht so, wie ich es mir erhofft hatte. Sie setzte sich ans andere Ende des Sofas.

»Guckst du das?«, fragte sie und deutete mit dem Kopf auf den Fernseher.

»Nein, nein«, sagte ich.

Sie griff nach der Fernbedienung. Während sie durchs Programm zappte, sprach sie über ihren Vater. Sie mache sich Sorgen um ihn, er sei schon seit einer ganzen Weile angeschlagen, wolle aber partout nicht zum Arzt. Ich stellte ein paar Fragen zu seinem Gesundheitszustand. Nicht, weil es mich interessierte, sondern weil ich wusste, dass sich etwas Anteilnahme später im Bett auszahlen konnte. Sie redete lange und engagiert davon, was nicht in Ordnung sei, woher es ihrer Meinung nach käme und was dagegen unternommen werden müsse. Dafür habe ich jetzt echt einen gut, dachte ich nach annähernd zehn Minuten. Als sie fertig war, blieben wir noch eine Weile sitzen und sahen eine Sendung über amerikanische Bauerntrampel, die von selbstgebranntem Schnaps lebten. Mit einem langen Gähnen verschränkte Turid die Hände und streckte die Arme aus. Ich trank mein Glas leer und stellte es auf den Tisch. Mit ruhigen Bewegungen, ich wollte nicht zu eifrig erscheinen.

»Tja«, sagte ich. »Vielleicht gehen wir einfach ins Bett.«

Ich sah sie an und lächelte. Sie lächelte zurück, aber wieder nicht so, wie ich es mir erhofft hatte.

»Ich glaube, ich bleib noch ein bisschen auf«, sagte sie. »Ich bin noch nicht so müde.«

Ich sah sie an, ohne etwas zu sagen. Ich war enttäuscht, und wahrscheinlich war mir das auch anzusehen.

Jedenfalls fragte sie, was los sei.

»Nichts«, antwortete ich.

»Aber geh ruhig schon mal«, sagte sie.

Sie blieb bei ihrem Lächeln. Sie will unschuldig aussehen, dachte ich, sie tut so, als wüsste sie nicht, was hier zwischen uns vorgeht. Ich lächelte nicht zurück. Ich nahm mein Glas und ging damit in die Küche. Dort stellte ich es ab, dann ging ich ins Bad. Nachdem ich mir die Zähne geputzt hatte, ging ich noch einmal ins Wohnzimmer zurück. Einen letzten Versuch wollte ich noch wagen. Oder eigentlich auch nicht, ich konnte es nur nicht lassen. Ich versuchte zu lächeln. Das war nicht so leicht, aber irgendwie gelang es mir.

»Bleibst du noch lange auf?«, fragte ich. Sofort war mir die Frage peinlich. Ich hätte sie auch gleich auf Knien anflehen können, mit mir zu schlafen, dachte ich.

»Weiß ich nicht, Terje«, sagte sie. »Ich komme bald.«

Wenn du dir sicher bist, dass ich schlafe, dachte ich. Ich ging die Treppe hinunter.

»Gute Nacht«, sagte sie.

Ich antwortete nicht. Ihr auch eine gute Nacht zu wünschen, wäre das Gleiche gewesen, wie einen auf Friede, Freude, Eierkuchen zu machen, und dazu hatte ich keine Lust.

»Gute Nacht«, wiederholte sie, ein bisschen lauter.

»Gute Nacht«, sagte ich.

Das klang zumindest widerwillig, dachte ich und ging ins Schlafzimmer. Ich zog mich aus, warf die Klamotten in die Ecke und legte mich hin. Dann hole ich mir eben einen runter, dachte ich, ich habe keinen Bock, mich noch länger zu zügeln. Ich zog die Unterhose runter und umfasste meinen Schwanz. Mit geschlossenen Augen begann ich vorsichtig, es mir selbst zu besorgen, und dabei stellte ich mir die neue Kollegin vor. Nach einer Weile tauschte ich sie gegen die Kassiererin im Supermarkt aus, die mit der Tätowierung am Hals und etwas zu viel Schminke. Kurz bevor ich kam, hielt ich inne. Vielleicht habe ich das Ganze ja auch missverstanden, dachte ich, kann ja sein, dass sie tatsächlich noch nicht müde ist, auch wenn sie gegähnt hat, und vielleicht hat sie nicht verstanden, dass ich Lust habe. Nicht sehr wahrscheinlich, aber man darf ja hoffen. Ich schaltete die Leselampe über dem Bett an und nahm das Buch vom Nachttisch. Ich versuchte zu lesen, konnte mich aber nicht konzentrieren, also legte ich das Buch wieder weg. Ich verschränkte die Finger und schob die Hände unter den Kopf. Lag einfach da und starrte an die Decke. Eine ganze Weile später, bestimmt eine halbe Stunde, vielleicht auch mehr, hörte ich, wie sie sich bettfertig machte. Als die Klospülung ging und ich kurz darauf ihre Schritte auf der Treppe hörte, griff ich nach dem Buch und tat so, als würde ich lesen.

»Hallo«, sagte sie, als sie ins Zimmer kam.

Ich ließ das Buch sinken und sah sie an.

»Hallo«, sagte ich. Ich lächelte, und sie lächelte zurück. Sauer ist sie jedenfalls nicht, dachte ich. Sobald sie anfing sich auszuziehen, wurde ich wieder steif. Ich legte das Buch zurück auf den Nachttisch. Den Blick auf ihren Hintern gerichtet, führte ich die Hand unter die Bettdecke und streichelte meinen Schwanz. Sie hängte den Bademantel an den Haken und kam ins Bett.

»Gott, bin ich müde«, sagte sie.

Sofort war mir klar, dass jeder weitere Versuch zwecklos war, ich wollte es nur nicht wahrhaben. Ich kroch zu ihr rüber und schmiegte mich an sie. Stupste mit der Nase ihr Haar beiseite und küsste sie in den Nacken. Ich achtete darauf, sie nicht gleich mit dem Schwanz zu berühren, aber schließlich konnte ich nicht mehr an mich halten. Sofort rückte sie weg von mir. Nicht viel, nur so weit, dass sie meinen Schwanz nicht mehr am Hintern spürte. Das Gleiche passierte noch einmal, und ab da brauchte ich mir nichts mehr vorzumachen.

»Gute Nacht«, sagte sie.

»Nacht«, sagte ich.

Ich legte mich auf meine Seite. Was für eine Demütigung, dachte ich. Ich stellte mir vor, dass ich sie für die Supermarktkassiererin sitzen ließ, und dass sie vergeblich versuchte, ihre Verzweiflung zu verbergen. Das half, aber zum Schlafen war ich immer noch zu wütend. Dass Turid fast augenblicklich einschlief, machte die Sache nicht besser. Regungslos lag ich da und starrte in die Dunkelheit. Es war, als würde die Nacht um mich herum faulen. Nachdem ich noch eine Weile still dagelegen hatte, schlug ich die Bettdecke zurück und stand auf. Mit schnellen, energischen Bewegungen, sodass ich sicher sein konnte, dass Turid davon aufwachte.

»Wohin gehst du?«, fragte sie, sie klang bestürzt. »Terje?«

Am liebsten hätte ich geantwortet, dass ich ins Gästezimmer ginge, um mir einen runterzuholen, aber das ließ ich, auch wenn sie es verdient hätte. Ich sagte kein Wort. Ging einfach ins Gästezimmer und legte mich hin. Einen Moment lag ich da und lauschte, aber Turid kam mir nicht nach. Ich besorgte es mir zweimal hintereinander. Beide Male stellte ich mir dabei die Supermarktkassiererin vor. Das erste Mal vögelte ich sie in den Mund, das zweite Mal von hinten. Hinterher machte ich mich mit einer Socke sauber, die ich am Fußende des Bettes fand. Ich beschloss, sie im Waschraum mitten auf den Boden zu legen, damit Turid sie aufheben musste, wenn sie die Wäsche machte. Dann sieht sie, dass ich nicht auf sie angewiesen bin, murmelte ich. Ich warf die Socke auf den Boden, damit ich auch ja daran dachte, wenn ich am nächsten Morgen aufstand.

Eine Weile lag ich da und starrte an die Decke. Ich glaubte nicht daran, noch einschlafen zu können, aber dann musste es doch passiert sein. Im Traum unterhielt ich mich mit einem fremden, alten Mann. Ich war die ganze Zeit überzeugt, dass die Leberflecken in seinem Gesicht eine Karte über eine nicht existierende Welt darstellten, die ich trotzdem finden musste, und nachdem ich ihn in eine kleine Hütte im Wald gelockt hatte, zog ich ihm die Haut vom Gesicht, ungefähr so, wie man ein frisch gekochtes Hühnchen häutet. Ich wollte mich gerade auf die Suche begeben, da erwachte ich davon, dass Marit weinte. Ich stand auf und ging ins Kinderzimmer. Sie schlief nicht, war aber auch nicht ganz wach, sie lag mit geschlossenen Augen da und wimmerte vor sich hin.

»Schon gut, Liebes«, flüsterte ich. »Papa ist da.«

Ich begann, ein Schlaflied zu summen, und strich ihr dabei über den Kopf. Seit sie in die Schule ging, fühlte sie sich eigentlich zu alt für Schlaflieder, doch jetzt beruhigte sie sich sofort. Ich wartete noch einen Moment und schlich mich dann aus dem Zimmer, aber nach wenigen Metern hörte ich sie erneut schluchzen. Sie hat einen Albtraum, dachte ich, sie träumt wieder von Malins Mutter, die Arme. Ich ging zurück, hob sie aus dem Bett und nahm sie mit zu uns ins Schlafzimmer. Dort legte ich sie zwischen Turid und mich. Einen Moment lag sie auf dem Rücken, dann drehte sie sich zu mir, wie immer, wenn sie bei uns im Bett schlief. Wenig später war sie fest eingeschlafen. Ich wollte es weder vor Turid noch vor mir so recht zugeben, aber ich war stolz darauf, dass Marit mich bevorzugte. Ich streckte die Hand aus und streichelte ihr sanft über die Wange. Es rührte mich regelrecht, so mit ihr dazuliegen. Manchmal sah ich Szenen vor mir, in denen ich mein Leben für sie gab.

Es war ganz still.

»Das wird besser, Terje«, sagte Turid plötzlich.

An ihrer Stimme hörte ich, dass sie geweint hatte. Ich antwortete nicht sofort. Je länger ich wartete, desto klarer war mir, dass ich in diesem Moment zwischen Gut und Böse wählen konnte. Ich konnte zum Beispiel »Was du nicht sagst« antworten und sie mit ihrem Schmerz allein lassen, oder ich konnte irgendwas Tröstendes sagen, zum Beispiel »Schon gut, Turid, tut mir leid, dass ich so war«. Ich wusste, dass sich durch die zweite Alternative alles Angespannte und Negative zwischen uns augenblicklich in Luft auflösen würde, gefolgt von einer wohltuenden Ruhe, aber obwohl ich mir nichts sehnlicher wünschte, konnte ich nicht verhindern, dass ich sagte, was ich sagte, es war ebenso unmöglich, wie einen Brechanfall zu unterdrücken.

»Das kann ich nur hoffen«, sagte ich.

Ich drehte mich zur anderen Seite und zog mir die Decke bis unters Kinn. Dann lag ich da und starrte an die Wand. Turid hatte wieder zu weinen begonnen. In unregelmäßigen Abständen gab sie ein Schniefen von sich. Das Bedürfnis, ihr zu sagen, was sie so gern von mir gehört hätte, wurde immer stärker, aber ich brachte es einfach nicht fertig, sie zu trösten. Ich öffnete den Mund, doch es kam nichts heraus. Ich sah Worte vor mir, die auf dem Weg hinaus erstarrten, gute Worte, die in mir stecken blieben. Regungslos lag ich da, mit weit aufgerissenen Augen.

Nach einer Weile schlief Turid ein. Sie schnarchte leise. Ich spürte ein starkes Verlangen zu weinen, aber es ging nicht, auch das Weinen blieb in mir stecken. Ich drehte mich um und legte ihr die Hand auf die Schulter. Am liebsten hätte ich sie geweckt und all das gesagt, was ich längst hätte sagen sollen. Dass es mir leidtäte, dass es nicht um Sex ginge und natürlich auch nicht um ihre Eltern. Aber ich tat es nicht. Ich hielt noch einen Moment ihre Schulter fest, dann drehte ich mich auf den Rücken. Die Arme rechts und links neben mir lag ich da wie erstarrt, und mit offenen Augen. Bis auf Marits Atem und Turids leises Schnarchen war es vollkommen still. Irgendwann begann ich davon zu fantasieren, dass mich plötzlich so was wie eine Lebensmittelvergiftung oder ein Magen-Darm-Infekt packen würde, wie befreiend es wäre, sich über die Bettkante zu beugen und schwallweise Erbrochenes in einen leeren Plastikeimer zu würgen. Einen physischen Beweis dafür zu haben, dass es mir so ging, wie es mir gerade ging, einen Beweis dafür, dass ich fühlte, was ich gerade fühlte. Nach einer ganzen Weile, vielleicht zwanzig Minuten, schloss ich die Augen. Ich war schon dabei einzuschlafen, als ich plötzlich das Gefühl hatte, dass jemand im Zimmer stand und mich anstarrte, und sofort schlug ich die Augen wieder auf. Es war natürlich nur Einbildung, aber mein Herz hämmerte noch eine ganze Weile weiter. Ich hielt es nicht für möglich, wieder einzuschlafen, tat es aber doch. Im Traum stand ich am frühen Morgen auf, zog meinen Schatten an und schickte ihn hinaus unter die Leute.

Drei Tage vorher

Ich saß im Auto auf dem Weg von der Arbeit. Ich musste daran denken, wie einer der Nachbarn mir mal vorgeschlagen hatte, wir könnten doch eine Fahrgemeinschaft bilden. Wir arbeiteten ja beide im Zentrum, also warum nicht einfach im wöchentlichen Rhythmus abwechselnd fahren, das sei schließlich umweltfreundlicher und auch netter. Ja, man kann nicht alles haben, hatte ich darauf geantwortet. Eine glänzende Antwort, wie ich fand, fast schon ein echter Klassiker. Nur schade, dass die Bemerkung sonst niemand hörte. Das heißt, der Nachbar hörte sie natürlich, aber er war von der munteren, kontaktfreudigen Sorte und verstand den Humor nicht, er verstand nur, dass ich kein Interesse an einer Fahrgemeinschaft hatte.

Langsam fuhr ich aus dem Zentrum. Irritierend langsam, wie es schien, denn mein Hintermann hing mir dicht an der Stoßstange. Noch vor ein paar Jahren hätte ich mitten auf der Straße angehalten und gehofft, der Fahrer würde aussteigen und irgendwas sagen, wofür ich ihn auf der Stelle niederschlagen müsste, aber jetzt begnügte ich mich damit, einfach noch langsamer zu fahren. Leider teilte sich die Fahrbahn kurz darauf in zwei Fahrstreifen, sodass er mich überholen konnte. Sobald er an mir vorbei war, wechselte ich die Spur und hängte mich dicht an ihn ran. Ich überlegte, ihm zu folgen, als er an der Kreuzung bei Rosendal rechts abbog, aber das ließ ich sein.

Je näher ich unserem Haus kam, desto mehr wünschte ich mir, die Fahrt würde noch ewig dauern. Solche Situationen endeten normalerweise damit, dass ich ein bis zwei Stunden einfach ziellos durch die Gegend fuhr, bis ich irgendwann heimkehrte und Turid erzählte, ich hätte Überstunden gemacht, aber jetzt fuhr ich auf direktem Weg zur Ranheim-Kirche. Ich parkte auf dem Parkplatz, stieg aus dem Wagen und ging zu einer Bank unter einer Lärche, die am äußersten Rand des Friedhofs stand. Ich ging in etwa genauso zielstrebig, wie ich zuvor gefahren war. Das fand ich irgendwie ulkig, und sobald ich mich auf die Bank gesetzt hatte, entfuhr mir ein kurzes, trockenes Lachen. Wenn hier irgendein Bekannter oder Verwandter beerdigt wäre, könnte ich es ja noch verstehen, dachte ich, oder wenn ich diesen Friedhof kennen und mögen würde, aber ich war noch nie hier gewesen, ich bin ja immer nur vorbeigefahren.

Ich schloss die Augen. Ab und zu kam ein Windstoß und blies das steif gefrorene Laub mit einem schabenden Geräusch über den Schotterweg. Ansonsten war es still. Ich öffnete die Augen wieder. Der Teil des Friedhofs, in dem ich mich befand, schien alt zu sein. Viele Grabsteine standen schief oder waren eingesunken, und auf den wenigsten Gräbern waren Blumen zu sehen. Eine Weile saß ich vollkommen still da, dann stand ich abrupt auf. Ich wusste nicht wieso, aber ich ging geradewegs zu einem etwas unscheinbaren Naturgrabstein, der ungefähr in der Mitte der Reihe ganz hinten an der kleinen Steinmauer stand. Dort ging ich in die Hocke. Die Farbe der Inschrift war verschwunden, aber sie war tief genug eingemeißelt, dass man sie trotzdem noch lesen konnte: »Solveig Paulsen, 12.01.1881–06.08.1920.« Ich wusste immer noch nicht, was ich hier eigentlich wollte, aber irgendetwas wollte ich, das spürte ich genau, und ehe ich genauer darüber nachdenken konnte, war ich zu einem Grab mit zwei Grablichtern gegangen, hatte mir eines davon genommen, war zurück zu Solveig Paulsen gegangen und hatte es auf ihr Grab gestellt.

Dann stand ich wieder auf. Ich stand einfach da und betrachtete den Stein. Ich versuchte mir vorzustellen, wie Solveig Paulsen ausgesehen hatte, welche Kleidung sie getragen und was sie im Leben so gemacht hatte, aber ich sah nichts vor mir, zumindest nichts Klares, nur Flimmern. Ich beugte mich runter und klaubte ein paar Zweige und Blätter vom Grab auf. Jetzt wirst du psychotisch, Terje, dachte ich, aber ich wusste, das war nur Wunschdenken, ich war nicht imstande, in eine Psychose zu flüchten, dazu steckte ich zu sehr in mir fest.

Nachdem ich das aufgesammelte Laub in die Mülltonne bei den Spaten geworfen hatte, ging ich zurück zum Auto. Ich stieg ein, startete aber nicht sofort den Motor. Ich legte die Hände aufs Steuer und schloss die Augen. Norwegen, das reichste Land der Welt, dachte ich, hier zugrunde zu gehen, ist wie in einer Schlammpfütze zu ertrinken. Ich versuchte zu lachen, aber ohne Erfolg. Es war einfach zu wahr, denn genauso fühlte es sich für mich an, als würde ich in einer Schlammpfütze ertrinken.

Ich öffnete die Augen, startete den Motor und setzte zurück auf die Straße. Nur ein kleines Stück weiter hielt ich wieder an, genau vor dem Bahnhof. Jemand hatte einen schwarzen Stern auf das orangefarbene Bahnhofsgebäude gesprüht. Ich kann noch nicht nach Hause, dachte ich, ich muss noch warten, wenn schon nicht mir zuliebe, dann Turid zuliebe. Im selben Moment fuhr der Lokalzug aus Steinkjer ein. Er hielt am Gleis und ließ einen Mann mit einem schwarzen Rollkoffer aussteigen, dann setzte er sich mit einem leichten Ruck wieder in Bewegung und fuhr weiter. Ich hörte das Geräusch der Kofferrollen auf dem Beton, trotz geschlossener Fenster. Als der Mann näher kam, sah ich, dass es der Vater eines Mädchens aus Marits Klasse war. Wir kannten uns zwar nicht, aber der Gedanke, von ihm gesehen zu werden, war mir trotzdem unangenehm, also verbarg ich das Gesicht hinter dem linken Arm, gab Gas und fuhr weiter.

Ich fuhr über Skovgård, durch Jakobsli, einmal um den ganzen Jonsvatnet-See und zurück nach Skovgård, wo ich an der Tankstelle hielt und Benzin nachfüllte. Ich schloss die Augen und sog den Benzingeruch ein. Solange ich zurückdenken konnte, hatte ich diesen Geruch gemocht. Als ich das Zapfventil zurückhängte, stellte ich plötzlich fest, dass ich mich nicht daran erinnern konnte, was mir während der Autofahrt durch den Kopf gegangen war, wahrscheinlich, weil ich nicht einen meiner Gedanken hatte festhalten können. Ich stieg wieder ein, startete den Motor und fuhr auf die alte E6.

Turid räumte gerade die Spülmaschine aus, als ich ins Haus kam. Ich sah sie nicht, konnte sie aber hören. Ich stellte die Arbeitstasche auf die Bank und hängte die Jacke auf. Im selben Moment hörte ich sie in den Flur kommen.

»Da bist du ja«, sagte sie fröhlich.

Ich antwortete nicht sofort. Ich sah sie auch nicht an, ich tat so, als hätte ich Mühe, die Jacke am Kleiderhaken zu befestigen.

»Mhm«, machte ich. Ich ließ die Jacke los, beugte mich runter und begann, mir die Schuhe auszuziehen, immer noch ohne einen Blick in ihre Richtung. Ich hielt mich lange mit den Schnürsenkeln auf. Als ich fertig war und die Schuhe neben Marits Blinkschuhe gestellt hatte, war Turid verschwunden, sie hatte sich wieder der Spülmaschine zugewandt. Ich schloss die Augen, holte tief Luft und atmete langsam wieder aus, dann ging ich in die Küche. Sie sah mich nicht sofort, mit dem Käsehobel in der einen und fünf, sechs

Gabeln in der anderen Hand stand sie da und starrte auf ihren Laptop. Sie hatte sich gerade ein Facebook-Profil eingerichtet. Im Laufe des letzten Jahres war Facebook zum absoluten Megatrend geworden. Ich schien der Einzige zu sein, der sich keinen Account zugelegt hatte. Und dabei bleibt es auch, dachte ich. Ich nahm mir ein Glas Wasser und trank einen Schluck. Sie wandte sich um. Lächelnd sah sie mich an und legte die Gabeln mit einem kurzen, unangenehm lauten Klirren in die Schublade.

»Viel los auf der Arbeit?«, fragte sie.

So schlimm war es eigentlich nicht, aber ich nickte.

»Bist du gerade alleine?«

»Ja«, sagte ich und trank noch einen Schluck Wasser.

Einen Moment lang stand sie da und sah mich an, ein Lachen spielte um ihre Lippen.

»Und dann ward nichts mehr von ihm gehört«, sagte sie.

Mir war natürlich klar, dass die Bemerkung eine Einladung war, über mich selbst zu lachen oder zumindest zu lächeln, aber das gelang mir nicht, auch wenn ich nichts lieber getan hätte. Das heißt, ich lächelte sogar, aber nur kurz und ironisch. Warum tue ich ihr das an?, dachte ich. Ich kann mich nicht ausstehen, wenn ich so bin. Ich trank das Glas leer und stellte es in die Spülmaschine. Am liebsten hätte ich mich entschuldigt, aber das tat ich nicht, sie wirkte nicht so enttäuscht, dass es mir zwingend notwendig erschien. Ich ging ins Wohnzimmer. In meinem Bauch wuchs das schlechte Gewissen, die Art und Weise, wie es sich rührte, erinnerte mich an die Maden in einem toten Igel, den ich als Kind mal am Straßenrand gefunden hatte. Ich war zwar nicht müde, legte mich aber aufs Sofa, die Augen unter dem Arm verdeckt. Kurz darauf kam Turid. Ich hörte, wie sie sich in den Sessel auf der anderen Seite des Tisches setzte.

Eine Weile war es still.

»Kannst du nicht mit mir reden, Terje?«, fragte sie.

Ich hob den Arm und drehte den Kopf ein Stück nach rechts, gerade so viel, dass ich sie sah.

»Reden?«, sagte ich.

»Ja«, sagte sie und zuckte die Schultern.

»Worüber denn?«, fragte ich.

Sie sah mich an, zugewandt und offen. Sie hat so unglaublich viel Geduld, dachte ich, ich bewundere sie, ich weiß nicht, was ich ohne sie machen würde.

»Über deinen Tag«, antwortete sie. »Darüber, was du so gesehen und erlebt hast, was du in der Zeitung gelesen oder im Radio gehört hast. Worüber man eben so redet.«

Ich seufzte und schüttelte den Kopf.

»Wenn mir was einfällt, was der Rede wert ist, sage ich Bescheid«, erwiderte ich.

Über diesen Kommentar werden wir später mal lachen, dachte ich, aber nicht hier und jetzt. Sie blieb noch einen Moment sitzen, dann hörte ich, wie sie aufstand und zurück in die Küche ging.

Es war jetzt ganz ruhig im Haus.

Ich dachte, sie hätte aufgegeben, aber das war nicht der Fall. Ich begriff nicht, woher sie ihre Ausdauer nahm.

»Was sollen wir denn essen?«, fragte sie.

»Ist mir egal«, antwortete ich.

»Ach komm, das glaube ich nicht«, entgegnete sie.

»Tja«, sagte ich.

Sie wartete einen Moment.

»Lieber Fisch oder lieber Fleisch?«

»Mann!«, sagte ich. »Kannst du nicht einmal zuhören, was ich sage? Es ist mir vollkommen egal!«

Sie erwiderte nichts. Der Selbsthass brannte mir unter der

Haut. Warum tue ich ihr das an?, dachte ich. Warum rede ich so? Ich räusperte mich ein wenig.

»Ich glaube, ich habe sowieso keinen Hunger«, sagte ich. Ich versuchte, etwas freundlicher zu klingen.

»Du musst doch was essen, Terje«, sagte sie.

»Ich habe aber keine Lust«, entgegnete ich. »Das Einzige, worauf ich Lust habe, ist, Lust auf irgendwas zu haben«, fügte ich hinzu. Als ich hörte, was ich da sagte, musste ich grinsen. »Mein Gott, ist das bescheuert«, murmelte ich. »Das Einzige, worauf ich Lust habe, ist, Lust auf irgendwas zu haben. Bitte erschieß mich, bevor ich noch anfange, Zeitungsgedichte zu schreiben.«

»Was hast du gesagt?«

Ich antwortete nicht, schüttelte nur den Kopf. Ich musste daran denken, dass ich mich mal als Poet, der nicht schreiben konnte, bezeichnet hatte. Die Sehnsucht eines Poeten trug ich in mir, was mir fehlte, war die Sprache, so hatte ich gedacht, die Poesie kam nie einfach aus mir heraus, sie war wie eine Blume im tiefsten Wald, kein Mensch würde sie jemals zu sehen bekommen.

Es war still.

Turid kam zurück ins Wohnzimmer. Ich hatte die Augen geschlossen, hörte aber ihre Schritte. Sie zog den Sessel etwas näher ans Sofa und setzte sich. Sie sagte nicht sofort etwas. Legte mir nur die Hand auf die Stirn und strich mir vorsichtig durchs Haar. Das war schön, ich wollte, dass sie immer so weitermachte, am liebsten wäre ich so liegen geblieben, bis ich einschlief. Einen Moment lang war es still. Plötzlich sah ich sie noch einmal vor mir, wie sie mich vorhin begrüßt hatte, fröhlich und lächelnd. Menschen, die voller Energie und überdurchschnittlich glücklich und positiv waren, ermatteten mich normalerweise, aber nicht sie. So war es schon seit unserer ersten Begegnung gewesen. Ihre gute Laune war so ungekünstelt. Im Gegensatz zu vielen anderen tat sie nicht fröhlicher, als sie war, nur weil sie sich verpflichtet fühlte, mich oder andere fröhlich zu machen, sie war einfach sie selbst, und dadurch konnte ich in ihrer Nähe ebenfalls ich selbst sein. Durch sie konnte ich mich entspannen, und wenn mir das gelang, fühlten sich die Leute um mich herum auch nicht so verunsichert und unwohl, das merkte ich deutlich.

»Ich mache mir Sorgen um dich, Terje«, sagte sie, sie sprach leise.

Ich wartete einen Moment, räusperte mich.

»Ich werde mich zusammenreißen«, sagte ich. »Gib mir nur etwas Zeit.«

»Vielleicht solltest du dir Hilfe suchen«, sagte sie.

Ich lächelte und gab ihr damit zu verstehen, dass sie nicht gleich übertreiben sollte.

»Ich meine es ernst«, sagte sie.

»Ach hör auf, Turid«, entgegnete ich.

»Das ist ja keine Niederlage«, sagte sie.

»Nein«, sagte ich. »Aber das wird schon, ganz sicher, morgen bin ich wieder ich selbst.«

Ich wollte gern glauben, was ich sagte, aber ich wusste, dass Tage, vielleicht sogar Wochen vergehen würden, bis ich wieder obenauf war. Auch sie glaubte mir nicht, das wusste ich, dazu kannte sie mich zu gut. Sie strich mir weiter durchs Haar. Ich musste an die beiden von nebenan denken, die ihre Wohnung vermietet hatten und für ein Jahr nach Tansania gegangen waren. Ich stellte mir vor, Turid und ich würden so etwas Ähnliches machen, einfach losziehen und eine Pause von unserem Leben hier machen. Solche Fantasien kamen mir immer, wenn es mir so ging wie jetzt. Wenn man sich machtlos fühlt, hat man das Bedürfnis, große Entscheidungen zu treffen, dachte ich, nicht unbedingt wegen der Veränderung, die damit einhergeht, sondern, weil man sich selbstbestimmt fühlen möchte. Weil man sich frei fühlen möchte.

Vier Jahre vorher

Mama durfte unter der Bedingung zu unserer Hochzeit kommen, dass sie nüchtern blieb, aber als die Kellnerin mit dem Wein herumging, tat sie so, als wäre ihr etwas zu Boden gefallen, und tauchte erst wieder auf, als sie sicher sein konnte, dass ihr Glas voll war. Ich versuchte, Blickkontakt mit ihr aufzunehmen, aber sie achtete sehr genau darauf, nicht in meine Richtung zu schauen, eine Ermahnung wollte sie natürlich vermeiden. Sie unterhielt sich mit einem Onkel von Turid und lachte auffallend laut und oft. Sie weiß genau, dass ich ihr nicht einfach so das Glas wegnehme, wenn sie so glücklich wirkt, dachte ich, nur deshalb macht sie das. Ich überlegte, ob ich zu ihr hinübergehen sollte, aber ich wollte sie nicht vor allen anderen blamieren, also beschloss ich, der ersten Kellnerin, mit der ich Kontakt bekam, Bescheid zu geben, dass Mama auf keinen Fall noch mehr Wein bekommen sollte.

Ich nahm mir noch zwei Kartoffeln und aß. Es schmeckte fantastisch. Der Koch, den Turids Eltern engagiert hatten, arbeitete für eine der besten Küchen der Stadt, und auch was die Zutaten anging, hatten sie an nichts gespart. Die Gäste waren ebenfalls begeistert, von rechts und links hörte ich »mmh« und »köstlich«. In unregelmäßigen Abständen sah ich zu Mama hinüber, aber sie rührte das Weinglas tatsächlich kein einziges Mal an, sie trank Wasser. Vielleicht habe ich mich getäuscht, dachte ich, vielleicht hat sie ja doch beschlossen, mir zuliebe nüchtern zu bleiben. Normalerweise ließ ich mich nicht so leicht rühren, aber der Anblick von Mama, die wieder und wieder zum Wasserglas griff, verleitete mich dazu, die Deckung ein wenig zu lockern. Nach dem Essen werde ich ihr sagen, wie viel mir das bedeutet, dachte ich, aber wenn etwas zu gut aussieht, um wahr zu sein, dann ist es das in der Regel auch, und als die Kellner erneut mit dem Wein herumgingen, wurde mir klar, dass Mama mich nur ein weiteres Mal hinters Licht geführt hatte. Sie ließ ihr Glas stehen, bis Turids Onkel Wein nachgeschenkt bekommen hatte, dann leerte sie es in einem Zug und hielt es der Kellnerin entgegen. Ein einfacher, aber effektiver Trick, um sich nicht nur ein Glas Wein, sondern gleich zwei auf einmal zu sichern. Wenigstens war sie kreativ, das musste ich ihr lassen. Ich bekam Blickkontakt zu einer der Kellnerinnen und signalisierte ihr, dass ich mit ihr sprechen wollte. Sie kam sofort herüber. Ich lächelte, damit niemand bemerkte, dass ich etwas Ernstes mit ihr zu bereden hatte.

»Sehen Sie die Frau in dem blauen Kleid da drüben?«, sagte ich.

»Mhm«, machte die Kellnerin. Sie war zum Glück so diskret, dass sie nicht sofort den Blick hob. Sie sah mich die ganze Zeit an.

»Das ist meine Mutter«, sagte ich. »Könnten Sie dafür sorgen, dass sie heute Abend keinen Alkohol mehr bekommt?«

»Selbstverständlich«, antwortete sie.

»Danke«, sagte ich.

Sie nickte und lächelte, und dann ging sie, kurz darauf schlug Mama mit der Gabel gegen ihr Glas und stand auf. Sobald sie zu reden begann, war mir klar, dass sie auch vor dem Essen schon heimlich getrunken hatte. Sie lallte zwar nicht, aber ich merkte, dass sie sich zusammenreißen musste, um es zu vermeiden. Turid legte ihre Hand auf meine und drückte sie sanft, als wollte sie mir sagen, dass sie bei mir war. Das tat sie nicht, weil sie mitbekommen hatte, dass Mama angetrunken war. Sie spürte nur meine Anspannung, so wirkte es zumindest. Ich lächelte und versuchte, einen gelassenen Eindruck zu machen, aber da ich wusste, was uns als Nächstes bevorstand, verlangte mir das einiges ab.

»Als Terje acht war, stand ich plötzlich ganz alleine da«, sagte sie. »Und das war wirklich nicht so leicht, für keinen von uns … alleine mit zwei Kindern, und das in den Siebzigern, das war noch was anderes als heute, viel Unterstützung bekam man da nicht!«

Mit anderen Worten, es war nicht ihre Schuld, dass sie als Mutter versagt hatte.

»Du hast deinen Vater schrecklich vermisst, Terje«, sagte sie. »Und mit der Zeit wurdest du wütend auf ihn, ich weiß nicht, ob dir das klar war, aber wir anderen, die dich kannten, haben es gesehen, deine Trauer und Sehnsucht wurden zu Wut, und du … das soll heute nicht im Vordergrund stehen, aber du hast ein paar Dinge gemacht, die dir später leidgetan haben.«

Falls ich wütend gewesen war, dann also nicht auf sie, sondern auf Papa.

»Aber Gegenwind macht stark, und inzwischen bist du nicht nur der lebende Beweis dafür, dass man sich verändern kann, du hast auch mehr erreicht, als die meisten sich jemals träumen lassen würden«, sagte sie. »Du hast dein Studium mit Bestnoten abgeschlossen, und im Herbst trittst du eine Stelle bei der Bezirksleitung an, eine Stelle, auf die sich über hundert Leute beworben haben. Aber am stolzesten bin ich auf etwas anderes. Nämlich darauf, dass du du selbst geblieben bist. Dass du nie vergessen hast, woher du kommst. Ich bin nur eine einfache Verkäuferin, ich hatte nie das Geld, dir teure Kleidung und Sportausrüstung oder Urlaubsreisen zu schenken, und ich habe auch kein Geld für ein teures Hochzeitsgeschenk oder um mich an der Feier oder der Hochzeitsreise zu beteiligen. Aber ich liebe dich von ganzem Herzen. Und wenn ich dich heute sehe, dann denke ich: Liebe, die Gewissheit, dass man geliebt wird, das ist doch das Wichtigste von allem, viel wichtiger als materielle Dinge.«

Turids Eltern sollten mit anderen Worten nicht meinen, sie wären was Besseres als sie, auch wenn sie die Hochzeit gesponsert und uns eine Reise nach Florida geschenkt hatten. Im Gegenteil, sie waren reich und damit kalt und oberflächlich, während Mama arm und damit echt, ehrlich und warmherzig war, das sah doch jeder.

»Das soll natürlich nicht heißen, dass ich nicht auch meine Fehler habe, genau wie alle anderen«, sagte sie. »Ich habe mein Bestes getan, aber in manchen Dingen habe ich versagt, das weiß ich sehr wohl. Und dafür bitte ich dich um Entschuldigung, Terje.«

Ihre Fehler waren mit anderen Worten nicht schlimmer, als dass ich ihn nicht bitteschön hier und jetzt verzeihen konnte, am besten, indem ich aufstünde, sie umarmte und mich für die Rede bedankte, schien sie zu meinen. Nachdem sie zum Abschluss Turid in der Familie willkommen geheißen hatte, wandte sie sich noch mal an mich, setzte ein rührseliges Gesicht auf und drehte die Handflächen in meine Richtung. Am liebsten wäre ich aufgestanden und zu ihr rübergegangen, aber nicht, um sie zu umarmen. Doch was nicht passt, wird passend gemacht, wie es so schön heißt, und als Mama sah, dass ich nicht zu ihr kam, setzte sie sich in Bewegung und kam stattdessen zu mir. Ich rührte mich nicht von der Stelle. Sowohl Mama als auch die anderen Gäste erwarteten wohl, dass ich zumindest aufstehen und ihre Umarmung erwidern würde, aber ich dachte nicht daran. Ich drehte mich nicht einmal zu ihr um. Ich blickte stur geradeaus und hielt krampfhaft an einer Art Lächeln fest.

»Herzlichen Glückwunsch«, sagte Mama, als sie sich herunterbeugte und mich in den Arm nahm. Sie roch nicht nach Alkohol, sondern nach einer Mischung aus Lippenstift, Zigarettenqualm und schwerem Parfüm. Ich führte den Mund dicht an ihr Ohr.

»Keinen Tropfen mehr«, sagte ich.

Sie wartete einen Moment, bevor sie ihre Umarmung löste, wahrscheinlich wollte sie so tun, als wäre alles genauso, wie es sein sollte, vielleicht sogar, als hätte sie meine Worte nicht gehört. Wohlweislich wich sie meinem Blick aus. Sie drehte sich einfach um und ging zurück an ihren Platz. Gleich nach dem Ende ihrer Rede hatten die Gäste angefangen zu klatschen, und sie klatschten immer noch. Nichts deutete darauf hin, dass sie mitbekommen hatten, was ich mitbekommen hatte. Die meisten lächelten, einige wirkten gerührt, und ein paar mussten sich sogar die Tränen trocknen. Am liebsten wäre ich aufgestanden und hätte Mamas Lügen und verdrehte Tatsachen als solche entlarvt, und ich fühlte mich feige und falsch, weil ich es nicht tat. Ich verrate mich selbst, dachte ich, zumindest den, der ich mal war.

»Auf das Brautpaar«, sagte Mama plötzlich.

»Auf das Brautpaar«, antworteten alle. Sie hoben ihre Gläser und sahen Turid und mich an. Aber ich wollte bei Mamas Prosit nicht mitmachen, das war einfach zu viel des Guten, es widerte mich an.

Es war auf einmal ganz still.

Sämtliche Blicke schienen auf mich gerichtet zu sein, aber ich gab nicht nach. Mit beiden Händen auf dem Tisch und einem starren Lächeln im Gesicht saß ich da. Turid trank einen Schluck und stellte ihr Glas ab, und als die anderen merkten, dass ich nicht mittrinken würde, folgten sie ihr, wenn auch etwas zögerlich. Ich schaute zu Mama rüber. Sie trank ihren restlichen Wein in einem Zug aus. Ich fragte mich, mit welchem Trick sie wohl als Nächstes aufwarten würde, denn dass sie nach zwei Gläsern Wein und was auch immer sie sich vorher schon hinter die Binde gekippt hatte freiwillig aufhören würde, wagte ich zu bezweifeln. Ich aß weiter. Turid erzählte ihrer Mutter, wie schwierig es sei, in Trondheim eine feste Stelle als Lehrerin zu finden, und wie froh sie gewesen sei, als sie die Nachricht am Montag bekommen hatte, und Håkon unterhielt sich mit der Tischnachbarin zu seiner Rechten. Gerade schienen sie darüber zu diskutieren, ob nun Heilbutt oder Steinbutt der bessere Speisefisch sei.

Dann kamen die Kellner wieder, um Wein nachzuschenken. Mama erwartete offensichtlich, dass auch ihr Glas nachgefüllt würde, sie hielt es zwar nicht hoch wie andere, aber sie richtete sich auf und blickte zu der Seite, auf der sie mit der Kellnerin rechnete. Die aber hielt sich an ihre Anweisung und ging an Mama vorbei. Einen kurzen Augenblick hatte ich Sorge, dass Mama sie zurückrufen würde, aber das tat sie zum Glück nicht. Sie schaute ihr nicht einmal hinterher, wahrscheinlich wusste sie, dass es zwecklos war. Stattdessen zog sie ihr nächstes Ass aus dem Ärmel.

»Ach Gottchen«, sagte sie nach einer Weile.

»Was ist denn?«, fragte Turids Onkel.

»Jetzt habe ich aus Versehen aus Ihrem Glas getrunken«, antwortete sie und deutete mit dem Kopf auf sein Weinglas. Es war fast leer. »Das tut mir wirklich leid! Wie unangenehm.«

»Das macht doch nichts«, sagte Turids Onkel. »Wir haben sicher dieselben Bazillen«, fügte er hinzu und lachte.

»Ja, da könnten Sie recht haben«, sagte Mama und lachte ebenfalls herzlich.

Ich saß da und fragte mich, ob all diese Tricks zu ihrem Standardrepertoire gehörten oder ob sie zum Teil improvisierte. Sicher war ich mir nicht, aber Ersteres hielt ich für wahrscheinlicher. Seit meinem elften oder zwölften Lebensjahr trank sie, sie hatte also mehr als genug Zeit gehabt, sich die eine oder andere Strategie anzueignen.

Nach dem Essen machten wir eine Pause, sodass die Kellner die Tische für das Dessert freiräumen konnten. Mama gehörte zu den Ersten, die aufstanden. Ich schenkte mir ein neues Glas Apfelschorle ein und folgte ihr, aber sie verschwand natürlich auf der Damentoilette, wahrscheinlich hatte sie dort irgendwas zu trinken gebunkert. Entweder das, oder sie versteckte etwas in ihrer Handtasche. Ich geb's auf, dachte ich, ich kann sie sowieso nicht aufhalten, dann muss es halt laufen, wie es läuft.

Ich wandte mich ab und ging in den Hinterhof. Dort standen zwei Grüppchen von Leuten, die einen waren gemeinsame Freunde, die anderen Verwandte von Turid. Ich wollte gerade zu unseren Freunden gehen, doch da hörte ich ein Stück weiter links hinter mir Anitas Stimme. Sie schien gerade über unsere Kindheit zu reden, jedenfalls sagte sie, dass sie es nicht immer so leicht gehabt hatte. Ich wandte mich zu ihr um. Sie stand unter der Plane, die wir für den Fall, dass es regnen würde, aufgespannt hatten, und unterhielt sich mit einem kleinen Typen in Nationaltracht. Ich war mir nicht sicher, aber ich glaube, das war ein Cousin von Turid. Sie versucht es mit der einzigen Masche, die sie draufhat, dachte ich, den Beschützerinstinkt eines Mannes ansprechen. Ich trank einen Schluck Apfelschorle. Ich glaubte, dem Mann in der Tracht ansehen zu können, dass er nur auf eine Gelegenheit wartete, der Situation zu entkommen, und ganz richtig, als Anita ihr Weinglas hob, sagte er schnell, er müsse mal zur Toilette. Sie nickte und lächelte, aber es war klar, dass sie ihn durchschaute, jedenfalls wirkte sie enttäuscht. Andererseits wirkte sie eigentlich immer enttäuscht. Sie trank einen Schluck Wein und betrachtete die beiden Grüppchen, die vor ihr auf dem Hof standen. Es ist so vorhersehbar, dachte ich, jetzt wird sie noch ein paar weitere erfolglose Anläufe unternehmen, und wenn sie genug getrunken hat, wird sie sich heulend in eine Ecke setzen, bis irgendein Typ kommt und sich um sie kümmert. Ich schüttelte den Kopf. Ich musste sie aufhalten. Im Laufe des Abends würde Mama sowieso schon eine Szene machen, dazu noch eine von Anita, das war zu viel für mich. Ich trank noch einen Schluck Apfelschorle und ging zu ihr rüber, wie zufällig. Lächelnd sah ich sie an.

»Anita«, sagte ich.

»Ja«, sagte sie.

»Das ist eine Party«, sagte ich.

Sie verstand, was ich meinte, tat aber nichtsahnend. Sie hob die Augenbrauen.

»Die Leute wollen Spaß haben«, sagte ich. »Über traurige Geschichten will hier niemand reden.«

»Ich bin nun mal so, Terje«, entgegnete sie. »Tut mir leid, wenn dir das nicht gut genug ist.«

Am liebsten hätte ich zugeschlagen, aber ich lächelte unbeirrt weiter.

»Versuch einfach … ein bisschen gut drauf zu sein«, sagte ich.

»Du hast leicht reden«, sagte sie.

»Wir hatten mehr oder weniger dieselbe Kindheit, Anita«, sagte ich. »Aber deshalb laufe ich noch lange nicht durch die Gegend und belästige die Leute mit meiner Lebensgeschichte.«

»Ich bin fünf Jahre älter als du«, entgegnete sie.

»Na und?«, fragte ich.

»Vielleicht weiß ich einfach noch etwas mehr von damals«, sagte sie. »Vielleicht habe ich einfach mehr von allem mitbekommen.«

Ich sah sie an und lächelte. Ich hasse sie, dachte ich, und das ist nicht nur ein anderer Ausdruck für »Ich bin wütend«.

»Es geht nicht darum, was wir mitbekommen haben und was nicht, Anita«, sagte ich. »Es geht darum, was wir weiter mit uns herumschleppen wollen.«

»Ich wünschte, das wäre so einfach«, sagte sie.

Ich führte die Hand zum Mund, als müsste ich husten. Stattdessen biss ich mir so fest in den Zeigefinger, dass ich nur mit Mühe eine ruhige Miene bewahren konnte. Ich stieß ein leichtes Husten aus und ließ die Hand wieder sinken.

»Anita«, sagte ich. »Dazu könnte ich jetzt einiges sagen, aber das mache ich ganz bewusst nicht. Ich habe gerade geheiratet. Ich will gut drauf sein.«

»Na dann, viel Glück«, sagte sie. Sie rang sich ein Lächeln ab und drehte sich um.

Ich ging wieder hinein. Vor der Damentoilette hatte sich eine kleine Schlange gebildet. Wahrscheinlich saß Mama da drinnen und wollte in Ruhe trinken, aber ich hatte keine Lust, dem jetzt nachzugehen. Ich muss ihr den Rest des Abends aus dem Weg gehen, dachte ich, darum muss sich jemand anders kümmern, das ist für alle das Beste.

»Was für eine schöne Rede deine Mutter gehalten hat«, sagte jemand. Es war Turids alte Tante, deren Namen ich mir nie merken konnte. Ich wollte es eigentlich bei einem Lächeln und einem kurzen »Ja« im Vorbeigehen belassen, aber sie legte mir die Hand auf den Unterarm und hielt mich fest.

»Ja, das war eine gute Verteidigungsrede«, sagte ich.

Sie wirkte verwirrt. Ihr Mund öffnete sich, aber sie brachte nichts hervor. Ein paar Sekunden lang stand sie wortlos vor mir und lächelte, dann ließ sie mich mit einem leichten Klaps auf den Unterarm gehen.

Nur zwei Meter weiter wurde ich erneut aufgehalten, dieses Mal von dem neuen Freund einer Tante von Turid. Er kam aus Namsos und konnte sich an mich aus der Zeit erinnern, als wir dort wohnten, wie er sagte.

»Ja, ist eine kleine Stadt«, sagte ich. Ich lächelte und wollte weiter, aber auch er ließ mich nicht sofort gehen.

»Es ist so schön zu sehen, dass du die Kurve gekriegt hast«, sagte er.

Ich musste eigentlich nicht husten, tat es aber trotzdem hinter vorgehaltener Hand. Jetzt bloß nichts sagen, Terje, dachte ich, er ist sich nicht im Klaren darüber, dass er kein Benehmen im Leib hat, er meint es nur gut.

»Ich bin regelrecht beeindruckt«, sagte er.

»Danke«, sagte ich, rang mir ein flüchtiges Lächeln ab und ging weiter.

Turid stand vor der Bühne und sprach mit ihrer Mutter und der Frau, die den Barausschank übernommen hatte. Sie sahen mich nicht kommen, ansonsten hätten sie wohl das Thema gewechselt.

»Papa und ich haben fast hunderttausend Kronen in die Hochzeit gesteckt«, sagte meine Schwiegermutter.

»Ich weiß, Mama«, sagte Turid.

»Und wenn sie uns jetzt den Abend verdirbt, weiß ich nicht, was ich mache«, fuhr meine Schwiegermutter fort.

Mir war natürlich klar, dass sie über Mama redeten, und mein erster Gedanke war, dass ich eine andere Richtung einschlagen musste, als wollte ich zu irgendwem anders gehen. Aber vor der Bühne stand sonst niemand, das ging also nicht, somit blieb mir nichts anderes übrig, als weiter auf sie zuzusteuern. Turid wirkte bestürzt, als sie mich sah. Sie versuchte ihre Mutter mit einem kurzen, möglichst unauffälligen Nicken in meine Richtung zu warnen, aber meine Schwiegermutter bekam nichts davon mit.

»Ich verstehe nicht, wie du zustimmen konntest, dass sie eine Einladung bekommt«, sagte sie.

Ich hatte mir immer wieder gesagt, dass es keinerlei Grund gäbe, mich an Mamas Stelle gekränkt zu fühlen oder wütend zu werden, aber in solchen Situationen siegte fast ausnahmslos das Gefühl über die Vernunft. Außerdem war ich auch nicht vollkommen überzeugt davon. Ich hatte sie an ihrem absoluten Tiefpunkt gesehen, deshalb verstand ich zumindest ihr Bedürfnis nach Selbstmedikation.

»Terje«, sagte Turid. Ihre Stimme war etwas lauter als natürlich. Vermutlich wollte sie sichergehen, dass ihre Mutter mein Kommen registrierte.

»Hallo«, sagte ich.

Meine Schwiegermutter drehte sich auffällig langsam zu mir um. Ihr war also klar, dass ich alles gehört hatte, sie wollte es sich nur nicht anmerken lassen.

»Hallo«, sagte sie.

»Geht es euch gut?«, fragte ich.

»Aber sicher«, antwortete meine Schwiegermutter.

»Schön, das freut mich«, sagte ich.

Ich blickte ihr geradewegs in die Augen und lächelte. Ich hatte auf ein Anzeichen von Verlegenheit gehofft, aber sofern ihr die Situation unangenehm war, verbarg sie es gut.

»Ich mache mir nur Sorgen, dass ihr nicht die Hochzeit bekommt, die ihr verdient habt, Terje«, sagte sie.

»Ah ja«, erwiderte ich.

Ich blinzelte gemächlich und lächelte, dann drehte ich mich langsam zu Turid um. Das war ein spontaner Versuch, so auszusehen, als würden die Worte meiner Schwiegermutter einfach an mir abperlen, aber natürlich machte es nur umso deutlicher, wie gekränkt und wütend ich war.

»Wollen wir uns setzen?«, fragte ich. »Die Leute kommen langsam wieder rein.«

»Ja«, sagte Turid, sie versuchte zu lächeln.

Ich achtete darauf, nicht dem Blick meiner Schwiegermutter zu begegnen, als ich mich umdrehte und auf meinen Platz zuging. Ich versuchte mir zu sagen, dass ich kein Recht hatte, sauer auf sie zu sein, aber meine Wut wurde dadurch nicht weniger intensiv. Als ich mich hinsetzte, fiel mein Blick auf Mama. Sie kam gerade mit Turids Onkel herein und lachte laut über irgendeine Bemerkung von ihm. Er musste ein außergewöhnlich witziger Typ sein, denn beim Dessert lachte sie noch lauter und zwar fast jedes Mal, wenn er den Mund aufmachte. Wer sie nicht kannte, ließ sich von ihrem Lachen anstecken und sah schmunzelnd zu ihr hinüber. Alle anderen wechselten ernste Blicke, und einigen stand die Anspannung ins Gesicht geschrieben, vor allem meiner Schwiegermutter. Ich sagte mir, nichts könnte mir gleichgültiger sein, aber das stimmte natürlich nicht. Ich ließ Mama nicht aus den Augen und konnte mich nicht auf mein Gespräch mit Håkon konzentrieren.

Nach dem Dessert wurde die Tafel auseinandergeschoben und kleinere Tische gedeckt. Viele halfen mit, und nach gerade mal zehn Minuten war alles bereit für Kaffee und Cognac. Ich hatte vergessen, Bescheid zu geben, dass wir auf keinen Fall Selbstbedienung wollten, aber jetzt war es zu spät. Auf einem Tisch vor der Bühne standen drei Tabletts mit halb vollen Cognacgläsern, und die Gäste waren bereits dabei, sich zu bedienen. Auch Mama. Sie versuchte, einen gelassenen Eindruck zu machen, aber ihr umherschweifender Blick, als sie mit beiden Händen nach einem Cognac griff, wirkte nicht ganz so zufällig, wie wohl von ihr beabsichtigt. Es war ganz klar, dass sie sich fragte, ob ich sie beobachtete. Ich wartete, bis sie auf dem Weg zu ihrem Tisch war, erst dann ging ich zu ihr. Ich wollte keine Aufmerksamkeit erregen, also lächelte ich und versuchte so auszusehen, als wäre alles in Ordnung.

»Mama, jetzt reicht es«, sagte ich leise.

»Einen Moment«, sagte sie. Damit ging sie die letzten paar Meter zum Tisch, stellte Turids Onkel das eine Glas hin und das andere an den Platz, an dem sie offenbar selbst zu sitzen gedachte.

»Was hast du gesagt?«, fragte sie mit einem fröhlichen Lächeln.

Mir war natürlich klar, was sie vorhatte. Ich grinste und schüttelte den Kopf.

»Dafür hättest du nicht erst zum Tisch gehen müssen«, sagte ich.

Sie wusste, was ich meinte, versuchte aber, das Gegenteil zu vermitteln. Sie hob beide Augenbrauen.

»Ich habe nämlich kein Problem damit, vor anderen Leuten Klartext zu reden«, fuhr ich fort.

»Wie bitte?«, fragte sie.

»Und du brauchst auch nicht so zu tun, als wärst du besser drauf als du bist«, sagte ich. »Ich tue, was ich tun muss, auch wenn du es so aussehen lässt, als würde ich hier die Stimmung verderben.«

Dass ich die Dinge beim Namen nannte, brachte sie zur Weißglut, aber sie gab sich die größte Mühe, völlig perplex auszusehen. Sie öffnete den Mund und schloss ihn wieder. Ihr Blick wanderte zu Turids Onkel und dann zu den anderen am Tisch. Die wirkten ebenfalls perplex, aber in ihrem Fall konnte ich getrost davon ausgehen, dass die Verblüffung echt war. Niemand sagte etwas. Ich beugte mich vor, nahm Mamas Cognacglas und ging damit zum Tisch vor der Bühne.

Ich stellte es zurück aufs Tablett und schenkte mir eine Tasse Kaffee ein, dann warf ich einen Blick zurück zu Mamas Tisch. Sie lächelte und schüttelte den Kopf, während sie irgendwas zu den anderen sagte. Ich wusste, dass sie ihnen jetzt erklärte, was gerade passiert war, wahrscheinlich stellte sie mich als eifersüchtig hin oder behauptete, ich müsse immer auf sie aufpassen, das war zumindest früher ihre Standardentschuldigung gewesen, als ich noch ein Teenager war. Ich ging zu dem Tisch, an dem Turid saß. Dort war kein Platz mehr frei, aber Turid stand auf, sodass ich mich auf ihren Stuhl setzen und sie auf den Schoß nehmen konnte. Sie und Vibeke waren gerade in ein Gespräch über warmes Schulessen vertieft. Ich achtete darauf, dass mein Gesicht schön hinter ihrer Schulter verborgen blieb. Ich wollte nicht in die Unterhaltung miteinbezogen werden, mir war einfach nicht danach, nicht jetzt. Ich muss ein bisschen verloren ausgesehen haben, denn nach einer Weile sprach mich die Frau links neben mir an. Ich hatte sie noch nie gesehen, wahrscheinlich war sie mit irgendwem aus Turids Familie verheiratet.

»Stimmt es, was Turid in ihrer Rede gesagt hat?«, fragte sie. »Dass du jeden Abend vor ihr ins Bett gehst … auf ihrer Seite … um das Bett für sie anzuwärmen?«

»Im Winter, ja«, antwortete ich.

Sie sagte nicht sofort etwas. Das war auch nicht nötig. Ihr Blick sprach Bände darüber, wie beeindruckt sie war, oder zumindest, wie beeindruckt sie erscheinen wollte. Sie nippte an ihrem Wein.

»Und deine Rede, die war auch wirklich schön«, sagte sie.

»Danke«, sagte ich.

»Hat mir echt gut gefallen. Vor allem, als du meintest, dass die Familie so eine Art Ökosystem ist. Das ist ja so wahr.«

»Danke, danke«, sagte ich.

»Ich weiß, wovon ich rede«, fuhr sie fort und trank erneut einen Schluck Wein.

O nein, dachte ich, jetzt bloß keine Bekenntnisse, das war jetzt wirklich zu viel.

»Ah ja«, sagte ich, lächelte sie nickend an und wandte den Blick umgehend von ihr ab. Dann wirke ich eben unhöflich, dachte ich, man wird sich ja wohl noch abgrenzen dürfen.

Wenig später wurde die Bar eröffnet, und kurz darauf kam die Band auf die Bühne. Sie hatten die Anweisung bekommen, »etwas für jeden Geschmack« zu spielen, und vermutlich dachten sie, dass sie das auch taten, als sie bei vier der ersten fünf Songs auf Creedence-Nummern setzten. Ihre Jeans und Flanellhemden, Dreitagebärte und breiten Posen sprachen jedenfalls dafür, dass sie zu der Sorte Musiker gehörten, die allen Ernstes meinten, dass Creedence doch jeder mögen müsse. Das einzig Positive ist die Lautstärke, da brauche ich mich zumindest nicht mehr zu unterhalten, dachte ich und musste lachen. Im nächsten Moment wurde mir allerdings klar, dass ich es ernst meinte, und das fand ich nur noch halb so witzig. Ich lächelte und versuchte so auszusehen, wie ein Bräutigam meiner Vorstellung nach auszusehen hatte, aber das war gar nicht so leicht. Und Mamas fortwährende Trinkerei machte die Sache nicht leichter. Sie hatte zwar nur eine Kaffeetasse vor sich, aber ich war überzeugt davon, dass Turids Onkel seine Drinks mit ihr teilte. Zumindest ging er auffallend oft zur Bar, um sich Nachschub zu holen. Ich sagte mir, dass ich mich entspannen musste, aber das funktionierte nicht, ich konnte mich auf nichts anderes konzentrieren als auf Mamas Verhalten. Das war anstrengend, deshalb beschloss ich, hinaus in den Hinterhof zu gehen. Ist mir egal, dass da Leute stehen, die Redebedarf haben, dachte ich und musste wieder grinsen. Wenigstens war ich der witzigste Typ, den ich kannte.

Als ich in den Flur kam und die Menschenmenge im Hinterhof sah, überlegte ich es mir doch noch mal anders und ging zur Toilette. Ich setzte mich auf den Klodeckel und schloss die Augen, die Ellbogen auf die Knie und das Kinn in die Hände gestützt saß ich da. Es tat gut, allein zu sein, aber als es an der Tür klopfte, erst einmal, dann noch einmal, blieb mir nichts anderes übrig, als zu spülen, mir die Hände zu waschen und wieder hinauszugehen.

Sobald ich vor der Toilette stand und der Typ, der angeklopft hatte, hineingegangen war, spürte ich, dass ich nun tatsächlich aufs Klo musste, das muss man erst mal bringen, dachte ich. Ich ging zur Küchentür hinaus und ein paar Meter in das kleine Wäldchen, wo ich mir die Anzughose aufknöpfte und ins Moos pinkelte. Plötzlich hatte ich das Gefühl, dass unmittelbar hinter mir jemand stand, und als ich mich umdrehte, um nachzusehen, wer es war, hätte ich mir beinahe die Finger nass gemacht. Aber da war niemand, also drehte ich mich wieder zurück. Hier draußen allein zu sein, war noch besser als auf der Toilette, und nachdem ich fertig war und mir die Hose zugeknöpft hatte, schlenderte ich noch ein Stück weiter in den Wald hinein, anstatt wieder zurückzugehen. Ich musste an Sonny Boy Williamson denken, der mit dem Geld für die Musiker von seiner eigenen Hochzeitsfeier abgehauen und einen Monat lang untergetaucht war. Den Mut habe ich nicht, dachte ich, aber ein paar Minuten kann ich mich ja mal abseilen.

Ich folgte dem Pfad hinunter zum Fluss und setzte mich auf einen Stein. Sofort war ich von einem Schwarm Mücken umgeben, und nach einer Minute des Fluchens und wilden Ummichschlagens hielt ich es nicht länger aus. Ich stand auf und machte mich auf den Rückweg, doch kurz darauf hörte ich unten am Fluss plötzlich Stimmen. Ich blieb stehen und horchte.

»Was machst du denn da?«, sagte ein Mann. Er klang beunruhigt, fast schon ängstlich. Ich hatte eigentlich keine Lust nachzusehen, was da los war, aber einfach ignorieren konnte ich es auch nicht, womöglich brauchte irgendwer Hilfe. Das war zum Glück nicht der Fall, es war nur Anita, die so tat, als wollte sie sich umbringen, sie war in den Fluss gewatet und stand bereits bis zu den Oberschenkeln im Wasser.

»Komm zurück!«, rief der Typ am Ufer. Es war einer von Turids schwulen Freunden, aber das konnte Anita nicht wissen. Er kam nicht besonders tuntig rüber, von daher konnte ich ihr Interesse verstehen.

»Bleib einfach, wo du bist«, sagte ich, als ich sah, wie er einen Fuß hob und sich den Schuh auszog. Abrupt wandte er sich zu mir um. Er hatte Ähnlichkeit mit einem Storch, wie er so auf einem Bein stand. »Wenn sie merkt, dass wir nicht hinter ihr herkommen, kehrt sie um«, fügte ich hinzu.

»Aber da ist Strömung«, sagte er. Er war immer noch sehr aufgebracht. »Ziemlich starke sogar, das siehst du doch. Sie könnte mitgerissen werden.«

»So weit geht sie nicht rein«, sagte ich.

»Aber …«, sagte er. Er sah zu Anita und wieder zu mir.

»Warte einfach ab«, sagte ich.

Und natürlich hatte ich recht. Wenig später blieb Anita stehen, sie traute sich nicht näher an die Strömung heran, wollte aber offensichtlich auch nicht das Gesicht verlieren, indem sie einfach umdrehte und zurück zum Ufer watete, also stand sie mit erhobenen Armen da und wusste nicht, was sie tun sollte. Das war mit Abstand der amüsanteste Selbstmordversuch, dem ich jemals beigewohnt hatte, und es war ganz und gar unmöglich, nicht darüber zu lachen. Für mich zumindest. Turid hatte schon oft von dem derben Humor ihrer schwulen Freunde erzählt, aber den teilte der Typ hier offenbar nicht, jedenfalls lachte er nicht, im Gegenteil, er wirkte ziemlich ernst.

»Lachst du sie etwa aus?«, fragte er.

»Muss ich darauf wirklich antworten?«, sagte ich.

»Sie schreit doch förmlich nach Hilfe«, sagte er.

»Wie man's nimmt«, sagte ich. »Sie schreit wohl vor allem danach, gevögelt zu werden.«

Diese Bemerkung war vermutlich etwas unsensibel, jedenfalls sah er aus, als würde er aus allen Wolken fallen, und dann wurde er sauer.

»Was zur Hölle ist eigentlich los mit dir?«, platzte er heraus. »Du redest hier von deiner Schwester.«

Ich wollte gerade »Ja, leider« sagen, aber er schien schon mehr abbekommen zu haben, als er verkraften konnte, also verkniff ich es mir.

»Dann noch einen schönen Abend«, sagte ich.

Ich drehte mich um und wollte zurück zum Gemeindehaus gehen, aber offensichtlich hatten noch mehr Gäste gesehen, wie Anita in den Fluss gewatet war, denn plötzlich kam eine ganze Schar durch den Wald heruntergelaufen, alle merklich schockiert von der vermeintlichen Situation. Vibeke bekniete Anita, wieder an Land zu kommen, Tonje hielt sich die Hände vor die Augen und konnte kaum hinsehen, und Turids Cousins und Cousinen überlegten, ob sie an der schmalsten Stelle des Flusses eine Barriere errichten sollten, sodass Anita nicht von der Strömung bis zum Wasserfall mitgerissen würde. Mir schien, dass die meisten Menschen hierzulande ein ziemlich behütetes und langweiliges Leben führten, dass es sie nach dramatischen, ernsten Ereignissen dürstete, stand jedenfalls außer Frage.

»Das geht doch nicht«, sagte Turids schwuler Freund. Eine ganze Weile hatte er mit dem einen Schuh in der Hand dagestanden, aber nun war es offenbar an der Zeit, auch den anderen auszuziehen, das tat er jetzt jedenfalls. Ich fand das Ganze lächerlich, er musste der lahmarschigste Superheld der Welt sein.

»Wie geht es ihr?«, fragte jemand hinter mir. Es war einer von Turids Cousins, der gerade aus dem Wald kam, unter dem Arm hatte er eine Wolldecke und ein Handtuch mit der Aufschrift Gran Canaria.

»So gut ging es ihr seit dem letzten Selbstmordversuch nicht mehr, würde ich sagen«, antwortete ich.

»Was?«, fragte er.

»Guck doch mal, wie viel Publikum sie hat«, sagte ich. Ich sah ihn an und lächelte, aber er lächelte nicht zurück.

»Also ehrlich«, sagte er. Er schien noch mehr sagen zu wollen, ließ es aber sein. Vielleicht wollte er den Bräutigam nicht auf dessen eigener Hochzeit anfahren, so wäre es mir jedenfalls gegangen. Ich sagte nichts, grinste nur unbeirrt weiter. Turids schwuler Freund führte Anita jetzt langsam zurück an Land, sie weinte und sah genauso fertig aus, wie ihre Rolle es verlangte. Kurz bevor sie das Ufer erreicht hatten, riss sie sich los und begann, erneut in den Fluss zu waten.

»Zugabe«, sagte ich und ließ es wie eine erfreuliche Überraschung klingen.

Alle drehten sich zu mir um, so fühlte es sich zumindest an, ich spürte die wütenden Blicke auf mir ruhen, Turids Freund bekam Anita sofort wieder zu fassen, was natürlich kein Kunststück war, immerhin hatte sie nicht ernsthaft vorgehabt, ihm zu entwischen. Er brachte sie an Land, und Turids Cousin war sogleich mit Decke und Handtuch zur Stelle.

»Warum hast du mich zurückgeholt?«, jammerte Anita. »Du hättest mich einfach gehen lassen sollen.«

»Genau«, sagte ich.

Das kam laut und deutlich, und die Reaktionen ließen nicht lange auf sich warten. Anita nutzte die Gelegenheit, gleich loszuheulen, Tonjes Freund war so originell, mich als herzlos zu bezeichnen, und Turids schwuler Kumpel wurde fuchsteufelswild und musste von den anderen zurückgehalten werden, um nicht auf mich loszugehen, vielleicht hatte er das Gefühl, dass es seine Rettungsaktion schmälerte, wenn ich mich über Anitas Selbstmordversuch lustig machte.

»Was hast du eigentlich gegen mich?«, schrie Anita plötzlich. »Was habe ich dir getan?«

Ich wollte gerade antworten, dass sie mir unter anderem die Hochzeit versaut hatte, aber dazu kam ich nicht.

»Kapierst du nicht, dass du eigentlich auf dich selbst wütend bist?«, rief sie. »Wir sind genau gleich, du und ich und Mama, wir drücken uns nur anders aus, ist dir das nicht klar?«, rief sie. »Du hasst nicht mich, sondern dich selbst, du siehst dich selbst in mir!«

Ich hätte ihr gern irgendeinen Schaden zugefügt, am liebsten im Gesicht, aber das tat ich nicht. Ich blieb seelenruhig stehen und brachte sogar ein Grinsen zustande.

»Ich will nichts mehr mit dir zu tun haben«, sagte ich, und damit drehte ich mich um und ging zurück zum Gemeindehaus. Ich fand Turid fast auf Anhieb, sie stand im Flur und sprach mit ihrer alten Tante.

»Vielleicht sollten wir uns langsam mal zurückziehen?«, schlug ich vor.

Sie sah, was los war, und stimmte sofort zu.

»Ach, so spät ist es schon«, sagte sie, um zu betonen, dass es tatsächlich höchste Zeit für unseren Aufbruch war. Ich liebe sie, dachte ich, ich liebe sie mehr, als sie ahnt. Sie fragte, ob ich noch kurz mit auf die Bühne kommen würde, um Danke für die Feier zu sagen, und ich antwortete: »Natürlich.« Ich darf ihr nicht zeigen, wie schlimm es ist, dachte ich, sonst wird sie sich nie einreden können, dass das ein fantastischer Abend war. Als wir fertig waren, wurden wir durch den Saal nach draußen gelotst, wo uns die jubelnde Menge zuwinkte und mit Reis bewarf, während ein glänzender schwarzer Oldtimer langsam an der Treppe vorfuhr. Hand in Hand eilten wir die Stufen hinunter, leicht vorgebeugt und die freie Hand als Schutz vor dem Reis über dem Kopf, genau wie im Film, dachte ich, als ich die Hintertür öffnete.

»Warte«, rief Turid und ließ meine Hand los. »Ich habe den Schleier verloren.«

Auch wie im Film, dachte ich. Ob sie das mit Absicht machte, damit unsere Hochzeit möglichst viel Ähnlichkeit mit einer dieser Traumhochzeiten hat, wie wir sie in romantischen Komödien serviert bekommen? Ich wollte gerade ins Auto steigen, tat es aber zum Glück nicht. Wenn es einen Tag im Leben gab, an dem ich Gentleman sein und ihr die Tür aufhalten musste, dann heute. Sobald wir auf der Rückbank saßen, rollte der Wagen los, Turid winkte den Gästen zu, erst durchs Seitenfenster, dann durchs Rückfenster. Ich auch. Die ganze Zeit über lächelte ich, aber erst als wir um die Kurve gebogen waren und ich die Blicke der anderen los war, fühlte sich mein Lächeln echt an. Alles Negative war auf einmal wie weggeblasen, und es war nicht gelogen, ja, nicht einmal übertrieben, als ich den Mund dicht an ihr Ohr führte und ihr zuflüsterte, wie sehr ich sie liebte, dass sie und Marit alles für mich waren, und dass sie mir jeden Tag aufs Neue das Leben retteten.

Neun Tage vorher

Turid hatte unten am Strand ein paar schöne Steine gefunden, mit denen sie den Hochzeitstisch schmücken wollte, und ich war gerade auf dem Weg, um sie zu holen, als mein Blick auf einen Bläuling fiel, der auf einer Rotkleeblüte saß. Ich war mir nicht ganz sicher, was für ein Bläuling es war, wahrscheinlich ein Hauhechelbläuling.

Ich war bei Weitem kein Schmetterlingsexperte, aber ein bisschen kannte ich mich aus. Ich wusste zum Beispiel, dass sich Schmetterlinge mithilfe eines Geschmacksorgans an den Beinen erst einmal die richtige Blume zum Eierlegen suchten, damit die Larven nach dem Schlüpfen auch ausreichend Nahrung vorfanden. Viele Schmetterlinge, unter anderem Bläulinge, legten ihre Eier außerdem in der Nähe von Ameisenhaufen. Sie lebten nämlich in Symbiose mit den Ameisen, und circa zwei, drei Wochen, nachdem die Larven geschlüpft waren und durch den Blütennektar eine gewisse Größe entwickelt hatten, ließen sie sich von der Blume zu Boden fallen und von den Ameisen, die durch den ausgeschiedenen Honigtau der Larven angezogen wurden, in den Ameisenbau tragen.

Und dort lebten die Schmetterlingslarven dann den ganzen Herbst, Winter und Frühling über in Saus und Braus. Sie hatten es viel besser als die Ameisen selbst. Die Larven konnten nämlich die Laute der Ameisenkönigin imitieren, die sich von denen der Arbeiterameisen unterscheiden, und auf diese

Weise verschafften sie sich Ansehen. Sie fraßen sich an Ameisenlarven und anderer Nahrung satt, die die Arbeiterameisen ihnen brachten, und sie wurden beschützt und umhegt, ja, die Arbeiterameisen machten sogar ihren Dreck weg.

Während mir all das durch den Kopf ging, stand ich einfach nur da und rührte mich nicht.

Erst als der Schmetterling von der Rotkleeblüte abhob und ich mit dem Blick seinem ruckartigen Zickzackflug Richtung Wald zu folgen versuchte, spürte ich, dass mir Tränen in den Augen standen. Wir Menschen sollten das Gebot der Nächstenliebe erweitern, dachte ich, wir sollten so leben, dass die anderen Arten uns vermissen, wenn einmal der Tag kommt, an dem unsere Art von der Erde verschwunden sein wird.

Vierzehn Jahre vorher

Wir saßen in der Einzimmerwohnung, die Camilla und ich uns teilten. Morten und ich. Wir tranken Bier und hörten eine der CDs, die er mitgebracht hatte. Schwere, zähe Musik, Musik, die in Wellen auf uns zukam. Wie eine Dünung. Ich schob mir die Haare hinter das Ohr, griff nach der Bierflasche und trank einen Schluck. Betrachtete Morten, seinen großen vorstehenden Adamsapfel, der beim Schlucken auf und ab hüpfte, es sah aus, als hätte er ein kleines Tier im Hals. Er streckte die Hand nach dem Lautstärkeregler aus und drehte die Musik noch lauter. Ich sah ihn mit leicht zusammengekniffenen Augen an und schüttelte den Kopf.

»Dann wird der Vermieter sauer«, sagte ich.

»Macht das was?«, fragte er grinsend.

»Das nicht. Aber ich will nicht, dass er uns rausschmeißt.«

Er drehte sich um, stellte den Ton wieder leiser.

»Wir können uns nicht mehr viel erlauben, um es mal so auszudrücken«, sagte ich. »Camilla hat es fertiggebracht, letztes Wochenende, als sie von einer Party heimkam, bei dem Typen über uns im Zimmer zu landen, dort zu duschen und so weiter.«

»Hab ich gehört«, sagte Morten und lachte, er wollte sich gerade wieder zu mir umdrehen, nahm stattdessen aber ein Buch in die Hand, das neben der Stereoanlage auf dem Regal lag, eins meiner Philosophiebücher, ich hatte vergessen, es wegzuräumen. Verfluchter Mist, dachte ich. Es war zwar kein Weltuntergang, aber ich hatte trotzdem keine Lust, jemandem davon zu erzählen, auch Morten nicht, solange ich nicht sicher war, dass ich die Vorprüfung schaffte.

»Die Geschichte des Denkens?«, sagte er. »Scheiße, wem willst du denn damit imponieren?«

Ich grinste.

»Gehört Camilla«, sagte ich.

Er zog die Augenbrauen hoch.

»Camilla? Interessiert sich Camilla für ... Philosophie oder was immer das sein soll?«

Ich grinste wieder.

»Nicht wirklich«, sagte ich. »Aber sie spielt mit dem Gedanken, die Vorprüfung zu machen.«

»Was will sie denn damit?«

»Das musst du sie selber fragen«, sagte ich.

»Die armen Dozenten«, sagte er.

Ich lachte.

»Sie will nur die Prüfung machen, als Externe.«

Er blätterte darin herum, las etwas, blätterte weiter.

»Søren Kierkegaard, der existentielle Sprung«, las er, schüttelte den Kopf, blätterte weiter. »Thomas von Aquin, der Unterschied zwischen Glauben und Wissen. Scheiße, ich schlaf jetzt schon ein.«

Ich grinste. Trank einen Schluck Bier, die Wellen, die aus den Lautsprechern kamen, schwere Wogen, und obendrauf die verzweifelte Stimme, eine Stimme, die versuchte, das Unerreichbare zu erreichen. Ich drehte mich um, langsam wurde die Luft hier drinnen stickig, ich klappte den Griff herunter und schob das Fenster hoch, ein leiser Schmatzer, als es sich von der Gummileiste löste. Es roch nach nassem Birkenwald, ich merkte, wie ich die Berge vermisste.

»Sobald ich die Dampfwäscherei hinter mir habe, müssen wir mal wieder in den Børgefjell«, sagte ich.

»Unbedingt«, sagte Morten.

»Vielleicht sollten wir diesmal vierzehn Tage bleiben«, sagte ich.

»Je länger, desto besser«, sagte er. Er trank einen Schluck, sein Adamsapfel ging hoch und runter, das Tier im Hals. »Wie läuft's denn in der Wäscherei?«, fragte er.

»Gut«, sagte ich. »Ist aber anstrengend, die volle Stelle und abends noch die gemeinnützige Arbeit. Das ist echt viel.«

»Verstehe«, sagte er.

Ich trank einen Schluck Bier.

»Gestern haben wir übrigens einen Mutterkuchen gefunden«, sagte ich. »Eingewickelt in ein Krankenhauslaken.«

»Erzähl keine Scheiße«, sagte er.

»Das ist wahr«, sagte ich. »Ich hab nicht sofort kapiert, was es ist, es sah aus wie ein Stück Fleisch, das man auf den Grill oder in den Backofen schmeißen könnte, ein Stück Braten mit einem bläulich weißen Häutchen drumherum, aber einer von den anderen wusste, dass es ein Mutterkuchen war.«

»Igitt, scheiße«, sagte Morten und verzog das Gesicht zu einer Grimasse.

Ich grinste.

Dann stand plötzlich Anita mit ihrem neuen Typen im Zimmer, ohne vorher anzuklopfen, die beiden kamen einfach so rein. Ich sah sie an, sie hatte sich die Haare schneiden und färben lassen, sie sah total irre aus. An den Seiten weiß und in der Mitte schwarz. Wie ein Dachs sah sie aus, um ein Haar hätte ich es laut gesagt, konnte mich aber gerade noch zusammenreißen. Ich studierte ihren neuen Typen, Tord oder wie er hieß, sein hageres gelbes Gesicht, ein Rauchergesicht, faltig. War zehn, vielleicht auch fünfzehn Jahre älter als Anita und sah aus, als könnte er ihr Vater sein.

»Hallo«, sagte Anita.

Ich trank einen Schluck Bier, gab keine Antwort, war genervt, dass sie hier hereinspazierten, ohne anzuklopfen, einfach so. Ich saß da und starrte sie an. Auch Morten gab keine Antwort, hatte die Beine auf dem Tisch und die Hände hinter dem Kopf verschränkt, folgte ihnen mit Blicken. Anita sah mich an, dann Morten, dann wieder mich, sie zog die Augenbrauen hoch.

»Hm«, sagte sie. »Na dann!«

Sie ging zum Sofa, schob den Angelkoffer und die neue Spinnrolle dichter an die Armlehne und setzte sich. Tord setzte sich neben sie.

Keiner sagte was.

Tord grinste, seine verfärbten Zähne gelbbraun, er sah zuerst mich an, dann Morten, wartete darauf, dass wir anfingen zu lachen, das sah ich ihm an, er kapierte nicht, was mich ärgerte, dachte, wir wollten sie verarschen, hielt es anscheinend für völlig vertretbar, bei anderen Leuten einfach so reinzuplatzen. Ich trank noch einen Schluck Bier, sah sie an und lächelte. Drohend, gefährlich.

»Hab ich gesagt ›Bitte setzt euch‹?«, fragte ich.

Anita sah mich an, versuchte herauszufinden, wie ernst ich es meinte, das sah ich ihr an. Aber Tord sah aus, als wollte er gleich loslachen, er sah überhaupt keinen Grund, warum ich sauer sein sollte, er war davon überzeugt, es sei alles nur Show. Er sah zuerst mich an, dann Morten, dann wieder mich, sah fast so aus, als würde er sich auf die Fortsetzung freuen.

»Na?«, sagte ich, hielt Anitas Blick fest, drehte mich dann zu Tord. Meine Augen, Augen, die nicht blinzelten, und das bedrohliche Lächeln. Er wartete kurz, sah Anita an, dann wieder mich. Plötzlich wurde er unsicher, ich sah, wie das Grinsen aus seinem hageren Gesicht verschwand.

»Dürfen wir uns setzen?«, fragte Anita.

Ich gab keine Antwort, starrte sie an, und sie sah mich an. Ich wartete kurz, dann lachte ich los, tat so, als wäre alle, nur Spaß. Anita hielt meinen Blick noch kurze Zeit fest, dann schüttelte sie den Kopf.

»Blödmann«, sagte sie, erdreistete sich, mich Blödmann zu nennen, jetzt, wo sie das Ganze für einen Witz hielt.

»Wollte mich grad schon fragen, was dir fehlt«, sagte Tord, sah mich an und lachte.

»Das frage ich mich schon seit fast zwanzig Jahren«, sagte Anita.

Sie lachten wieder. Ich griff erneut nach dem Bier. Sah, dass Morten ebenfalls trank, er trank gierig, legte den Kopf in den Nacken und kippte das Bier in sich hinein, der Adamsapfel, das eingesperrte Tier.

»So was darfst du mir auch gern spendieren«, sagte Tord und nickte zu der leeren Bierflasche, war jetzt leicht großmäulig im Ton, fühlte sich plötzlich wieder sicher.

Ich starrte ihn an. Es war eine Sache, dass meine Schwester sich bediente, wenn sie hier war, aber er sollte sich hier noch nicht so schnell zu Hause fühlen, ich hatte ihn erst ein einziges Mal gesehen, und so oft, wie Anita ihre Männer wechselte, würde ich ihn bestimmt auch nicht besonders häufig wiedersehen. Ich sagte nichts, schob mir die Haare hinter das Ohr und stand auf, ging in die Küche und machte den Kühlschrank auf, nahm drei Flaschen heraus, eine für mich, eine für Morten und eine für Anita.

»Wie lange wollen die den armen Kerl noch foltern?«, hörte ich Tord sagen, er lachte.

»Hä?«, fragte Anita.

Ich drehte mich um. Sah Tord, der zur Stereoanlage nickte. Er meinte die Musik, den Sänger, nehme ich an, die verzweifelte Stimme, die das Unerreichbare anstrebte. Tord sah Anita an und lachte, und Anita lachte zurück. Er drehte sich zu Morten, aber Morten lachte nicht, für ihn war Tord ein Idiot, das sah man ihm an. Mit der Hacke schob ich die Kühlschranktür zu, die Bierflaschen und Marmeladengläser klirrten.

»Habt ihr nichts … Normaleres da?«, fragte Tord, sah mich an. Verdammt dreist, der Typ, zuerst verlangt er Bier, dann kritisiert er unsere Musik, für wen hält er sich eigentlich? Ich starrte ihn an, als ich durchs Zimmer ging, sagte nichts, versuchte, wortlos zum Ausdruck zu bringen, was ich dachte, aber er kapierte es nicht, er war nicht gerade der feinfühlige Typ, eher blind und großkotzig.

»Springsteen oder so was?«, sagte er.

»Nein«, sagte ich, gab Morten eine der Flaschen.

»Ich hab ein paar Platten im Auto, die kann ich holen«, sagte er. »Zwar nicht Springsteen. Aber andere gute Sachen. Dire Straits zum Beispiel.«

»Wir haben Valium da«, sagte Morten.

Tord sah ihn an, kapierte den Witz nicht, aber Morten hatte keine Lust, ihn zu erklären, er sah mich an und grinste, als er die Kautabakdose in die Hand nahm und die Flasche aufhebelte. Ich grinste zurück, nahm Morten die Tabakdose aus der Hand, machte die eine Flasche auf und gab sie Anita, die letzte nahm ich mir selbst. Hebelte sie auf und setzte mich in den Sessel. Blickte Tord an. Er schien verwirrt, kapierte nicht, warum er der Einzige war, der kein Bier bekam, wo er doch sogar nach Bier gefragt hatte. Morten sah ihn an und grinste, als er die Flasche an den Mund setzte, und Anita drehte sich zu mir um, legte den Kopf schief und bedachte mich mit einem Blick, der besagte: »Mensch, Terje.« Ich lehnte mich zurück, legte die Beine auf den Tisch und trank einen Schluck, sah Anita an und lächelte. Sie hielt meinem Blick noch etwas stand, dann schüttelte sie den Kopf, trank und gab Tord ihre

Flasche. Er nahm sie zögernd entgegen, trank aber nicht, sah mich an, sah aus, als wäre er sich nicht sicher, ob er trinken dürfe oder nicht, war plötzlich gar nicht mehr großmäulig. Ich amüsierte mich, zeigte es aber nicht. Starrte ihn an. Und auch Morten starrte ihn an und grinste.

»Darf ich?«, fragte Tord, lachte kurz, sah mich an und hob die Bierflasche hoch, versuchte, so zu klingen, als wäre es ein Scherz, aber das war es nicht, das hörte ich seinem Lachen an, es war unsicher. Ich gab keine Antwort, lachte auch nicht, saß nur da und lächelte und starrte ihn an.

»Hör auf, Terje«, sagte Anita. »Das ist nicht mehr witzig.«

Ich ließ Tord nicht aus den Augen, er wirkte zunehmend verunsichert, versuchte weiterhin zu lächeln, schaffte es aber nicht.

»Verdammt, Terje«, sagte Anita.

Ich wartete noch einen Moment, dann fing ich an zu lachen, lachte dasselbe Lachen wie vorhin, lachte, als wäre alles nur ein Scherz.

»Nur zu«, sagte ich.

Tord schloss die Augen und schüttelte den Kopf, lachte, als wäre er erleichtert.

»Prost«, sagte ich.

»Prost«, sagten Morten und Tord. Ich schaute Anita an, während ich trank, sie war die Einzige, die nichts zum Anstoßen hatte, sie sah mich an, zog die Augenbrauen hoch.

»Prost, ja«, sagte sie.

Ich grinste.

»Jetzt hol dir schon ein Bier«, sagte ich.

Sie stand auf, ich beobachtete sie, wie sie durch das Zimmer ging. Ich muss gleich noch ihre Frisur kommentieren, dachte ich, es wirkt komisch, wenn ich es nicht tue, wo sie doch so verändert aussieht. Ich trank noch einen Schluck, folgte ihr mit Blicken, als sie mit einer Flasche in der Hand aus der Küche zurückkam, hätte um ein Haar gesagt, dass ihre Frisur klasse aussieht, tat es aber nicht, es ging nicht, es würde nicht glaubwürdig rüberkommen, würde sich nur ironisch anhören.

»Das ist das Lied, das ich gemeint habe«, sagte Morten.

Ich drehte mich um. Plötzlich ein Hundekampf in den Lautsprechern. Schnappende Kampfhunde. Knurrende. Ich hörte zu, nickte.

»Verdammt gut«, sagte ich.

»Wusste, dass es dir gefällt«, sagte Morten.

Ich hörte noch länger zu.

»Klingt gut«, sagte Tord plötzlich. Wollte jetzt wohl einer von uns sein, darum sagte er das, wollte sich einschmeicheln, das war klar, konnte mir nicht vorstellen, dass ihm die Musik wirklich gefiel, nicht, nachdem er das, was wir vorhin gehört hatten, zu extrem fand. Ich sah ihn an, er schaute zur Stereoanlage, mit ernstem Gesicht, tat so, als hörte er konzentriert zu, total lächerlich, der ganze Typ, verdammter Idiot.

»Mist«, sagte Anita. »Ich habe vergessen, Zigaretten zu kaufen.«

»Ich hab welche«, sagte Tord.

»Ja, aber ich kann ja nicht den ganzen Abend bei dir schnorren«, sagte Anita.

»Nee, das kannst du dir abschminken«, sagte Tord, und dann lachte er sein heiseres, großmäuliges Raucherlachen, sein selbstgefälliges Lachen, ein kehliges Lachen.

»Blödmann«, sagte Anita, sie lachte auch, stand auf. »Ich geh kurz zur Tankstelle, bin in zehn Minuten zurück«, sagte sie und ging.

Die Hunde in den Lautsprechern, knurrende Kampfhunde. Wütendes Schnappen.

Ich drehte mich zu Tord, lächelte.

»Hast du eigentlich Anita die Haare geschnitten?«, fragte ich.

Er lachte.

»Nein«, sagte er.

Ich schüttelte den Kopf, lächelte vor mich hin.

»Sieht ja grässlich aus, hätte eigentlich vorab eine Vorwarnung verschicken müssen«, sagte ich.

Er lachte wieder, nicht aus Angst oder weil er sich genötigt fühlte, sondern weil er meine Bemerkung witzig fand, das sah ich ihm an, er hatte überhaupt keinen Respekt vor ihr, lachte über sie, kaum dass sie aus der Tür war, verdammter Idiot.

»Bei Licht kriegst du ihn jedenfalls nicht mehr hoch«, sagte ich. »Das kann ich mir beim besten Willen nicht vorstellen.«

Und wieder lachte er, seine braunen Zähne, grässlich verfärbt. Ich warf Morten einen Blick zu, und Morten verstand, was ich vorhatte, er starrte Tord an und grinste. Ein wütendes Grinsen, aber Tord merkte es nicht, dachte wohl, Morten würde grinsen, weil er mich witzig fand.

»Dann muss sie vorher aber noch ordentlich was trinken, damit sie hübscher wird«, fuhr ich fort, lächelte weiter.

»Ob das geht?«, sagte Tord, er lachte sein Raucherlachen, hatte genauso wenig Respekt vor Anita wie all die anderen Kerle, die sie sich gesucht hatte, verachtete sie, sah in ihr jemanden, mit dem er seinen Spaß haben konnte, wenn er nichts anderes zu tun hatte.

Ich wandte mich an Morten.

»Die Frisur ist vielleicht grenzwertig«, sagte ich. »Aber in Sachen Frisuren und Mode hat sie zumindest einen besseren Geschmack als bei Männern.«

Morten nickte, trank einen Schluck aus der Flasche.

»Verdammt, was soll ich bloß machen, Morten?«, fragte ich,

versuchte verzweifelt zu klingen. »Was würdest du tun, wenn sich jemand deiner Schwester gegenüber so benimmt?«

Morten zuckte mit den Schultern.

»Ich würde zumindest dafür sorgen, dass sich der Betreffende nie wieder so benimmt«, sagte er.

Ich blieb sitzen und sah ihn an, nickte vor mich hin, tat so, als würde ich nachdenken, dann drehte ich mich wieder zu Tord, langsam, starrte ihn an, ohne zu blinzeln. Lächelte nicht mehr, war jetzt ganz ernst, sah, wie unwohl er sich plötzlich fühlte, er machte den Mund auf und legte den Kopf schief, sagte kein Wort, aber sein Gesicht sagte: »Ganz ruhig, Jungs.«

»Was bist du eigentlich für ein Mann?«, fragte ich, starrte ihn an, machte eine kurze Pause, bevor ich weitersprach. »Der für seine Lady nicht einsteht, wenn jemand so über sie spricht? Sitzt da und grinst und nimmt es hin, dass sich jemand über sie lustig macht. Verdammt, was bist du eigentlich für ein Mann?«

Ich drehte mich zu Morten.

»Kann man da überhaupt von einem Mann sprechen?«, fragte ich.

»Ich denke nicht«, sagte Morten, sagte es, ohne Tord aus den Augen zu lassen.

Ich drehte mich langsam wieder Tord zu, sah seine Angst, die großen Augen.

»Du lässt in Zukunft die Finger von meiner Schwester«, sagte ich.

»Aber – äh«, stammelte er, rang sich ein unsicheres Lächeln ab. »Eigentlich ist es doch ihre Sache, mit wem sie zusammen sein will.«

Ich sagte nicht sofort etwas, sah ihm direkt in die Augen. Das alte Schwein, er hatte Anita garantiert das Blaue vom Himmel versprochen, wenn er nur mit ihr schlafen durfte, er war genau wie all die anderen, die sie angeschleppt hatte, die behaupteten, sie würden sie lieben, Kinder mit ihr haben wollen, die ihr große Versprechungen machten, aber sobald sie die Nase voll hatten oder eine andere fanden, waren sie weg.

»Nein«, sagte ich. »Das ist nicht nur ihre Sache. Anita weiß nämlich nicht immer, was gut für sie ist.«

»Aber du?«, sagte er, bekam Schiss, sobald er es gesagt hatte, war wohl etwas aggressiver rübergekommen als geplant, versuchte weiterhin zu lächeln, schaffte es aber nicht.

Ich stellte die Flasche auf den Tisch und stand auf, ganz ruhig.

»Dreh die Musik auf, Morten«, sagte ich.

Und Morten drehte die Musik auf. Der Hundekampf in den Lautsprechern, schnappende Kampfhunde. »Lauter«, sagte ich. »Damit die Nachbarn nicht hören, was hier passiert.«

Tords Gesicht, als ihm aufging, was ich meinte, die Angst in seinen Augen. Morten drehte die Musik noch etwas lauter. Knurren. Schnappen.

»Ganz ruhig«, sagte Tord, ich las es ihm von den Lippen ab, hörte nichts mehr, er lehnte sich auf dem Sofa zurück und hob die Hände, zeigte mir seine Handflächen, tabakbraune Fingerspitzen, geflochtenen Goldring an einem der Finger. »Ganz ruhig. Ich tu ja, was du sagst.«

Ich stellte mich direkt vor ihn, starrte ihn an. Wartete kurz, dann drehte ich mich wieder zu Morten um, gab ihm ein Zeichen, dass er die Musik leiser stellen sollte, drehte mich wieder zu Tord.

»Dann ist es also nicht die große Liebe?«, sagte ich.

»Hä?«, sagte er.

»Wenn du sie aufgibst, nur weil ihr Bruder dich dazu auffordert, kann sie dir ja nicht viel wert sein.«

Er sah mich an, war verzweifelt, machte den Mund auf und zu, schüttelte leise den Kopf.

»Verpiss dich«, sagte ich.

Er sah mich an, zögerte kurz.

»Jetzt beweg deinen Arsch!«, brüllte ich, ging mit meinem Gesicht ganz dicht an seins ran und brüllte so laut ich konnte. Und er wich zurück, tauchte mit dem Oberkörper seitlich ab, blieb so sitzen und sah mich an, seine großen Augen und der offene Mund, die Angst in seinem Gesicht. »Bevor ich dich aus dem Fenster werfe«, brüllte ich.

Langsam fing er sich wieder, nahm die Zigarettenschachtel, stand auf und ging, ging schnell, und ich folgte ihm in die Küche und in den Gang, blieb stehen und sah zu, wie er die Schuhe anzog, wuchtige Joggingschuhe mit roter Sohle, an den Fersen abgelaufen.

»Du setzt dich ins Auto und fährst sofort los«, sagte ich. »Bevor sie zurückkommt. Ist das klar?«

Er sah mich an, sagte nichts, nahm nur die Jacke vom Haken.

»Ich hab dich was gefragt«, brüllte ich.

Er fuhr zusammen, machte einen Schritt zurück und hob wieder die Hände.

»Ja, ja, ja«, sagte er, wartete kurz, dann ging er. Rasche Schritte auf der Treppe, kurz darauf fiel die Tür ins Schloss, ich ging ins Treppenhaus zu dem offenen Fenster, wo der Schlafsack zum Trocknen hing, stützte mich mit den Händen auf das Fensterbrett und schaute hinaus. Er gehorchte sogar, ging direkt zu seinem kleinen Auto, einem grünen Fiat, der in der größten Dreckpfütze auf dem ganzen Parkplatz stand, stieg ein, ließ den Motor an und fuhr los.

Ich ging wieder hinein.

»Kann solche Typen nicht ausstehen«, sagte ich, schloss das Fenster und setzte mich.

»Was du nicht sagst«, sagte Morten.

Wir sahen uns an und grinsten.

»Eigentlich sollten wir die Bullen informieren«, sagte ich.

»Die Bullen?«, fragte er.

»Der Typ hat doch getrunken«, sagte ich. »Wir sollten ihn wegen Trunkenheit am Steuer anzeigen.«

Er lachte laut.

»Scheiße«, sagte er. »So fies kannst du gar nicht sein.«

»Wollen wir wetten?«, fragte ich.

Er lachte wieder.

»Nein«, sagte er. »Ich kenne dich, lieber nicht. Aber es lohnt sich nicht, die Bullen zu rufen, er hat ja kaum einen Schluck getrunken, bevor du ihn rausgeschmissen hast. Das Gerät wird nichts anzeigen.«

»Stimmt«, sagte ich. »Scheiße, Mann.«

Ich grinste, griff nach der Bierflasche und trank.

Kurze Zeit später kam Anita zurück, sie hatte gar nicht gemerkt, dass Tords Auto weg war, das sah ich ihr an, sie lächelte.

»Hallo«, sagte sie, setzte sich aufs Sofa, legte die Zigarettenschachtel auf den Tisch und griff nach der Bierflasche. »Wo ist Tord?« Sie sah mich an, rechnete damit, dass ich sagte, er sei auf dem Klo oder so, sie saß da und lächelte und glaubte, alles wäre in bester Ordnung. Ich nahm die Hand vor den Mund und hustete kurz, schaute hinüber zu Morten, und Morten sah mich an, grinste, und ich grinste zurück, versuchte, es zu verbergen, was ich nicht hinbekam. Und jetzt kapierte Anita, dass nicht alles so war, wie es sein sollte, ich sah, wie ihr die Gesichtszüge entglitten.

»Terje«, sagte sie. »Wo ist Tord?«

Mein schiefes Lächeln.

Sie saß da und starrte mich einen Moment lang an.

»Warum machst du das immer wieder?«, sagte sie.

»Was denn?«, fragte ich.

»Hör auf«, sagte sie.

Sie sah zu Boden, schaute wieder hoch, schüttelte den Kopf.

»Es sieht so aus, als könntest du es nicht ertragen, dass ich mir einen Kerl suche«, sagte sie.

Ich zog beide Augenbrauen hoch.

»Äh«, sagte ich, grinste und schüttelte fassungslos den Kopf. »Was willst du damit sagen?«

»Ich will gar nichts sagen.«

Ich sah sie mit offenem Mund an. Hielt sie mich etwa für eifersüchtig, glaubte sie, das wäre der Grund, warum ich all die Schweinebrüder, mit denen sie ankam, nicht mit offenen Armen empfing, tickte ihr Gehirn tatsächlich so verquer?

»Das hoffe ich«, sagte ich, grinste. »Sonst wärst du noch eingebildeter, als ich es für möglich gehalten hätte.«

Sie sah auf den Boden.

»Glaubst du wirklich, du bedeutest mir so viel?«. Ich bereute meine Worte sofort, kaum dass ich sie gesagt hatte, sah, wie sie sie verletzten, sah es in ihrem Gesicht, leichte Zuckungen um den Mund.

»Nein, nein«, sagte sie.

Ich sah sie an, räusperte mich.

»Ich will dir doch nur helfen, verdammt«, sagte ich. »Ich sitze doch nicht tatenlos rum, wenn ich sehe, dass du benutzt wirst.«

»Ja, denn genau das muss ja der Fall sein«, sagte sie. »Es ist ja undenkbar, dass sich jemand in mich verliebt, darum kann ich nur benutzt werden.«

»Ach komm, Scheiße!«, sagte ich. »Nicht das schon wieder, die selbstmitleidige Tour!«

Sie sah noch immer auf den Boden, schaute auf, war kurz vorm Losheulen.

»Ich kann es ja selbst kaum glauben, dass sich jemand in

mich verliebt, Terje«, sagte sie. »Und es wird nicht besser, wenn du es mir immer wieder unter die Nase reibst.«

Ich sah sie an, irgendetwas in mir würde ihr gern entgegenkommen, sie trösten. Aber es ging nicht, ich brachte es nicht über mich. Ich nahm die Bierflasche, kippte den Rest in mich hinein und stellte sie geräuschvoll wieder auf den Tisch.

»Ja, verdammt, ich weiß ja auch nicht«, sagte ich, dann stand ich auf, ging in die Küche und machte den Kühlschrank auf. »Will noch jemand Bier?«

»Ja, ich«, sagte Morten.

»Und du?«, fragte ich, wandte mich an Anita, sie sah mich nicht an, antwortete auch nicht, stand einfach auf, ging an mir vorbei in Richtung Eingang. »Dann halt nicht«, sagte ich, versuchte, gleichgültig zu klingen. Ich ging ins Wohnzimmer und setzte mich, hörte, wie die Haustür zugeschlagen wurde, hatte sogar den Eindruck, den Luftdruck zu spüren.

»Dann Prost«, sagte ich.

»Prost«, sagte Morten.

Ich legte die Beine auf den Tisch und rutschte ein wenig tiefer in den Sessel. Einen Moment lang war es still. Ich versuchte, entspannt auszusehen, aber ich war nicht entspannt, ich war plötzlich unruhig, spürte ein Prickeln am ganzen Körper, ein Kribbeln. So kann ich meine Schwester nicht behandeln, dachte ich, und dann die Sache mit Tord, um ein Haar wäre es schiefgegangen, ein falsches Wort von ihm, und ich hätte ihn krankenhausreif geschlagen, und dann wäre ich wieder verurteilt worden und hätte die Reststrafe im Gefängnis absitzen müssen. Ich trank einen Schluck Bier, sah auf den Teppich, schaute wieder auf, so geht es nicht weiter, dachte ich, ich muss es in den Griff kriegen, bevor es zu spät ist. Ich betrachtete Morten, er erzählte vom Fliegenbinden, von einem Bindestock, den er sich ausgesucht hatte, beschrieb, wie gut der war, aber ich bekam nicht alles mit, fing hier ein Wort auf, dort einen Satz, aber das meiste ging an mir vorbei. Ich muss weg aus Namsos, ich muss nach Trondheim ziehen und ein neues Leben beginnen, dachte ich, und dieses Mal darf es nicht nur Gerede sein, keine leeren Worte, ich muss auch Taten folgen lassen. Ich trank noch einen Schluck Bier, und Morten redete nach wie vor vom Fliegenbinden, von Klingen und Sätteln, von Federn, Tuben und Nymphen.

Acht Monate vorher

Wir saßen im Wohngebiet Prærien, in Anitas Garten. Ich, Camilla, Anita und zwei Bekannte von Anita, ein fetter Glatzkopf mit verschwitztem hellrotem Gesicht und ein kleiner Angeber, der zwei Hemden übereinander trug, obwohl es mindestens fünfundzwanzig Grad waren, Geir und Dag Olav oder so ähnlich. Ich umschloss das geriffelte Wasserglas mit der Hand und kippte den restlichen Gin in mich hinein. Ich kann nicht mit Gin weitermachen, dachte ich, ich muss zu Bier übergehen, sonst bin ich bald stockbesoffen. Als ich das Glas auf den Campingtisch stellte, sah ich die beiden anderen an, sie waren auch schon ziemlich angeheitert, Camilla war auf ihre abwesende, gleichgültige Art gut drauf, und Anita hatte sich auf Geirs Schoß gesetzt, flüsterte ihm etwas ins Ohr, etwas Obszönes, so wie es aussah, es entlockte dem Fettgesicht, dem Schweißgesicht mit den glänzenden Schweißperlen auf Stirn und Schläfen zumindest ein widerliches Grinsen. Ich griff nach der Ginflasche und schenkte mein Glas noch einmal voll, das gluckernde Geräusch. Nur einen noch, dann reicht es, dachte ich.

»Hallooo«, sagte Camilla, als ich die Flasche wieder zuschrauben wollte. »Und was ist mit mir?«

Ich sah sie an.

»Einen noch, dann ist es gut«, sagte ich.

»Okay, Papa«, sagte sie, grinste, ich legte den Flaschenhals auf ihr Glas, schenkte aber noch nicht ein, sah ihr in die

Augen, versuchte ihr zu verstehen zu geben, dass ich es ernst meinte. »Was denn?«, fragte sie.

Ich sagte nichts, wartete kurz, dann kippte ich den Gin in ihr Glas.

»Wie großzügig«, sagte sie. »Der Boden ist tatsächlich bedeckt.«

»Ich hab mehr als genug«, sagte Dag Olav, seine Stimme war viel zu tief für seinen Körper, die Bohnenstange, der Typ war so dürr und schmalschultrig, dass er sich hinter einer Fahnenstange verstecken hätte können, er sah Camilla an, nickte zur Wodkaflasche auf dem Tisch, Koskenkorva. »Bedien dich«, sagte er.

»Danke«, sagte Camilla.

»Kein Problem«, sagte Dag Olav, sah Camilla an und lächelte, und Camilla lächelte zurück, ein schüchternes Lächeln, als ob ausgerechnet sie schüchtern wäre, sie war mittendrin in ihrem Spiel, die reinste Show, eine verdammte Dramaqueen war sie, sie kippte den Gin hinunter und nahm Dag Olavs Flasche in die Hand. Sie lächelte mir zu, während sie das Glas halb füllte, freute sich diebisch, das sah ich ihr an.

»Dann Prost«, sagte sie, betont unschuldig.

Ich sah sie an, sagte nichts, schüttelte langsam den Kopf.

»Na, dann«, sagte sie, hob das Glas und schaute die anderen an. »Prost«, sagte sie, gab sich betont fröhlich, sang es fast. Und die anderen hoben die Gläser und prosteten ihr zu. Ich trank einen Schluck Gin, stieß aber nicht mit ihnen an. Ich darf mich nicht provozieren lassen, dachte ich, das ist genau das, was sie will. Aber ich wusste schon, dass sie ihren Willen bekommen würde, ich spürte es. Ich schloss die Augen und lehnte den Kopf zurück, hörte ihre fröhliche Stimme, ihr trällerndes Lachen, das machte mich nur noch missmutiger, darauf legte sie es natürlich an, sie gab sich betont fröhlich, weil sie mich hinunterziehen wollte, ich begriff nicht, warum sie so war, wenn sie getrunken hatte, warum sie mich immer bestrafen wollte, was sie antrieb.

Ich trank einen weiteren Schluck Gin.

Dann setzte sie sich plötzlich mit weichen, katzenhaften Bewegungen auf meinen Schoß.

»Du bist doch nicht böse?«, fragte sie.

Ich gab keine Antwort. Sie begann, an meinen Haaren herumzuspielen, wickelte sie um ihren Finger, ich saß da und betrachtete die alte Operationsnarbe auf der Innenseite ihres Oberschenkels, die aussah wie ein Tausendfüßler, als hätte Camilla einen großen Tausendfüßler direkt unter der Haut.

»Terje?«, sagte sie.

Ich sah sie an.

»Warum sollte ich böse sein?«, fragte ich.

Sie lächelte und zuckte mit den Schultern.

»Es wirkte einfach nur so, als wärst du genervt«, sagte sie.

»Warum sollte ich genervt sein?«, fragte ich. »Wo du doch so lieb bist.«

Sie seufzte.

»Ich will einfach nur Spaß haben«, sagte sie.

»Viel Erfolg dabei«, sagte ich und nickte.

Sie legte den Kopf schief, sah mich mit ihren großen blauen Augen an.

»Mensch, Terje.«

»Ich meine es ernst«, sagte ich. »Hab Spaß. Nur zu.«

»Mein Gott«, murmelte sie. »Können wir das Ganze nicht einfach vergessen? Und wieder lieb zueinander sein?«

»Na klar«, sagte ich.

»Hör auf, Terje«, sagte sie.

»Aber ich sage doch Ja«, sagte ich. »Wir vergessen das Ganze und sind wieder lieb zueinander.«

Sie sah mich an, sagte nichts.

»Was denn?«, sagte ich.

»Es sieht nicht so aus, als wäre es dir ernst, um es mal so auszudrücken«, sagte sie.

Ich sagte nichts, wusste nicht, was ich erwidern sollte, blieb ich hart, stieß ich sie von mir weg, dann würde sie den restlichen Abend darauf verwenden, mir zu zeigen, dass sie eine freie Frau war, die sich keinen Pfifferling darum scherte, was ich dachte, und kam ich ihr entgegen, würde sie darin ein Zeichen sehen, dass es für mich okay war, wenn sie in diese Stimmung abrutschte, es war egal, was ich tat oder sagte, am Ende lief es aufs Gleiche hinaus, als wäre alles im Voraus festgelegt, als spielten wir Rollen, die jemand vor langer Zeit geschrieben hatte.

»Denkst du an letztes Wochenende?«, fragte Camilla. »Bist du deshalb so komisch?«

»Und an vorletztes Wochenende«, sagte ich. »Und auch an das Wochenende davor. Und so weiter. Und so weiter.«

Sie sah auf den Boden, schaute mich wieder an.

»Sollen wir lieber gehen?«, fragte sie.

Ich sah ihr direkt ins Gesicht.

»Gerne.«

Sie hielt meinem Blick stand, schluckte, war etwas nervös, sie wollte noch nicht gehen, darum war sie nervös, wollte zuerst noch ausgiebig feiern.

»Okay«, sagte sie. »Ich trinke nur noch mein Glas aus, dann gehen wir.«

Ich wollte schon sagen, dass sich in ihrem Glas eine halbe Flasche Wodka befand, ließ es aber bleiben, ich schüttelte nur den Kopf, grinste.

»Was denn?«, fragte sie.

»Nichts«, sagte ich.

»Wolltest du sofort aufbrechen?«, fragte sie. »Ist es das?«

Ich sah sie an. Es wirkte tatsächlich so, als meinte sie es ernst, als käme sie mit, wenn ich sagte, ich wolle sofort los, ich merkte, wie erleichtert ich war, wie ich mich sofort entspannte. Ich schüttelte den Kopf.

»Nein, nein«, sagte ich. »Wir können gern noch austrinken.«

Sie hielt meinen Blick fest, dann lächelte sie, legte ihre Hand in meinen Nacken und zog mich zu sich heran.

»Ich hab dich lieb«, flüsterte sie.

»Ich dich auch«, sagte ich.

Sie gab mir einen sanften, feuchten Kuss, er schmeckte nach Zigaretten.

»Hier bin ich ganz das brave Mädchen, aber sobald wir heimkommen …«, flüsterte sie, biss sich auf die Unterlippe und hielt meinen Blick fest, während sie sich aufrichtete.

»Klingt sehr gut«, sagte ich.

Sie drehte mir den Rücken zu, legte mir die Hand in den Schritt und drückte zweimal vorsichtig zu, ich wurde sofort hart, wenn wir nach Hause kämen, würde ich sie ficken, sie von hinten nehmen, hart. Sie rutschte von meinem Schoß, ging zu ihrem Stuhl zurück und setzte sich. Ich sah die anderen an, sie unterhielten sich über eine Frau, die einen Bandwurm verschluckt hatte, um abzunehmen, Bandwürmer können bis zu fünfundzwanzig Meter lang werden, sagte Dag Olav, stellt euch das mal vor, sagte er, wie es ist, ein Tier von fünfundzwanzig Metern in sich drin zu haben, sagte er, und stellt euch vor, wie man ihn entfernt, man zieht ihn wie einen Nähfaden aus dem Hintern, und man muss es ganz langsam machen und höllisch aufpassen, sonst wird der Wurm auseinandergerissen und zieht sich wieder in den Körper zurück, sagte er.

Camillas und Anitas Gesichter, als er das sagte, ihre Grimassen und Geirs Grinsen.

»Igitt«, sagte Anita.

»So detailliert wollte ich das gar nicht wissen«, sagte Camilla.

Gelächter.

Ich schloss die Augen und trank. Ein Windstoß, ein warmer Wind, der den Gestank der drei überfüllten Mülltonnen auf der anderen Seite des Maschendrahtzauns mitbrachte, es roch stark nach Krabbenschalen. Ich machte die Augen wieder auf, sah plötzlich die Wäsche, die Anita für mich gewaschen hatte, sie hing auf dem Wäscheständer unten am Zaun, Scheiße, was ist da denn passiert, murmelte ich, stand auf und ging näher ran, die Klamotten waren ja rosa, verdammt, die Hemden, Socken und Unterhosen, alles war hellrosa. Ich berührte das neue Wanderhemd, das Unterhemd aus Merinowolle. »Scheiße«, murmelte ich, dann drehte ich mich um und ging zurück. Die anderen sahen mich an, amüsierten sich.

»Verdammt, was ist denn da passiert?«, fragte ich.

»Sorry«, sagte Anita. »Eine rote Socke hatte sich in die Maschine verirrt. Jetzt sei nicht sauer.«

»Sei nicht sauer? Du hast meine ganzen Klamotten ruiniert.«

Ich setzte mich auf den Campingstuhl.

»Es war keine Absicht«, sagte sie.

»Verdammte Scheiße«, sagte ich.

Geir sah mich an, sein Grinsen in dem verschwitzten Gesicht, widerlich.

»Vergiss nicht, Vaseline mitzunehmen, wenn du künftig in die Stadt gehst«, sagte er.

Und dann das Gelächter, ausgiebiges Gelächter, nur ich lachte nicht, sollte lachen, konnte es aber nicht.

»Ich glaube, Rosa steht dir«, sagte Dag Olav. »Passt jedenfalls gut zu deiner Frisur.«

Ich sah ihm direkt in die Augen.

»Na klar, Männer mit langen Haaren sind natürlich alle schwul«, sagte ich.

»Vielleicht nicht alle, aber …«, sagte Dag Olav, er grinste.

»Aber …?«, sagte ich.

»Nichts«, sagte Dag Olav, er grinste immer noch, weiße Zähne in dem sonnengebräunten Gesicht, gerade Zähne, ist bestimmt stolz auf seine Zähne.

»Komm, sag schon«, sagte ich.

»Mensch, jetzt hört auf«, sagte Anita. »Wir wollen feiern. Prost!«

Ich sah Dag Olav an, dann nahm ich mein Glas und trank einen Schluck.

»Prost«, sagte Camilla fröhlich.

Und dann sah ich plötzlich, dass sie sich nachgeschenkt hatte, sie musste schnell gehandelt haben, als ich unten am Wäscheständer war. Sie sah mich an, lächelte, als wäre nichts passiert.

»Wir kaufen uns eine neue Waschmaschine, sobald ich mein Gehalt kriege.«

»Gehalt?«, sagte ich. »Ich dachte, ich bin der Einzige von uns mit einem Gehalt.«

»Sozialhilfe halt«, sagte sie, dann lachte sie laut. »Fühle mich besser, wenn ich Gehalt sage.«

»Verstehe, was du meinst«, sagte Geir. »Seit ich zwanzig bin, nenne ich mich auch Genussmensch und nicht Alkoholiker.«

Wieder Gelächter, schallend. Nur ich lachte nicht, brachte es nicht über mich. Ich drehte mich zur Seite, ließ den Blick über die Nachbarhäuser gleiten, die zwei Vierparteienhäuser, an deren Wänden die Farbe abblätterte, die ungepflegten Gärten und die großen Fenster ohne Vorhänge. Ich schloss die Augen. Aus irgendeinem Grund musste ich an die Arbeit denken, wie es war, in der heißen, feuchten Dampfwäscherei zu stehen und mit den Bettbezügen von Hotel, Krankenhaus und Pflegeheim zu hantieren, die Laken und Oberlaken auszupacken und zu waschen, die mit Blut und Pisse getränkt oder mit Fäkalien, Schleim und Körperflüssigkeiten von Operationen verschmiert waren. Galle und Gehirnmasse, sogar Eingeweide konnten wir ab und zu finden, ganz oder Teile davon, menschlicher Abfall, wie die anderen auf der Arbeit es nannten. Ich machte die Augen wieder auf. Die anderen redeten immer lauter, aber ich hörte nicht hin, bekam es nicht mit. Ich gähnte lange, erst einmal, dann noch einmal, nicht, weil ich müde war, sondern um meine geistige Abwesenheit zu erklären.

Und dann griff Camilla nach Dag Olavs Wodkaflasche, als wäre es das Natürlichste der Welt, versuchte es so aussehen zu lassen, als hätte sie vergessen, worüber wir gesprochen hatten. Ich bemühte mich, ihren Blick einzufangen, aber sie war sehr darauf bedacht, mich nicht anzuschauen, sie schenkte ihr Glas halb voll, stellte die Flasche ab und drehte sich wie zufällig zu Dag Olav um, sagte etwas über sein Motorrad, und Dag Olav fing sofort an, über Freiheitsgefühle und Wind in den Haaren zu reden. Ich hatte noch nie erlebt, dass sich Camilla für Motorräder interessierte, aber jetzt konnte sie gar nicht genug davon hören, sie saß da und nickte und hörte Dag Olav zu, konzentriert. Und dabei trank sie ständig kleine Schlucke Wodka. Ich hatte gewusst, dass es so kommen würde, dachte ich, ich weiß nicht, warum, aber es kommt immer so, es ist wie ein Naturgesetz. Ich trank einen Schluck Gin, legte den Arm auf die Lehne, saß da und kippte das Glas langsam hin und her, dabei sah ich Dag Olav an, der von einem Motorradclub erzählte, der anscheinend zu Unrecht einen schlechten Ruf hatte. Er ist stolz auf seine Stimme, dachte ich, mit ihr fühlt er sich so breit und männlich, wie er es gerne wäre, fühlt sich wie ein Alphamännchen.

Kurz darauf drehte sich Camilla zu mir um, sie lächelte, als wäre alles in bester Ordnung.

»Was ist?«, fragte sie.

»Was meinst du?«, sagte ich. Ich schnaubte, grinste bitter. »Nichts ist, Camilla«, sagte ich, trank noch mehr Gin. »Tja«, sagte ich, wartete kurz. »Ich glaube, ich mach mich dann mal langsam auf den Weg.«

»Okay«, sagte sie, lächelte. »Ich wünsche dir noch einen schönen Abend«.

Ich hielt ihrem Blick stand, warnte sie, aber sie tat so, als verstünde sie es nicht, behielt ihr unschuldiges Lächeln bei.

»Weil du hierbleibst?«, fragte ich.

»Das ist doch in Ordnung?«, sagte sie.

»Selbstverständlich. Warum sollte es das nicht sein?«

»Frage ja nur«, sagte sie. »Wir sprechen uns nachher.«

»Nachher?«, fragte ich.

»Wenn ich heimkomme«, sagte sie.

»Du meinst, morgen früh?«, fragte ich.

»Krieg ich so lange Ausgang?«, konterte sie.

»Meinetwegen brauchst du überhaupt nicht mehr zu kommen.«

»Oh«, sagte sie, sagte es mit ihrer fröhlichen Stimme. »Gut zu wissen«, sagte sie, dann drehte sie sich zu den anderen um. Und ich saß da, fiel in mich zusammen. Kurz darauf holte Camilla das Fläschchen mit Sonnencreme heraus. »Irre, wie die Sonne brennt, dafür, dass es so spät ist«, sagte sie. »Bist du so lieb und cremst mir den Rücken ein, Dag Olav?«

Ich starrte sie an. Sie kennt wirklich keine Grenzen, dachte ich, sie setzt alles daran, mich dorthin zu bringen, wo sie mich haben will.

»Das kann ich gern übernehmen«, sagte Dag Olav, er schaute Geir an und grinste, und Geir grinste zurück.

»Du hast doch nichts dagegen, Terje?«, fragte Camilla, betont unschuldig.

Ich schaute sie an, spürte ein Prickeln, ein Kribbeln, am liebsten hätte ich ihr ins Gesicht gebrüllt, tat es aber nicht.

»Um Gottes willen«, sagte ich.

»Hab ich mir's doch gedacht«, sagte sie und beugte sich auf dem Campingstuhl vor, und Dag Olav nahm die Flasche hoch und spritzte Sonnencreme auf ihre Schultern, es blubberte, als die Creme aus der Öffnung gedrückt wurde, erst einmal, dann noch einmal.

»Ich hab das Gefühl, es ist nicht das letzte Mal, dass ich heute spritze«, sagte er.

Geir, der sich auf die Schenkel klatschte und lachte, sein Fett, das hin und her schwabbelte, vorschwappte. Und Dag Olav, der zufrieden grinste, ich starrte ihn an. Ich muss weg, dachte ich, das hier läuft sonst schief, läuft so, wie Camilla es haben will.

»Was sagst du?«, fragte Anita.

»Ach, nichts«, sagte Dag Olav, er sah Geir an und lächelte erneut, und dann begann er, die Sonnencreme auf Camillas Schultern und Rücken zu verteilen, er drehte sich zu mir um und grinste, wirkte nicht im Mindesten verlegen, er war fünfzehn, zwanzig Jahre älter als ich, und er ging selbstverständlich davon aus, dass ich Angst vor ihm hatte, er kannte mich nicht, wusste nicht, mit wem er es zu tun hatte, ich starrte ihn kurz an, dann stand ich auf und ging, sagte kein Wort, überquerte den Rasen, bog um die Hausecke und lief über den Hof, direkt vor der Haustür blieb ich stehen, stand ganz still da, mit geschlossenen Augen, ich wollte weitergehen, wollte heimfahren und Camilla zeigen, dass sie von mir aus machen konnte, was sie wollte, aber ich tat es nicht, schaffte es nicht.

»Muss erst pinkeln«, murmelte ich vor mich hin, natürlich musste ich nicht pinkeln, das sagte ich nur, um vor mir selbst zu rechtfertigen, dass ich nicht nach Hause fuhr, ich sollte nach Hause fahren, aber ich brachte es nicht über mich, ging stattdessen in Anitas Haus. Drinnen war es miefig, der Geruch nach Spiegeleiern und Tabakrauch hing in der Luft. Ich ging an der Toilette vorbei ins Wohnzimmer, stellte mich ans Fenster, das zum Garten zeigte, Dag Olav war mit Eincremen fertig, sie saßen einfach nur da und redeten, lachten. Ich rührte mich nicht, betrachtete sie lange, dann hatte ich plötzlich das Gefühl, hinter mir etwas zu spüren, jemanden, der sich an mich heranschlich, ich drehte mich um, aber es war niemand da, ich drehte mich wieder zurück, blieb stehen und betrachtete die anderen noch ein wenig, dann ging ich wieder in den Garten, konnte nicht anders.

»Ich dachte, du wolltest nach Hause«, sagte Camilla.

»Ich musste pinkeln, Camilla«, sagte ich. »Ich hoffe, das ist okay.«

»Hast du im Sitzen oder im Stehen gepinkelt?«, fragte Dag Olav.

Alle lachten, auch Anita, sie kriegte nicht mit, was sich anbahnte, hätte sie es mitgekriegt, hätte sie längst eingegriffen, aber sie war zu betrunken, um die Stimmung einzuschätzen, sie dachte, ich würde mich ebenfalls amüsieren. Ich sah Dag Olav direkt in die Augen, sein schmächtiger Körper, den er versuchte, kräftiger erscheinen zu lassen, indem er zwei Hemden übereinander anzog, ein erbärmlicher Zwerg, der einen auf Alphamännchen machte, das war er, er sah mich an und grinste, merkte, dass er mich provoziert hatte, aber er war nicht schlau genug, um Angst zu haben, es sah aus, als wollte er etwas sagen, aber dann knuffte Anita ihn und fragte, ob sie eine Zigarette schnorren könne.

»Na klar«, sagte er, fingerte eine Schachtel Camel aus der Brusttasche und reichte sie Anita.

Ich wandte mich an Camilla.

»Entspann dich, ich gehe gleich«, sagte ich, bereute es sofort, es klang ziemlich armselig. Und Camilla trieb das Spiel noch weiter, sie kannte mich in- und auswendig und wusste, was sie sagen musste.

»Okay«, sagte sie, gab durch nichts zu verstehen, dass sie sich wünschte, ich würde bleiben, sie lächelte mich nur an.

»Ich trinke nur erst noch aus«, sagte ich, wollte es nicht sagen, sagte es aber trotzdem, machte mich noch kleiner.

»Selbstverständlich«, sagte sie, lachte kurz. »Von mir aus kannst du machen, was du willst.«

»Da hast du recht«, sagte ich.

Sie setzte wieder ihr betont unschuldiges Lächeln auf.

»Es ist doch alles in Ordnung?«, fragte sie.

»Na klar«, sagte ich.

»Okay«, sagte sie. »Es sah grad nicht so aus, verstehst du?« Sie drehte sich um, trank einen Schluck Wodka und schaute Dag Olav an. »Ich muss auch mal. Aber ich komme gleich wieder«, sagte sie, als hätte sie Angst, er könnte während ihrer Abwesenheit verschwinden. Ich sah sie an und grinste, doch sie bekam es nicht mit, sie stand auf und ging. Und dann beugte Geir sich über den Campingtisch, sein Bauch fiel schwer herunter, schaukelte von einer Seite zur anderen, baumelte wie ein volles Heringsnetz auf dem Weg ins Boot, Geir atmete schwer durch die Nase, ein paar Schweißtropfen lösten sich aus dem rosa Gesicht, er griff nach meiner Ginflasche und setzte sich wieder.

»He, frag erst, bevor du dir was nimmst!«, sagte ich.

Er wirkte überrascht.

»Sorry«, sagte er grinsend. »Kann ich mir einen Schluck nehmen?«

»Nur zu«, sagte ich.

Er schüttelte den Kopf und grinste, während er sich einen ordentlichen Schluck einschenkte.

»Bei seiner Dame nimmt er es nicht so genau, aber die Ginflasche darf man nicht anrühren, ohne vorher zu fragen«, sagte er, sah Dag Olav an und grinste. Und Dag Olav grinste zurück.

»Der Gin muss verdammt teuer sein«, sagte Dag Olav.

»Oder die Dame verdammt billig«, sagte Geir.

Dann lachten sie wieder, ich starrte sie an, die Wut in mir, es kribbelte, prickelte im ganzen Körper.

»Was hast du gesagt?«, fragte ich, lächelte.

Er gab keine Antwort, lachte weiter, dann ging das Lachen in einen rasselnden Raucherhusten über, er hielt sich die Hand vor den Mund, saß da und hustete, anschließend sah er mich an und lächelte.

»War nur ein Scherz«, sagte er.

»Sag schon«, sagte ich, ich sah ihm direkt in die Augen, lächelte weiter. Er hielt meinem Blick stand, sagte nicht sofort etwas.

»Terje«, sagte Anita, hatte jetzt mitbekommen, dass etwas nicht stimmte, sie sah mich an und schüttelte den Kopf. »Nicht!«

Ich lächelte noch immer und trank einen Schluck Gin. Dann kam Camilla zurück, lief über den Rasen, sah mich nicht einmal an, blickte zu Dag Olav, als sie sich setzte.

»Kann ich noch einen haben?«, fragte sie.

»Na klar«, sagte Dag Olav.

Sie griff nach der Wodkaflasche und schenkte sich ein, sah mich an und machte ein unschuldiges Gesicht, als sie die Flasche wieder abstellte. Dann wandte sie sich an Dag Olav und nahm das Gespräch über Motorräder wieder auf, erzählte von Easy Rider, wie gut der Film sei, allein die Musik, sagte sie, und dann reckte sie die Faust und sang den Refrain von »Born to be Wild«.

»Vielleicht hast du Lust, mal mitzufahren?«, fragte Dag Olav. »Um zu spüren, wie es ist.«

»Au ja, sehr gern«, sagte Camilla, sie trank und drehte sich zu mir um »Hörst du, Terje«, sagte sie. »Dag Olav sagt, er könnte mich mal zu einer Spritztour mitnehmen.«

Es kribbelte nur noch mehr, prickelte im ganzen Körper, es war wie ein Stechen, aber ich sah sie an und grinste.

»Das Angebot solltest du annehmen, finde ich«, sagte ich, innerlich bebend vor Zorn, aber ich sprach ganz ruhig.

»Findest du?«, fragte sie.

»Absolut«, sagte ich.

»Dann mach ich das«, sagte sie, drehte sich wieder zu Dag Olav. »Wann denn?«, fragte sie, versuchte, aufgeregt zu klingen, als sie es sagte, versuchte den Eindruck zu erwecken, sie würde sich freuen.

»Wie wär's mit Montag?«, fragte Dag Olav.

»Montag ist super«, sagte sie.

»Abgemacht«, sagte er.

Camilla drehte sich zu mir um.

»Oh, wie ich mich freue«, sagte sie, sie klatschte in die Hände, tat noch aufgeregter. Und es hatte genau den Effekt, den sie haben wollte, das zornige Tier in mir kratzte, biss, zerriss mich innerlich, aber ich saß ganz ruhig da. »Versprich mir, dass du vorsichtig fährst«, sagte Camilla, machte plötzlich einen auf ängstlich.

»Du musst dich bloß gut an mir festhalten, dann klappt das schon«, sagte er.

»Da sei unbesorgt«, sagte Camilla, schaute ihm in die Augen, dann sah sie mich an und lächelte wieder.

»Hör auf, Camilla«, sagte ich.

»Was denn?«, fragte sie.

»Hör einfach auf«, sagte ich.

Ich sah sie an, blinzelte, trank einen Schluck Gin und schaute Dag Olav an, er saß da und grinste, seine weißen Zähne leuchteten in dem sonnengebräunten Gesicht, er glaubte, er hätte die Fäden in der Hand, der Idiot, kapierte nicht, dass er benutzt wurde, glaubte tatsächlich, er hätte sie bezirzt, saß da mit seinen zwei Hemden und seiner tiefen Stimme und versuchte den Eindruck zu erwecken, hier säße ein Frauenheld, der verfluchte Zwerg.

»Ist was?«, fragte er.

»Zwei Hemden«, sagte ich, nickte in seine Richtung.

Er kniff die Augen zusammen.

»Worum geht's?«, fragte er.

Ich sah ihm ins Gesicht, wartete kurz.

»Du hast zwei Hemden an, verdammt noch mal!«, brüllte ich, es rutschte mir einfach so raus, die gewaltige Stimme, die für den Hals viel zu groß war, der Speichel, die Spucke aus dem Mund, und Dag Olav auf seinem Stuhl zuckte zusammen, sah mich verängstigt an. Von einem Moment auf den anderen änderte ich mein Verhalten, war wieder ganz ruhig, sah ihn lächelnd an.

»Terje«, sagte Anita ängstlich. »Ganz ruhig.« Ich drehte mich zu ihr um und lächelte.

»Ich bin doch ruhig, Anita«, sagte ich, sagte es mit freundlicher Stimme, und sie sah mich an und schluckte, bekam immer mehr Angst.

»Terje. Bitte!«

»Aber ich mach doch gar nichts«, sagte ich, stand auf. »Ich sitz doch nur da«, sagte ich und zeigte auf den Campingstuhl, von dem ich gerade aufgestanden war. »Das siehst du doch«, sagte ich, sah sie an, sah Dag Olav und Geir an, die Verwirrung in ihren Gesichtern, sie hielten mich jetzt für völlig durchgeknallt, das war klar zu erkennen.

»Terje«, sagte Anita. »Ich meine es ernst, ich will hier keinen Ärger.«

»Ich hab überhaupt nicht vor, Ärger zu machen, Anita«, sagte ich. »Wir feiern ja, wir wollen uns amüsieren«, fügte ich hinzu, dann drehte ich mich um, beugte mich vor, nahm Dag Olavs Hand und zog ihn aus dem Stuhl, dabei machte ich einen Schritt zur Seite, legte seinen Arm über mein Knie und brach ihn durch, ein trockenes Knacken. Und gleich danach Geheul, Frauengeheul.

»Terje«, schrie Anita.

»Verdammte Scheiße«, brüllte Geir.

Ich lächelte und zuckte mit den Schultern.

Anita rannte zu Dag Olav. Dag Olav, der heulend auf seinen Arm starrte, seinen Arm, der am Ellbogen in die falsche Richtung geknickt war, der Unterarm baumelte schlaff herunter. Dann stand Geir auf, der große rosa Kopf, die Glatze und der fette Bauch, der schwabbelnde Speck. Jetzt kam Camilla auf mich zu, schnell, legte mir eine Hand auf jede Schulter und versuchte, mich nach hinten zu drücken, aber ich fegte sie beiseite, sie wog nichts und stürzte über den Kohlegrill, lautes Klirren, als der Deckel auf eine der Steinplatten fiel.

»Setz dich, Geir«, schrie Anita. »Setz dich.«

Aber Geir setzte sich nicht, dem Fettwanst fiel es im Traum nicht ein, sich zu setzen, er kam auf mich zu, ich schnappte mir Dag Olavs Wodkaflasche, zerschlug sie auf der Tischkante, und als er mit seinem ganzen Gewicht auf mich zustürzte, rammte ich ihm die zerbrochene Flasche ins Gesicht. Die Glaszacken drangen in seine Wange, die Oberlippe und das Nasenbein, ich hörte nicht eher auf, bis sie auf den Knochen stießen, auf dem Knochen festsaßen. Dann drehte ich die

Flasche, schnell und mit Druck, als wollte ich eine Schraube festziehen. Sein Schrei, die Angst darin und das herausquellende Blut, das alles war so verdammt herrlich, und ich hörte nicht auf, etwas in mir pushte mich, schoss durch mich hindurch. Ich legte die linke Hand auf seinen Hinterkopf, den glatten Hinterkopf mit den weichen Wülsten im Nacken, und drückte seinen Kopf nach unten, während ich mit der rechten Hand die Flasche drehte, ich schnitt einen blutigen Kreis um seine Nase, einen Fleischkreis.

»Terje, bist du wahnsinnig?«

»Hör auf, Terje, hör auf!«

Aber ich hörte nicht auf, das Tier in mir, lass das Tier raus, lass es los, es soll frei sein, und die Flasche in meiner Hand, die Glaszacken in Geirs Gesicht, ich drehte die Flasche, als wollte ich eine Schraube festziehen, einmal, zweimal, dreimal, dann legte ich die linke Hand auf seine Stirn und stieß ihn nach hinten, während ich gleichzeitig das Glas aus seinem Gesicht zog, brüllte dabei, laut und mitleidlos, mit einer gewaltigen Stimme, einer Stimme, die mir den Hals zerriss, und der Speichel spritzte mir aus dem Mund, und während er rückwärts taumelte, fasste sich Geir mit beiden Händen ins Gesicht, der Fettwanst, das Blut, das zwischen seinen Fingern hervorquoll, sein Geheul, der Schmerz und die Angst darin, und Dag Olavs Gejammer, Dag Olav, dessen Unterarm in die falsche Richtung zeigte, und der auf eine Weise jammerte, die zu einem erwachsenen Mann nicht passte. Und das Tier in mir.

Fünf Tage vorher

Eine helle Sommernacht. Wir waren den ganzen Tag mit schweren Rucksäcken auf dem Rücken gewandert, jetzt saßen wir am Feuer, Morten und ich, ich war satt, trotzdem brach ich mir ein Stück Brot ab, beugte mich vor und nahm damit das restliche Fett in der Pfanne auf, bevor es abkühlte, kaute darauf herum, gierig, merkte, wie sich der gute salzige Geschmack im Mund ausbreitete, Weißbrot in Butter und Fischöl. Ich leckte mir die Finger ab, wischte die Hand an der Hose trocken und lehnte mich zurück, lehnte mit dem Rücken an der Kiefer, an der ich die Socken zum Trocknen aufgehängt hatte, ich war erschöpft, angenehm erschöpft. Wie man erschöpft ist, wenn man den Körper so nutzt, wie die Natur es vorgesehen hat, dachte ich.

Ich schloss die Augen.

Der Wind kräuselte das Wasser, und der Zeltstoff hinter uns flatterte leicht. Im Tal auf der Ostseite kroch der Nebel zum Wasser, langsam, wie ein schwimmender Eisberg. Ich schaute zu Morten hinüber, er hatte die Augen geschlossen, sein Gesicht leuchtete rot im Licht des Lagerfeuers, und von dem Fischfett glänzten seine Lippen. Ich nahm einen Stock, stocherte damit im Feuer herum, es prasselte und knisterte, Funken schossen in die Luft und wurden vom Wind aufgenommen, segelten wie rote Insekten über den See, wo sie erloschen und verschwanden.

Ich schloss die Augen und gähnte. Hier fühlte ich mich in

etwa so, wie Oma sich in einer Kirche fühlte, es war dieselbe Ruhe, derselbe Frieden, in der Wildnis wurde man nicht verurteilt, niemand erwartete etwas, niemand forderte etwas von einem, hier waren alle gleich viel wert, man konnte kommen, wie man war, und einfach da sein, zusammen mit anderen Wesen, mit denen man sich die Zeit und den Planeten teilte, mit der Ameise und dem Laufkäfer, der Forelle, die hochschnellte, und der Eule, die tief im Wald rief.

»Ich lege rasch etwas Holz nach, wir können ja noch ein bisschen sitzen bleiben, bevor wir in die Schlafsäcke kriechen«, sagte Morten. »Es ist so verdammt schön«, fügte er hinzu. Er drückte die Hände auf die Knie, stand auf und ging in den Wald, seine Schritte auf den trockenen Rentierflechten, das Knistern, ein paar Sekunden lang war es still, dann das kurze, gedämpfte Knacken eines Zweigs, der von einem Baum abgebrochen wurde. Ich lehnte den Kopf an die Kiefer hinter mir, aus dem Nichts kam eine Fledermaus angeflogen, flog im Zickzack über mir hin und her, schon war sie wieder verschwunden.

»Wir können froh sein, dass es so windig ist«, sagte Morten, er legte einen Ast auf das Feuer und einen daneben, dann griff er sich mit den Fingern in die Haare und verwuschelte sie, dabei schüttelte er energisch den Kopf. »Im Wald ging kein Wind, die Kriebelmücken haben mich fast aufgefressen«, sagte er, zog weiter an seinen Haaren, die in alle Richtungen abstanden, wir hatten uns seit vier Tagen nicht gewaschen, unsere Haare glänzten fettig und waren dunkler als sonst. »Du hast hoffentlich daran gedacht, den Reißverschluss im Zelt zuzumachen?«

»Ja«, sagte ich.

»Gut«, sagte er, holte die Kautabakdose heraus, drehte den Verschluss auf und bereitete ein Kügelchen vor. »Was macht die Blase an deinem Fuß?«, fragte er, schob sich das Kügelchen unter die Oberlippe, drehte den Deckel wieder zu und steckte die Dose zurück in die Tasche.

»Alles gut«, sagte ich. »Aber ich hätte nichts gegen ein Blasenpflaster einzuwenden.«

Er nickte.

»Wir halten morgen nach Breitwegerich Ausschau«, sagte er.

»Hilft der? Ist das nicht nur Aberglaube?«

Mit der Zunge schob er das Tabakkügelchen an die richtige Stelle, dann drehte er sich nach links und spuckte etwas Braunes aus. Sein Adamsapfel, als er kurz darauf schluckte, das Tier in seinem Hals.

»Das hilft«, sagte er. »Das Vorne heilt, das Hinten treibt. Wenn du die glatte Vorderseite auf die Wunde legst, wächst sie schneller zu, legst du die Rückseite, die mit den Blattnerven, auf die Wunde, dauert die Entzündung länger.«

Ich zuckte mit den Schultern.

»Das probiere ich aus«, sagte ich.

Er setzte sich.

»Heidekraut ist auch gut bei Entzündungen«, sagte er. »Bären wälzen sich in Heidekraut, wenn sie offene Wunden haben.«

»Stimmt das wirklich?«

»Klar«, sagte er.

Ich lehnte den Kopf wieder an die Kiefer, schloss die Augen und sog die Luft durch die Nase ein, mir fiel auf, wie anders der Wald am Abend und in der Nacht roch als am Tag, alles war stärker, intensiver, vermutlich weil der Tau die Gerüche im Moos, in den Blumen, den Bäumen und an allen anderen Stellen hervorkitzelte. Ich öffnete die Augen und nahm eine der Gräten von meinem Teller, versuchte, damit Essensreste zwischen den Vorderzähnen herauszukratzen. Ich spuckte ins Moos und schnippte anschließend die Gräte ins Feuer. Ich schloss die Augen und lehnte den Kopf wieder an den Baumstamm. Aus irgendeinem Grund musste ich daran denken, dass menschliche Föten bis etwa zwei Monate nach der Zeugung einen Schwanz hatten, der sich dann zurückbildete, nur das Steißbein blieb übrig. Das erzählte ich Morten, ohne die Augen zu öffnen, ich wusste nicht warum, ich erzählte es einfach.

»Aha«, sagte er.

»Es kommt tatsächlich manchmal vor, dass sich der Schwanz nicht zurückbildet«, sagte ich. »Dass das Kind einen Genfehler hat und daher mit einem Schwanz zur Welt kommt. Der längste wissenschaftlich erfasste Schwanz bei einem Neugeborenen soll sechzehn Zentimeter lang gewesen sein und einem indischen Jungen gehört haben, der nicht namentlich genannt werden will.«

»Jesses«, sagte Morten.

»Wenn ich mit so einem Schwanz auf die Welt gekommen wäre, hätte ich nicht gewollt, dass die Ärzte ihn wegoperieren«, sagte ich. »Ich hätte ihn gerne behalten. Und würde ihn mit mir herumtragen … würde ihn tragen wie Nationalisten die Fahne.«

Morten schmunzelte.

»Ich glaub, ich verstehe, was du meinst«, sagte er.

Acht Jahre vorher

Ich lief den Pfad entlang, den weichen Pfad, und über mir hingen hellgrüne Zweige, bewegten sich im Wind, und auf einem der Zweige saß ein kleiner Vogel und sang. Ich schob die Daumen unter die Schulterriemen am Ranzen und hob sie leicht hoch, damit sie mir nicht so fest auf die Schultern drückten, es tat den Schultern gut, ein wenig von dem Gewicht entlastet zu werden, das ich mit mir rumschleppte, mittwochs war es immer besonders schwer, wir bekamen für Donnerstag viele Hausaufgaben auf, darum mussten wir mittwochs so viele Bücher mit nach Hause nehmen. Ich ließ den Ranzen wieder auf die Schultern herab und lief weiter durch den Wald, betrachtete die Schatten, die die Äste über mir warfen, Schatten, die sich bewegten, schwarze Fleckenmuster, die auf dem braunen Pfad flimmerten. Und dann hörte ich den Bach gluckern, und nicht weit vor mir sah ich ihn, einen schwarzen Bach mit Steinen, die hier und da herausragten, glatte, runde Steine, die in der Sonne glänzten. Ich musste vorsichtig sein, wenn ich auf die Steine trat, musste aufpassen, dass ich nicht ins Wasser fiel und nass wurde, ich wollte nicht mit durchnässten Kleidern nach Hause kommen, und ich wollte mich nicht erkälten, zumindest nicht jetzt, ich war nicht sicher, ob ich mit ins Schullandheim durfte, wenn ich erkältet war.

Ich ging zu dem Bach und machte mich daran, ihn zu überqueren, ich bewegte mich wie ein Seiltänzer, die Zungenspitze zwischen den Lippen, und ich streckte die Arme zur Seite, balancierte von einem Stein zum nächsten, mit dem linken Fuß auf den weißen Stein, so, dann mit dem rechten Fuß auf den grauen Stein, der kaum aus dem Wasser schaute, so, schon war ich bei dem flachen großen Stein in der Mitte angelangt. Ich machte eine kurze Pause, schloss die Augen und atmete aus, öffnete die Augen wieder, da vorne war die tiefe Stelle mit den Froscheiern.

Ich erreichte die andere Bachseite mit der tiefen Stelle, nahm den Ranzen ab und stellte ihn ins Gras, dann holte ich die Brotdose heraus und klappte sie auf, ich drehte sie auf den Kopf, damit die Brotkrusten, die ich nicht gegessen hatte, herausfielen. Ich ging auf die Knie und beugte mich vor, ich hatte schon Froscheier in meinem Aquarium, aber ich hatte noch Platz für mehr, zumindest für ein paar weitere, und ich tauchte die Brotdose in das eiskalte Wasser und versuchte, sie mit Froscheiern zu füllen, aber sie entzogen sich, sie wollten nicht hinein, und ich versuchte es noch einmal, dann noch einmal, und dieses Mal klappte es, ich füllte die Brotdose mit Froscheiern und goss etwas Wasser ab. Ich blieb sitzen und starrte meine Beute an, die glibberige Masse mit den kleinen schwarzen Punkten, die zu Kaulquappen heranwachsen würden.

»Was machst du denn da?«, fragte plötzlich jemand. Ich zuckte zusammen, dort standen Gunnar und Svein Åge, sie standen auf der anderen Seite und sahen mich an.

»Ich fange Froscheier«, sagte ich. »Fange Froscheier«, sagte ich noch einmal, nur leiser.

»Dürfen wir mal sehen?«, fragte Gunnar, und er kam über den Bach, und Svein Åge folgte ihm, und keiner von ihnen ging wie ich, mit den Armen zur Seite gestreckt und der Zungenspitze zwischen den Lippen, sie hatten keine Angst auszurutschen, sie gingen fast ganz normal, als liefen sie auf dem Fußweg in der Stadt, und sie kamen zu mir herüber. Ich stand auf und hielt ihnen die Brotdose hin, damit sie sehen konnten, und sie schauten hinein, steckten den Finger in die Brotdose und berührten ganz vorsichtig die Froscheier, zuerst Svein Åge, dann Gunnar.

»Nimmst du die mit nach Hause?«, fragte Gunnar.

»Ja«, sagte ich. »Ich habe ein Aquarium in der Garage.«

Er nickte, betrachtete die Froscheier noch etwas länger, dann sah er mich an und lächelte.

»Ich habe auch einmal Froscheier mit nach Hause genommen, aber sie sind gestorben, bevor sie zu Kaulquappen wurden«, sagte er. »Lag vermutlich daran, dass ich das Wasser nicht gewechselt habe, in meinem Zimmer hat es bestialisch gestunken«, sagte er und lachte.

»Bei mir sind zwar Kaulquappen geschlüpft, aber die sind gleich gestorben«, sagte Svein Åge. »Obwohl ich das Wasser jeden Tag gewechselt habe.«

»Du darfst kein normales Wasser nehmen«, sagte ich. »Du darfst kein normales Wasser nehmen«, sagte ich noch einmal, nur leiser.

»Warum nicht?«, fragte Svein Åge. »Die leben doch im Süßwasser.«

»Sie verhungern. Kaulquappen fressen Pflanzen- und Tierreste, die es hier in diesem Wasser gibt«, sagte ich und nickte Richtung Bach. »Wasser, das nicht gereinigt wurde. Schlamm. Darum musst du das Wasser dort holen, wo du die Froscheier weggenommen hast, dann weißt du, dass genug zum Fressen drin ist, der Frosch hätte die Eier nie dort abgelegt, wenn das Wasser nicht voller Nährstoffe wäre.«

»Echt?«, sagte Svein Åge. »Das wusste ich nicht.«

Ich merkte, wie ich mich freute, weil ich etwas wusste, was er nicht wusste, und ich sah ihn an und lächelte.

»Kannst du die Brotdose kurz halten?«, fragte ich. »Kannst

du die Brotdose kurz halten?«, sagte ich noch einmal, nur leiser, und ich gab Gunnar die Brotdose, hob den Ranzen hoch und setzte ihn wieder auf, und Gunnar gab mir die Brotdose zurück, und wir liefen los, wir gingen nebeneinander durch das Waldstück, und das Wasser mit den Froscheiern schwappte in der Brotdose hin und her, und ich hielt den Deckel mit beiden Daumen zu.

»Warum sagst du eigentlich immer alles zweimal?«, fragte Gunnar, und er grinste nicht, als er die Frage stellte, er fragte, weil ihn die Antwort interessierte, und nicht, weil er und Svein Åge mich auslachen wollten. Ich sah ihn an. Ich musste ihm antworten, und was ich jetzt sagte, durfte ich nur einmal sagen.

»Das tu ich ja gar nicht«, sagte ich. »Nicht immer. Was ich gerade gesagt habe, habe ich zum Beispiel nur einmal gesagt«, erwiderte ich, und ich sah Gunnar an und lachte, und Gunnar lächelte zurück.

»Dann halt fast immer«, sagte Gunnar.

»Auch nicht fast immer«, sagte ich.

»Nein, aber ziemlich oft«, sagte Gunnar, und er sah mich an und lächelte wieder, und ich lächelte und zuckte mit den Schultern.

»Ich weiß nicht genau, warum«, sagte ich.

»Das ist komisch«, sagte Gunnar, aber er sagte es nicht so, dass ich mich schlecht fühlte, nicht so wie bei den Mädchen in der Klasse, wenn sie zum Beispiel etwas »speziell« nannten, er sagte es nur, weil er noch nie jemandem begegnet war, der alles zweimal sagte.

Ich sah ihn an und war dankbar, ich freute mich, weil er so nett war.

»Wenn du das komisch findest, solltest du meine Schwester kennenlernen«, sagte ich, und dann lachte ich. »Sie ist Bauchrednerin«, sagte ich, und ich begriff nicht, wo ich das hernahm, Anita war doch keine Bauchrednerin, ich hatte in meinem ganzen Leben noch nie einen Bauchredner getroffen, so was sah man nur ganz selten im Fernsehen.

»Stimmt das?«, fragte Gunnar.

»Cool«, sagte Svein Åge. »Hat sie auch so eine Puppe?«, fragte er, und ich versuchte, mir Anita mit einer Puppe auf dem Schoß vorzustellen, ich sah sie vor mir mit der Hand in dem Puppenkopf, der Hand, die den Puppenmund hoch und runter bewegte, während sie redete, ohne den Mund dabei zu öffnen, lustige Sachen sagte sie, Sachen, die alle zum Lachen brachten, nur Anita lachte nicht, Anita saß da und war schockiert, was für freche Sachen die Puppe sagte.

»Und?«, fragte Svein Åge, ich sah ihn an, er wirkte verwundert, jetzt musste ich antworten, er hatte mich etwas gefragt, und es erstaunte ihn, dass ich ihm noch nicht geantwortet hatte.

»Was hast du gesagt?«, fragte ich.

»Ob deine Schwester eine Puppe benutzt«, sagte er.

»Nein«, sagte ich, und dann sagte ich nichts mehr, ich drehte mich weg und schaute vor mich hin, und jetzt durften sie nicht weiterfragen, sonst müsste ich lügen, und das wollte ich nicht, ich hatte mir vorgenommen, mit der Lügerei aufzuhören.

»Aber macht sie denn Auftritte vor Leuten?«, fragte Svein Åge. »Gibt sie Vorstellungen?«

»Nein«, sagte ich, schüttelte schnell den Kopf und starrte vor mich hin, und jetzt kapierten sie, dass ich alles nur erfunden hatte, es war so deutlich, dass ich nicht weiter darüber reden wollte, und natürlich kapierten sie, dass es daran lag, dass ich log. Es wurde ganz still, und dann merkte ich plötzlich, wie mein Gesicht warm wurde, ich war dabei, rot zu werden, und jetzt musste ich noch etwas über Anita und ihre

Bauchrednerei sagen, denn wenn ich ihnen zeigte, dass ich nichts dagegen hatte, darüber zu reden, glaubten sie vielleicht doch, dass ich die Wahrheit sagte, ich musste mir etwas einfallen lassen.

»Das macht sie fast nicht mehr«, sagte ich. »Sie hatte so die Nase voll davon, dass die Leute sie ständig nervten. Egal wo wir waren, wollten die Leute, dass sie zeigt, was sie kann, darum hat sie beschlossen, damit aufzuhören«, sagte ich. Aber Gunnar und Svein Åge glaubten mir nicht, sie sagten es nicht, sie wussten, dass es mir peinlich wäre, wenn sie mich beim Lügen erwischten, darum taten sie so, als würden sie mir glauben, aber sie lächelten, wie Leute lächelten, wenn sie Mitleid hatten, daher wusste ich, dass sie mich durchschaut hatten, und ich schluckte, ich merkte, wie mein Gesicht noch heißer wurde.

»Trotzdem cool«, sagte Gunnar. »Ich wäre gern Bauchredner. Dann würde ich alles Mögliche sagen, ohne dass die Leute merkten, dass ich es wäre«, sagte er, und dann lachte er, und Svein Åge lachte auch, aber es nützte nichts, mein Gesicht wurde nur noch heißer, mein Gesicht wurde immer roter, und sie merkten, wie ich mich fühlte, und fingen an, über etwas anderes zu reden, redeten über ein Fußballspiel am kommenden Freitag, darüber, wer in der Spitze spielen würde und wer an den Flügeln.

»Komm doch auch mit, Terje«, sagte Gunnar.

»Auf keinen Fall«, sagte ich, spuckte es fast aus, das wollte ich nicht, es passierte einfach. »Ich hasse Fußball«, sagte ich, sagte es, obwohl ich gern Fußball spielte.

»Wirklich?«, fragte Gunnar. »Na ja, die Geschmäcker sind verschieden«, sagte er, und dann lächelte er wieder freundlich und unterhielt sich mit Svein Åge über das bevorstehende Fußballspiel, und ich hörte ihnen an, dass sie sich auf das Spiel freuten.

Wir verließen das Waldstück und gingen hinunter zur Straße, dort blieben Gunnar und Svein Åge stehen. Sie sahen mich an, hoben gleichzeitig die Hand und lächelten wieder ihr freundliches Lächeln, ihr falsches Lächeln, egal, was ich tat und sagte, sie lächelten. Log ich ihnen ins Gesicht, lächelten sie, war ich wütend und sagte, dass ich etwas hasste, was sie liebten, lächelten sie, sie dachten, ich würde es nicht merken, aber ich merkte es, ich wusste, dass sie nicht so nett waren, wie sie taten, ich wusste, dass sie anfangen würden zu grinsen und über mich herzuziehen, sobald ich ihnen den Rücken zugekehrt hatte.

»Tschüss«, sagte Gunnar.

»Bis morgen«, sagte Svein Åge.

Aber ich sagte nichts, ich stand nur da und sah sie an, und dann klappte ich plötzlich den Deckel der Brotdose hoch und warf Gunnar die Froscheier ins Gesicht, und Gunnar stand da und sah aus, als wüsste er überhaupt nicht, wie ihm geschah, stand da mit offenem Mund und starrte auf seine Brust und seinen Bauch, und ich sah ihn an und grinste, während ich zugleich rückwärts lief.

»Warum hast du das gemacht?«, fragte er.

»Einfach so«, sagte ich, grinste weiter, und ich lief immer noch rückwärts, bereit, mich umzudrehen und davonzurennen, aber Gunnar kam nicht hinter mir her, und auch Svein Åge nicht, sie standen einfach nur da und schauten mich an, und sie sagten nichts, sie sagten nicht, das würde ich büßen oder wart's ab, wenn du morgen in die Schule kommst, sie wirkten überhaupt nicht wütend, nur verwirrt, und das verstand ich nicht, warum schrien sie nicht heraus, was sie die ganze Zeit über mich gedacht hatten, warum schrien sie nicht Idiot oder Blödmann oder Mongo.

Ich lief weiter rückwärts den Berg hinunter, starrte sie an und lachte, ich versuchte, es aussehen und klingen zu lassen, als fände ich es sehr komisch, aber ich schaffte es nicht, wären sie wütend gewesen, hätte ich es ganz sicher geschafft, aber so nicht, so war es ein quälendes Lachen, ein schmerzhaftes Lachen, denn vielleicht hatten sie nicht das gedacht, was ich angenommen hatte, vielleicht waren sie darum eher überrascht als wütend, und jetzt spürte ich, wie ich wieder rot wurde, ich sah ihnen direkt ins Gesicht und rang mir ein weiteres Grinsen ab, und dann schüttelte Gunnar den Kopf und drehte sich weg, und Svein Åge sagte, »oh Mann«, und drehte sich weg, und sie gingen einfach davon.

Ich drehte mich um und ging in die andere Richtung, und jetzt zogen sie ganz bestimmt über mich her, es ist nicht gesagt, dass sie über mich hergezogen wären, wenn ich das hier nicht getan hätte, aber jetzt taten sie es, und morgen würden sie es den anderen in der Schule erzählen, und damit hätten die anderen in der Schule den Beweis dafür, dass der neue Junge nicht ganz dicht war, das habe ich schon am ersten Tag geschnallt, würden sie sagen, allein schon, dass er alles zweimal sagt, würden sie sagen, und ich ging den langen Hang hinunter, und dort kam der Mann, der ganz unten in der Straße wohnte, er lächelte und sagte Hallo, und ich sagte ebenfalls Hallo, und als wir aneinander vorbeigingen, tauschte ich mein Gedächtnis mit seinem, Mensch, heute war auf der Arbeit richtig viel los gewesen, dachte ich, hatte fast keine Zeit, eine zu rauchen oder mein Brot zu essen, und jetzt freue ich mich wirklich auf das Abendessen, was es wohl geben wird, sicher Fisch, denke ich, ich habe eher Appetit auf Fleisch, aber gestern gab's Leber, dann gibt es heute wohl Fisch, gekochten Dorsch, kann ich mir vorstellen, oder Hering, falls Lars nicht wieder Pfannkuchen ausgehandelt hat, das würde mich nicht wundern, er wickelt seine Mutter um den kleinen Finger, der Junge, das ist fast beunruhigend.

Ich kam am Telefonhäuschen und am Stromkasten mit der rauen schwarzen Dachpappe vorbei, und dort stand Mama, sie stand bei den Briefkästen und unterhielt sich mit Frau Hovig, ich spürte sofort einen kleinen Stich, ich wusste nicht, worüber sie sich mit der Schreckschraube unterhielt. Ich ging auf die beiden zu, sie standen bei den Briefkästen mit dem Rücken zu mir, daher sahen sie mich nicht, Mama hatte ein paar Briefe in der Hand, bestimmt Rechnungen, etwas anderes als Rechnungen kriege ich nie, behauptete Mama immer, ich hörte sie lachen und ging ganz dicht an die Briefkästen heran, sie sahen mich immer noch nicht, sie schauten zu dem weißen Haus.

»Aber die Hundekacke hätte sie schon vom Rasen auflesen können«, sagte Mama ernst, dann schüttelte sie den Kopf. »Wenn sie sie nicht für Dünger hält«, sagte sie, dann schaute sie Frau Hovig an und lachte wieder, aber Frau Hovig lachte nicht, sie hielt sich gerne für was Besseres und schaute Mama nur lächelnd an. »Also wirklich«, sagte Mama. »Wie sieht das denn aus?«, sagte sie, und jetzt klang sie wieder ernst. »Außerdem könnten die Kinder reintreten, wenn sie hier spielen und rumrennen«, sagte sie. »Und dann schleppen sie die Kacke ins Haus«, sagte sie, und sie schaute Frau Hovig an, und Frau Hovig blinzelte ruhig und behielt ihr Lächeln bei.

»Sigrun wurde kürzlich an der Hüfte operiert«, sagte sie. »Sie kann noch nicht wieder mit dem Hund Gassi gehen.«

»Aber sie kann doch wohl rauskommen und die Kacke aufsammeln?«, sagte Mama. »Vorhin habe ich gesehen, wie sie die Post geholt hat, da haben ihre Beine zumindest funktioniert«, sagte sie, dann lachte sie wieder, aber auch jetzt lachte die Schreckschraube nicht, sie stand unverändert lächelnd da, mit ihrem übertrieben freundlichen Lächeln, dem überheblichen Lächeln.

»Sie hat starke Schmerzen«, sagte Frau Hovig, dann blinzelte sie wieder ruhig. »Vor allem beim Gehen und Bücken.«

»Davon kann ich ein Lied singen«, sagte Mama und lachte wieder. »Ich bin Rheumatikerin, und manchmal sind die Schmerzen so stark, dass ich mir nicht mehr zu helfen weiß. Aber deswegen kann man sich ja nicht einfach hinlegen, ich muss ja meinen Unterhalt verdienen«, sagte sie. Und Frau Hovig sah sie an, behielt ihr überhebliches Lächeln bei.

»Ja«, sagte sie, sagte es beim Einatmen, und noch einmal blinzelte sie, es war ganz offensichtlich, dass sie Mama nicht mochte, und ich konnte nicht verstehen, dass Mama es nicht selbst sah, dass sie es nicht merkte, aber sie merkte es nicht, sie machte einfach weiter, erzählte von ihrem Rheumatismus und lachte über Sachen, die nicht witzig waren, und ich konnte sehen, dass es Frau Hovig nicht gefiel, dass sie darauf keine Lust mehr hatte, sie konnte kaum verbergen, wie wenig es ihr gefiel, das sah ich ihrem Lächeln an, es war so gezwungen, das ertrug ich nicht länger.

»Hallo«, sagte ich.

»Ja, da bist du ja«, sagte Mama. »Ich habe schon auf dich gewartet.«

»Ach, ja«, sagte Frau Hovig schnell, dann hob sie die Hand und machte Anstalten zu gehen.

»Es war sehr nett, mit Ihnen zu plaudern«, sagte Mama und legte mir die Hand auf die Schulter. »Kommen Sie doch mal zum Kaffee vorbei, dann können wir uns ausführlicher unterhalten«, sagte sie, und als sie das sagte, zog sich alles in mir zusammen, es tat weh, sie das sagen zu hören, tat weh zu hören, wie sie Leute einlud, die offensichtlich keinerlei Lust hatten, sie zu besuchen.

»Ja, vielleicht«, sagte Frau Hovig.

»Gern auch jetzt gleich«, sagte Mama und lachte wieder.

»Ich habe frisch gekochten Kaffee in der Kanne«, sagte sie, aber jetzt war es genug, ich konnte mir nicht länger anhören, wie sie flehte und bettelte, und ich legte einen Arm um ihre Hüfte und versuchte, sie mitzuziehen.

»Jetzt grade habe ich keine Zeit«, sagte Frau Hovig, und ich zog etwas fester an Mama, versuchte sie von Frau Hovig wegzuziehen, bevor sie noch weiterbettelte, aber ich schaffte es nicht, sie war zu groß und zu schwer.

»Gerne auch heute Nachmittag«, sagte Mama.

»Heute Nachmittag bin ich unterwegs«, sagte Frau Hovig. »Wir holen es ein andermal nach«, sagte sie, dann hob sie die Hand und lief los, sie wollte nur noch weg, bevor Mama weitere Vorschläge für Kaffeebesuche machte, und jetzt durfte Mama keine weiteren Vorschläge mehr machen, das ertrug ich nicht, und ich zog wieder an Mama, zog ziemlich fest, so fest ich konnte, und jetzt knackte es bei Mama im Rücken.

»Au«, sagte sie. »Hör auf, Terje«, sagte sie und sah mich genervt an, und ich ließ sie los und machte ein paar Schritte. »Bis zum nächsten Mal«, hörte ich Mama hinter mir sagen, und damit verabschiedeten sie sich endlich.

Wir gingen ins Haus, ich zuerst und Mama gleich hinter mir. Im Eingang strampelte ich die Schuhe von mir und stellte die Brotdose auf die Kommode im Gang, ich wand mich aus dem Ranzen und warf ihn in die Ecke, in der der Kleiderständer stand. Ich ging in die Küche und machte den Kühlschrank auf, blieb davor stehen und schaute hinein. Ich hatte Appetit, wusste aber nicht worauf, und ich stand da und schaute nur, hörte das leise Summen der Thermoskanne, die hinter mir auf dem Tisch stand, das Geräusch erinnerte an ein Radio, das nicht richtig eingestellt war, und kurz darauf hörte ich, wie der Küchenstuhl über den Boden gezogen wurde, und ich hörte ein Streichholz, das über die Längsseite der Streichholzschachtel ritschte, Mama, die sich eine Zigarette anzündete, und dann roch ich den Rauch, und ich stand immer noch vor dem Kühlschrank und schaute hinein, und Mama fragte weder, wie es in der Schule war, noch, ob wir für morgen Hausaufgaben aufhatten, sie saß einfach nur da und schwieg, und ich drehte mich um, und da saß Mama und rauchte und starrte in die Luft, sie rauchte schneller als sonst, nahm sich nicht einmal die Zeit, den Rauch auszustoßen, bevor sie erneut an der Zigarette zog, und ich sah, dass es ihr nicht gut ging, sie hatte sicherlich mehr begriffen, als ich angenommen hatte, bei ihrer Unterhaltung mit Frau Hovig, bestimmt war sie deshalb traurig, das musste es sein, sie war traurig, weil Frau Hovig sie nicht mochte, als ob das ein Grund wäre, traurig zu sein, die gemeine Frau Hovig, Frau Hovig, die sich für etwas Besseres hielt, es war doch völlig unwichtig, was sie dachte.

»Wo warst du eigentlich so lange?«, fragte Mama plötzlich, dann drehte sie sich um und sah mich an, und sie sah genervt und gleichzeitig traurig aus, aber sie war nicht meinetwegen genervt, sondern wegen Frau Hovig, das wusste ich. »Ich mache mir doch Sorgen um dich, verstehst du?«, sagte sie.

»Ich hab doch nicht länger gebraucht als die anderen«, sagte ich. »Ich hab doch nicht länger gebraucht als die anderen«, sagte ich noch einmal, nur leiser.

»Du hast länger gebraucht als gestern«, sagte Mama, und sie sah mich an und zog an der Zigarette, blies den Rauch sofort wieder aus.

»Vielleicht bin ich im Wald etwas langsamer gelaufen, aber ich bin den direkten Weg gegangen«, sagte ich. »Ich bin den direkten Weg gegangen«, sagte ich noch einmal, und ich sah Mama an, und Mama sah mich an und schluckte, und jetzt wirkte sie plötzlich nicht mehr genervt, die Genervtheit rann sozusagen aus ihrem Blick, jetzt sah sie nur noch traurig aus, sie lächelte schnell und zog an der Zigarette, blies den Rauch sofort aus.

»Ich hab dich so lieb, weißt du«, sagte sie. »Das ist der Grund«, sagte sie, sie sah mich an und lächelte blass. »Das weißt du doch?«, fragte sie. Ich sagte nichts, nickte nur, und ich sah sie an und lächelte, und dann drückte sie die Zigarette auf der geblümten Teeuntertasse aus, die auf dem Küchentisch stand. »Komm her und gib deiner Mutter einen Kuss«, sagte sie. »Mein kleiner Schlingel«, sagte sie, und ich ging zu ihr, sie zog mich auf ihren Schoß, und wieder einmal überraschte es mich, wie klein ihr Schoß war, ich wusste natürlich, dass ich größer geworden war, nicht sie kleiner, aber es fühlte sich an, als wäre ihr Schoß geschrumpft. Sie zog mich zu sich heran, und ich legte ihr die Hände auf den Rücken, und sie wiegte mich hin und her.

»Du«, sagte Mama, dann ließ sie los, sie sah mich an und lächelte, und ihr Lächeln wirkte echt. »Wir radeln jetzt zur Bäckerei und kaufen uns beide ein Plunderteilchen«, sagte sie. »Wollen wir das machen?«, fragte sie, und sie sah mich mit ihren großen eifrigen Augen an, ich wusste, dass sie nicht so eifrig und aufgeregt war, wie sie vorgab zu sein, aber das machte nichts, ich freute mich trotzdem.

»Ja«, sagte ich, sagte es fröhlich, sang es fast, und dann rutschte ich von ihrem Schoß und lief durch das Zimmer, wir gingen in den Eingang und zogen wieder die Schuhe an, und wir liefen zu unseren Fahrrädern und lächelten uns an, als wir uns auf die Fahrräder schwangen, Mama auf das gelbe Fahrrad mit Korb am Lenkrad und grünen Netzen auf beiden Seiten des Hinterrads, und ich auf das blaue Zehngangrad mit Rennlenker, einem Tacho, der bis achtzig ging, und grüngelbem Sprengdraht um die Speichen.

Wir fuhren auf die Straße, und ich sah zu dem Haus, in dem

Frau Hovig wohnte, die Schreckschraube, die sich für etwas Besseres hielt, die verdammte Fotze. Wäre Mama nicht dabei, hätte ich in ihre Richtung Fotze geschrien, aber das tat ich jetzt nicht, jetzt radelte ich einfach an ihrem Haus vorbei, am Telefonhäuschen vorbei, und ich schaltete in den fünften Gang und fuhr schneller, ich schaltete in den sechsten und fuhr noch schneller, ich wusste, dass Mama nicht so schnell hinterherkam, und ich wusste, dass sie bald das sagen würde, was ich am liebsten hörte, dass sie sich geschlagen gab, weil ich so viel fitter und stärker war als sie oder so was in der Art, und ich trat in die Pedale und fuhr noch schneller, und dann rief sie endlich.

»Nicht so schnell«, rief sie.

Ich hörte auf zu treten. Ich drehte mich um und sah Mama keuchend auf dem schwergängigen Damenrad ankommen, vorgebeugt und mit Jackenärmeln, die sich in der Fahrtluft aufplusterten, ich ließ sie herankommen und versuchte, überrascht zu wirken.

»Stimmt was nicht?«, fragte ich.

Sie lachte und schüttelte den Kopf.

»Meine Güte«, sagte sie. »Wenn du groß bist, musst du Rennfahrer werden. Du bist ja der reinste Knud Knudsen«, sagte sie, und ich merkte, wie gut es tat, die Worte zu hören, ich zog die Nase kraus und tat so, als wüsste ich nicht, was sie meinte, aber ich schaffte es nicht ganz, ich konnte ein Lächeln nicht unterdrücken.

Drei Tage vorher

Ich nahm zwei große Steine aus dem Graben und ging zurück in die Garage, zu der weißen Fischbox, in der die Froscheier lagen. Bald würden aus den Froscheiern Kaulquappen werden, und nicht viel später würden sich die Kaulquappen in Frösche verwandeln, sie würden Füße bekommen, und die Kiemen würden zu Lungen werden, und sobald sie Lungen und Füße hätten, bräuchten sie Steine, auf die sie klettern könnten, sonst würden sie nicht überleben. Ich legte die beiden Steine vorsichtig in die Fischbox und schüttelte mir das Wasser von den Fingern, wischte mir die Hände am Hosenbein trocken und steckte sie in die Taschen, blieb stehen und betrachtete meine Froscheier, graue Trauben mit schwarzen Pünktchen hier und da, und dann kam es mir plötzlich so vor, als sei ich hier drinnen nicht allein, ich hatte das Gefühl, jemand stünde direkt hinter mir, und ich drehte mich schnell um, so schnell, dass ich fast das Gleichgewicht verlor, aber natürlich war niemand da, ich war ganz allein, und ich drehte mich wieder zurück und verließ die Garage, ich schloss das Tor und ging die Treppe zum Haus hinauf, die graublaue Stahltreppe mit Hunderten kleiner Löcher, die wie ein Menschenauge geformt waren, ich sah hinunter, als ich die Hand auf die Türklinke legte, schaute auf die mickrigen Huflattichpflänzchen, die aus dem Kies und Lehmboden unter der Treppe hervorlugten, und ich drückte die Türklinke nach unten und trat in den Eingang.

»Aber uns bindet doch nichts an dieses Scheißkaff«, hörte ich Anita sagen. »Ich will wieder nach Trondheim.«

»Jetzt wohnen wir hier, Anita«, hörte ich Mama sagen.

»Ja, und in einem Monat wohnen wir bestimmt im nächsten beschissenen Kaff«, sagte Anita.

»Jetzt hör auf, du bist ungerecht«, sagte Mama.

»Aber es stimmt doch«, sagte Anita. »So verzweifelt, wie du bist«, sagte sie, und dann wurde es still, und jetzt standen sie da und starrten sich an, das wusste ich, sie starrten sich direkt in die Augen, und keine der beiden würde nachgeben, und ich stand unbeweglich da und lauschte nur.

»Pass auf, was du sagst«, sagte Mama wütend, aber mit gedämpfter Stimme.

»Ich sage, was ich will«, sagte Anita.

»Nicht in meinem Haus«, sagte Mama.

»Das hier ist also nur dein Haus«, sagte Anita. »Dann kann ich ja gleich ausziehen«, sagte sie. »Wenn es nicht mein Zuhause ist.«

»Jetzt stell dich nicht dümmer, als du bist«, sagte Mama. »Du bist vierzehn.«

»Na und?«, sagte Anita.

»Und wo willst du hinziehen, wenn ich fragen darf?«, sagte Mama.

»Zu meinen Freunden«, erwiderte Anita.

»Was für Freunden?«, sagte Mama.

»Glaubst du etwa nicht, dass ich Freunde habe?«, fragte Anita.

»Klar hast du Freunde«, sagte Mama. »Wir sind ja nicht ohne Grund aus Trondheim weggezogen«, sagte sie.

»Ach so, meine Freunde sind also schuld daran, dass wir hierhergezogen sind«, sagte Anita. »Wir sind also meinetwegen umgezogen, um mich vor schlechtem Umgang zu bewahren, und nicht wegen eines gewissen Bauarbeiters aus Namsos«, sagte sie, »der merkwürdigerweise nichts mehr mit dir zu tun haben will«, sagte sie, laut und wütend sagte sie es, sie freute sich diebisch, als sie es sagte, ihre Stimme stieg fast in Fistelhöhe.

Dann war es still.

Und ich hörte, wie ein Stuhlbein über den Boden schrappte, dann war es wieder still.

»Ich tue ja, was ich kann, Anita«, sagte Mama, und jetzt war sie traurig, das hörte ich ihr an.

»Sorry, aber das reicht nicht«, sagte Anita. »Du musst dich schon noch etwas mehr anstrengen«, sagte sie, und ich schaute zu Boden und schluckte, verstand nicht, wie sie so etwas zu Mama sagen konnte, wie sie so gemein sein konnte. Einen Augenblick war es ganz ruhig, dann fing Mama an zu weinen, und ich blutete innerlich, als ich sie weinen hörte.

»Mein Gott«, sagte Anita. »Das hat jetzt noch gefehlt«, sagte sie, und dann lachte sie, stand da und lachte, während Mama weinte, und ich verstand nicht, wie sie so sein konnte, so war sie früher nicht gewesen, früher war sie lieb gewesen. »Ich kann aber auch nichts zu dir sagen, ohne dass du gleich flennst.« Ich sah zu Boden, dann an die Wand, und wieder zu Boden, das konnte ich mir nicht länger anhören, ich musste dem ein Ende setzen, und innerlich blutete ich und blutete, und ich sah zu Boden, und ich starrte auf die Tür vor mir, die Tür mit dem rauen grüngelben Glas, durch das man nicht hindurchsehen konnte, und dann drehte ich mich um, ging wieder hinaus auf die Treppe und klingelte, denn wenn ich an der Tür klingelte, glaubten sie, es käme Besuch, und wenn Besuch kam, rissen sie sich immer zusammen und vertrugen sich wieder. Ich klingelte noch einmal und noch einmal, und dann stützte ich mich mit der linken Hand auf das schwarze Plastikgeländer und hüpfte die Treppe hinunter, und ich rannte über den Hof, um die Hausecke und hinüber zum Stachelbeerbusch, kauerte mich hinter den Busch.

Ich rührte mich nicht mehr.

Dann hörte ich, wie die Haustür aufging, Mama stand sicherlich im Bad und trocknete ihre Tränen, vermutlich hatte Anita die Tür aufgemacht, und jetzt glaubte Anita, die Nachbarskinder hätten geklingelt und wären abgehauen, und sie würde die Tür ganz sicher wieder schließen und hineingehen. Ich wartete kurz, wartete, bis ich sicher sein konnte, dass sie wieder hineingegangen war, dann stützte ich mich mit den Händen in dem gelben Gras ab, um aufzustehen, blieb aber sitzen, sie würden sofort durchschauen, dass ich geklingelt hatte, wenn ich jetzt schon hineinginge, dachte ich, und das will ich nicht, dann folgern sie bestimmt, dass ich alles mitgehört habe, zumindest Mama, dachte ich, sie wird begreifen, dass ich dagestanden und gelauscht habe, und sie wird begreifen, dass es schrecklich für mich ist, und dann wird sie nur darüber reden wollen, und das ertrage ich jetzt nicht, ich hasse es, über solche Sachen reden zu müssen.

Ich wartete noch einen Moment, dann hörte ich Stimmen auf der anderen Straßenseite. Ich drehte mich um, und dort stand Frau Hovig und hängte Wäsche auf, und neben ihr stand die Frau, die so komisch ging, und die, die so komisch ging, hatte ihren kleinen Hund dabei, sie lachte und schüttelte den Kopf.

»Nimm die Klammer aus dem Mund, wenn du sprichst«, sagte sie. »Du hörst dich an wie ein Huhn.«

»Wie ein Huhn?«, fragte Frau Hovig, sie sagte es, ohne die Klammer aus dem Mund zu nehmen, und die Frau, die so komisch lief, lachte noch mehr, und jetzt fing auch Frau Hovig an zu lachen, und dann hörte ich plötzlich, wie unsere Haustür aufgerissen und mit einem lauten Knall zugeschlagen wurde, ich hörte rasche Schritte, knirschende Schuhe auf dem Kies, und dort kam Anita, sie sah wütend aus, und während sie ging, schlüpfte sie mit einem Arm in den Ärmel ihrer Jeansjacke, und mit dem anderen Arm schlüpfte sie in den anderen Ärmel, sie lief rasch zur Garage, blieb stehen und lehnte sich mit dem Rücken an das Garagentor, sie nahm einen Fuß hoch und drückte die Schuhsohle gegen das Tor, gleichzeitig steckte sie eine Hand in die Tasche ihrer Jeansjacke und holte eine Zigarettenschachtel heraus, so stand sie oft da und rauchte, so oft, dass das Garagentor mit Fußspuren überzogen war, als wäre jemand über das Tor gelaufen, ein Mensch mit den Eigenschaften eines Insekts, sowohl Fliegen als auch Käfer und viele andere Insekten konnten an der Wand oder Decke entlanglaufen, denn sie hatten feine Härchen unter den Füßen, die einen klebrigen Stoff aussonderten, der sie festhielt, das hatte mir Onkel Bjørnar vor langer Zeit erzählt, und ein paar Insekten hätten scharfe Krallen, mit denen sie sich zusätzlich festkrallen könnten, hatte er gesagt, und diese Härchen und diese Krallen waren einer der Gründe, weshalb Insekten es geschafft hatten, die Erde mit Millionen verschiedener Arten zu bevölkern, so fanden sie leicht etwas zu fressen und konnten schnell vor Gefahr flüchten, und jetzt war Anita aus dem Haus geflüchtet. Sie nahm eine Zigarette heraus und steckte sie sich in den Mund, dann zündete sie die Zigarette an, sie betrachtete die Nachbarsfrauen, und die Nachbarsfrauen standen da und starrten sie an, und jetzt lachten sie nicht länger.

»Was glotzen Sie so?«, fragte Anita. »Haben Sie noch nie einen Menschen gesehen?«, fragte sie, sie starrte den Nachbarsfrauen direkt ins Gesicht, und die Nachbarsfrauen betrachteten sie einen Moment, dann blickten sie sich an und schüttelten den Kopf. »Verdammte Bauern«, sagte Anita, sie lehnte den Hinterkopf an das Garagentor und blies den Rauch in die Luft, einen Moment lang sah sie ihm hinterher, betrachtete den grauen Himmel, dann fingen die Nachbarsfrauen wieder an zu reden, und jetzt sprachen sie so leise, dass man nicht hören konnte, was sie sagten, bestimmt sprachen sie über Anita, vermutlich redeten sie deshalb so leise, und Anita merkte es auch, denn jetzt stand sie da und starrte die beiden an, sie zog an der Zigarette und blies den Rauch fast sofort wieder aus, zog noch einmal und blies den Rauch genauso schnell wieder aus, sie ließ die Frauen nicht aus den Augen.

»Besorgen Sie sich ein eigenes Leben«, sagte sie plötzlich laut, sie grinste, und die Nachbarsfrauen drehten sich zu ihr um und starrten sie einen Moment lang an, dann blickten sie sich wieder gegenseitig an und schüttelten den Kopf, und Anita stand einfach nur da und starrte.

Und dann hörte ich plötzlich Roars Moped, sein Moped war lauter als alle anderen Mopeds, darum war es nicht schwer zu erkennen, es hörte sich an, als hätte der Motor Schmerzen, als jammerte er, vor allem bergauf, und jetzt bog Roar um die Kurve. Er bremste und fuhr bis zu unserer Garage, hielt vor Anita an, setzte den Helm ab und fuhr sich mit der Hand durch die zerzausten roten Haare, richtete sie ein bisschen, dann hob er das Kinn und lockerte den Motorradschal.

»Hallo«, sagte er, er sah Anita an, aber er war viel zu cool, um zu lächeln.

»Hallo«, sagte Anita.

»Steig auf«, sagte er mit einer entsprechenden Kopfbewegung, und Anita schnippte die Zigarette weg, und die Zigarette flog in einem leichten Bogen durch die Luft, bevor sie auf die Straße fiel, wo sie liegen blieb und weiterbrannte. Anita setzte sich auf das Motorrad, und Roar drehte sich um und reichte ihr seinen Helm, und sie sah grinsend zu den beiden Nachbarsfrauen, während sie den Helm entgegennahm.

»Stimmt es, dass Sie Ihre Fotze mit Leberwurst einreiben, damit der Hund sie hinterher abschleckt?«, fragte sie. Die beiden Nachbarsfrauen standen ganz still da und sahen sie an, und Roar lachte ein böses Trickfilmlachen, ein Lachen, das weit hinten im Mund saß, fast schon im Hals, und ich konnte Anita ansehen, dass es ihr gefiel, ihn zum Lachen zu bringen, das konnte ich an ihrem Grinsen erkennen. »Das habe ich zumindest gehört«, sagte sie. »Tja, man nennt den Hund ja nicht grundlos den besten Freund des Menschen«, sagte sie, und Roar lachte wieder sein böses Trickfilmlachen, Anita setzte den Helm auf und schlang die Arme um seine Taille, platzierte die Hände so, dass es aussah, als würde sie den grinsenden Geist umarmen, den Roar auf dem Rücken seiner Jeansjacke hatte, den Geist, unter dem *Iron Maiden* stand, und Roar drehte den Gasgriff und ließ den Motor aufheulen, erst einmal, dann noch einmal, dann fuhr er davon. »Tschüss«, rief Anita, sie winkte den beiden Nachbarsfrauen fröhlich zu, und aus dem Auspuff des Mopeds kam blauer Rauch.

Die Nachbarsfrauen schauten sich an.

»Süßes Mädchen«, sagte die Frau, die so komisch lief. » Und so charmant.«

»Weißt du, ich bin schockiert«, sagte Frau Hovig, sie machte den Mund auf und schüttelte den Kopf.

»Bist du?«, fragte die andere, die so komisch lief. »Dann hast du die Mutter noch nicht kennengelernt«, sagte sie.

Es versetzte mir einen Stich, als sie Mama erwähnte, denn diese Schreckschraube durfte auf keinen Fall schlecht über Mama reden. Ich bog einen der Zweige in dem Stachelbeerbusch zur Seite, verschaffte mir eine Öffnung, um besser zu sehen, und jetzt prustete Frau Hovig los.

»Und ob ich das habe, das kannst du mir glauben«, sagte sie. »So gesehen war es für mich kein Schock«, sagte sie, dann hob sie den leeren Wäschekorb hoch. »Komm mit zu mir auf eine Tasse Kaffee«, sagte sie.

»Gern«, sagte die mit dem Hund, und sie gingen zum Haus, und die mit dem Hund sagte etwas, und Frau Hovig antwortete etwas, und dann lachten sie, und ich wusste, dass sie über Mama sprachen, dass sie über Mama lachten. Ich schloss die Augen und stand auf, rührte mich nicht von der Stelle, und jetzt schmeckte ich plötzlich das Gras unter mir, denn ich war ein Schmetterling, und Schmetterlinge konnten mit den Füßen schmecken, es war wichtig, die Eier dort abzulegen, wo die Raupen etwas zu Fressen fanden, sobald sie schlüpften, und um eine solche Stelle zu finden, schmeckte sich das Weibchen mit Hilfe der Geschmacksorgane an den Beinchen voran, es trampelte auf allen Blättern herum, auf denen es landete, bis es eine Stelle fand, an der genug Nahrung vorhanden war, damit die Raupen überleben konnten, und ich trampelte herum und kostete das Gras, und das Gras schmeckte wunderbar süß.

»Was machst du denn da?«, fragte jemand, und jetzt kam Gunnar mit dem Fahrrad angefahren, er hatte Tormannhandschuhe an und einen Fußball auf dem Gepäckträger, und der Fußball war an einer Stelle eingerissen, dort quoll eine orangefarbene Blase hervor, er legte im Kies einen dunkelbraunen Bremsstreifen hin und hielt, und er sah mich an und lächelte, und ich lächelte zurück, aber ich gab keine Antwort, ich lief einfach los, ich schlüpfte durch das Loch in der Hecke und ging in den Nachbargarten, und ich rannte im Zickzack durch den Garten, denn ich war ein Schmetterling, und Schmetterlinge flogen im Zickzack, sie schwirrten hierhin und dorthin durch die Luft, und ich schwirrte hierhin und dorthin durch den Garten, von Busch zu Busch, von der Hecke zur Hauswand und von der Hauswand zurück zur Hecke, und ich hörte Gunnar hinter mir lachen, hörte sein fröhliches Lachen, und ich rannte um die Hausecke, rannte dorthin, wo er mich nicht sehen konnte, und es kam ein Windstoß, und der Windstoß hob mich hoch, und ich schwebte durch die Luft, ich flog über die Hecke und den Spielplatz hinein in den Wald, und ich flog auf ein kleines Häufchen mit Hornklee zu, und ich landete auf einer der gelben Blüten, landete nicht mit beiden Füßen gleichzeitig, landete mit einem Fuß kurz vor dem anderen, babang, machte es, und die Pflanze gab nach und schaukelte mit mir hoch und nieder, ein Regentropfen löste sich von der Unterseite eines Blatts, kurz darauf löste sich noch einer, und die Tropfen plumpsten auf den Waldboden, und ich klappte die Flügel hoch, ich hatte glänzende blaue Flügel mit schwarzen und orangefarbenen Flecken und einem ausgefransten weißen Rand, und ich breitete die Flügel aus und klappte sie wieder hoch.

Drei Tage vorher

»Danke«, sagte ich, streckte die Hände über den Tresen, nahm die Pappschachtel mit den Hähnchenflügeln und ging zu dem Tisch gleich neben der Tür, ich sah zu Anita hinüber, als ich mich auf einen der weißen Plastikstühle setzte, zu Anita, die auf den Kaffee wartete, den sie bestellt hatte, zu Hause trank sie niemals Kaffee, ich hatte sogar schon gehört, wie sie zu Mama sagte, sie würde keinen Kaffee mögen, aber jetzt bekam sie einen weißen Plastikbecher mit dampfend heißem Kaffee.

»Danke«, sagte sie, dann kam sie herüber, setzte sich mir am Tisch gegenüber auf die Holzbank unter dem Fenster, sah mich an und lächelte, während sie sich über den Becher beugte und auf den Kaffee blies, und ich lächelte zurück, ich beugte mich über den Tisch und biss in den Hähnchenflügel, riss ein großes Stück Fleisch los, ein langer Schmatzlaut war zu hören, als sich das Fleisch vom Knochen löste, das Fleisch war außen knusprig und innen zart und saftig, und ich kaute darauf herum, Fett und Fleischsaft gluckerten zwischen den Zähnen, und ich hörte, wie ich beim Kauen »Mmh« sagte, und Anita sah mich an und lachte.

»Schmeckt's?«, fragte sie, und ich sah sie an und nickte schnell, aß weiter, aß Hähnchenflügel an einem ganz normalen Donnerstag, mir war klar, dass ich deshalb Hähnchenflügel bekam, damit es in all dem Unschönen etwas Schönes gab, ich begriff mehr, als Anita ahnte.

»Aber, Terje«, sagte Anita. »Wisch dir nicht die Hände an

der Hose ab«, sagte sie, und ich schaute auf meine Hose, und erst jetzt sah ich, dass ich meine Hände daran abgewischt hatte, dass ich an beiden Hosenbeinen braun glänzende Fett- und Gewürzflecken hatte. »Auf dem Tresen liegen Servietten«, sagte sie, aber sie war weder wütend noch sauer, ganz im Gegenteil, sie war belustigt und fröhlich, sie war belustigt, weil ich so gierig aß, und sie war fröhlich, weil sie es geschafft hatte, mich wieder aufzumuntern, weil es half, mir Hähnchenflügel zu kaufen. »Ich hol dir welche«, sagte sie, und dann stand sie auf und ging zum Tresen, sie zog ein paar Servietten aus dem glänzenden Metallbehälter und kam zurück, und ich sah sie an, spannte die Kiefermuskulatur an und zerkaute den äußeren Teil des Hähnchenflügels. »Bitte schön«, sagte Anita und legte die Servietten vor mir auf den Tisch.

»Danke«, sagte ich, sagte es mit dem Mund voller Hähnchenflügel, und Anita lachte erneut, ich sah sie an, aber sie schaute nicht zurück, sie hob die Hand und grüßte jemanden hinter mir, und dann hörte ich den Klingelton, als die Tür aufging, und ich spürte die kühle Luft, die hereinströmte, die Kälte, die sich mir um den Nacken legte. Ich drehte mich um, und dort kam Roar, mit seinen hellblauen, fast durchsichtigen Augen sah er uns an, und sobald ich seine Augen sah, erinnerte ich mich an das, was Onkel Bjørnar gesagt hatte, warum wir Menschen so viel Weiß um die Iris hätten, je mehr Weiß es um die Iris gäbe, desto leichter könnte man die Blicke der anderen in der Gruppe deuten, und je besser man die Blicke der anderen deuten konnte, desto größer war die Chance, durchs Leben zu kommen, und ich würde durchs Leben kommen, denn ich kapierte sofort, dass man sich von Roar fernhalten musste, das sah ich an seinen Augen, sie verhießen nichts Gutes, es waren Augen ohne Gefühle.

»Ja, Hallo«, sagte Anita, sie klang überrascht, zog die Augenbrauen hoch und versuchte, überrascht auszusehen, aber sie warf mir einen kurzen Blick zu, und mir war klar, dass sie nicht überrascht war, ich wusste, dass sie sich mit Roar verabredet hatte, und ich wusste, dass sie nicht wollte, dass ich es wusste, weil sie glaubte, es würde mich traurig stimmen, wenn sie das hier nicht als eine Zeit nur für uns zwei geplant hätte.

»Hallo«, sagte Roar, er legte den roten Helm auf den Tisch und knöpfte die Jeansjacke auf. »Ich hole mir noch einen Kaffee«, sagte er, er ging zum Tresen, und ich schaute Anita an, und sie sah mich an und lächelte, und jetzt war ihr Lächeln anders als eben noch, jetzt lächelte sie nicht, weil sie sich freute, sondern weil sie zeigen wollte, dass sie nichts falsch gemacht hatte, und sie hatte ja auch nichts falsch gemacht, ich wäre nur lieber mit ihr allein gewesen, aber sie hatte ja nichts falsch gemacht, und ich sah sie an und erwiderte ihr Lächeln.

Sie setzte den Kaffeebecher ab, und ich steckte den abgenagten Knochen in den Mund und sog daran, sog die Gewürze und das Salz, den guten Geschmack ein, und ich legte den Knochen zurück in die Pappschachtel, nahm einen neuen und begann, an ihm zu nagen, und dann kam Roar und setzte sich.

»Na«, sagte er. »Wie schaut's aus?«

»Gut so weit«, sagte Anita, dabei lächelte sie traurig und sah ihn auf eine Weise an, die zeigen sollte, dass es nicht so gemeint war, aber er kannte sie nicht so gut wie ich und bekam es nicht mit, er stellte nicht die Frage, die Anita am liebsten hören würde, er nickte nur und trank einen Schluck Kaffee, dann setzte er seinen Kaffeebecher ab und sah Anita an, schob den Kopf etwas nach vorne und zog zugleich die Augenbrauen hoch, und Anita saß einfach nur da und sah ihn an.

»Und jetzt müsstest du fragen: Und bei dir, Roar?«, sagte er.

Und Anita fing an zu lachen, und Roar schüttelte gespielt missbilligend den Kopf.

»Und bei dir, Roar?«, fragte Anita.

»Danke, gut so weit«, sagte er, und Anita lachte wieder. »Da, wo du herkommst, sind Umgangsformen wohl ein Fremdwort, oder?«, fragte Roar, und er schüttelte wieder gespielt missbilligend den Kopf, und Anita lachte erneut. »Von wegen, du kommst aus Trondheim«, sagte er, und Anita lachte und lachte, ich konnte nicht verstehen, worüber sie so lachte, vielleicht freute sie sich einfach, mit Roar zusammen zu sein, vielleicht war es das, weil sie verliebt war und weil sie wollte, dass Roar sich witzig vorkam.

Ich steckte den abgenagten Knochen in den Mund und sog daran, legte ihn ebenfalls in die Pappschachtel und nahm mir einen neuen Hähnchenflügel, biss hinein und riss ein Stück Fleisch ab, es klang, wie wenn man ein Pflaster von einer Wunde abzieht.

»Ach, übrigens«, hörte ich Roar sagen. »Hab mit Persie gesprochen, er kauft nachher für mich ein, soll er auch gleich für dich einkaufen?«, fragte er.

»Darüber reden wir später«, sagte Anita, und ich sah sie schnell an, konnte gerade noch sehen, wie sie mit dem Kopf auf mich zeigte, daher wusste ich, dass es um Bier ging, dass sie einen, den sie Persie nannten, dazu überreden konnten, Bier für sie zu kaufen, und dass Anita Angst hatte, ich könnte Mama davon erzählen.

»Entspann dich, ich sage nichts«, sagte ich. »Entspann dich, ich sage nichts«, wiederholte ich noch einmal, nur leiser, und dann fing Roar an zu lachen, er hatte nicht mitbekommen, dass ich den Satz wiederholt hatte, darüber lachte er also nicht.

»Der Junge ist nicht so dumm, wie er aussieht«, sagte er, und er sah mich mit seinen hellblauen, fast durchsichtigen Augen an, Augen ohne Gefühle. Ich war beunruhigt, gleichzeitig fühlte ich mich cool, fühlte mich größer und cooler als sonst, weil er mich gelobt hatte, und ich war beunruhigt wegen seiner Augen.

»Terje ist überhaupt nicht dumm«, sagte Anita, sie sah mich an und lächelte, ich merkte, wie es mich sofort mit Stolz erfüllte, aber ich wollte es nicht zeigen, wenn ich es zeigte, war es quasi weniger wert, dann hatte ich das Gefühl, sie hätte es nur gesagt, um mich mit Stolz zu erfüllen, und das wollte ich nicht, daher sah ich zu Boden, ich nahm ein neues Stück Fleisch in Angriff und riss es vom Knochen los, und im Hintergrund hörte ich, wie Anita und Roar darüber redeten, was sie an Bier haben wollten.

»Vier große Flaschen«, sagte Anita.

»Und etwas Selbstgebrannten«, sagte Roar, und sie setzten ihr Gespräch fort, und ich aß weiter und hörte nicht mehr genau hin, schnappte nur hin und wieder ein Wort oder einen Satz auf, und ab und zu benutzte Anita Wörter, die sie zu Hause nicht benutzte, wenn sie mit Mama oder mir sprach. »Hat die Karre über den Festplatz gejagt«, sagte sie, und »fuck her«, sagte sie, ich wusste nicht, was es bedeutete, aber ich wusste, dass sie es sagte, weil sie älter wirken wollte, und bestimmt kaufte sie sich deshalb auch Kaffee statt Limo, und jetzt merkte ich plötzlich, dass ich Lust auf Limo hatte, dass ich Durst hatte.

Ich legte den Hähnchenflügel in die Pappschachtel und wischte mir die Finger an einer Serviette ab, dann stand ich auf und ging zum Tresen.

»Kann ich ein Glas Wasser haben?«, fragte ich. »Kann ich ein Glas Wasser haben?«, wiederholte ich, nur leiser, und die Frau hinter dem Tresen sah mich verwundert und etwas belustigt an, sie sagte nichts, drehte sich nur um und ging zur Arbeitsplatte, auf der die Kaffeemaschine stand, und sie nahm einen der weißen Plastikbecher und füllte ihn mit Wasser, dann kam sie zurück.

»Bitte schön«, sagte sie. »Bitte schön«, sagte sie noch einmal, nur leiser, und sie sah mich an und grinste, als sie mir den Becher gab, und ich nahm den Becher in die Hand, aber für nichts auf der Welt wollte ich mich bei jemandem bedanken, der mich verspottete, ich trank das Wasser in einem Zug aus und stellte den Becher auf den Tresen, ohne Danke zu sagen, dann drehte ich mich um und ging wieder zurück, ich setzte mich auf den Stuhl und aß weiter, aß Hähnchenflügel an einem stinknormalen Donnerstag, und Anita und Roar saßen da und redeten und redeten, und jetzt rutschte Roar auf dem Stuhl nach vorn, saß ganz auf der Kante und beugte sich über den Tisch, vergrub den Kopf zwischen den Schultern und sah Anita an, und ich betrachtete ihn, während ich an dem Hähnchenflügel nagte, er sah aus wie ein großer Vogel, ein Geier vielleicht.

»Komm mit zu mir«, sagte er, und jetzt redete er plötzlich leiser als sonst, und er schaute Anita mit seinen hellblauen, fast durchsichtigen Augen an, Augen ohne Gefühle.

»Nicht jetzt«, sagte Anita.

»Warum nicht?«, fragte Roar.

»Ich glaube, du verstehst schon, warum«, sagte Anita.

»Aber er kann doch mitkommen«, sagte Roar, er nickte in meine Richtung, ohne mich anzuschauen, und Anita legte den Kopf schief und sah ihn an, wie man jemanden ansieht, dem man sagen will, dass er sich nicht dümmer stellen soll, als er ist. »Er kann doch so lange im Wohnzimmer warten«, sagte Roar, und in dem Moment kapierte ich, worum es ging, es ging darum, *es zu machen*, Roar wollte *es mit ihr machen*, während ich im Wohnzimmer wartete.

»Hör auf«, sagte Anita.

»Aber ich meine es ernst, er kann sich doch ein Video anschauen«, sagte Roar.

»Nein«, sagte Anita. »Jetzt nicht, habe ich gesagt.«

Aber Roar drehte sich zu mir um und sah mich mit seinen durchsichtigen Augen an.

»Hast du Lust?«, fragte er. »Mit zu mir zu kommen und dir ein Video anzuschauen?«, fragte er, seine Stimme klang freundlich, aber seinen Augen sah ich an, dass er nicht freundlich war, und jetzt merkte ich, wie meine Unruhe wuchs.

»Vergiss es, Roar«, sagte Anita. »Auf keinen Fall.«

»Komm schon«, sagte Roar, er legte den Kopf schief und sah Anita an, und die Unruhe in mir wuchs, und ich drehte mich weg und sah aus dem Fenster, biss wieder in ein Stück Hähnchenflügel, eine Frau kam mit dem Fahrrad den Bürgersteig entlang, und als sie vorbeiradelte, lieh ich mir ihre Augen, und jetzt konnte ich bis zum Domus schauen, und auf der Prostatabank vor dem Domus saßen die Alten, tranken Bier und erzählten sich Geschichten.

»Jetzt lass den Jungen doch selbst entscheiden«, hörte ich Roar sagen. »Hast du *Dirty Harry* schon gesehen?«, fragte er, aber ich tat so, als würde ich ihn nicht hören, ich sah ihn auch nicht an, ich lieh mir die Augen der Frau auf dem Fahrrad, und ich nahm den Blick nicht von den Alten auf der Prostatabank, sie kamen immer näher, dem einen fehlten zwei Schneidezähne, und der andere war der dickste Mann, den ich je gesehen hatte, sein Bauch hing über den Schoß hinaus und an der Seite quoll das Fett bis zur Bank, es sah fast so aus, als würde er schmelzen. »Du!«, sagte Roar, er ließ nicht locker, und er klang jetzt ungeduldig, und ich drehte mich um und traute mich nicht länger, ihn zu ignorieren, und er saß da und starrte mich mit seinen durchsichtigen Augen an. »Hast du *Dirty Harry* schon gesehen?«, fragte er erneut, und ich sah ihn an und schüttelte den Kopf. »Verdammt gute Filme, vor allem der erste, hast du Lust, ihn dir anzuschauen?«, fragte er.

»Roar, hör auf«, sagte Anita, aber Roar sah sie nicht einmal an, er starrte mich an, und seine Augen waren hellblau und durchsichtig, und ich hatte keine Lust, mit zu ihm nach Hause zu gehen, um mir einen Film anzuschauen, ich traute mich nicht, aber ich traute mich auch nicht, Nein zu sagen.

»Kann ich gern machen«, sagte ich. »Kann ich gern machen«, sagte ich noch einmal, nur leiser, und auch dieses Mal bekam er nicht mit, dass ich es zweimal sagte, er drehte sich zu Anita.

»Da hörst du's, der Junge hat Lust«, sagte er.

»Zum allerletzten Mal, Roar«, sagte Anita. »Kommt nicht in die Tüte«, sagte sie, entschieden und fast wütend sagte sie es, und ich merkte sofort, wie erleichtert ich war, wie dankbar und froh ich war, dass sie nicht nachgab, ich sah sie an, ich hätte sie gern angelächelt, aber ich tat es nicht, ich saß nur da und nagte an meinem Hähnchenflügel.

»Tja, dann«, sagte Roar, er klang plötzlich beleidigt und richtete sich auf, sah Anita nicht mehr an, er griff nach dem Kaffeebecher und trank einen Schluck, und er stellte den Kaffeebecher wieder auf den Tisch und streckte die Arme in die Luft, gähnte, er sah sich im Zimmer um, schüttelte kurz den linken Unterarm, sodass die Uhr unter dem Ärmel hervorkam und bis zum Handgelenk rutschte. »Tja, ich will jetzt nicht länger auf dem Trockenen sitzen«, sagte er.

»Mensch, Roar«, sagte Anita.

»Was denn?«, sagte er.

»Jetzt sei nicht so«, sagte Anita.

»Was heißt hier so?«, fragte Roar, er zog die Schultern hoch, und Anita sah ihn an, sie wollte gerade etwas sagen, ließ es aber bleiben, sie schüttelte den Kopf. »Was heißt hier so?«, fragte Roar noch einmal.

»Ach, nichts«, sagte Anita.

»Okay«, sagte Roar, dann legte er beide Hände auf den Tisch, beugte den Oberkörper leicht vor, sah aus, als wollte er aufstehen, blieb aber sitzen. »Weißt du zufällig, ob Vibeke daheim ist?«, fragte er, sah Anita an und grinste, und jetzt wirkte Anita plötzlich wütend, ihr Mund wurde ganz schmal, und sie sah Roar an und schnaubte.

»Mann, bist du kindisch«, sagte sie.

»Was denn?«, sagte Roar, dann grinste er. »Ich hab doch nur gefragt, ob du weißt, ob Vibeke zu Hause ist«, sagte er.

»Woher soll ich das wissen?«, fragte Anita, sie trank einen Schluck Kaffee, und Roar sah sie an, lachte und stand gleichzeitig auf.

»Na gut, ich fahr dann mal und schau selbst nach«, sagte er.

»Tu das«, sagte Anita, lächelte kurz, es war ein Lächeln, das sagte, »du siehst ja, das interessiert mich nicht die Bohne«, und sie drehte sich zum Tresen um.

Dann machte Roar die Tür auf und ging hinaus, und Anita starrte immer noch zum Tresen, sie drehte sich etwas mehr zur Seite, drehte sich so, dass ich ihr Gesicht nicht sehen konnte, sie wollte nicht, dass ich sah, wie traurig sie war, als wüsste ich das nicht längst, ich war nicht so dumm, wie sie dachte, und ich wusste, dass sie traurig war, weil Roar sagte, er würde stattdessen zu Vibeke fahren, um mit ihr zusammen zu sein, und ich wusste, dass Anita nicht mitkommen konnte, weil sie das Gefühl hatte, bei mir bleiben zu müssen, dass sie meinetwegen hier saß.

»Fahr du nur«, sagte ich. »Fahr du nur«, sagte ich noch einmal, nur leiser, ich meinte es nicht ernst, aber ich brachte es überzeugend rüber. Ich steckte den letzten Hähnchenflügel in den Mund und sah Anita an, während ich an dem Knochen sog.

»Nein«, sagte Anita, sie sagte es, ohne sich zu mir umzudrehen.

»Ich meine es ernst«, sagte ich. »Ich kann bestimmt bald heimfahren, sie hat sich sicherlich wieder beruhigt«, sagte ich. »Sie hat sich sicherlich wieder beruhigt«, sagte ich noch einmal, nur leiser, versuchte, Anita zum Gehen zu überreden, obwohl ich nicht wollte, dass sie ging, und ich sah sie an, als ich den Knochen weglegte, ich griff nach der Serviette und wischte mir Fett und Gewürze und Salz von den Fingern, und Anita drehte sich zu mir um, und zum Glück ließ sie sich nicht überreden.

»Nein«, sagte sie noch einmal, sie lächelte traurig und hielt die Hand vor den Mund, hustete kurz.

»Hat's geschmeckt?«, fragte sie, sie nickte zu der Pappschachtel mit den Knochen, sie hatte erst vor fünf Minuten gefragt, ob es schmeckt, jetzt fragte sie schon wieder, fragte, weil es guttat zu wissen, dass sie es geschafft hatte, mich wieder aufzumuntern, sie nahm nicht an, dass ich es kapierte, aber ich kapierte es.

»Sehr gut«, sagte ich. »So gut, dass ich fast ein bisschen traurig bin, weil ich schon fertig bin«, sagte ich und lachte kurz, und Anita lächelte zurück, und jetzt war ihr Lächeln nicht mehr traurig, jetzt wirkte sie fröhlicher. »Noch besser als die Hähnchenflügel, die es samstags immer gibt«, sagte ich, es versetzte mir einen Stich, als ich es sagte, ich wollte nichts Schlechtes über Mamas Hähnchenflügel sagen, über meine liebe Mama, die Hähnchenflügel machte, wenn wir es uns am Samstag gemütlich machen wollten, auch wenn sie selbst kein großer Fan von Hähnchenflügeln war. »Zumindest genauso gut«, schob ich schnell hinterher. »Zumindest genauso gut«, sagte ich noch einmal, nur leiser, danach fühlte ich mich besser, und es war im Grunde gut, dass ich es sagte, dachte ich, denn ich musste aufpassen, es mit dem Lob für Anita nicht zu übertreiben, damit sie nicht dachte, ich würde es nur sagen, um ihr einen Gefallen zu tun, denn dann ist sie nicht mehr glücklich, und das will ich nicht, dachte ich.

»Das ist gut«, sagte sie. »Du, wollen wir Autorennen spielen?«, fragte sie, und jetzt riss sie plötzlich die Augen auf und sah ganz eifrig aus, ich merkte schon, dass sie eifriger wirken wollte, als sie war, ich wusste, dass sie zu alt war, um sich so stark für Autorennen zu begeistern, und dass sie mir etwas vorspielte, weil sie wollte, dass ich ganz eifrig wurde.

»Ja«, sagte ich und schaffte es, fröhlich und aufgeregt zu klingen.

»Komm mit«, sagte sie, und dann standen wir auf, wir gingen in die Videothek, die gleich nebenan war, Sandkörner knirschten, als ich die Fliesen betrat, und als ich das Hinterzimmer passierte, stieg mir strenger Tabakgeruch in die Nase. Wir gingen zu dem Autorennspiel und setzten uns beide auf einen Autositz mit schwarzem Kunstlederbezug, dessen Löcher und Risse mit Panzerband überklebt waren, und Anita steckte die Münzen in den schmalen Schlitz, und die Münzen klirrten, als sie in die Kasse fielen, die im Autorennspiel versteckt war. »Ich will den Porsche«, sagte Anita.

»Okay, dann nehm ich den Alfa Romeo«, sagte ich, und wir suchten uns unsere Autos aus und fuhren los, und Anita übernahm sofort die Führung. »O-o-o-o-o«, rief sie, als sie in die erste Kurve fuhr, und »oi-oi-oi«, rief sie, als sie in die zweite Kurve ging, und ich drückte das Gaspedal durch. Ich warf ihr einen kurzen Blick zu. Ihre Augen waren aufgerissen, die Zungenspitze schaute zwischen den Lippen hervor, und ich merkte, wie es mich freute, sie so zu sehen, denn sie spielte nicht, sie versuchte nicht so zu tun, als würde sie sich amüsieren, nur damit ich mich amüsierte, sie amüsierte sich wirklich, es schien, als hätte sie vergessen, so erwachsen zu sein, wie sie es immer sein wollte, wenn sie mit mir zusammen war, jetzt war sie weder erwachsen noch eine coole Jugendliche, sie war wie früher.

»O-o-o-o«, rief sie wieder, und jetzt lag sie so weit vor mir, dass ich ihr Auto auf meinem Monitor nicht mehr sehen konnte, nur wenn sie von der Straße abkäme oder einen Unfall baute, würde sie jetzt verlieren, dachte ich, Hauptsache, sie kam nicht absichtlich von der Straße ab oder baute einen Unfall, um mich gewinnen zu lassen, das wollte ich nicht. Und sie tat es auch nicht, sie hatte vergessen, erwachsen sein zu wollen, und war so wie früher. »Jaaa«, rief sie, als sie die Ziellinie überquerte.

»Wer ist die Beste?«, fragte sie laut und streckte beide Arme in die Luft. »Wer ist die Beste?«, fragte sie noch einmal, als ich über die Ziellinie fuhr. Auf meinem Monitor blinkte »you lose«, darunter »game over«, ich drehte mich zu ihr um. Sie hatte noch immer die Arme in der Luft.

»Mit meiner Gangschaltung hat was nicht gestimmt«, sagte ich, natürlich war mit meiner Gangschaltung alles in Ordnung gewesen, aber ich sagte es trotzdem, wollte nicht, dass sie mich gewinnen lässt, was aber nicht hieß, dass es in Ordnung war zu verlieren, zumindest nicht beim Autorennen. »Ich konnte fast nicht vom dritten in den vierten schalten«, sagte ich.

»Wer's glaubt«, sagte sie laut, dann lachte sie, sie war genau wie früher, und sie lachte, um mich zu ärgern, aber ich war nicht wütend, früher wurde ich immer wütend, wenn sie mich foppte, aber jetzt musste ich selbst lachen.

Wir standen auf und verließen die Videothek, und Anita zog die Zigarettenschachtel aus der Tasche ihrer Jeansjacke, nahm eine Zigarette heraus und steckte sie sich in den Mund.

»Es ist lange her, dass ich Autorennen gespielt habe«, sagte sie, und die Zigarette wippte in ihrem Mund auf und ab, und sie zündete die Zigarette an und blies den Rauch durch die Nase aus. »Ich hatte vergessen, wie viel Spaß es macht«, sagte sie.

»Es macht irre viel Spaß«, sagte ich.

Wir verließen das Zentrum und kamen am Sportboothafen vorbei, der Wind hatte zugenommen, und ich hörte, wie die Boote in der unruhigen See aneinanderstießen, eine Möwe wurde von einer Windböe erfasst und hing ein paar Meter lang schief in der Luft, bevor sie die Kontrolle wiedererlangte und zum Hinterhof der Autowerkstatt flog, wo sie sich auf einem Reifenstapel niederließ. Wir überquerten die Straße, näherten uns immer mehr unserem Haus, und wir sagten immer weniger, je näher wir kamen, Anita rauchte, und ich starrte auf meine Schuhe, vielleicht sollten wir noch etwas warten mit dem Nachhausegehen, dachte ich, vielleicht sollten wir Mama etwas mehr Zeit geben und ein paar Runden um die Häuserblocks drehen oder so. Aber das taten wir nicht, wir liefen einfach weiter, wie auf Autopilot, hinter uns schnarchte ein Lastwagenmotor, und ein rotweißer Drachen, der rechts hinter der Hecke aufstieg, flatterte und schlug im Wind, wir gingen zu unserem Haus, die Treppe hinauf und durch die Haustür, als ich eintrat, schlug mir sofort der Geruch von Schmierseife entgegen, und Mama hatte die Erde, die Pflanzen und alle Topfscherben zusammengefegt, die, als wir vorhin gingen, über den ganzen Boden verstreut gewesen waren, ich wusste, dass sie gefegt hatte, und sie hatte aufgeräumt und geputzt und das Haus schön hergerichtet, so sauber war es lange nicht mehr gewesen, das wusste ich, sie hatte Kräfte mobilisiert, die ihr kein Mensch zugetraut hätte, und versucht, alles wiedergutzumachen. Ich warf Anita einen Blick zu, als ich bei meinen Schuhen auf die Fersen trat und sie von mir strampelte, und sie dachte das Gleiche wie ich, das sah ich ihr an.

Wir sagten nichts, als wir die Flurtür aufmachten und hineingingen, und dort stand Mama, stand in der Küche, sie hatte die blaukarierte Schürze angezogen, die Schürze, die Anita vor ein paar Jahren im Werkunterricht für sie genäht hatte, sie schob gerade ein Blech mit Hefebrötchen in den Backofen, und sie drehte sich um und sah uns an.

»Hallo«, sagte sie, lächelte kurz und drehte sich schnell wieder um, und ich wusste, dass sie es schwierig fand, unseren Blicken zu begegnen, zumindest Anitas. »Ich backe Hefebrötchen«, sagte sie, sagte es, noch bevor ich auf ihr Hallo antworten konnte, und ihre Stimme war übertrieben freundlich. »Habt ihr Lust auf Hefebrötchen?«, fragte sie, sie machte die Backofentür zu und drehte sich lächelnd zu uns um, aber sie traute sich nicht, uns anzuschauen, und sah gleich wieder weg, machte sich schnell daran, die Sachen auf der Küchenzeile wegzuräumen.

»Ja«, sagte ich mit fröhlicher Stimme, sagte es, obwohl ich nach den Hähnchenflügeln pappsatt war.

»Ein Hefebrötchen oder zwei, und alles ist wieder wie vorher«, sagte Anita, aber so darf sie doch nicht reden, dachte ich, wie soll Mama wieder zu sich kommen, wenn Anita so spricht. Ich versuchte, ihren Blick einzufangen, damit sie es verstand, aber ich schaffte es nicht, sie drehte sich einfach um und ging zum Kleiderständer, schälte sich aus der Jeansjacke und hängte sie auf, und ich ging in die Küche, ich schaute Mama an, als ich mich an den Küchentisch setzte, und Mama kommentierte Anitas Worte nicht, sie lächelte nur, während sie die Butter einwickelte und in den Kühlschrank räumte, und sie lächelte, als sie den Becher mit dem Pinsel von der Arbeitsplatte nahm und in die Spüle stellte.

Und dann kam Anita in die Küche. Sie ging schnell und entschlossen, trat besonders laut auf, das tat sie fast immer, wenn sie meinte, zu Recht wütend sein zu dürfen. Sie füllte ein Glas mit Wasser und trank es in einem Zug aus, und Mama lächelte und räumte auf, und ihr Blick ging hierhin und dorthin, ihre Pupillen waren wie Fliegen, die in einer Deckenlampe eingesperrt waren, und sie schaute überallhin, nur nicht zu Anita, und jetzt musste ich ihr helfen, was passiert war, tat ihr so leid, und sie wollte es wiedergutmachen, indem sie Hefebrötchen für uns backte, und jetzt musste ich ihr zeigen, dass ich mich auf die Hefebrötchen freute.

»Wie lange brauchen die noch?«, fragte ich.

»Acht, neun Minuten etwa«, sagte Mama.

»Gut«, sagte ich, sagte es mit fröhlicher Stimme. »Haben wir Erdbeermarmelade da?«, fragte ich.

»Oh, da bin ich mir nicht so sicher«, sagte Mama laut, sie sagte es so, als hätte sie noch gar nicht darüber nachgedacht, und sie ließ los, was sie in den Händen hielt, und ging zum Kühlschrank, machte ihn auf und begann, nach Erdbeermarmelade zu suchen. Sie schob die Leberpastete, den Molkenkäse und die Kaviartube zur Seite und schaute ganz hinten auf dem untersten Gitter nach, und sie schob den Teller mit den Essensresten und das Glas mit den Gewürzgurken zur Seite und schaute auf dem Gitter darüber nach, suchte mit raschen, ungeduldigen Bewegungen, als gäbe es gerade nichts Wichtigeres, als die Erdbeermarmelade zu finden, und ich sah ihr zu, und sie suchte und suchte, und plötzlich merkte ich, wie ich einen Kloß im Hals hatte, und jetzt merkte ich auch, wie meine Augen feucht wurden, und ich schaute Anita an, sie hatte das Glas abgestellt und stand mit dem Rücken zur Spüle, gab keinen Mucks von sich und starrte Mama an.

»Wollen wir nicht mal darüber reden?«, fragte sie, aber Mama gab keine Antwort, sie drehte sich auch nicht um, suchte weiter nach der Erdbeermarmelade.

»Dabei war ich mir so sicher, dass wir noch Erdbeermarmelade haben«, sagte sie. »Ich verstehe das nicht«, sagte sie, und dann drehte sie sich zu Anita um, und sie lächelte, als hätte sie Anitas Frage nicht gehört, lächelte, als wäre alles in Ordnung. »Hast *du* die Erdbeeren aufgegessen, Anita?«, fragte sie freundlich, und Anita sah sie schweigend an, ihr Gesicht war wie versteinert, sie sah aus, als hätte sie etwas Furchteinflößendes gesehen, und Mama drehte sich wieder um und suchte weiter, sie suchte und suchte, und meine Augen waren feucht, der Kloß in meinem Hals wurde immer dicker, und ich hielt mir die Hand vor den Mund und räusperte mich.

»Das ist nicht schlimm, Mama«, sagte ich.

»Mein Gott, sie muss doch irgendwo sein«, sagte sie.

»Ich nehm einfach Molkenkäse«, sagte ich, aber sie hörte nicht zu, es gab nichts Wichtigeres für sie, als diese Erdbeermarmelade zu finden, und sie suchte immer weiter, sie bückte sich und schaute ganz unten im Kühlschrank nach, und unter dem Pullover sah ich die Konturen ihrer Wirbelsäule.

»Mama«, sagte Anita, aber Mama antwortete nach wie vor nicht, sie richtete sich auf und starrte in den Kühlschrank, schüttelte den Kopf.

»Nein«, sagte sie. »Dann radele ich los und besorge welche.«

»So schlimm ist es wirklich nicht, hörst du«, sagte ich.

»Ich brauche sowieso noch mehr Hefe«, sagte sie.

»Mama«, sagte Anita erneut.

»Für die Brötchen«, sagte Mama, dann machte sie die Kühlschranktür zu und drehte sich um. »Ich habe überlegt, Brötchen zu backen, die ihr morgen mit in die Schule nehmen könnt«, sagte sie, und sie sah mich an und lächelte, viel zu freundlich lächelte sie, und sie drehte sich um und wollte in den Flur gehen, da legte Anita ihr die Hand auf den Unterarm und hielt sie auf.

»Lass los!«, schrie Mama plötzlich und entriss ihr den Arm, und Anita fuhr heftig zusammen, und Mama nahm beide Hände hoch und fasste sich an den Kopf, und sie schloss die Augen und verharrte ein paar Sekunden lang stocksteif. »Lass mich los!«, sagte sie, und jetzt redete sie plötzlich leise, und sie machte die Augen auf und sah Anita an und schluckte, als sie die Hände herunternahm. »Entschuldigung, Liebes«, sagte sie, und sie lächelte kurz und schaute zu Boden, und sie sah Anita an und lächelte wieder. »Ich will nur kurz zum Laden, ich bin in zehn Minuten wieder hier«, sagte sie, und sie ging in den Flur, zog die rotgelbe Allwetterjacke und die blauweißen Helly Hansen-Stiefel an, die am rechten Knöchel einen runzligen Riss hatten. Obwohl es trocken war und seit Tagen nicht geregnet hatte, zog sie die Allwetterjacke und die Stiefel an, und als sie zur Eingangstür ging, war sie darauf bedacht, uns nicht anzuschauen, sie erinnerte uns nicht daran, dass wir die Brötchen aus dem Ofen nehmen sollten, wenn sie fertig waren, und sie sagte auch nicht Tschüss, sie stürmte nur nach draußen.

Ich saß vollkommen still auf dem Küchenstuhl und betrachtete Anita, und Anita sah auf den Boden, sie sagte kein Wort und sah nicht wütend aus, auch nicht sauer, sie war ernst, und ihr Gesicht war wie erstarrt, und das gefiel mir nicht, es war viel leichter, wenn sie wütend war und gemeine Dinge sagte, wenn sie so ernst war, konnte ich nicht glauben, dass es trotz allem nicht so ernst war.

»Es ist ja kein Wunder, dass es Zeit braucht«, sagte ich, ich sagte genau dasselbe, was sie vorhin zu mir gesagt hatte, und ich hoffte, sie würde nicken und sagen, dass es stimmte.

»Was?«, fragte sie.

»Bis sie über den Kerl hinweg ist«, sagte ich. »Es ist ja kein Wunder, dass es Zeit braucht«, sagte ich noch einmal, nur leiser, und ich sah sie an und schluckte, und jetzt musste sie mir zustimmen, ich sagte ja das Gleiche, was sie vorhin gesagt hatte, und jetzt durfte sie nicht plötzlich etwas völlig anderes sagen, sie musste sagen, dass es mit dem Typen zu tun hatte, er hatte ihr nicht erzählt, dass er verheiratet war, darum sei es kein Wunder, dass Mama ausgerastet ist, musste sie sagen.

Sie sah mich an und lächelte.

»Nein«, sagte sie, aber ich sah ihrem Lächeln an, dass sie es nicht ernst meinte, sie sagte es nur, weil sie wusste, dass ich es hören wollte, sie wollte mich nur trösten, aber ich wollte nicht getröstet werden, wenn sie mich tröstete, dachte ich nur, dass ich getröstet werden müsste, und dann konnte man unmöglich glauben, dass es nicht so ernst war, aber es war ernst, das wusste ich ja, es lag nicht nur an dem Typen, es lag an ihrer Krankheit, ihrer Angst, ihrer Depression, dem, was sie erfasste und nicht mehr losließ, was sie zwang, Dinge zu denken und zu tun, die sie nicht denken und tun wollte, all dem, was sie zu einem Menschen machte, der sie nicht sein wollte.

Ein Jahr vorher

Ich war über eine Stunde im Wald gewesen, und jetzt war ich auf dem Weg zum Neubaugebiet. Ab und zu blieb ich stehen, um dem Singen der Vögel und dem Summen der Insekten zu lauschen, dem Geräusch eines Dreizehenspechts, der an einen Baumstamm pochte, und dem Plätschern des Bachs, der sich über den Waldboden schlängelte, den hellgrünen Waldboden mit den weißen Maiglöckchen, der sich unter den Schuhen weich anfühlte, und den Gerüchen, die sich unter meinen Füßen lösten und in die Luft strömten. Ich berührte die Bartstoppeln einer Tanne, die umgestürzt war und quer über dem Bach lag, ließ mich von den trockenen, ineinander verhakten Nadeln vorsichtig an den Handflächen kitzeln, bevor ich weiterging, vorbei an moosbewachsenen Felsblöcken und alten sterbenden und toten Bäumen, Bäumen, die verrotteten, und Bäumen, die völlig vertrocknet waren, Tannen, mit Laub und Grünspan bedeckt, und krumme, silbergraue vertrocknete Kiefern mit Stämmen und Ästen, die spiralförmig gebogen waren. Manche Bäume waren fast tausend Jahre alt und standen unter Naturschutz, das hatte Onkel Bjørnar erzählt, sie standen nicht unter Schutz, weil sie so alt waren, sondern weil sie voller Leben waren, das anderswo nicht leben konnte, voll von seltenen Pilzen und Moosen, Insekten und Würmern, Käfern und Ameisen, Fliegen und Spinnen, die in den kleinen Löchern und Ritzen im Baum Unterschlupf gefunden hatten. Jetzt saß ich tief in einem der

Bäume, in meinem Baumstumpf saß ich. Das Sonnenlicht fiel schräg durch die Öffnung, und das morsche, zersplitterte und orangegelbe Holz war warm und angenehm unter den Füßen. Ich hob die Vorderbeine hoch und rieb sie aneinander, ich war eine Fliege, ich war eine dieser Fliegen, die Vögel vergraulten, indem sie eine Wespe nachahmten, eine Fliege mit schwarzgelben Streifen und durchsichtigen Flügeln, und jetzt nahm ich die Flügel hoch und flog los, ich flog durch die Öffnung und den Wald, und kein Vogel um mich herum traute sich, mich zu holen, nicht die Drossel, nicht der Specht und nicht die Meise, ich war vollkommen sicher und sauste durch die Luft, wich Spinnweben aus, die zwischen dem Baum und den Ästen gespannt waren, und dem goldenen Blütenstaub, der mit dem Wind angeflogen kam, ich flog über das Geröll und über den Bach mit dem rostroten Sandboden, und ganz dort unten war der Spielplatz, und ich sah, dass auf dem Spielplatz viele Erwachsene und Kinder waren, heute fand ein gemeinsamer Arbeitseinsatz statt, aber jetzt war anscheinend Pause, die Erwachsenen saßen an dem langen Tisch und tranken Kaffee, und die Kinder fuhren Motocross auf dem Fahrradparcours.

»Hallo«, sagte ich, als ich über den Graben sprang und den Kies betrat.

»Hallo«, sagten die anderen.

»Warst du schon wieder im Wald?«, fragte Inge.

»Mm«, brummte ich.

»Was machst du dort eigentlich?«, fragte er, aber er fragte nicht so, dass ich mich komisch fühlte, weil ich allein im Wald herumlief, er fragte, weil er die Antwort wissen wollte, das hörte und sah ich ihm an.

»Nichts Besonderes«, sagte ich. »Ich bin einfach nur gern im Wald.«

Er lächelte und nickte, dann fragte er nicht weiter, legte die Hand auf den rechten Griff seines Fahrradlenkers und drehte daran, gab gleichzeitig Motorgeräusche von sich, erst einmal, dann noch einmal, so wie die Jugendlichen es taten, wenn sie den Motor ihrer Mopeds aufheulen ließen.

Und dann hörten wir hinter uns plötzlich Discomusik. Ich drehte mich um und sah Uralt-Per, der Disco tanzte, er wirbelte in seinem engen roten Trainingsanzug, in dem er fast immer herumlief, über den Kies, er war älter als Mama, aber er war gelenkig und ging fast in den Spagat, und er spritzte wieder hoch und tanzte weiter, und ich rannte hinüber, um ihm zuzusehen, und auch die anderen kamen angeradelt.

Uralt-Pers Gesicht war starr und konzentriert und ganz ernst, und er tanzte und tanzte, und dann ging er wieder in einen Beinahe-Spagat, und genau in dem Moment stoppte die Musik, und als die Musik stoppte, riss er die Arme hoch, und alle klatschten und riefen Bravo, und Uralt-Per saß im Beinahe-Spagat und nahm den Applaus entgegen, er hatte vergessen, dass er ein Dorftrottel war, und sein Gesicht war todernst, er war ein echter Tänzer.

»Sehr gut«, sagte Elins Vater. »Wie John Travolta.«

»Danke«, sagte Uralt-Per mit seiner Piepsstimme, dann stand er auf, ging zum Kassettenrekorder und schaltete ihn aus.

»Das hast du lange geübt«, sagte Torkels Vater.

»Drei Monate«, sagte Uralt-Per.

»Das kann ich mir vorstellen«, sagte Torkels Vater.

»Darf ich mir ein Stück Kuchen nehmen?«, fragte Uralt-Per, er sah auf die Dose mit dem Schokoladenkuchen.

»Na klar«, sagte Jørgens Mutter, sie nahm die Dose und hielt sie Uralt-Per hin, und sobald Uralt-Per sich ein Stück genommen hatte, wandte sie sich an uns. »Nehmt euch auch ein

Stück, Jungs«, sagte sie, und wir griffen zu und sagten Danke, und Jørgens Mutter sah mich an und lächelte, als ich Danke sagte, und ich merkte, wie ich sofort unruhig wurde, ihrem Blick und ihrem Lächeln sah ich an, dass sie Mitleid mit mir hatte, und jetzt musste ich zurück zum Fahrradparcours gehen, musste mich beeilen, aber ich schaffte es nicht.

»Wie geht es dir, Terje?«, fragte sie. Sie behielt diesen sanften Blick und das teilnahmsvolle Lächeln bei, ich hatte es mir ja gedacht, dass sie so anfangen würde, hatte gewusst, dass sie dumm war, sie musste ja dumm sein, wenn sie nicht kapierte, dass ich mit ihr nicht über Mama und Papa reden wollte, schon gar nicht vor all den anderen, die bei dem Arbeitseinsatz dabei waren. Ich sah sie an, und ich schaute die anderen an, und alle starrten mich an, und jetzt musste ich antworten, je länger ich wartete, desto schlechter, glaubten sie, ginge es mir, und je schlechter es mir in ihren Augen ging, desto mehr Mitleid hatten sie mit mir, und ich hasste es, wenn die Leute Mitleid mit mir hatten, denn mit mir brauchte niemand Mitleid zu haben, es ging mir gut, und jetzt musste ich sagen, dass es mir gut ginge, und ich schaute die blöde Kuh an und schluckte.

»Mir geht's gut«, sagte ich. »Mir geht's gut«, sagte ich noch einmal, nur leiser, und ich merkte, wie mein Gesicht sofort warm wurde, denn jetzt tat ich es schon wieder, stand da wie ein Idiot und wiederholte meine Worte, ich konnte nicht verstehen, warum ich das tat, und die blöde Kuh sah mich an, und jetzt musste ich etwas sagen, ohne es zu wiederholen. »Und Ihnen?«, fragte ich, und dann biss ich ganz schnell die Zähne zusammen, damit ich es nicht wiederholte, und die dumme Kuh sah mich an und lächelte traurig. Hätte ein anderes Kind das gesagt, hätten sie und die anderen Erwachsenen gelacht. Es war ja ein bisschen altklug, und das fanden die Erwachsenen lustig, daher wusste ich, dass sie sonst lachen würden.

Aber jetzt lachte keiner, alle saßen da und zeigten ein trauriges, verständnisvolles Lächeln, denn natürlich hatten sie über uns gesprochen, alle in der Nachbarschaft, am Mittagstisch hatten sie darüber gesprochen, und am Spielfeldrand bei unseren Fußballspielen hatten sie darüber gesprochen, und wenn sie sich zufällig begegneten, hatten sie darüber gesprochen, und darum glaubten alle, ich würde nur versuchen, mit einem Witz über die Frage hinwegzugehen, sie dachten, sie müssten Mitleid mit mir haben, und darum wollte ich nicht anständig antworten, aber niemand brauchte Mitleid mit mir zu haben, ich brauchte ihr Lächeln nicht, ich brauchte nichts von ihnen, auch nicht den Schokoladenkuchen dieser blöden Kuh.

»Kann ich den zurückgeben?«, fragte ich, und ich gab den Schokoladenkuchen zurück, er war lecker, und ich hatte keine Lust, ihn zurückzugeben, aber ich tat es trotzdem. »Er schmeckt mir nicht«, sagte ich. »Schmeckt mir nicht«, sagte ich noch einmal, nur leiser, und ich biss die Zähne fest zusammen, sobald ich es gesagt hatte, und ballte die Hände zu Fäusten, am liebsten hätte ich mir selbst auf den Mund geboxt, aber ich tat es nicht, stand einfach nur da, und die dumme Kuh sah mich mit sanften Augen an, und ich merkte, wie ich rot wurde, und alle sahen, dass ich rot wurde, und jetzt musste ich hier weg, und ich ging zurück zum Fahrradparcours, und zum Glück kamen die anderen hinterher, sie hatten den Schokoladenkuchen gegessen, und jetzt fuhren sie an mir vorbei, ihre Reifen hörten sich an, als blieben sie in dem nassen Sand kleben, und vom Hinterrad spritzte der Matsch hoch und legte sich in dünnen Streifen hinten auf die Jacken, sie fuhren den Hügel hinauf, bremsten und blieben stehen, betrachteten die Sprungschanze weit unten, und dann stiegen sie auf die Pedale, beugten den Rücken und fuhren hinunter, Torkel zuerst, dann Dag, dann Inge.

»Lasst Terje auch mal fahren«, sagte Jørgens Mutter nach einer Weile, und ich kniff sofort die Lippen zusammen, konnte sie nicht die Klappe halten? Wenn ich mir eins der Räder ausleihen wollte, würde ich auch eins bekommen, ohne dass sie für mich zu fragen brauchte, die anderen waren ja meine Freunde, kapierte sie das nicht, dachte sie vielleicht, ich hätte keine richtigen Freunde, dachte sie, ich sei zu bemitleiden?

»Klar doch«, sagte Torkel, er hielt auf einem der Hügel und schaute überrascht auf Jørgens Mutter herunter, und Jørgens Mutter sah ihn an und lächelte, und ich stand da und sah Torkel und Inge und Dag an, ich stand mit dem Rücken zu den Erwachsenen, und ich spürte, dass sie über mich redeten, sie unterhielten sich ernst und leise, und ich wusste, dass sie über mich redeten, und jetzt hielt ich es hier nicht länger aus, ich wollte nur noch weg.

»Du, Terje«, sagte Elins Vater. Ich wollte mich nicht umdrehen, aber ich musste, und ich drehte mich um und sah ihn an, er hatte seine Pause schon beendet, kam mit einer großen Kabeltrommel an, auf der *Standard Telefon og Kabel* stand. »Komm mal her«, sagte er, und er sah mich an und lächelte, und die anderen Erwachsenen sahen mich ebenfalls an und lächelten. Ich hatte nicht die geringste Lust, zu ihnen zu gehen, aber ich musste, ich konnte mich nicht widersetzen, nicht, wenn sie mich so anschauten, und ich steckte die Hände in die Hosentaschen und versuchte, gleichgültig auszusehen, während ich langsam zu ihnen ging, und ich sah Elins Vater an. Er war jünger als Mama, hatte aber weiße Haare, die am Kopf herunterhingen, und er kippte die große Trommel um, stieß sie mit einem lauten Knall in den Kies, und das weiße Stirnhaar wurde vom Luftdruck nach oben gehoben, und ich konnte hören, wie ihm die Haare wieder in die Stirn fielen, es hörte sich an, als würde ich vorsichtig mit allen Fingern schnippen, ein Riesellaut, aber wie konnte ich das hören, wessen Ohren waren das, mit wessen Ohren hörte ich da?

»Wir haben noch ein Fahrrad in der Garage stehen, das wir nicht mehr brauchen«, sagte Elins Vater. »Das kannst du haben, wenn du willst, ein Diamantrad mit drei Gängen«, sagte er, und er erwartete, dass ich mich freute, das sah ich ihm an, ich wusste, dass ich mich freuen sollte, ich sollte lächeln und »vielen Dank, aber ich habe ein Fahrrad« sagen, aber ich brachte es nicht über mich, ich wollte nicht der arme Junge sein, für den sie mich hielten, und ich konnte nicht so tun, als würde ich mich freuen, ich brauchte sein Fahrrad nicht, am liebsten würde ich ihm auch sagen, du kannst dein Scheißrad behalten, würde ich am liebsten sagen, aber ich sagte es nicht.

»Danke, aber ich habe ein Fahrrad«, sagte ich.

»Ach so?«, sagte er.

»Ja, es hat nur einen Platten«, sagte ich.

»Verstehe«, sagte er. »Hast du denn jemanden, der ihn dir flickt?«

Ich sah ihn an, am liebsten hätte ich gesagt, »na klar«, und gern sähe ich so aus, als könnte ich überhaupt nicht begreifen, warum er mich das fragt, aber ich brachte es nicht über mich, ich hatte nämlich niemanden, der mir das Fahrrad flickte, Mama und Anita konnten keinen Fahrradschlauch flicken, und auch Onkel Bjørnar nicht, er war überhaupt nicht praktisch veranlagt, und schon gar nicht ich, ich hatte es mehrmals versucht, aber ich kriegte es nicht hin, ich hatte versucht, es genau so zu machen, wie Papa es gemacht hatte, aber ich kriegte den Schlauch nicht einmal aus dem Mantel gepult, es hatte so leicht ausgesehen, als Papa es machte, aber es war nicht leicht, und ich schaute Elins Vater an, und jetzt hörte ich, wie das Aftershave auf seiner Haut trocknete, aber wessen

Ohren waren das, mit wessen Ohren hörte ich da, den Ohren eines Hundes oder vielleicht den Ohren einer Eule, die Ohren der Eule waren so präzise, dass sie eine Maus weit unten auf der Erde hören und fangen konnte, obwohl es stockfinster war, vielleicht waren es die Ohren einer Eule.

»Komm mit dem Rad einfach mal bei mir vorbei, dann flicke ich es dir«, sagte Elins Vater, und er sah mich mit seinen freundlichen Augen an, und auch die anderen Erwachsenen sahen mich mit freundlichen Augen an, und ich wusste, dass ich lächeln und ebenfalls freundlich sein sollte. Vielen Dank, kann ich nachher vorbeikommen?, sollte ich sagen, aber ich sagte es nicht, gern würde ich mein Fahrrad flicken lassen und gern so schnell wie möglich, ich hatte es satt, zu Fuß zu gehen, wenn alle anderen mit dem Rad fuhren, trotzdem sagte ich es nicht, ich stand nur da und schaute Elins Vater an, und dann drehte ich den Kopf nach hinten, ohne den Oberkörper zu bewegen, ich war ja eine Eule, und Eulen können ihren Kopf um hundertachtzig Grad drehen, und ich schaute in den Wald, in dem ich wohnte, ach, wie sehr ich mich nach dem Wald sehnte, und ich drehte mich wieder um.

»Bald kommt jemand vorbei, der es flickt«, sagte ich, »bald kommt jemand vorbei, der es flickt«, sagte ich noch einmal, nur leiser, und ich biss mir sofort auf die Zunge, jetzt machte ich es wieder, wiederholte meine Sätze wie ein Idiot, und Elins Vater sah mich an und lächelte freundlich, nickte, er glaubte mir nicht, das sah ich ihm an, aber er nickte trotzdem.

»Fragt mich nach irgendeinem Autokennzeichen«, sagte plötzlich Uralt-Per, er wollte jetzt wieder unterhalten, er gierte nach mehr Applaus und Aufmerksamkeit, und die Erwachsenen sahen ihn an und lächelten, eigentlich hatten sie keine Lust, ihn nach Autokennzeichen zu fragen, das sah ich ihnen an, aber sie taten es trotzdem, sie waren so freundlich, alle waren immerzu freundlich, und ich wusste nicht, wohin mit meiner Wut, wenn alle so freundlich waren.

»Das Autokennzeichen des Bürgermeisters?«, fragte Dags Vater. »VD 13477«, kam es sofort von Uralt-Per. »Arve Tellefsen«, sagte Elins Vater. »VD 15891«, sagte Uralt-Per. »Die Spieler von Liverpool«, sagte Elins Vater, und Uralt-Per sah ihn an, und dann schloss er die Augen, er schloss immer die Augen, wenn er die Autokennzeichen der Liverpool-Spieler aufsagen sollte, und jetzt kapierte auch der Letzte, dass es ein beeindruckendes Kunststück war, das ihm niemand nachmachen konnte, und jetzt musste er sich konzentrieren, und er holte tief Luft und wartete kurz, und ich drehte mich um und ging, ich hielt es hier nicht länger aus, hielt es inmitten von so viel Freundlichkeit nicht länger aus.

Ich überquerte den Spielplatz, und hinter mir zählte Uralt-Per die Namen aller Liverpool-Spieler mitsamt Autokennzeichen auf, blitzschnell und ohne Pause, und alle klatschten und riefen Bravo. »Einen hast du vergessen«, hörte ich Dags Vater sagen, er sagte das, was immer einer sagte, sobald Uralt-Per mit dem Aufzählen fertig war. »Nein«, sagte Uralt-Per bestimmt. »Doch, du hast Sammy Lee vergessen«, sagte Dags Vater. »Sammy Lee hat kein Auto«, sagte Uralt-Per, und dann lachten alle laut, das taten sie immer, wenn Uralt-Per sagte, dass Sammy Lee kein Auto hatte.

»Terje, wo willst du hin?«, rief Inge, aber ich tat so, als würde ich ihn nicht hören, ich drehte mich nicht um, ich ging einfach weg, und warum ließ ich Elins Vater nicht mein Fahrrad flicken, dachte ich, ich sehnte mich ja danach, wieder Rad fahren zu können, und Papa kommt sowieso nicht mehr nach Hause, dachte ich, und ich ging auf die Straße, und dort stand Frau Hovig auf dem Balkon und klopfte ihren Teppich aus, dass der Staub nur so um sie herumwirbelte, und im Vorbeigehen tauschte ich mein Gedächtnis mit ihrem, wenn nur die Nachbarn jetzt nicht sehen, wie dreckig der Teppich ist, dachte ich, man sollte meinen, bei uns zu Hause würde nicht gesaugt und nicht geputzt, so wie unsere Teppiche aussehen, es war höchste Zeit, und jetzt muss ich mich ranhalten, wenn ich fertig werden will, bevor wir um sieben ins Gebetshaus gehen, dachte ich, und dass der neue Pfarrer Tabak kaut, nein, das hätte ich nicht gedacht, ich habe noch nie einen Pfarrer mit Kautabak im Mund gesehen, aber er hat Tabak gekaut, stand auf dem Parkplatz und kaute und spuckte wie ein Holzfäller, nein, ich weiß nicht, ob mir das gefällt, es gehört sich nicht, finde ich, aber sonst war er gut, redete so, dass ihn die Leute verstehen konnten, und eine angenehme Stimme hatte er, eine tragende Stimme, eine Stimme, die zum Reden und Singen geeignet war, und *Mitt hjerte alltid vanker, i Jesu føderom.*

Vierzehn Tage vorher

»Wie war's beim Training?«, fragte Mama. Sie sah Anita an, während sie das Päckchen vom Fischladen auf das Schneidebrett legte, aber Anita gab keine Antwort, sie hörte, was Mama sagte, das sah ich ihr an, aber sie tat so, als läse sie in ihrer Zeitschrift. Sie saß auf dem Stuhl und rührte sich nicht, und sie nahm den Blick nicht von ihrer Zeitschrift, und Mama faltete das weiße Papier auseinander, und dort lag ein großes Stück glänzendes Walfleisch.

»Anita?«, sagte Mama, sie nahm das Messer in die Hand und setzte die Klinge an dem dunkelroten, fast schwarzen Walfleisch an, aber sie schnitt nicht hinein, sie stand einfach nur da und sah Anita an, und jetzt blickte Anita von ihrer Zeitschrift hoch.

»Was ist?«, fragte sie.

»Wie war's beim Training?«, fragte Mama.

»Wie es war?«, fragte Anita sauer, sie runzelte die Stirn und tat so, als würde sie nicht verstehen, warum Mama danach fragte. »Gut. Wir sind geschwommen«, sagte sie, und Mama nickte und starrte auf das Walfleisch, und Anita schnaubte leise und sah wieder in die Zeitschrift, und es war ganz still, und jetzt musste ich mich beeilen und in Anitas Sporttasche schauen, musste es vor Mama tun, und ich legte die Legosteine auf den Boden und stand auf.

»Ich muss mal«, sagte ich. Ich schaute Mama an und lächelte, und Mama lächelte zurück, und ich ging durch die

Küche, den Flur entlang in Anitas Zimmer, und dort auf der Couch mit dem braunen Cordbezug, neben einem Radiergummi mit Erdbeerduft und einer selbst aufgenommenen Kassette, auf der *Hitparade* stand, lag die Tasche, die sie fürs Schwimmtraining benutzte. Ich nahm die Tasche mit und ging rasch ins Bad, und ich schloss die Tür ab, stellte die Tasche auf die Bank und zog den Reißverschluss auf. Ich merkte sofort, dass Anita nicht im Training gewesen war, wäre sie im Training gewesen, hätte ich jetzt schon den Chlorgeruch in der Nase, und ich drückte die Tasche auseinander, und dort lagen das Handtuch und der Badeanzug, und beide waren trocken. Ich nahm sie heraus und legte sie ins Waschbecken, drückte den Stöpsel fest, drehte den Wasserhahn auf und ließ Wasser laufen, dann stieg ich auf die Bank und holte die blaue Chlorflasche aus dem obersten Badezimmerschränkchen.

Ich goss Chlor in das Wasser und verrührte es, und ich räumte die Flasche zurück in den Schrank und stellte mich vor das Waschbecken, stand da und starrte auf den Badeanzug und das Handtuch, die im Chlorwasser schwammen. Und dann kam es mir plötzlich so vor, als würde sich jemand von hinten an mich heranschleichen. Ich fuhr herum, aber niemand war da, natürlich nicht, ich hatte die Tür ja abgeschlossen, und ich drehte mich wieder um und zog den Stöpsel heraus. Ich wrang das Handtuch und den Badeanzug aus, und jetzt rochen beide stark nach Chlor, jetzt war alles so, wie es sein sollte, und ich legte beide Teile zurück in die Tasche und zog den Reißverschluss wieder zu, dann drückte ich die Klospülung, wusch mir die Finger und machte die Tür auf. Ich wollte gerade hinausgehen, blieb aber stehen, ich konnte die Tasche erst mitnehmen, wenn ich sicher war, dass Mama noch in der Küche stand, also wartete ich eine Weile und lauschte, und dann hörte ich das kurze Fauchen von Fleisch, das in eine heiße Pfanne gelegt wird, einmal, dann noch einmal, und ich ging schnell in Anitas Zimmer, stellte die Tasche auf die Couch und ging wieder hinaus.

Ich sah Mama an und lächelte, als ich an ihr vorbeiging, und Mama lächelte zurück, und ich setzte mich auf den Boden und spielte weiter mit den Legosteinen.

»Was gibt's zu essen?«, fragte Anita.

»Waleintopf«, sagte Mama. Sie drehte sich zu Anita um, und Anita schaute in ihre Zeitschrift. Es war ganz still, und Mama nahm den Blick nicht von Anita. »Ist dir das vielleicht auch nicht gut genug?«, fragte Mama.

»Ich hab doch gar nichts gesagt«, sagte Anita.

»Eben«, sagte Mama.

»Was soll das heißen?«, fragte Anita. »Erwartest du, dass ich in Jubel ausbreche und mit den Füßen trampele, weil du Walfleisch kochst?«

Ich zuckte zusammen, als sie das sagte, ich konnte nicht verstehen, warum sie so frech war, so war sie früher nicht gewesen. Ich sah Mama an, und jetzt durfte Mama nicht wütend werden, aber sie war wütend, das sah ich ihr an, ihr Gesicht war wie versteinert, und ihre Augen hatten sich geweitet und sahen ganz wild aus, und sie schaute Anita an, und Anita starrte wütend in ihre Zeitschrift, und Mamas Atem ging immer schneller, sie machte den Mund auf und wollte etwas sagen, aber sie ließ es bleiben, starrte Anita noch einmal kurz an, dann drehte sie sich weg und kochte weiter.

Im Zimmer war es ganz still. Dann war ein lauter Knall zu hören. Ich fuhr zusammen und schaute auf, und Mama stand am Spülbecken, und im Spülbecken lag der Schmortopf, verkehrt herum, und aus dem Becken stiegen Rauch und Dampf auf, was hatte sie bloß getan, hatte sie den Eintopf ins Spülbecken geworfen, hatte sie das Essen ausgekippt? Ich starrte sie an, sie stand da mit den Topflappen in den Händen, und sie riss den Schmortopf aus dem Spülbecken und stellte ihn mit einem lauten Knall auf die Herdplatte, dann riss sie den Brotkasten auf und nahm ein Brot heraus, riss das Brotmesser an sich und knallte beides auf den Küchentisch.

»So«, sagte sie zu Anita. »Das Essen ist serviert«, sagte sie und deutete mit dem Kopf auf das Brot, und Anita sah sie an und schüttelte den Kopf.

»Nicht zu fassen«, sagte Anita. »Es ist ja okay, dass du wütend auf mich bist, aber deshalb musst du es noch lange nicht an Terje auslassen«, sagte sie, und ich sah, wie sich Mamas Gesicht auf einen Schlag veränderte, sie hatte nicht damit gerechnet, dass Anita das hier sagen würde, und ihr Gesicht, das eben noch wutentbrannt gewesen war, sah jetzt traurig aus, das starre, harte Gesicht bekam Risse, und ihre Augen wurden feucht.

»An mir?«, sagte ich, sagte es so, als würde ich nicht verstehen, wovon Anita sprach. »Was wird an mir ausgelassen?«, fragte ich und lachte, zog die Augenbrauen hoch und sah Anita fragend an, aber Anita wusste, dass ich mich nur dumm stellte, und hatte keine Lust zu antworten, sie sah mich nicht einmal an, sie sah Mama an und schnaubte, und Mama konnte uns nicht anschauen, sie drehte sich um und kehrte uns den Rücken zu, stand mitten in der Küche und rührte sich nicht, sie sah zu Boden, nahm eine Hand hoch und fasste sich ins Gesicht, und dann stand Anita auf, warf die Zeitschrift hin und ging, und Mama stand immer noch da, mit der Hand im Gesicht, und sah zu Boden, und jetzt fing sie an zu weinen, es kam kein Ton von ihr, aber ich sah, wie ihre Schultern bebten, ich stand auf und ging in die Küche, ich drehte den Wasserhahn auf und hielt die Fleischstücke unter den Strahl, wusch sie lange und gründlich, bevor ich sie wieder in den Topf legte, ich radierte aus, was gerade passiert war, und begann wieder von vorn, und jetzt war nichts von dem, was passiert war, passiert, das Fleisch war fertig angebraten, es fehlte nur noch die Soße.

Ich drehte den Wasserhahn zu und nahm das blaue Kochbuch aus dem Regal, legte es vor mir auf die Küchenzeile, *Kochbuch für die Berufsschule* stand darauf. Und dann hörte ich Mama hinter mir »ach Terje« sagen, es klang fast wie ein Stöhnen, und ich spürte, wie sich ihre Hand in meine Schulter krallte, und Mama drehte mich um und zog mich zu sich heran, und sie drückte meine Wange an ihren Bauch.

»Ich hab dich ganz schrecklich lieb«, sagte Mama. »Das weißt du doch?«

»Mhm«, sagte ich, sagte es so fröhlich und unbekümmert, wie es mir möglich war.

»Hast du mich lieb?«, fragte sie.

»Mhm«, sagte ich, es war leichter, unbekümmert zu sein, wenn man unbekümmert klang, daher ließ ich meine Stimme wieder unbekümmert klingen, aber jetzt musste sie damit aufhören, ich wollte, dass sie wieder über ganz normale Sachen redete, ich wollte, dass wir das hier ausradierten und noch einmal von vorn anfingen, und ich wand mich behutsam aus ihrem Griff.

»Welches Rezept nimmst du eigentlich für die Soße?«, fragte ich, benutzte wieder meine unbekümmerte Stimme. »Ich würde sie gern so machen, wie du sie immer machst, ich finde, sie schmeckt richtig gut«, sagte ich und blätterte in dem Kochbuch. Und dann spürte ich, wie sich ihre Hand in meinen Nacken legte, wie sich ihre Finger langsam hoch zu meinem Ohr schoben.

»Ach, mein Schatz«, flüsterte Mama.

Ich entzog mich ihrer Hand und lachte kurz.

»Das kitzelt«, sagte ich, sagte es, obwohl es überhaupt nicht kitzelte, und blätterte weiter in dem Kochbuch. »Wo ist denn nur das Rezept?«, sagte ich, und ich lächelte, als ich mich zu ihr umdrehte und sie ansah, aber was war mit ihrem Gesicht passiert, wessen Gesicht war das eigentlich, ihr Gesicht war voller Falten und hellbrauner Flecken.

»Ach, mein Schatz«, wiederholte sie, aber wessen Stimme war das, diese heisere Stimme, wessen Stimme war das? »Mein armer kleiner Junge«, sagte sie, sagte es mit der brüchigen Stimme einer alten Frau, und sie sah mich an mit den schmalen, leicht wässrigen Augen einer alten Frau. Aber war Mama denn alt, war Mama eine alte Frau? »Warum hast du nie etwas gesagt?«, fragte sie. »Warum hast du immer alles in dich hineingefressen?«, fragte sie. »Das, was dich belastet hat«, sagte sie, »wir hätten dir doch helfen können«, sagte sie, und was redete sie da, ich verstand kein Wort von dem, was sie sagte, und ich drehte mich wieder um und blätterte in dem Kochbuch.

»Mein guter Junge«, sagte sie. »Du musst jetzt wirklich nicht kochen«, sagte sie.

»Aber ich will«, sagte ich.

»Das ist nicht so einfach«, sagte sie, »und außerdem musst du wissen, was Milliliter und Deziliter sind, sonst wird es nichts.«

»Ich kann es doch probieren«, sagte ich.

»Wir können zusammen kochen«, sagte sie.

»Okay«, sagte ich, trat einen Schritt nach links und schob das Kochbuch etwas nach rechts, damit sie das Rezept suchen konnte.

»Ich koche nicht nach Rezept, verstehst du«, sagte sie.

»Woher weißt du dann, was hineinmuss?«, fragte ich. »Und wie viel«, fügte ich hinzu. Die Frage hatte ich schon viele Male gestellt, daher wusste ich, was sie antworten würde, aber sie antwortete gern auf diese Frage, deshalb stellte ich sie trotzdem.

»Ich schmecke mich durch«, sagte Mama. Ich hatte genau gewusst, was sie sagen würde, trotzdem drehte ich mich zu ihr um und tat überrascht.

»Wie geht das denn?«, fragte ich, und jetzt wurde sie wieder fröhlicher, das sah ich ihr an, sie wiegte den Kopf hin und her und tat so, als wüsste sie nicht recht, was sie sagen sollte, obwohl sie es genau wusste.

»Ich hab in meinem Leben schon so viel gekocht«, sagte sie. »Daher weiß ich, was zusammenpasst.«

»Warst du mal Köchin?«, fragte ich, ich fragte, obwohl ich die Antwort wusste.

»Nicht gerade Köchin«, sagte sie, »aber ich habe ein paar Jahre im Altersheim in der Küche gearbeitet.«

»Aber dann bist du doch Köchin«, sagte ich, und ich sah ihr an, dass sie das gern hörte, sie wiegte den Kopf hin und her und lächelte.

»Na ja«, sagte sie. »Nicht wirklich, ich habe zumindest keine Ausbildung als Köchin. So, jetzt schauen wir mal, kannst du einen Topf rausholen und Wasser für mich aufsetzen?«

»Ja«, sagte ich, und ich bückte mich und holte einen Topf aus dem Schrank neben dem Herd, und in dem Moment kam Anita, was hatte sie bloß an, lief sie im Mantel herum, es war doch fast Sommer, draußen schien die Sonne, und es war warm, aber »brrr«, sagte Anita, und ich drehte mich um und sah aus dem Fenster, und dann sah ich, dass es schneite, schwere, nasse Flocken fielen aus einem niedrigen grauen Himmel, und die Flocken trafen die Scheibe wie sanfte Küsse, die kleineren schmolzen sofort, aber die größeren rutschten bis zur Fensterbank hinunter, wo sie sich in einem dünnen Streifen gesammelt hatten, und ich drehte mich wieder um, und dort kam Anita in ihrem schwarzen Mantel, aber was hatte sie in der Hand, war das eine Zigarettenschachtel, sie wusste doch, wie wütend Mama wurde, wenn sie rauchte, sie wusste, dass es nur Streit und Ärger geben würde, und ich konnte nicht begreifen, wie sie so unvorsichtig sein konnte, ich hatte ihre Zigarettenschachteln in letzter Zeit mehrmals vor Mama versteckt, und ich hatte Anita gesagt, dass sie vorsichtig sein müsste, aber jetzt kam sie mit der Zigarettenschachtel in der Hand herein, ich wollte schon den Kopf schütteln und sie warnen, aber ich ließ es bleiben, denn wessen Gesicht hatte sie jetzt?

»Und dann gießt du das hier hinein«, sagte Mama, ich drehte mich um und sah sie an, und sie stellte den Messbecher auf die Arbeitsplatte. »Sechshundert Milliliter«, sagte sie, und ich nahm den Messbecher und goss das Wasser in den Topf, ich stellte den Topf auf die Platte und drehte sie voll auf.

»Soll ich umrühren?«, fragte ich, fragte, obwohl ich wusste, dass man Wasser nicht umrühren musste, ich fragte nur, weil Mama mir gern auf meine Fragen antwortete.

»Nein, das brauchst du nicht«, sagte sie. »Aber wenn du mir versprichst, ganz vorsichtig zu sein, darfst du das Wasser über das Fleisch gießen, sobald es kocht.«

»Okay«, sagte ich. »Und dann?«

»Dann muss das Fleisch eine halbe oder Dreiviertelstunde lang köcheln«, sagte sie.

»Und dann kommt Sahne dazu, und alles muss noch ein bisschen weiterköcheln, bevor wir es mit Salz und Pfeffer abschmecken.«

»Okay«, sagte ich, ich sah sie an und lächelte, und sie lächelte zurück.

»Aber wir müssen den Topf zudecken«, sagte ich, sagte das,

was Mama immer sagte, wenn Anita sich etwas kochte, »Deck den Topf zu, Anita, dann kocht es schneller«, sagte sie immer.

»Das stimmt«, sagte Mama und lächelte, »du stellst dich gar nicht dumm an«, sagte sie, und sie nahm einen Deckel heraus und legte ihn auf den Topf, und kurz darauf begann es zu simmern, und nicht viel später kochte das Wasser, und ich nahm den Topf von der Platte und goss das Wasser vorsichtig über das Walfleisch.

»Genau so«, sagte Mama. »Jetzt müssen wir nur noch eine Dreiviertelstunde warten«, sagte sie, sie lächelte, als sie die Besteckschublade herauszog, nach einem Kochlöffel griff und im Topf rührte. »Vielleicht kannst du schon mal ein paar Kartoffeln waschen, schrubben und in einen Topf legen«, sagte sie, »es ist geschickt, Sachen vorzubereiten, dann wird es am Ende nicht so hektisch«, sagte sie, und ich tat, was sie sagte, ich nahm sieben große Kartoffeln aus dem Kühlschrank und legte sie in die Spüle, drehte den Wasserhahn auf und begann sie zu waschen und zu schrubben. Mama sah mich lächelnd an, als sie die Pfeffermühle vom Gewürzregal nahm, und dann erzählte sie, wie wichtig es sei, Kartoffeln mit Schale zu kochen. Papa mochte Kartoffeln nicht ungeschält, darum schälte Mama die Kartoffeln immer, als er noch hier wohnte, aber als er auszog, kaufte sie eine Gemüsebürste und wollte unbedingt, dass wir die Kartoffeln schrubbten, sie konnte nicht verstehen, warum manche die Kartoffeln vor dem Kochen schälten, sagte sie.

»Kartoffeln zerfallen viel schneller, wenn man sie schält«, sagte sie. »Aber noch viel wichtiger ist, dass die Vitamine in der Schale sitzen oder direkt unter der Schale. Wenn man die Schale abnimmt, sind fast alle Vitamine weg. Und die Vitamine, die noch übrig bleiben, lösen sich im Kochwasser auf«, sagte sie, aber jetzt musste sie damit aufhören, ich wusste, dass sie es nur sagte, um Papa schlechtzumachen, und ich schrubbte ganz fest, und die grauschwarze Erde löste sich von den Kartoffeln, und das Wasser wurde grauschwarz, und das grauschwarze Wasser in der Spüle drehte sich plötzlich wie wild um mich herum.

»Daher ist es bescheuert, die Kartoffeln vor dem Kochen zu schälen«, sagte Mama, und jetzt redete sie sich immer mehr in Rage. »Man wird nur dick, wenn man geschälte Kartoffeln isst«, sagte sie, sie grinste und schüttelte den Kopf, dann stellte sie, ohne hinzusehen, die Pfeffermühle ab und stieß den Krug mit dem Kochbesteck um, hob ihn aber nicht auf, schaute ihn nicht einmal an. »Dann nimmt man keine Nährstoffe zu sich und wird fett«, sagte sie, und sie zog das f in fett ein bisschen in die Länge, fauchte das Wort regelrecht heraus. »Man macht das Essen kaputt«, sagte sie, und ich schrubbte immer fester, und das grauschwarze Wasser drehte sich immer mehr, und Mama redete sich immer mehr in Rage, sie verrührte den Pfeffer mit harten, wütenden Bewegungen, und sie schüttelte den Kopf und grinste in sich hinein, und das Wasser drehte sich immer schneller, und das Küchenbesteck hatte sich über die ganze Arbeitsplatte verteilt, lag teilweise aufeinander wie Knochenreste bei einer Ausgrabung, wie das Skelett einer verspeisten Mahlzeit. »Macht das Essen völlig kaputt«, sagte Mama, und ich drehte den Wasserhahn zu, legte die Kartoffeln in den Topf und schob ihn zu ihr hin.

»So, Mama«, sagte ich, und Mama drehte sich zu mir um, und ihr Gesicht war voller Falten und hellbrauner Flecken, und ihre Hände waren starr und gekrümmt, und sie streckte eine Hand aus und streichelte mir die Wange.

»Mein Gott, was für ein grässliches Wetter«, sagte Anita, und jetzt stand Anita plötzlich wieder da. »Du kannst gern meinen Mantel nehmen«, sagte sie, schaute Mama an, als sie sich aus dem Mantel schälte, und Mama drehte sich zu ihr um. »Wenn du zum Rauchen rausgehst, meine ich«, sagte Anita.

»Ich kann jetzt nicht rausgehen«, sagte Mama. »Das traue ich mich nicht«, sagte sie, und sie drehte sich zu mir um und streichelte mir noch ein paarmal die Wange, und dann rührte sie wieder im Topf, und ich drehte mich um und ging aus der Küche, ich wollte eigentlich in mein Zimmer gehen, aber stattdessen zog ich die Schuhe an und ging hinaus, ich könnte mich vor dem Essen noch etwas draußen aufhalten, und ich überquerte den Hof und ging auf die Straße, anfangs ruhig, dann schneller und schneller, und dann begann ich zu rennen, einfach so, ich war einer der Schnellsten in der Klasse und rannte gern. »Er rennt öfter, als er geht«, sagte Mama immer, und jetzt rannte ich durch die angrenzenden Straßen, rannte immer schneller, was vor mir lag, kam mir immer schneller entgegen, und was rechts und links lag, rauschte immer schneller an mir vorbei, und so schnell war ich noch nie gerannt, nein, ich hätte nicht gedacht, dass ich so schnell rennen könnte, und ich schaute nach unten, während ich rannte, aber wessen Beine waren das, war ich ein Luchs, hatte ich seine Beine, steckte ich in einem Luchs?

Ich rannte durch den Wald, und ich sprang über eine Felsspalte mit einem schwarzen Bach in der Tiefe, denn ich war ein Luchs, und Luchse hatten eine unglaubliche Sprungkraft, sie konnten sieben, acht Meter weit springen, und sie konnten stillstehen und dann aus dem Stand zwei Meter hoch springen, und jetzt holte ich Schwung und sprang vor mir auf den Baum, sprang an den nackten Stamm in zwei Metern Höhe, und meine Krallen bohrten sich in den Stamm, sie glitten in das Holz, und ich zog den Körper mit den starken Vorderbeinen hoch und kroch den Stamm hinauf, geschmeidig und lautlos kletterte ich den Stamm hinauf, dann auf den dicken orangebraunen Kiefernast, und der Ast wippte ein wenig unter mir, ein Zapfen löste sich, und der Zapfen fiel durch die Luft und traf die tiefe Stelle mit den schwarzen Fischschatten, und die Fische schossen in alle Richtungen, und Ringe breiteten sich im Wasser aus, und bald käme meine Beute an die tiefe Stelle, um zu trinken, ein Reh vielleicht oder ein Hase, ich brauchte bloß zu warten. Ich saß reglos da, lange, aber es kam weder ein Reh noch ein Hase vorbei, daher stand ich auf und kletterte hinunter, kletterte rückwärts, geschmeidig und lautlos kletterte ich, und ich hüpfte ins Gras und rannte durch den Wald, ich sprang über Steine und zwängte mich zwischen Büschen und Bäumen hindurch, und dort vorne war die Straße, und ich sprang über den Graben und landete auf der Straße.

»Da hat's aber jemand eilig«, sagte einer, und dort stand plötzlich Onkel Bjørnar mit einer Plastiktüte in der Hand, und durch die Tüte konnte ich die Konturen eines Beutels Vollmilch erkennen, und Onkel Bjørnar sah mich an und lächelte, er hatte eine Muskelerkrankung, weshalb er bei der kleinsten Anstrengung müde wurde, und er atmete schwerer als ich, der ich gerade gerannt war.

»Weshalb hast du es denn so eilig?«, fragte er.

»Ich hab es nicht eilig, ich renn einfach nur gerne«, sagte ich, sah ihn an und lächelte. »Soll ich dir die Sachen nach Hause tragen?«, fragte ich.

»Gern«, sagte er, und er akzeptierte mein Angebot nicht nur, weil er glaubte, dass ich mich groß fühlte, wenn ich ihm einen Gefallen tun könnte, er war richtig froh, das sah ich ihm an. »Das ist lieb von dir«, sagte er und reichte mir die Einkaufstüte. Und dann liefen wir los, und wieder einmal kam es mir komisch vor, so langsam wie Onkel Bjørnar zu gehen, ich war schon oft zusammen mit ihm gelaufen, aber ich konnte mich nicht daran gewöhnen, so langsam zu gehen, meine

Beine würden am liebsten davonspringen, und ich musste mich beherrschen, um nicht loszurennen.

Wir überquerten die Straße und nahmen den steilen Anstieg zu seinem Haus in Angriff, und jetzt ging es noch langsamer.

»Oh oh«, sagte Onkel Bjørnar, dann blieb er stehen, schaute zu Boden und schüttelte den Kopf, er atmete schwer, und seine Schultern und sein Rücken hoben und senkten sich.

»Wäre gut, wenn es hier eine Rolltreppe gäbe«, sagte ich, und ich sah ihn an und lächelte, und Onkel Bjørnar schaute zurück und lachte.

»Ja, oder einen Skilift«, sagte er, und ich stellte mir vor, wie Onkel Bjørnar im Skilift saß und auf dem Weg zu seinem Haus die Beine baumeln ließ, und ich fing an zu lachen, und Onkel Bjørnar lachte auch, und wir gingen zusammen den Berg hinauf und hinein ins Haus. Die Luft war miefig und roch nach Katzenfutter und gebratenem Speck, und die Dielen knarrten, wenn wir darauftraten, und ich ging in die Küche und stellte die Tragetüte auf die Arbeitsplatte.

»Vielen Dank«, sagte er. »Geh schon mal rein und setz dich, ich komm gleich nach«, sagte er.

Ich ging ins Wohnzimmer. Onkel Bjørnar hatte der Haushaltshilfe gekündigt, weil sie Unordnung in seine Papiere gebracht und die Buchrücken mit einem feuchten Tuch abgewischt hatte, daher wurde nicht sehr oft staubgewischt, und das war unschwer zu erkennen, es sah nämlich fast so aus, als würde es im Wohnzimmer schneien, das Tageslicht fiel schräg durch das Fenster und erleuchtete den ganzen Staub im Zimmer, und der Staub sah aus wie herunterrieselnde Schneeflocken, und als ich zu dem braunen Ledersessel ging und mich setzte, wurde durch die Luftbewegung der ganze Staub aufgewirbelt. Ich drehte ein bisschen an dem alten Globus herum, während Onkel Bjørnar die Tragetüte auspackte, und ich betrachtete das Segelschiff in der Flasche auf dem Fensterbrett, während er mit dem Kaffeekessel hantierte. »Ja«, sagte er nach einer Weile, und dann kam er mit einem Glas gelbem Saft und einem Teller Schokoküsse mit Kokosflocken herein. »Kamen am Ende Frösche heraus?«, fragte er, ich verstand nicht, was er meinte, und sah ihn verwundert an. »Als wir das letzte Mal miteinander gesprochen haben, hattest du ein Aquarium mit Froscheiern angelegt«, sagte er, er stellte den Saft und die Schokoküsse vor mir auf den Tisch.

»O ja«, sagte ich. »Am Ende sind Frösche herausgekommen«, sagte ich. »Aber ich habe sie freigelassen.«

»Das ist gut so«, sagte er, dann ging er wieder in die Küche, gleich darauf kam er mit einer Tasse Kaffee zurück, er stellte die Tasse auf den Tisch, legte eine Hand auf die Armlehne und ließ sich langsam auf dem Sofa nieder, und er sagte, was er immer sagte, wenn er sich aufs Sofa oder einen Sessel setzte. »Auauauauau«, sagte er leise, und dann tat er, was er immer tat, wenn er sich gesetzt hatte, er packte den Hosenstoff direkt über dem Knie und zog die Hose ein Stück zurück, und ich merkte, wie es mich freute, als ich das sah, ich wusste nicht, warum, aber es gefiel mir, wenn er Dinge wiederholte. »Das ist gut so«, sagte er. »Du weißt, der Frosch ist eine Amphibie, und von den Amphibien haben wir unsere Lungen«, sagte er, »ohne Amphibien könnten wir an Land nicht atmen. Darum schulden wir ihnen Dank«, fügte er hinzu, und dann führte er weitere Arten an, denen wir Dank schuldeten. Dass ich eine Wirbelsäule hatte und somit aufrecht auf dem Stuhl sitzen konnte, hatte ich zum Beispiel dem Fisch Myllokunmingia zu verdanken, denn er war das erste bekannte Tier mit tragenden Elementen im Körper, sagte er, das erste Wirbeltier. Und die Schokonüsse, die ich gerade zu mir nahm, könnte ich nicht essen, wenn es keine Haie und Rochen gäbe, denn von ihnen hatten wir die Kiefer geerbt, sagte er, bevor es Haie und Rochen gab, hatten unsere Vorväter nur eine kleine Öffnung mit feinen Härchen, die das hereinströmende Wasser filterten. Und mein Gehirn und die scharfen Sinnesorgane hatte ich von kleinen nachtaktiven Säugetieren bekommen, die wasserdichte Haut stammte von Reptilien, und hätte der Fisch Tiktaalik nicht irgendwann damit begonnen, seine Flossen zu nutzen, um sich vom Meeresgrund abzustoßen und an Land zu schieben, hätte ich weder Arme noch Beine, sagte er.

Er beugte sich vor und schlürfte etwas Kaffee, dann redete er weiter, Onkel Bjørnar war nicht wie andere Erwachsene, er war anders als die Väter meiner Freunde, die glaubten, sie müssten ständig witzig sein und mich zum Lachen bringen, und schon gar nicht wie die Mütter, die nicht aufhörten zu fragen, wie es mir ginge, das war für mich das Allerschlimmste, es kam mir vor, als wollten sie, dass ich traurig bin, sie sahen mich mit ihren traurigen Augen an und lächelten ihr trauriges Lächeln, und wenn ich sagte, es gehe mir gut, glaubten sie, ich würde es nur sagen, weil ich nicht erzählen wollte, wie schlecht es mir ginge, und wenn sie noch einmal fragten, und ich wiederholte, dass es mir gut ginge, wirkten sie fast enttäuscht, als wären sie gekränkt, weil ich mich über ihre Anteilnahme nicht freute.

Onkel Bjørnar war das genaue Gegenteil. Er erzählte einfach, was er erzählen wollte und was ihn selbst interessierte, und er sprach mit mir, als wäre ich erwachsen, als hätte er vergessen, dass ich ein Kind war, er benutzte Wörter, die ich nicht kannte, und erzählte von Sachen, von denen ich überhaupt keine Ahnung hatte.

»Sieh dir deine Nägel an«, sagte er, und ich schaute auf meine Nägel, meine Nägel seien flache Versionen einer Klaue, erzählte er, die erste Tierart, die Nägel ausbildete, war ein lemurähnlicher Affe, das passierte vor fünfundfünfzig Milliarden Jahren, im Zeitalter des Känozoikum, im Paläogen. Und noch lange danach, als der Mensch vor rund zweieinhalb Millionen Jahren anfing, Steinwerkzeuge zu bauen, begannen sich die Nägel von den Nägeln anderer Primaten zu unterscheiden. Nägel wie Finger wurden breiter, denn breitere Nägel und breitere Finger sorgten für empfindsamere Fingerspitzen, und empfindsamere Fingerspitzen waren sehr nützlich bei der Herstellung und Verwendung von Steinwerkzeugen, erzählte er. Stell dir das vor, sagte er, ohne diese lemurenähnlichen Affen wären wir vielleicht nicht in der Lage, unsere heutigen Werkzeuge zu benutzen oder auch miteinander zu schmusen und zu kuscheln, fügte er hinzu, und dann lachte er. »Wir müssen uns also bei einem kleinen Affen bedanken, dass wir Streicheleinheiten verteilen können«, lachte er, und er steckte den Zeigefinger durch den Henkel seiner Kaffeetasse. »Ach ja, aber das brauche ich dir ja nicht zu erzählen. Das weißt du ja alles«, sagte er.

»Nein«, sagte ich, und ich lachte und schüttelte den Kopf. »Das weiß ich nicht!«

»Doch, doch!«, sagte er. »Das weißt du, alle Kinder wissen das«, sagte er, und dann nahm er die Tasse hoch, schaute nach unten, schürzte die Lippen und schlürfte etwas Kaffee, und er stellte die Tasse mit einem leisen Klirren zurück auf die Untertasse, und er sah mich an und lächelte. »Auf manchen Gebieten werden wir mit dem Alter immer dümmer«, sagte er. »Alles, was ich über die Natur gelesen habe, habe ich gelesen, weil ich wieder so klug werden wollte, wie ich es in deinem Alter war«, fügte er hinzu.

Acht Monate vorher

Ich nahm den Pinsel und tunkte ihn in die Farbe, jetzt nur nicht zu tief, dachte ich, nicht so tief rein, dass er wieder anfängt zu tropfen, ja, so, das reicht. Ich hob den Pinsel und führte ihn zur Wand, den weichen Pinsel, ließ ihn über die Wand gleiten, runter und hoch, dann wieder runter und wieder hoch.

»Aber – äh«, hörte ich Mama sagen, ich drehte mich um, und da stand sie, im Morgenmantel, obwohl es mitten am Tag war, sie stand da und sah Papa kopfschüttelnd an, und ich drehte mich um und schaute Papa an, er hatte den Kopf schief gelegt und diesen Blick im Gesicht, mit dem er sie immer um irgendetwas bat, und ich wusste genau, worum er sie jetzt bat, sie sollte an meiner Arbeit nichts aussetzen, solange ich zuhörte, aber ich tat so, als würde ich es nicht mitbekommen, ich versuchte, den Eindruck zu erwecken, als hätte ich etwas auf dem Fußboden gesehen, da war zwar kein Fleck, aber jetzt war da einer, und ich musste den Fleck, den ich gemacht hatte, wegwischen. Ich nahm mir das Tuch, das an der Leiter hing. Kniete mich hin und entfernte den Fleck, dann stand ich auf und hängte das Tuch wieder an die Leiter, und jetzt war Mama zurück ins Wohnzimmer gegangen, ich hörte das kurze Ratschen eines Streichholzes, das drüben angezündet wurde, jetzt saß sie also im Wohnzimmer und steckte sich eine Zigarette an, und ich sah zu Papa, und Papa sah mich an und lächelte.

»So geht das aber nicht, wir müssen zusehen, dass wir fertig werden«, sagte er. Er goss etwas Farbe aus dem Eimer in die weiße Plastikschale für die Rolle, dann stellte er den Eimer oben auf die Leiter, griff nach der Rolle und machte sich wieder ans Streichen der Fensterwand, und ich kümmerte mich um die andere Wand. Der Pinsel ging hoch und runter, hoch und runter, und hinter mir hörte ich Papas schmatzende Rolle, sie ging ebenfalls hoch und runter, hoch und runter.

»So«, murmelte ich, denn ich war fertig mit der kleinsten Wand und trat einen Schritt zurück, um das Ergebnis zu betrachten, und dann machte ich noch einen Schritt und stieß mit der Ferse gegen etwas, das dort stand, und als ich herumfuhr, sah ich, dass es die Leiter war, und oben auf der Leiter stand Papas Farbeimer und wankte, und dann fiel der Eimer um und stürzte krachend zu Boden.

»O nein«, sagte ich laut. Ich stand da und sah den Eimer und die ganze grüne Farbe auf dem Fußboden, dem Holzfußboden, den Papa gerade erst verlegt hatte, dem Holzfußboden mit der braunen Astmaserung, lauter braune Augen, die mich anstarrten, und Papa bückte sich schnell und hob den Farbeimer auf.

»Das macht nichts«, sagte er, er strich den Pinsel am Rand des Eimers ab und benutzte ihn, um die vergossene Farbe aufzunehmen. »Kein Problem«, sagte er, sah mich an und lächelte, und dann drehte er sich um und stellte den Eimer auf die Zeitungsblätter, die er vor der Wand ausgebreitet hatte.

»Was war das?«, rief Mama.

»Nichts«, rief Papa. Er sah mich an und lächelte, und dann streckte er die Hand aus und wuschelte mir durchs Haar.

»Das wollte ich nicht«, sagte ich.

»Ist schon gut, Terje. Ich hole was, um die Farbe aufzunehmen«, sagte er, und er ging in den Flur und holte den Handfeger und das Kehrblech. »Das kann dem Besten passieren«, sagte er. »So auch dir«, fügte er hinzu. Er lächelte verschmitzt und schob die Farbe aufs Kehrblech, und dann hob er das Kehrblech hoch und ließ die Farbe in den Eimer laufen, und die Farbe floss dick und schwer zurück in den Eimer.

»O Gott«, sagte Mama seitlich hinter mir, sie stand in der Tür, die Zigarette in der Hand, und starrte mit offenem Mund auf die Farbe. »Der Boden ist ja komplett ruiniert«, sagte sie, und ich sah sie an, aber wie konnte ich sie sehen, wo sie doch hinter mir stand, wie konnte das sein, wessen Augen waren das?

»Nein, nein«, sagte Papa, er kniete genau vor mir und schob die Farbe aufs Kehrblech, und er hob das Kehrblech hoch und ließ die Farbe zurück in den Eimer laufen, und Mama stand einfach nur da und starrte mit offenem Mund auf die grüne glänzende Farbpfütze, mit der Zigarette in der Hand stand sie da, die Asche wurde immer länger, und jetzt musste sie die Asche bald wegschnippen, und ich sah sie an, sah Papa an, aber wie konnte ich sie gleichzeitig sehen, wo er doch vor mir stand und sie seitlich hinter mir, und beide sahen auch seltsam aus, fast so, als würde ich sie durch das Küchensieb sehen, das im Krug bei uns auf der Küchenzeile steckte, manchmal, wenn ich Fechten spielte, hielt ich es mir vors Gesicht und benutzte es als Visier, und dann sah alles genau so aus, fast zumindest, und mit wessen Augen sah ich da, was für Augen hatte ich jetzt, waren das Facettenaugen? »Nein, nein?«, sagte Mama, sie sah Papa verärgert an. »Natürlich ist er ruiniert, das gibt einen riesigen Fleck.«

»Ich kümmere mich drum«, sagte Papa, er sah sie an und lächelte. »Kein Problem.«

»Nein, denn Probleme gibt es ja keine«, sagte Mama. »Nur Herausforderungen«, fügte sie hinzu und schüttelte grinsend den Kopf. »Die mit den Problemen bin ich«, sagte sie und schüttelte noch einmal grinsend den Kopf, und dann starrte sie wieder die Farbe auf dem Boden an, und ich betrachtete sie und Papa mit meinen Facettenaugen. »Verdammt noch mal«, sagte Mama, und schnaubend drehte sie sich um und ging zurück ins Wohnzimmer, und Papa schob die Farbe auf das Kehrblech, und er blickte mich an und lächelte verschmitzt, während er die Farbe in den Eimer laufen ließ.

»Frauen«, sagte er leise und schüttelte den Kopf, er legte das verschmierte Kehrblech auf eine der Zeitungen und befestigte den Handfeger daran, dann riss er ein Stück von der Küchenrolle auf dem Fensterbrett ab und wischte damit die restliche Farbe weg. »Jetzt noch einmal mit Terpentin drüber, und der Fußboden ist wieder wie neu. Hol doch schnell mal die Terpentinflasche aus dem Badezimmerschrank«, sagte er.

»Okay«, sagte ich, meine sechs Beine gaben leicht nach und senkten den Hinterleib Richtung Boden, ich setzte zum Abflug an und schoss in die Luft, und dann flog ich aus dem Zimmer und durch den Flur, und im Flur sah ich mein Spiegelbild und sah, dass ich eine Fliege war, dass ich in dem schwarz glänzenden Körper einer Schmeißfliege steckte, und ich sah Mama, während ich mir gleichzeitig beim Fliegen zusah, denn ich hatte Facettenaugen und konnte in mehrere Richtungen gleichzeitig sehen, und im Wohnzimmer saß Mama im Morgenmantel und rauchte, sie hatte ein Bein über das andere geschlagen und den Blick schräg auf den Boden gerichtet, während sie den Rauch durch die Nase ausstieß, und ich flog ins Badezimmer und holte die Terpentinflasche und brachte sie Papa.

»Na also«, sagte Papa, er tränkte den Lappen mit Terpentin und begann, die restliche Farbe wegzuputzen. »Was habe ich gesagt? Wie neu.«

»Man sieht es aber noch«, sagte ich.

»Ach«, sagte er, wiegte den Kopf leicht hin und her und

stand auf. »Da kommt sowieso ein Teppich hin. Das ist immerhin ein Schlafzimmer, niemand will morgens mit nackten Füßen auf dem eiskalten Boden stehen«, sagte er. Er hängte den Lappen über die Leiter, stellte die Pinsel in ein Einmachglas mit grünem Wasser und wickelte die Rolle in eine Plastiktüte. »Machst du mal das Fenster auf, damit der Farbgeruch ein bisschen abzieht?«, sagte er, und dann ging er in den Flur. »Und wirf doch auch das Zeitungspapier in die Mülltüte in der Ecke. Aber pass auf, dass du nicht drauftrittst, sonst bekommst du Farbe an die Füße, und dann gibt es Spuren auf dem Boden.«

»Okay«, antwortete ich.

Ich öffnete das Fenster und hakte es ein, dann beugte ich mich herunter und begann, das Zeitungspapier einzusammeln, und ich hörte Mama und Papa im Wohnzimmer reden.

»Ich verstehe nicht, warum du nicht *ein* Mal auf mich hören kannst«, sagte Mama.

»Aber ich bin doch selbst schuld, immerhin war es mein Eimer, der umgefallen ist«, sagte Papa.

»Stimmt, du bist schuld, und ja, vielleicht war es dein Eimer, aber hast du ihn auch umgeworfen?«, sagte Mama.

»Ja«, antwortete Papa.

»Hör auf«, sagte Mama. »Du bist der schlechteste Lügner, der mir je begegnet ist.«

»Aber es stimmt«, sagte Papa.

»Hör auf«, wiederholte Mama laut. »Du gibst mir ein furchtbares Gefühl, wenn du so bist, verstehst du das nicht?«

»Ach, komm«, sagte Papa. »Können wir nicht einfach … Da soll doch sowieso ein Teppich hin. Und die Wand überstreiche ich einfach noch mal«, sagte er. Bei diesen Worten spürte ich einen Stich im Bauch, denn damit gab er ja eigentlich Mama recht, was ich gestrichen hatte, war nicht gut genug, das sagte er ja eigentlich, er war nicht zufrieden mit meiner Arbeit, also musste er noch mal drüberstreichen.

»Bitte«, sagte Mama.

»Was denn?«, fragte Papa.

»Kannst du deinen verdammten Optimismus nicht mal ein bisschen runterschrauben?«, fragte Mama, und zum Ende des Satzes hin wurde ihre Stimme immer lauter. »Also … manchmal kommt es mir fast so vor, als wärst du die ganze Zeit so positiv, damit ich mich noch negativer fühle«, sagte sie. »Du reibst es mir förmlich unter die Nase.«

»Ach, du«, sagte Papa. »Sag doch so was nicht.«

»Fass mich nicht an«, sagte Mama.

»Okay, okay, okay«, sagte Papa schnell.

Und dann war es still, nur das Surren der Insekten im Blumenbeet vor dem geöffneten Fenster war zu hören, ich hob die letzte Zeitung auf, knüllte sie zusammen und stopfte sie in den Müllsack, und dann flog ich aus dem Fenster, raus zum Beet, wo die anderen Insekten waren, ich landete sanft auf einer gelben Blume und steckte den Rüssel hinein, ließ ihn einfach in das gelbe Blütenkissen gleiten, es ging so leicht, fast so, als würde man eine Nadel in ein Nadelkissen stecken, und ich begann, den Nektar einzusaugen, glucksend und gurgelnd stieg er mir durch den Rüssel in den Mund, und da waren noch mehr Blumen, große rote Rosen, die Mama und Anita gekauft hatten, und Anita wusste nicht, dass man den unteren Teil der Stiele abschneiden musste, bevor man die Blumen ins Wasser stellte, und da stand ja Anita, und da stand auch Mama.

»Ist richtig schön geworden«, sagte Papa plötzlich, stand da und lehnte die Schulter an den Türrahmen, er hatte sich eine Zigarette angezündet, und jetzt nahm er einen Zug und atmete durch die Nase aus, der Rauch ähnelte grauen Stoßzähnen, die ihm aus der Nase ragten, und er sah mich an und lächelte, während er mit dem Kopf auf die Wand deutete, die ich gestrichen hatte. »Sehr schön«, sagte er, er lobte die Wand, obwohl er genau wie Mama fand, dass sie nicht gut genug war.

»Das sagst du nur, weil du nett sein willst«, sagte ich.

»Hä?«, sagte er, und dann lachte er, wie er immer lachte, wenn er etwas hörte, was nicht ernst zu nehmen war.

»Warum willst du sie sonst überstreichen?«, fragte ich und sah ihn geradewegs an. »Wenn du sie schön findest«, sagte ich, ich klang sauer, und Papa zog die Augenbrauen hoch und sah mich überrascht an. »Ich hab gehört, was du zu Mama gesagt hast«, erklärte ich.

»Aber, Terje«, sagte er und lachte noch einmal kurz auf. »Wir müssen doch überall noch mal drübergehen. Auch da, wo *ich* gestrichen habe. Man braucht immer zwei oder sogar drei Anstriche, damit die Farbe ordentlich deckt«, sagte er, und dann kam er und wuschelte mir durch die Haare. »Du hast das super gemacht«, sagte er, und es tat gut, das zu hören, ich wusste, dass er den nächsten Anstrich selbst erledigen würde, wenn ich im Bett war, ich wusste, dass er das Zimmer allein fertig machen wollte, aber ich fühlte mich trotzdem besser. »Danke für deine Hilfe! Jetzt lassen wir alles erst mal trocknen, und dann gehen wir später noch mal drüber«, sagte er und ließ die Hand von meinem Kopf in den Nacken gleiten.

»Aber für heute machen wir Schluss«, sagte Papa, er sah mich an und lächelte.

»Okay«, sagte ich. »Dann geh ich jetzt zum Spielen in mein Zimmer.«

Ich lief durch den Flur und das Wohnzimmer, und dort saß Mama und rauchte, den Blick schräg zu Boden gerichtet, sie nahm einen Zug von der Zigarette und stieß den Rauch durch den Mund aus, während sie sich über den Wohnzimmertisch beugte und den Zigarettenstummel im Aschenbecher ausdrückte, dann lehnte sie sich auf dem Sofa zurück, und jetzt sah sie mich und lächelte mich traurig an.

»Komm und setz dich ein bisschen zu mir, Terje«, sagte sie, und sie zog den Morgenmantel über den weißen Oberschenkel und klopfte mit der Hand darauf, ein leises, dumpfes Geräusch ertönte, als ihre flache Hand den dicken, weichen Morgenmantel traf. Ich blieb stehen und sah sie an. Ich wollte jetzt nicht auf ihren Schoß, wenn sie so war, hatte ich dazu keine Lust, und außerdem hatte sie gesagt, meine Wand sei nicht gut genug und ich hätte beim Streichen gar nicht erst mithelfen dürfen.

»Nun komm schon, Terje«, sagte sie, sie legte den Kopf schief und klopfte sich noch einmal auf den Oberschenkel, lächelte weiter, während sie beide Augen schloss, und das Geräusch ihrer sich schließenden Augen klang wie zerbrechende Eierschalen, es war genau das gleiche Knacksen, aber wessen Ohren waren das, mit wessen Ohren hörte ich da, und sie öffnete die Augen und sah mich an, während sie aus einer Kaffeetasse, die neben ihr stand, einen Schluck trank, und das Geräusch, mit dem sie den Kaffee runterschluckte, klang, wie wenn ich die Klospülung drückte, aber wessen Ohren waren das, waren es die Ohren des Warzenbeißers, der hatte Ohren an den Beinen, und während der Mensch nur Geräusche von bis zu achtzehntausend Hertz wahrnahm, konnte der Warzenbeißer Geräusche von bis zu hunderttausend Hertz hören, vielleicht war ich also ein Warzenbeißer, vielleicht steckte ich ja in seinem Körper.

»Nun komm schon«, sagte Mama, es dröhnte laut, als sie die Tasse abstellte, und ich ging auf sie zu, ich wollte nicht, aber ich konnte auch nicht Nein sagen, nicht, wenn sie den Kopf schief legte und mich so traurig ansah, also ging ich zu ihr und setzte mich auf ihren Schoß. »Ich hab dich ganz lieb, Terje«, sagte sie. »Das weißt du doch?«

»Ja«, sagte ich, beim Klang meiner Stimme musste ich an Metall denken, und ich blickte starr geradeaus und lächelte.

»Ganz sicher?«, fragte sie.

»Ja«, antwortete ich mit derselben Metallstimme, und Mama zog mich fester an sich heran, und ich ließ es zu, ließ mich ganz fest an sie heranziehen. Ihr Atem und ihr Bademantel rochen nach Rauch, und ihr Hals und ihre Haare rochen nach Schlaf, denn bis vorhin hatte Mama noch geschlafen, nachts konnte sie das nicht, sie schlief erst ein, wenn es längst Morgen war, und dann schlief sie bis weit in den Tag hinein, und sie drückte mich an sich und schaukelte mit mir vor und zurück, und dann begann sie, das Gute-Nacht-Lied zu summen, das sie für mich gesungen hatte, als ich drei oder vier Jahre alt gewesen war.

»Ich will runter«, sagte ich und drehte den Oberkörper leicht, aber sie ließ mich nicht los, und ich wand mich etwas mehr, und da ließ sie los, und ich glitt von ihrem Schoß auf den Boden, und sofort hörte ich sie seufzen.

»Na gut«, sagte sie, leise und sauer, und ich sah sie an, aber sie erwiderte meinen Blick nicht, sie beugte sich vor und griff nach dem Tabakpäckchen, und sie nahm ein Häufchen Tabak heraus, sah mich immer noch nicht an und legte den Tabak auf das kleine Blatt, verteilte ihn und begann das Blättchen zu rollen, und sie leckte es ab, bis es glänzend und durchsichtig war wie Schneematsch, und dann steckte sie sich die Zigarette in den Mund und sah mich an. »Was ist?«, fragte sie.

»Nichts«, sagte ich, und ich sah sie an und lächelte, aber sie lächelte nicht zurück.

»Was glotzt du denn so?«, fragte sie.

Ich antwortete nicht sofort, zuckte nur leicht mit den Schultern und lächelte weiter.

»Nur so«, sagte ich, dann drehte ich mich um und ging.

»Terje«, sagte sie, und jetzt klang sie überhaupt nicht mehr sauer, sie klang ängstlich und traurig, und ich drehte mich um, sie sah mich an und schluckte. »Tut mir leid«, sagte sie, ihre Arme hingen schlaff herunter, und es sah fast so aus, als wären sie schwerer als sonst, als würde das Gewicht der Arme an ihren Schultern ziehen. »Komm zurück«, sagte sie und versuchte zu lächeln.

»Eigentlich würde ich jetzt gerne runtergehen und spielen«, sagte ich. Ich versuchte, meine Stimme so klingen zu lassen, als wäre alles in Ordnung, und ich versuchte, auch so auszusehen, als wäre alles in Ordnung.

»Nur ein bisschen«, sagte sie, und sie sah mich mit bittenden Augen an, aber ich blieb einfach stehen, ich wollte nicht auf ihren Schoß. Wenn sie so war, hatte ich dazu keine Lust.

Es war vollkommen still.

»Dann halt nicht«, sagte sie und griff zur Streichholzschachtel, zündete die Zigarette an, und sie kehrte mir den Rücken zu und legte ein Bein über das andere und begann zu rauchen.

»Doch, doch«, sagte ich, ich wollte es gar nicht, aber ich konnte nicht anders, und ich ging auf sie zu.

»Nein, geh runter und spiel«, sagte sie.

»Aber ich kann ruhig auf deinem Schoß sitzen«, sagte ich.

»Nein, geh runter«, antwortete sie.

»Aber ich will es gern«, sagte ich und stellte mich neben sie, und sie hatte mir den Rücken zugewandt und saß da und rauchte. »Mama«, sagte ich. »Ich will es doch gern«, wiederholte ich, aber sie erwiderte nichts, saß einfach nur da und rauchte, ich hörte ein leises Schmatzen, wenn sie die Zigarette aus dem Mund nahm, und ich hörte den leisen Luftzug, als sie den Rauch wieder ausstieß, und ich wollte zu ihr und gleichzeitig auch nicht, ich ging zu ihr hin und legte ihr eine Hand auf die Schulter, auf den weichen Morgenmantel, ich sagte nichts, stand einfach nur da, und sie saß da und starrte aus dem Fenster, betrachtete den Schnee, der vom Himmel fiel, denn jetzt war es plötzlich nicht mehr Sommer, jetzt schneite es wieder, große, schwere Flocken kamen herunter, sie schmolzen auf dem Fenster und liefen nach unten zur Fensterbank, und Mamas Tränen liefen ihr über die Wangen, und ihre Wangen hatten lauter Falten und hellbraune Flecken.

»Soll ich uns Kaffee holen?«, fragte Anita, sie war auch da, sie ging zu Mama und legte ihr eine Hand auf die Schulter, und Mama rang sich ein Lächeln ab und schüttelte den Kopf.

»Nein, danke«, sagte sie und starrte aus dem Fenster, und Anita atmete tief ein und stieß die Luft mit einem Seufzen wieder aus, und sie krümmte die Hand auf Mamas Schulter und drückte sie sanft, erst einmal, dann noch einmal, und mit der Hand auf Mamas Schulter stand sie da, und sie sah traurig aus, Anita, die sich, als ich klein war, immer so gut um mich gekümmert hatte, Anita, die mich immer beschützen wollte, die liebe Anita.

»Ja, was essen müssen wir heute wohl auch noch«, sagte Papa hinter mir, und ich drehte mich um, und da kam er in seiner Arbeitskleidung, er blieb mitten im Zimmer stehen, öffnete den Knopf, zog den Reißverschluss herunter und streifte sich die Arbeitshose ab. »Kommst du mit einkaufen?«, fragte er, er sah mich an und lächelte, während er die Hose übers Kellertreppengeländer hängte, und jetzt musste ich aufpassen, dass meine Antwort nicht zu gut gelaunt klang, denn wenn sie so klang, wie ich mich fühlte, würde Mama denken, ich wäre viel lieber mit ihm zusammen als mit ihr, und dann würde sie sich nur noch mehr aufregen.

»Okay«, sagte ich, ich sagte es so, als könnte ich mitkommen, wenn es unbedingt sein müsste, und ich achtete darauf, nicht zu lächeln.

»Dann lauf schnell in dein Zimmer und zieh dich um«, sagte Papa. »Beeil dich.« Er zog sich das Arbeitshemd aus und hängte es neben die Hose.

»Also ehrlich«, sagte Mama.

»Was ist?«, fragte Papa.

»Das gibt doch Farbflecken am Geländer«, sagte sie.

»Die Sachen sind ganz trocken«, sagte Papa. »Ich hab nicht gekleckst.«

»Bewusst vielleicht nicht«, sagte Mama.

»Ja, da hast du recht«, sagte Papa, und dann nahm er die Kleider und ging damit in Richtung Bad. »Häng deine Sachen auch besser an den Haken an der Badezimmertür, Terje«, sagte er, er sagte es zu mir, aber ich wusste, dass er eigentlich mit Mama sprach. »Damit du in deinem Zimmer keine Flecken machst.«

»Okay«, sagte ich. Ich folgte ihm ins Bad und zog meine Arbeitskleidung aus, während Papa seine an den Haken an der Badezimmertür hängte, und ich hängte meine Sachen an den Haken daneben.

»Du hast wahrscheinlich keine Lust auf Eis, oder?«, sagte Papa und stieg mit dem einen Bein in eine neue Hose. »Du magst ja gar kein Eis«, sagte er, das sagte er immer, wenn wir einkaufen fuhren, und ich antwortete immer dasselbe.

»Doooch«, sagte ich.

»Wirklich?«, fragte er.

»Ja«, antwortete ich.

»Okay«, sagte er und lachte. »Tja, dann müssen wir uns wohl ein Eis holen«, und er griff nach dem beigefarbenen, geblümten Hemd, das auf dem Wäschekorb lag. »Lauf schnell runter und zieh dir auch was an«, fügte er hinzu, und ich tat, was er sagte, ich ging in mein Zimmer, hob die lange Hose vom Boden auf und zog sie mir an, und dann nahm ich den alten Rollkragenpulli aus dem Schrank und zog ihn mir über den Kopf, es war kaum zu glauben, wie eng er am Hals war, ich hatte ihn schon lange nicht mehr angehabt, und jetzt bekam ich ihn gar nicht mehr über den Kopf, ich stand da und mühte mich mit dem Pulli ab, und ich konnte nichts sehen, und plötzlich hatte ich das Gefühl, dass mich jemand beobachtete, ich war mir ganz sicher, dass irgendwer vor mir stand, und ich riss mir den Rollkragenpulli herunter und sah mich um, aber es war sonst niemand hier, sowohl Mama als auch Papa waren immer noch oben, das hörte ich.

»Was wollen wir denn essen?«, hörte ich Papa fragen.

»Ist mir egal«, sagte Mama.

»Ach, komm, das glaub ich nicht«, sagte Papa.

»Doch«, sagte Mama.

Dann war es still, ich ließ den Rollkragenpulli auf den Boden fallen und nahm ein T-Shirt aus meinem Schrank.

»Lieber Fisch oder lieber Fleisch?«, fragte Papa.

»Meine Güte!«, sagte Mama. »Kannst du nicht zuhören, wenn ich was sage, es ist mir vollkommen egal.«

»Okay, okay, okay«, sagte Papa.

Ich zog mir das T-Shirt über den Kopf, und kaum dass ich mit dem Kopf durch die Halsöffnung war, fiel mein Blick auf einen Mann mit Halbglatze, der draußen an meinem Fenster vorbeiging, und ich tauschte das Gedächtnis mit ihm, mein Gott, wie gut, dass sie nichts gefunden haben, dachte ich, dass die Blutproben und Röntgenaufnahmen unauffällig waren, also, das muss gefeiert werden, heute essen wir im Grand Hotel, alle zusammen, und ich habe meine letzte Zigarette geraucht, das schwöre ich mir, denn so was will ich nicht noch mal durchmachen, jetzt ist Schluss mit Rauchen, ich weiß, das habe ich schon mal gesagt, aber jetzt meine ich es ernst.

»Ich glaube, ich habe sowieso keinen Hunger«, hörte ich Mama sagen.

»Du musst doch was essen«, sagte Papa.

»Aber ich hab keinen Appetit«, sagte Mama. »Das weißt du doch.«

»Und wenn wir Fondue machen?«, fragte Papa.

»Also wirklich«, sagte Mama. »Kannst du mir bitte mal zuhören? Nur *ein* Mal! Ich hab keinen Appetit, es ist mir egal, was du kaufst«, sagte sie.

»Okay, okay«, sagte Papa.

»Mein Gott«, sagte Mama.

Ich wollte gerade hochgehen, tat es aber nicht, ich sollte warten, bis Mama sich ein bisschen beruhigt hatte, daher legte ich mich aufs Bett und starrte an die Decke, aber was waren das für Lampen an der Decke, da hingen zwei lange Lampen mit grellem Licht, und in wessen Bett lag ich eigentlich, das war ja gar nicht meins, und das war auch nicht mein Zimmer, was war das für ein Zimmer, und wer kam da drüben durch die Tür, waren das Turid und Marit, aber wie konnte das sein, ich habe Turid ja noch gar nicht kennengelernt, dachte ich, wie kann ich die beiden wiedererkennen, wenn ich sie überhaupt noch nie gesehen habe, dachte ich, aber ich erkannte sie, das waren sie, das waren meine Mädchen, meine beiden hübschen Mädchen.

»Oh, Terje«, sagte Turid, und sie ging geradewegs an Mama und Anita vorbei und kam zu mir ans Bett.

»Papa«, sagte Marit, und sie kam auch zu mir ans Bett, und da lag ich mit Schläuchen und Kabeln am Körper, ganz still und mit geschlossenen Augen, aber wie konnte ich sehen, wenn meine Augen geschlossen waren, und wie konnte ich mich selbst da drüben liegen sehen, wenn ich doch hier stand, wessen Augen waren das, mit wessen Augen sah ich das, und ich sah, dass Turid und Marit sich links und rechts an mein Bett stellten, und Turid weinte, als sie meine linke Hand in ihre Hände nahm, die gute Turid, und Marit weinte, als sie meine rechte Hand in ihre Hände nahm, und jetzt sah ich, dass ich die Hände eines erwachsenen Mannes hatte, das sind ja Papas Hände, dachte ich, ich habe Papas Hände geerbt, und auch sein Gesicht, dachte ich, mein Gott, wie ähnlich ich ihm sehe, und dann rief Papa nach mir.

»Bist du so weit, Terje?«, rief Papa von oben.

»Ja«, rief ich zurück, denn jetzt waren Turid und Marit da, jetzt war ich endlich so weit. »Ich komme gleich«, rief ich.

»Möchtest du vielleicht was anderes?«, fragte Papa, als ich ins Wohnzimmer kam, er hatte den Autoschlüssel in der Hand, und da saß Mama im Morgenmantel und rauchte.

»Nein«, sagte Mama.

»Soll ich dir ein Buch aus der Reihe mitbringen, die du gerade liest?«, fragte Papa. »Du hast doch gesagt, dass dir der letzte Band noch fehlt.«

»Ach«, sagte Mama, sie ließ die Schultern sinken und sah Papa resigniert an. »Du weißt doch, dass ich mich nicht konzentrieren kann«, sagte sie.

»Ja«, sagte er. »Tut mir leid, das hatte ich vergessen. Eine Zeitschrift vielleicht?«

»Nee. Da steht doch sowieso immer nur das Gleiche drin«, sagte Mama, sie zog an der Zigarette, und dann drehte sie sich weg und starrte an die Wand, und es war mucksmäuschenstill, und ich sah zu Papa, und Papa stand einfach nur da und starrte Mama an, und dann fing Mama plötzlich an zu weinen, ich sah es nicht, aber ich hörte sie schniefen, erst einmal, dann noch einmal, und dann hob sie die Hand und fuhr sich damit über das Gesicht.

»Ich will nicht so sein«, sagte sie. »Ich will nicht so sein, ich will lieb sein.«

»Ach, du«, sagte Papa und ging zu ihr, er legte ihr die Hand auf die Schulter. »Das bist du doch. Und … und es geht ja auch wieder vorbei«, sagte er.

»Nein«, sagte Mama. »Es geht nicht vorbei, es kommt wieder und wieder und wieder«, sagte sie mit tränenerstickter Stimme, und Papa schluckte, er bewegte die Hand zu ihrem Nacken, schob die Haare beiseite, und dann stand er da und streichelte ihren Nacken, und mit einem Mal schien ihm wieder einzufallen, dass ich auch noch da war, und er sah mich an und brachte eine Art Lächeln zustande, und mit einem Räuspern hielt er mir den Autoschlüssel hin.

»Warte schon mal im Auto, Terje, ich komme gleich«, sagte er, und dann warf er mir den Autoschlüssel zu. Mit einem kurzen, harten Klirren fing ich das Schlüsselbund auf, und ich ging nach draußen zum Auto. Ich stieg ein, steckte den Schlüssel ins Zündschloss und drehte ihn ein Stück nach rechts, und da leuchtete das Autoradio auf, und ich griff nach der schwarz-braun-weißen Audiokassette mit der Aufschrift *BASF* und drückte sie rein, und dann kam die Musik, die Gute-Laune-Musik, und ich drehte die Lautstärke hoch und sang mit.

»Waterloo«, sang ich. »Scha-na-na-na iwon a wor«, sang ich, und ich drehte die Lautstärke noch mehr auf und sang noch lauter. »Waterloo, ku-na-na skeyp if a Waterloo«, sang ich, und ich drehte noch ein bisschen lauter, drehte auf bis zum Anschlag, die Lautsprecher schnarrten und knarzten, und die Box in der Tür an meinem rechten Knie vibrierte, und die Gute-Laune-Musik dröhnte durchs Auto, sie erfüllte das ganze Auto, und sie erfüllte mich, und als das Lied zu Ende war, spulte ich sofort zurück und ließ es noch einmal laufen, und anschließend wollte ich es noch mal abspielen, aber ich tat es nicht, denn wo blieb Papa eigentlich, kam er nicht bald?

Ich stieg aus, ging die Treppe hoch durch den Eingang und wollte gerade weiter in den Flur gehen, tat es aber doch nicht, denn die Tür zum Flur war angelehnt, und durch den Spalt sah ich Papa, der dastand und sein Gesicht hinter den Händen verbarg, und ich sah, dass er weinte, und bei diesem Anblick war es, als würde alles in mir verschwinden, ich hatte Papa noch nie weinen sehen, und ich sah es jetzt auch nicht, ich ging zurück zum Auto, ließ mich auf den Beifahrersitz fallen und drückte auf Play, und aus den Lautsprechern dröhnte Waterloo, ich saß immer noch da und hörte Waterloo, spulte die Zeit einfach zurück, genau wie die Kassette, und ich saß weiterhin da und sang mit. »Waterloo, scha-na-na-na iwon a wor«, sang ich, und jetzt musste Papa bald von der Toilette kommen, denn bestimmt war er auf der Toilette, und wahrscheinlich hatte er die Zeitung mitgenommen, deshalb dauerte es so lange, und die Musik dröhnte aus den Lautsprechern, und die Lautsprecher schnarrten und knarzten, und ich sang so laut ich konnte, aber was sang ich da eigentlich, was war das für ein Geräusch, es klang wie eine Mischung aus Muhen und dem Knarren einer viel zu engen Tür, und wessen Stimme war das, ich versuchte, wie die Leute auf der Kassette zu singen, aber es ging nicht, da kam nur dieses seltsame Muhen, und ich hob das Kinn, legte den Kopf zurück und stieß ein langes, lautes Muhen aus, und warum war mein Kopf auf einmal so schwer, es war, als würde er von irgendwas nach hinten gezogen. Ich hob den Kopf wieder hoch, meinen schweren Kopf, ich musste mich anstrengen, damit er nicht plötzlich nach vorne fiel, so schwer war er, und dann erblickte ich unmittelbar vor mir etwas Großes und Schmutzig-Weißes, und jetzt sah ich, dass es mein Geweih war, dieses Schwere war also mein eigenes Geweih, demnach war ich jetzt ein Hirsch, ich steckte im Körper eines Hirsches. Ich senkte den schweren Kopf und grub mit dem rechten Vorderfuß im Schnee, ich grub mich durch die Eiskruste bis zum Boden, aber auch dort war nichts zu fressen, der Hunger blähte meinen Bauch auf, aber da war nur gefrorene schwarze Erde, und ich hob den Kopf und ging weiter, vorbei an den großen und kleinen Schneewehen, die der Sturm hinterlassen hatte, ich trat nur auf die eisig verkrusteten Stellen, wo ich leicht vorwärtskam, am Rand der weißen Ebene standen ein paar Bäume, dort ging ich hin, ich blieb stehen und betrachtete die Bäume, schwarze Bäume, in deren Rinde der Schnee saß, aber da war auch ein Baum mit gelben Blättern, und ein anderer mit essbaren Knospen und Zweigen, und ich ging hin und begann zu fressen, und die steif gefrorenen Zweige knackten zwischen meinen Zähnen.

»Ich musste erst noch mein Portemonnaie suchen«, sagte Papa, als er die Fahrertür öffnete, dann stieg er ein und startete den Motor. »Das hat ein bisschen gedauert«, sagte er, und dann legte er die rechte Hand hinter meine Nackenstütze, drehte sich um und schaute durch die Heckscheibe, er setzte zurück auf die Straße und fuhr los, aber ein Stück die Straße hinauf bremste er wieder, denn da kam Anita, sie hatte den Tornister auf dem Rücken und den Beutel über der Schulter, und ihre Haare waren vom Schwimmtraining noch feucht, und Papa kurbelte das Fenster herunter und legte den Ellbogen auf die Tür, und Anita lächelte und sah glücklich aus.

»Weißt du was, Papa?«, sagte sie. »Ich hab meinen Rekord über zweihundert Meter Butterfly geknackt«, sagte sie. »Dreieinhalb Sekunden schneller als sonst.«

»Nee«, sagte Papa. »Ist das wahr?«

»Ja«, sagte Anita und sah gleich noch glücklicher aus.

»Das ist ja fantastisch«, sagte Papa, er schüttelte den Kopf, um zu zeigen, wie beeindruckt er war, und Anita versuchte erst gar nicht, ihren Stolz zu verbergen, sie presste die Lippen aufeinander und lächelte, während sie dreimal schnell hintereinander nickte. »Also ehrlich!«, sagte Papa. »Du bist wirklich unglaublich«, sagte er und schüttelte noch einmal den Kopf.

»Wo wollt ihr hin?«, fragte Anita.

»Nur schnell was einkaufen«, sagte Papa. »Willst du nicht mitkommen?«

»Ich hab solchen Hunger«, sagte Anita. »Seit dem Pausenbrot hab ich nichts mehr gegessen, ich muss erst mal rein und was in den Magen kriegen.«

»Wir können unterwegs was holen«, sagte Papa. »Einen Hotdog oder so.«

Anita sah ihn an, und jetzt begriff sie, dass es Mama nicht gut ging und Papa es besser fände, wenn sie mit uns käme, sie sagte nichts, aber ich sah es ihr an, alles Fröhliche war plötzlich aus ihrem Gesicht verschwunden, sie lächelte zwar noch, aber nicht mehr wie vorher, ihr Lächeln war nicht mehr lebendig, es war, als wäre das Lächeln von eben in ihrem Gesicht erstarrt, einen Moment stand sie da und sah Papa an, dann nickte sie.

»Okay«, sagte sie, sie öffnete die hintere Tür, warf den Tornister und den Beutel auf den Rücksitz und stieg ein.

Und dann fuhren wir los.

»Mach mal die Musik lauter«, sagte Papa. »Das Lied ist super«, sagte er, und ich drehte auf, und Papa sang mit, und ich sang mit, eigentlich sang ich in Anitas Beisein nicht so gern englische Lieder, weil sie mich immer verbesserte, aber jetzt tat sie es nicht, »Waterloo, ku-na-na skeyp if a Waterloo«, sang ich, und dann sang auch Anita mit, und Papa trommelte beim Singen auf das Lenkrad, und ich spielte auf dem Handschuhfach Klavier, und so fuhren wir durch die Straßen Richtung Zentrum.

Und plötzlich bremste Papa und fuhr rechts ran, hielt genau vor einer Telefonzelle, und mit dem Motor ging auch die Musik aus, und die Stille war riesengroß, nachdem wir gerade noch so laut Musik gehört hatten, sie wirkte ohrenbetäubender als die Musik, es tat fast weh in den Ohren, als Papa sich räusperte, denn jetzt räusperte er sich, erst einmal, dann noch einmal.

»Ich muss nur kurz telefonieren«, sagte er und vermied es, mich oder Anita dabei anzusehen, er starrte auf den roten Knopf, mit dem man den Sicherheitsgurt löst, und den drückte er jetzt und schnallte sich ab. »Ich bin gleich zurück«, sagte er, und dann wandte er sich um, ohne uns anzusehen, und er öffnete die Tür, stieg aus und ging zur Telefonzelle, auf die irgendwer *Pimmel* geschrieben hatte, und Anita und ich saßen da und sahen ihm hinterher, es war mucksmäuschenstill im Auto, und die Stille war riesig und ohrenbetäubend, ich starrte Papa an, während er telefonierte, er stützte den linken Unterarm gegen die Scheibe der Telefonzelle und legte die Stirn darauf, und ich betrachtete seinen gebeugten weißen Nacken, und er redete und redete.

Und dann war er endlich fertig, er legte auf, kam aber nicht sofort zurück, stand ganz still da, von uns abgewandt, und sein Rücken hob und senkte sich, und jetzt war er unglücklich, er war unglücklich, weil Mama so war, wie sie war, aber es war nicht Mamas Schuld, ihre Krankheit machte sie so, die Krankheit, die sie von Oma geerbt hatte und die Oma wiederum von ihrem Großvater geerbt hatte, die Angst und die Depression, dieser Schmerz, der wieder und wieder und wieder kam, und jetzt kam Papa zurück, er öffnete die Fahrertür und stieg ein, versuchte fröhlich auszusehen, aber er war traurig, das sah ich ihm an, und Anita war auch traurig, und Mama und Turid und Marit waren auch traurig, und da waren sie alle, da drüben, sie hatten sich alle um mein Bett versammelt und weinten, und ich lag da, ohne mich zu rühren, mit Schläuchen und Leitungen am Körper und allen möglichen Maschinen um mich herum, aber wie konnte ich das sehen, wie konnte ich mich selbst da drüben sehen, wenn ich hier stand, mit wessen Augen sah ich da, wer war ich jetzt, war ich jetzt einer der Fremden?

»Ach, Terje«, sagte Turid. »Ich hab dich so lieb«, sagte sie. »So weit hätte es nicht kommen dürfen«, sagte sie, und sie weinte und weinte, und jetzt lösten sich auch in mir Tränen, denn wie konnte ich ihr das antun, wie konnte ich sie verlassen, wenn ich sie so sehr liebte?

»Papa«, sagte Marit. »Lieber, lieber Papa«, sagte sie, und sie weinte und weinte, und in mir weinte es immer mehr, denn wie konnte ich einfach so fortgehen, wie konnte ich sie so im Stich lassen, wie konnte ich sie ohne Vater aufwachsen lassen?

»Ich verzeihe dir«, sagte Turid. »Wie sehr es auch wehtut«, sagte sie. »Sowohl mir als auch Marit«, sagte sie, und sie weinte und weinte, und in mir weinte und weinte es, und ich weinte, weil es wehtat, die beiden so zu sehen, und ich weinte aus Erleichterung und Freude darüber, dass sie mir verzieh. Als ich das hörte, kam eine große Ruhe über mich. »Aber ich wünschte, du wärst zu mir gekommen«, sagte sie, und ich sah, wie sie sich vorbeugte und mir sanft über die Wange strich, ich sah es, obwohl ich hier war und das Bett, in dem ich lag, da drüben, denn jetzt war ich einer der Fremden. »Dann hätte ich dir helfen können«, sagte sie, und sie drückte meine Hand, und Marit drückte meine andere Hand, und es tat so gut zu sehen, wie die beiden dort standen und meine Hände hielten, die Hände, die ich von Papa geerbt hatte, und jetzt fuhr Papa los.

»Warum fahren wir denn hier lang?«, fragte Anita. »Wir wollten doch einkaufen.«

»Ich muss erst noch was regeln«, sagte Papa, und dann räusperte er sich, erst einmal, dann noch einmal. »Ich habe mit Onkel Bjørnar gesprochen, ihr könnt so lange bei ihm bleiben«, sagte er, und er räusperte sich noch einmal. »Mach die Musik wieder an«, sagte er, er versuchte, fröhlich zu klingen, schaffte es aber nicht, er sah auch nicht fröhlich aus, er lächelte, aber sein Lächeln war traurig. »Terje!«, sagte er, aber ich tat nicht, worum er mich gebeten hatte, es war so komisch, Gute-Laune-Musik anzumachen, wenn er gar keine gute Laune hatte. »Terje«, wiederholte er, er sah mich mit diesem traurigen Lächeln an, und dann tat ich es trotzdem, ich machte die Musik an, und aus den Lautsprechern strömte die Gute-Laune-Musik, aber von uns sang niemand mehr, nur ABBA sang noch, und ich wandte mich ab und lehnte die Stirn ans Fenster. Ich sah hinaus, schloss die Augen und öffnete sie wieder, am Horizont hinter dem höchsten Berg stand eine rote Sonne, sie stand tief und döste am Himmel, und die tiefe Sonne beschien die Unterseite einer Drossel, die vorbeigeflogen kam, ich konnte die braunen, pfeilspitzenförmigen Sprenkel auf dem weißen Rumpf des Vogels sehen, und ich tauschte das Gedächtnis mit der Drossel, und unter mir glitt die Stadt dahin, und Länder und Kontinente, Jahreszeiten und Jahrhunderte, alles glitt langsam an mir vorüber, und die Seelen gingen ineinander über, die Tier- wie auch die Menschenseelen, sie mischten sich wie Wasserfarben auf einem Blatt Papier, und da war der Wald, und nun hinein in den Wald, hinein in das Land, in dem ich gewohnt habe, bevor ich geboren wurde.

Quellen

»Forvaltningsplan for Gammelelva Naturreservat i Melhus Kommune, 2015–2025« (Verwaltungsplan für das Naturreservat Gammelelva in der Gemeinde Melhus, 2015–2025), Bezirksleitung Süd-Trøndelag, Bericht 2-2015, Jan-Erik Andersen.

»Utkast til forvaltningsplan for Rødberget marine verneområde« (Entwurf eines Verwaltungsplans für das Meeresschutzgebiet Rødberget), 2015, Bezirksleitung Süd-Trøndelag.

»Utredning om behov for tiltak for koraller og svampsamfunn, rapport 2008-4« (Gutachten über die Erforderlichkeit von Maßnahmen zum Schutz von Korallen und Schwammkulturen), Bericht 2008-4, Zentralamt für Naturverwaltung.

»Koraller forandres av CO_2« (Korallen verändern sich durch CO_2), von Silje Mathisen, forskning.no.

Im Abschnitt über die Raumzeit (S. 176–177) wird zum Teil Brian Cox in der BBC-Sendung »Forces of Nature: Somewhere in Spacetime« zitiert.

»Handlingsplan for elvemusling, *Margaritifera margaritifera*« (Handlungsplan für die Flussperlmuschel, *Margaritifera margaritifera*), Bericht 2006-3, Zentralamt für Naturverwaltung.

»Die Flussperlmuschel, ein Perlenträger«, Skjalg Woldstad, Artsdatabanken, veröffentlicht auf forskning.no.

Im Abschnitt über die Schleimpilze (S. 38 f.) wird teilweise aus »Slimete luringer« (Schleimige Schlauberger) von Katharina Moe Vestre zitiert, veröffentlicht auf nysgjerrigper.no.

»Slimsopp er topp« (Schleimpilze sind super), Morten Laane, Biolog Nr. 2, 2011, Norsk Biologiforening.

»Oppfølging av plan for elvesandjeger, *Cicindela maritima*« (Auswertung des Plans für Küsten-Sandlaufkäfer, *Cicindela maritima*), Abschlussbericht für den Zeitraum 2009-2013, NINA-Bericht 2032, Frode Ødegaard, Oddvar Hansen, Sandra Åstrøm, Ulf Hansen.

»Interspesific cross-fostering affects song acquisition but not mate choice in pied flycatchers, *Ficedula Hypoleuca*«, Ane Eriksen et al., in *Animal Behaviour*, volume 78, issue 4.

»Spurven tyvlytter« (Sperlinge sind Gesangsräuber), Bjørnar Kjensli, veröffentlicht auf forskning.no, 2009.

»Boreal regnskog/kystgranskog på Fosen i Sør Trøndelag« (Borealer Regenwald/Küstennadelwald auf Fosen in Süd-Trøndelag), Umweltwissenschaftliches Gutachten, Bericht 2013-32, Projektleiter Geir Gaarder.

»Queen ants make distinctive sounds that are mimicked by a butterfly social parasite«, *Science*, DOI:10.1126/science.1163583, 2009.

»Sommerfugler etterligner maur for å lure seg inn i tua« (Schmetterlinge imitieren Ameisen, um sich in den Ameisenbau einzuschleichen), Eva Beate Strømsted, veröffentlicht auf forskning.no.

»Den sjette utryddelsen« (Die sechste Ausrottung), Elisabeth Kolbert, Mime Forlag, 2015. Webseite der Bezirksleitung Süd-Trøndelag, Abteilung für Umwelt.

Dank

Beate Sundgård, Biologin bei der Bezirksleitung Süd-Trøndelag, Abteilung für Umwelt

Lars Haltbrekken, ehemaliger Leiter des norwegischen Naturschutzverbandes

Øyvind Prytz

Nils Hermann Ranum

Håvard Thørring

Ali Hosseini

De Utvalgte

Motorpsycho

Trøndelag Teater

Marita, Oline, Othilie, Cornelia und Ingmar

Die Originalausgabe erschien 2017
unter dem Titel »Begynnelser« bei H. Aschehoug & Co., Oslo.

Dieses Buch ist auch als E-Book erhältlich.

MIX
Papier aus verantwortungsvollen Quellen
FSC® C014496

Verlagsgruppe Random House FSC® N001967

1. Auflage

Umschlaggestaltung: semper smile/München
unter Verwendung eines Motivs von © Bridgeman/Carl Simon
Satz: Uhl + Massopust, Aalen
Druck und Einband: GGP Media GmbH, Pößneck
Printed in Germany
ISBN 978-3-442-75820-3

www.btb-verlag.de
www.facebook.com/btbverlag